宋代闽地唐诗学研究

张艳辉 著

闽南师范大学学术著作出版专项经费资助

目　录

序　言

艳辉是闽南师范大学的副教授，在硕士阶段师从尹占华先生学习唐宋文学，打下了良好的学术基础，后来考入西北大学跟随我攻读博士，在我的指导下，选定宋代福建的唐诗学研究作为其博士学位论题，并顺利完成论文写作，毕业后继续回到漳州工作，在从事教学之余，不断对其博士论文进行修订完善，前一段时间告知她的著作即将付梓，嘱我写几句话。忝为她的老师，为她取得的成绩而颇感欣慰，当然也乐为之序。

明人徐熥曾说："闽中僻在海滨，周秦始入职方。风雅之道，唐代始闻，然诗人不少概见。赵宋尊崇儒术，理学风隆，吾乡多谈性命，稍溺比兴之旨。元季毋论已。明兴二百余年，八体四声，物色昭代，郁郁彬彬，猗欤盛矣。"[1]认为由于宋代福建理学的兴盛，文人多谈性命之学，诗学也仅仅"稍溺比兴之旨"而已。其实不然。宋代的福建是雕版印书的中心之一，尤其坊刻极为盛行，所刻之书流传之广遍及全域，其中刊刻了大量唐诗别集与总集，据学者统计，宋元时期福建地区对唐人诗集的刊刻，在数量上仅次于江浙

1 （明）徐熥《晋安风雅》卷首《序》，《四库全书存目丛书》影明万历刻本。

地区，著名的杜诗、韩集的集注本多来自建阳刻书。另外，南宋朝廷偏安一隅，政治文化中心南移，福建逐渐成为当时文化教育发达地区之一，涌现出了不少人才，如像以杨时、游酢、朱熹等为代表的一批理学家，像郑樵、袁枢这样的史学家，还有如苏颂这样于经史九流、百家之说及天文、算法、地志、医药、训诂、律吕等无所不通的全能型学者。尤其是受到中唐欧阳詹的影响，出现了不少优秀的文学人物，像杨亿、柳永、蔡襄、张元幹、刘克庄、严羽这样的诗人、作家、文学评论家等，他们积极推崇唐代诗人以至踊跃推广唐诗，显示出自己独特的唐诗观。因此，宋代福建地区的唐诗学颇值得关注。宋代是唐诗学的形成期，以往的宋代唐诗学研究，多长于从诗歌理论方面解决问题，也有专门研究唐诗选本的论著，从地域视角的考察也多限于四川、江西等地，艳辉的《宋代闽地唐诗学研究》不仅从历史地理学切入对福建地域唐诗文献与唐诗学加以关照，而且从图书刊刻、商业出版、科举影响、文学风气、理学兴盛、书院教育等几方面综合探讨宋代福建地域唐诗学的形成、发展与地位影响，在文献梳理考证与作品分析的基础上也有理论阐释，不能说新意迭出，但也有据有理，得出了不少新颖的结论与独到的见解。

据学界有关研究，明代闽中诗派的形成发展是福建地区古代文学传统形成的标志，宋代可说是这个地域文学传统形成的准备期。从诗人数量来看，五代以前，福建诗人寥寥无几，也未出现文学大家，但两宋以降，诗人数量大增，并且名家辈出，据《全宋诗》统计，福建诗人有姓名可考者近 1100 人，而且产生了像杨亿、蔡襄、苏颂、刘克庄、严羽等著名作家、文人，同时也出现了像《沧浪诗话》这样优秀的文学批评著作。尽管如此，宋代的福建仍然缺乏自身的诗歌传统以及鲜明的地域特征。因而，在这一处于文学蓬勃发展的时期，宋代福建文人势必会对前代诗歌传统有选择性地继承，以期形成自身的文学性格，从而确立闽中诗学传统。如蔡襄等人在宋诗格调上的努力，以及严羽等人对盛唐诗歌的尊崇。在这一背景下，考察宋代福建诗歌兴盛的原因及其对唐诗的接受，从而梳理出这一新兴诗歌创作区域对前代诗歌传统的继承情况，以及因此形成的自身风貌，同时进一步考察后世闽中诗派形成的渊源及特点就显得尤为必要。更为重要的是，宋代闽地文化教育的发展以及理学的兴盛，必然会影响到本地诗学的形成，并使其呈现个性化特征。而这种个性化依然离不开对前代诗学的继承。因此，这部《宋代闽地唐诗学研究》在研究宋代福建唐诗接受的同时，也力图还原宋代闽中诗学的形成与发展态势。

此书的研究内容大致有三个方面：

第一，从创作视角考察宋代福建文人的唐诗观。作者通过考察宋代闽地文人在诗歌创作中所体现的唐诗观念，指出宋代闽地文人群体的诗歌创作大致沿着整个宋诗发展的道路前行，如北宋流行的“西昆体”、“晚唐体”及“白体诗”，但对盛唐诗的模仿，福建则领先于全国其他地区。而在模拟唐诗的过程中，福建文人处于才思窘促的尴尬境地，这种“唐摹晋帖”式的创作一直延续到明清两代福建文人的创作之中。作者分析福建理学家在诗歌创作上的倾向与轨迹，指出北宋时期到两宋之际福建理学家的诗歌兼具唐音及宋调；两宋之交到南宋中期，福建理学家在诗歌创作上逐步形成了宋诗风格，以阐述义理为主。南宋中期以后，以真德秀为主的“击壤派”

理学家则在诗学观念上推尊杜甫及韦应物，但其创作没有出现多少类似杜甫、韦应物诗歌风格的作品，这也表明其诗学理论与创作实际在某种程度上存在一定差异性。

第二，通过对唐诗有关文献的梳理与考证，分析宋代福建文人对唐诗的接受。首先，作者对宋代闽地所编诗话、笔记等文献中体现出的唐诗观进行考察。指出闽地诗话、笔记著作盛行于南宋，与之相应，其唐诗学观念亦盛行于南宋。北宋时期有杨亿宗尚李商隐，吴处厚诗学白居易，其余诗人则以推崇杜甫、韩愈为主，与整个北宋诗坛的诗学潮流基本保持一致，并未显示出多少独特性。而在南宋时期，福建诗论家的唐诗观则趋向多样化，严羽《沧浪诗话》尤能独树一帜，特别推崇盛唐诗，魏庆之《诗人玉屑》以及蔡正孙《诗林广记》承袭其说。同时，南宋时期闽地由于科举、刻书、书院等因素的影响，民间诗歌创作队伍愈趋庞大，因此，《吟窗杂录》等著作应运而生，担负了指导民间学诗的任务。

除诗话、笔记等诗歌文献外，作者着重通过宋代建阳等地对唐诗文献的整理刊刻，考察该地区文人对唐诗的接受。受到刻书业发达的深刻影响，宋代福建的唐诗文献整理异常活跃，包括对唐人别集的编辑刊刻、校勘整理以及对唐诗选集的编选等。相较于其他地域来说，宋代闽地的唐诗文献最为发达。其一，作为宋代三大刻书中心之一，福建对唐人诗集的刊刻数量仅次于当时的江浙地区。同时，由于社会上对杜甫、韩愈的推崇以及科举的需求，福建地域对唐人别集的编辑刊刻主要集中于杜诗、韩文方面，当然，对唐人总集以及其他唐诗著作的刊刻也不在少数。如刘克庄编选《唐五七言绝句》，南宋时刊行于莆田、建阳。旧题刘克庄《分门纂类唐宋时贤千家诗选》在编选之初就已经在建阳一带进行刊刻。柯梦得《唐绝句选》曾刊刻于莆田县学，蔡正孙《精选唐宋千家联珠诗格》家刻本也刊刻于建安，此书集诗话与选本于一体，对后世诗歌选本影响巨大。其二，对唐人别集的整理也较其他地域更为发达，并且出现了能够代表整个宋代校勘、集注整理唐诗文献最高水平的著作。比如方崧卿、朱熹分别对韩愈集的校勘，代表了宋代韩集校勘的最高成就。在对唐人别集的注释方面，魏仲举《新刊五百家注音辨昌黎先生文集》、《新刊五百家注音辨唐柳先生文集》代表了宋人笺注韩愈集、柳宗元集的最高成就。杜诗学形成于北宋，南宋时出现了“千家注杜”的局面，福建也产生和刊刻了不少著作，如方醇道《杜陵诗评》，方深道《集诸家老杜诗评》，方铨《续编杜陵诗评》、《老杜事实》，建阳刻《分门集注杜工部诗》，蔡梦弼《杜工部草堂诗话》，吴泾《杜诗九发》，曾噩重刻《九家集注杜诗》等，其中蔡梦弼《杜工部草堂诗笺》是杜诗学史上占有重要地位的一部著作，其对杜诗学的推动不容忽视。其三，闽地的唐诗选本也表现出明显的地域特点。福建文人着重于对唐人绝句的编选刊刻，绝句创作难度较大，恰恰在客观上反映了闽地文人“以才学为诗”的倾向。其四，类书一般被认为是可供检索的资料性工具书，而在闽地所编类书当中，叶廷珪《海录碎事》却在排比事类的过程中以自身的诗学审美观念对材料进行取舍，颇值得关注。除此之外，祝穆《古今事文类聚》及《方舆胜览》二书，虽均为类书，但也能从中梳理抽绎出祝穆的唐诗学观点，揭示其唐诗学倾向。可见，除了文献材料的保存价值，类书在一定程度上也体现了编纂者的诗学态度。

作者采取宏观与微观相结合的研究方法，从唐诗学重要文献之《沧浪诗话》以及评点《李太白诗集》切入，探讨严羽其人的唐诗学理论。作者特别强调了严羽唐诗学的重要性，指出福建地区的诗歌特点虽确立于明代，但明代闽中诗派的形成乃至晋安诗派的出现，源头实可追溯到宋代严羽。指出从诗歌创作及文学批评上来看，宋代闽福建人呈现出鲜明的尊唐与崇宋的分化。在取法唐诗的过程中，宋代福建诗人呈现出了不同的取向，如北宋初年杨亿等人特别喜爱李商隐诗歌，并模仿其创作，号西昆体；北宋仁宗时期的吴处厚却推崇白体诗。南宋时期，针对江湖诗人诗学晚唐，严羽旗帜鲜明地尊崇盛唐诗，使得福建唐诗学逐步走向“诗法盛唐”。《沧浪诗话》的出现标志着福建乃至整个宋代诗坛由诗学晚唐向诗学盛唐的转变，魏庆之《诗人玉屑》以及蔡正孙《诗林广记》也都受到严羽的影响，推崇盛唐诗歌，这一风气甚至延展到全国。严羽对《李太白诗集》的评点，开创了评点李白诗集的先河，过去学界甚少措意，其实此书的出现比江西刘辰翁评点唐人诗歌更早，较其他地域类似著作也更早，其意义远在李白诗学史的研究之上。

另外，作者还从书法、碑刻以及私家藏书等视角考察宋代福建地区文人对唐诗文献的保存与传播。宋代福建的书法家较多，如蔡京、蔡襄、李纲等，或诗书结合，或借书法论诗，对于唐诗的保存与流传具有重要作用。与刻书相对应，宋代福建的私家藏书业也很兴旺，他们对唐诗文献的保存同样具有很大作用，如著名私家藏书目录《直斋书录解题》中著录的唐诗文献就不在少数，当是陈振孙在福建任官时所聚。周密《齐东野语》就说：“近年惟直斋陈氏书最多，盖尝仕于莆，传录夹漈郑氏、方氏、林氏、吴氏旧书至五万一千一百八十余卷。"[2] 可见，陈振孙《直斋书录解题》所著录唐诗集多来自莆田地区藏书。作者通过考察福建私家藏书，挖掘出藏书家的唐诗学观念及其在唐诗文献存藏方面的贡献。

我指导研究生一向重视对他们文献基本功与文献学意识的培养建立，这一点是从我的老师黄永年先生、周勋初先生、莫砺锋先生那里传承下来的，艳辉也深受这一学术传统的影响，这部书在唐诗文献的搜集梳理与考证方面下了很大功夫，直观体现在书后的三个附录中，即：《宋代闽地所刻唐人诗集叙录》、《宋代闽地所编唐人别集叙录》、《宋代闽地所编唐诗选本叙录》。记得艳辉在论文正式写作之前，就已经完成了这三部分工作，为后面的作品阐释与理论分析奠定了文献基础，可见出她的治学路径。为文献撰写叙录是一项"成如容易却艰辛"的工作，不仅要查阅各种书目，而且还要去图书馆目验文献"真身"，撰写内容也颇为复杂，要考述作者、考辨真伪、调查存佚、查考版本，还要评判其文献价值，不是一时半会儿就能完成的。当然，认真阅读此书后附录的三部叙录，也有不尽完善之处，但从每一条叙录中却能深深体会到作为一个青年学者的勤奋努力的态度与潜心学问的良好素质。

总之，这部《宋代闽地唐诗学研究》运用文献学与文艺学相结合的方法，以宋代福建文人对唐诗文献的编辑整理为研究基点，通过考查诸如刻书、藏书、笔记、诗话以及对唐诗的编选、校勘、笺注、评论等情况，观照整个宋代福建地域诗学理论的演进历程，并进一步辅以地理学、文化学、历史学等学科的研究方法，对闽地唐

---

2 （宋）周密《齐东野语》，中华书局 1983 年版，第 217 页。

诗学尽可能地做出全面综合探讨。最终不仅展现出整个宋代福建地域唐诗学的生长轨迹与历程，同时，也揭示出福建地域文化特质的发展经过。

艳辉是个聪颖多才的女孩子，会作古体诗，善写散文，能弹古琴，也研究古代琴学文献，已出版有三部相关著作。如果说那三部琴学著作是其副业，那这部《宋代闽地唐诗学研究》则体现了她的主业。希望今后能以此书的出版为契机，围绕宋代福建地域唐诗文献与唐诗学诸问题展开更深入、更细致的一些个案研究，并产出更多更优秀的成果。

郝润华

二〇二一年十二月八日于长安

绪　论

福建最早称为“闽”，后世对福建地区亦多简称为“闽”。宋代是闽地文化发展的转折期，在此之前，闽地文化处于蛮荒时期。从文化地理的角度来看，“中国文化发展到了北宋末年，中心已趋向东南，北宋政权的毁灭，只是加速了这个中心的迁移，一下子从中原跳到了江南”[1]。全国文化中心的南移也使闽地由此一跃而为南宋政治、经济、文化重心之一。陈庆元在《福建文学发展史》中也提到福建文学的发展有三次契机：“第三次是南宋，其时建都临安（今杭州），原来与汉唐北宋的政治文化中心相距一个月甚至几个月的路程，一下子缩短为十几天。福建即便不是‘王畿’，和江浙也只是毗邻。”[2] 这种现象具有非常显著的典型性。闽地人口的增长、书院教育的兴盛、刻书事业的发达乃至理学的崛起都与诗学的发展密切相关。尽管唐诗已达巅峰，但对闽地诗人似乎不甚眷顾，唐代闽地诗人寥寥无几，由此闽地诗学缺少其他地域那种深厚的传统积淀。宋代闽地诗人在唐音、宋调之间左右徘徊，寻找一种新的突破，或者说努力形成自身的诗学特征，这种努力直到南宋后期才

1　陈正祥《中国文化地理》，生活·读书·新知三联书店 1983 年版，第 20 页。

2　陈庆元《福建文学发展史》，福建教育出版社 1996 年版，第 12 页。

始得眉目，经元至明，最终以“诗学盛唐”确立自身的地域诗歌传统，并且与江浙等地区的文人相抗衡，影响着明清时期全国的诗歌创作。因此，对宋代闽地唐诗学的研究显得尤为必要。

第一节 研究现状综述

“文学创作中的地域差异，实际上到宋代才开始凸显出来”[3]。同样的，对于福建地区文学的关注也自宋代开始，这个时期福建文人基于推重乡贤文学而编选了一些带有地域性质的文学总集，如上官彝的《麻姑山集》三卷，廖迟的《樵川集》十卷，李方子编的《清源文集》四十卷等，其中《清源文集》收录历代闽人诗赋杂文七百篇。

到了明代，福建文学的地域特质开始显现出来，胡应麟云：“国初吴诗派昉高季迪，越诗派昉刘伯温，闽诗派昉林子羽，岭南诗派昉于孙蕡仲衍，江右诗派昉于刘崧子高。五家才力，咸足雄踞一方，先驱当代。”[4]明确提出五个区域性诗派，以林鸿为首的闽诗派跻身其中。有明一代，福建文人开始自觉建构本地文学系统，这表现在更多的福建文学总集的编纂，就整个福建地区而言，总集编纂如袁表、马荧编辑《闽中十子集》三十卷；徐𤊹编，费道用、杨德周等补《闽南唐雅》十二卷。单独某一州县文学总集的编纂如：福州地区诗歌选集有陈元珂《三山诗选》八卷、邓原岳编选《闽中正声》七卷、徐熥《晋安风雅》十二卷，莆田历代诗文总集有

3 蒋寅《清代诗学与地域文学传统的建构》，中国社会科学 2003 年第 5 期，第 167 页。

4 （明）胡应麟《诗薮·续编》卷一，中华书局 1958 年版，第 327 页。

郑岳《莆阳文献》十三卷，泉州历代诗文总集有何炯《清源文献》十二卷。

至清，越来越多的人注意到闽地诗风，如钱谦益就曾指出："余观闽中诗，国初林子羽、高廷礼，以声律圆稳为宗，厥后风气沿袭，遂成闽派。"[5] 周亮工则云："闽中才隽辈出，颖异之士颇多，能诗者十得六七。壶兰以下，间有拗字，会城以上，则居然正音。彬彬风雅，亦云盛矣。第晋安一派，流传未已，守林仪部、高典籍之论，若金科玉条，凛不敢犯，动为七律，如出一手。近颇有尤异之士逸出其间者，然终不胜慎守故调者之多。"[6] 指出自明代闽中诗派之后，大多闽地诗人遵循林鸿、高棅等人的诗学观点。所谓"故调"，是就闽中诗派诗尊盛唐而言的。这一时期，除了文学总集的编纂，还出现了地域性诗话：前者如郑杰辑、郭柏苍补《全闽明诗传》五十五卷，郑杰《全闽诗录》四十卷。后者如郑方坤《全闽诗话》十二卷，郑王臣《兰陔诗话》六十卷，梁章钜《东南峤外诗话》十卷，梁章钜另有《闽川闺秀诗话》四卷，杭世骏有《榕城诗话》三卷等等。

近年关于区域文学史以及文学接受史的研究方兴未艾，研究也关注于福建地域文学以及宋代的唐诗接受。

从福建地域文学研究来看，从宏观角度把握福建文学的有：陈庆元《福建文学发展史》可以说是第一部福建文学史专著[7]。是书以文学史的体例，按照时间顺序由唐前福建文学的准备时期一直叙述

5 （清）钱谦益《列朝诗集小传》丁集，上海古籍出版社 2008 年版，第 648 页。

6 （清）周亮工《书影》，上海古籍出版社 1981 年版，第 23 页。

7 陈庆元《福建文学发展史》，福建教育出版社 1996 年版。

到清中叶福建文学的总结提高时期。另外有陈支平、徐泓主编的《闽南文学》[8]，对各个时代的闽南文学进行论述。

从微观研究来看，陈庆元对福建文学的关注与研究走在诸家之前，并且取得了丰硕成果。陈庆元发表了一系列关于福建地域文学的单篇论文，如《福建古代地方文学鸟瞰》[9]对福建古代地方文学的发展做了一个概述式的描述；《蔡襄诗与闽中宋调的确立》[10]指出蔡襄是最早确立宋调的闽籍诗人；《宋代闽中理学家诗文——从杨时到林希逸》[11]综论闽籍理学家的诗文；《刘克庄和闽籍江湖派诗人》[12]则论闽籍江湖诗人的创作实践；《两宋之际闽籍爱国诗人群体》[13]论述李纲、邓肃、刘子翚、李弥逊、张元幹等人的诗歌创作。当然，除了陈庆元之外，尚有蔡厚示《论宋代闽北文学在中国文学史上的地位》[14]叙述闽北文学在宋代的发展；钟俊昆《闽粤赣客家文学史的理论构架与发展路径》[15]从地域文化与文学的角度出发，考查闽粤赣三地客家文学的发展；骆锦恋《宋代闽地理学诗人诗歌理论与创作》[16]以宋代闽地理学家的诗歌理论与创作为切入点进行研究，指出其以议论为诗宋诗化的特点，同时不乏吟咏性情之作。上述论

8 陈支平、徐泓主编《闽南文学》，福建人民出版社 2008 年版。

9 陈庆元《福建古代地方文学鸟瞰》，《福建学刊》1991 年第 2 期。

10 陈庆元《蔡襄诗与闽中宋调的确立》，《福建论坛》1994 年第 5 期。

11 陈庆元《宋代闽中理学家诗文——从杨时到林希逸》，《福建师范大学学报》1995 年第 2 期。

12 陈庆元《刘克庄和闽籍江湖派诗人》，《福州师专学报》1995 年第 2 期。

13 陈庆元《两宋之际闽籍爱国诗人群体》，《理论学习月刊》1996 年第 4 期。

14 蔡厚示《论宋代闽北文学在中国文学史上的地位》，《福建论坛》1993 年第 3 期。

15 钟俊昆《闽粤赣客家文学史的理论构架与发展路径》，《江西社会科学》2005 年第 7 期。

16 骆锦恋《宋代闽地理学诗人诗歌理论与创作》，《集美大学学报》2010 年第 1 期。

文或总括或分论福建文学的创作传统及特质，但并未留意宋代闽地唐诗学研究。

关于宋代唐诗接受史的研究，学界已多有著述。如陈伯海《唐诗学史稿》[17]，从接受学的角度总结了唐宋至明清的唐诗学。张浩逊《唐诗接受研究》[18]，全书分为四编：其中“乙编”论述宋代苏轼对李白及杜甫的接受。另外，陈文忠曾主持“唐诗接受史研究”课题[19]，先后发表专著《中国古典诗歌接受史研究》[20]。论文《诗歌接受史与古典诗学研究》[21]；《〈长恨歌〉接受史研究》[22]，这些研究或宏观把握或进行具体的作家作品的个案分析，并未涉及宋代闽地的唐诗接受研究。

从时间断限上对宋代唐诗接受进行研究的专著有：傅明善《宋代唐诗学》[23]可谓断代唐诗学研究，主要研究宋代唐诗学的演进历程以及宋代唐诗研究的基本方法及特征、宋代唐诗学的历史评价；王红丽《宋人唐诗观研究》[24]分析宋人笔记、诗话中的唐诗观，同时着重分析文学家苏轼、黄庭坚、陆游的唐诗观以及评论家张戒、严羽、刘克庄的唐诗观。

宋代对唐代具体作家的接受研究有：查金萍《宋代韩愈文学接

---

17 陈伯海《唐诗学史稿》，河北人民出版社 2004 年版。

18 张浩逊《唐诗接受研究》，浙江古籍出版社 2010 年版。

19 陈文忠“唐诗接受史研究”课题，国家教育部“十五规划”第一批立项课题，2002 年。

20 陈文忠《中国古典诗歌接受史研究》，安徽大学出版社 1998 年版。

21 陈文忠《诗歌接受史与古典诗学研究》，《传统文化与现代化》1998 年第 4 期。

22 陈文忠《〈长恨歌〉接受史研究》，《文学遗产》1998 年第 4 期。

23 傅明善《宋代唐诗学》，研究出版社 2001 年版。

24 王红丽《宋人唐诗观研究》，华南师范大学博士毕业论文 2007 年。

受研究》[25] 着重对韩文及韩诗在宋代的接受进行研究；赵艳喜《北宋白居易诗歌接受研究》[26] 主要介绍北宋诗人接受白居易诗歌的历史特征，并在此基础上探讨白居易诗歌与宋诗特色形成的关系；白爱萍《姚贾接受史》[27] 也是以时间为线索对姚合、贾岛的接受史进行研究；刘磊《韩孟诗派传播接受史研究》[28] 从韩孟诗派入手，研究各时代的接受情况，并从别集和选本两方面进行考查；洪迎华《刘柳诗歌明前传播接受史研究》[29] 考查明前刘禹锡、柳宗元诗歌的不同的传播方式以及接受境遇；谷曙光《韩愈诗歌宋元接受研究》[30] 特别注重宋人在创作上对韩愈的接受；王红霞《宋代李白接受研究》[31] 以初宋、盛宋、中宋、晚宋四期为时间断限探讨宋代李白的接受与传播；彭伟《明前韦应物接受研究》[32] 以时间为顺序，考查各个朝代文人对韦应物的接受；杨再喜《唐宋柳宗元文学接受史》[33] 叙述柳宗元的创作在唐宋时期的接受轨迹；刘学锴《李商隐诗歌接受史》[34] 从"历代接受概况"、李商隐诗的阐释史以及影响史三方面来论述李商隐诗歌接受史；王华权《宋代笔记中宋人对唐诗的接受观考探》[35] 提出宋人普遍的无意识崇唐现象以及基于"尚理"

---

25 查金萍《宋代韩愈文学接受研究》，安徽大学出版社 2010 年。

26 赵艳喜《北宋白居易诗歌接受研究》，南京大学博士毕业论文 2007 年。

27 白爱萍《姚贾接受史》，陕西师范大学博士毕业论文 2006 年。

28 刘磊《韩孟诗派传播接受史研究》，武汉大学博士毕业论文 2005 年。

29 洪迎华《刘柳诗歌明前传播接受史研究》，武汉大学博士毕业论文 2005 年。

30 谷曙光《韩愈诗歌宋元接受研究》，安徽大学出版社 2009 年版。

31 王红霞《宋代李白接受研究》，上海古籍出版社 2010 年版。

32 彭伟《明前韦应物接受研究》，吉林大学博士毕业论文 2011 年。

33 杨再喜《唐宋柳宗元文学接受史》，苏州大学博士学位论文 2007 年。

34 刘学锴《李商隐诗歌接受史》，安徽大学出版社 2004 年版。

35 王华权《宋代笔记中宋人对唐诗的接受观考探》，《兰州学刊》2011 年第 3 期。

思想对唐诗的批驳。

以上论著或侧重从时间断限上对唐诗接受史进行研究，或侧重对唐代具体诗人及诗歌流派的接受研究。这些研究已经从多角度对唐诗接受史进行了系统而细致的把握，但从地域角度研究唐诗学，学界却表现出明显的不足，尤其是宋代闽地的地域文学史与唐诗学史的交叉情况并未得到足够的重视。

第二节　研究意义及方法

宋代，尤其是南宋，闽地是全国经济文化中心之一。考查《宋史》及各种资料可知，宋代文人名儒多有出知福建的经历，而福建本土文人外仕者也不在少数，诗歌往来而相互影响，似难析出福建本土文学之特质。然而如《诗・小雅・小弁》所歌："维桑与梓，必恭敬止。"桑梓之情，为古今所有，因此，无论何人，也无论其走到何处，其所表现出来的文化特征，都是根植于本土特征的。比如晚唐五代时期，身为闽人而外仕者翁承赞《奉使封闽王归京洛》诗云："此去愿言归梓里，预凭魂梦展维桑。"另外，清代闽郑方坤说："《记》曰：显扬先祖，崇孝也。故龙门自序，原本先人，下逮王家，守其故物。钱氏表厥旧闻，皆考献征文，不敢数典而忘其祖。寒家掌故，矩镬高曾，而先太恭人暨石幢轶事流传，藉甚士夫之口，备登于策，用识一家言云。"[36] 显扬先祖的崇孝原则使得文人们即使仕宦在外，却仍旧怀有桑梓之情，加之本地文人的乡贤情

36（清）郑方坤《全闽诗话・例言》，福建人民出版 2006 年版，第 10 页。

结，使得本土文学的发扬成为文人们共同致力的方向，这就有了研究地域文学特质的可能。因此，本文并不排除在外仕宦的福建文人。而外地在福建为官者，[37] 并不计入。

本文的研究思路主要从文献学及文艺学的角度出发，分为五个部分，第一部分，主要就宋代闽地诗人的诗歌创作所体现的唐诗学观念展开分析。第二部分主要论述福建地区所编诗话、笔记著作所体现出来的唐诗观。第三部分为宋代闽地所编唐诗文献及整理研究。包括福建文人对唐人别集的刊刻、对唐人别集的整理、所编类书以及唐诗选本以及所体现出来的唐诗学观。第四部分为个案研究，着重分析严羽《沧浪诗话》与闽中诗派的形成及其评点《李太白诗集》所体现的唐诗学观。第五部分为福建地区书法及碑刻对唐文献资料的保存以及接受。第六部分说明宋代闽地藏书与唐诗接受。

陈寅恪在《唐代政治史述论稿》中指出：

> 《新唐书》贰佰柒《宦者传·吐突承璀传》云：是时诸道岁进阉儿，号私白，闽岭最多，后皆任事，当时谓闽为中官区薮。咸通中杜宣猷为观察使，每岁时遣吏致祭其先，时号"敕使墓户"。宣猷卒用群宦力，徙宣歙观察使。《顾况古诗》(据《全唐诗》第拾函）云：囝一章。囝哀闽也。(原注：囝音蹇。闽俗呼子为囝。父为郎罢。）囝生闽方。闽吏得之，乃绝其阳。为臧为

37 按：朱熹虽祖籍江西，但因其生于福建、长于福建、教育生徒等活动均在福建，因此，本文仍然收入。

获，致金满屋。为髡为钳，视如草木。天道无知，我罹其毒。神道无知，彼受其福。郎罢别团，吾悔生汝。及汝既生，人劝不举。不从人言，果获是苦。团别郎罢，心摧血下。隔地及天，及至黄泉，不得在郎罢前。宦寺多冒养父之姓，其籍贯史籍往往不载，然即就《两唐书·宦官》及《宦者传》中涉及其出生地域或姓氏稀异者观之，亦可知其梗概也。……《新唐书》贰佰柒《宦者传上》云：……吐突承璀，闽人也，以黄门值东宫。仇士良，循州兴宁人，顺宗时得侍东宫。杨复光，闽人也，本乔氏，少养于内侍杨玄价。同书贰百捌《宦者传下》云：田令孜，蜀人也，本陈氏，咸通时历小马坊使。据此，可知唐代阉寺多出自今之四川、广东、福建等省，在当时皆边徼蛮夷区域。其地下级人民所受汉化自甚浅薄，而宦官之姓氏又有不类汉姓者，故唐代阉寺中疑多是蛮族或蛮夷化之汉人也。[38]

陈氏认为闽地在唐代属于蛮夷之地，对汉文化接受甚少，为唐时福建地区文化不发达的原因之一。此外，“欧阳詹，字行周，泉州晋江人。其先皆为本州州佐、县令。闽越地肥衍，有山泉禽鱼，虽能通文书吏事，不肯北宦。及常衮罢宰相为观察使，始择县乡秀民能文辞者，与为宾主钧礼，观游飨集必与，里人矜耀，故其俗稍相劝仕”[39]。闽人不喜北宦，至唐德宗时期常衮任福建观察使始有改观，这个时期内欧阳詹登“龙虎榜”，“自是闽士始知所向慕，儒风

38 陈寅恪《唐代政治史述论稿》，生活·读书·新知三联书店 2001 年版，第 208—209 页。
39（宋）欧阳修、宋祁《新唐书》卷二百三《欧阳詹传》，中华书局 1975 年版，第 5786—5787 页。

日以振起，相师不绝。迤逦至于杨龟山、李延平辈，分河洛之派，授之朱子，而正学大明，道统有归，吾闽遂称海滨邹鲁矣”[40]。实际上，欧阳詹已经成为闽地文化开端的一个标志。

众所周知，明代闽中诗派的形成是福建文学传统形成的标志，而宋代则可以说是这个地域文学传统形成的准备时期。从诗人数量上来看，五代以前，福建诗人寥寥无几，也没有出现一个文学大家，相较而言，唯黄滔、徐寅稍有名气。而到了两宋时期，从诗人数量上来看，据《全宋诗》，闽地诗人姓名可考者近 1100 人，出现了杨亿、柳永、蔡襄、苏颂、张元幹、刘克庄等著名文人，同时也出现了严羽《沧浪诗话》这样的文学批评著作。然而，尽管如此，宋代闽地仍然缺乏自身的诗歌传统以及鲜明的地域特征。因而，在这一处于蓬勃发展的文学时期，宋代福建文人势必会对前代诗歌传统有选择性地继承，以期形成自身的文学性格，从而确立闽中诗学传统。如蔡襄等人在宋诗格调上的努力，以及严羽等人对盛唐诗歌的尊崇。在这一背景下，有必要考察宋代福建诗歌兴盛的原因及其对唐诗的接受，从而梳理出这一新兴诗歌创作区域对前代诗歌传统的继承情况，以及因此形成的自身风貌，同时进一步考察后世闽中诗派形成的渊源及特点。更为重要的是，宋代闽地文化的极大发展以及理学的兴盛，必然会影响到本地诗学的发展，使其呈现个性化特征。而这种个性化依然离不开对前代诗学的继承。因此，本文在研究宋代闽地唐诗学的同时，还原宋代闽中诗学的发展态势。此即本文的研究意义。

40（明）蔡清《虚斋集》卷三，《景印文渊阁四库全书》本，台湾商务印书馆 1986 年版。

在研究方法上，本文主要运用文献学与文艺学相结合的方法，以宋代闽地文人对唐诗文献的整理与开发为基础，考查诸如刻书、藏书、书法、碑刻、笔记、诗话以及对唐诗的编选、笺注、评点等情况，观照整个宋代闽地诗学理论的演进历程，并进一步辅以地域学、文化学、历史学等学科的研究方法，对闽地唐诗学进行尽可能地全面研究。不仅反映整个宋代唐诗学的发展过程，也能从中分析福建地域特质的形成经过。

第三节　宋代闽地的行政区划及文化背景概述

既然是地域文学研究，就有必要介绍宋代闽地的地理环境及文化背景。其中文化背景最为广阔，如刻书、科举、书院、理学、史学、客家文化等，对于诗学的影响巨大。

根据《宋史·地理志》，北宋时期，福建称福建路，计有六州：福州、建州、泉州、南剑州、漳州、汀州；二军：邵武军、兴化军；四十七县。设置如下：

> 福州，十二县：闽，侯官，福清，古田，唐县，永福，长溪，长乐，罗源，闽清，宁德，连江。
>
> 建州，七县：建安，浦城，嘉禾，松溪，崇安，政和，瓯宁。
>
> 泉州，七县：晋江，南安，同安，惠安，永春，安溪，德化。
>
> 南剑州，五县：剑浦，将乐，顺昌，沙，尤溪。
>
> 漳州，四县：龙溪，漳浦，龙岩，长泰。
>
> 汀州，五县：长汀，宁化，上杭，武平，清流。南渡后，增

县一：莲城。

邵武军，四县：邵武，光泽，泰宁，建宁。

兴化军，三县：莆田，仙游，兴化。

南宋时期升建州为建宁府，福建包括一府五州二军，因此号称“八闽”，辖县与北宋大体一致，只有汀州由原来的五县增设莲城县而成六县。宋代的福建行政区划已经大体相当于现在的福建省。

从经济上来看，福建地区的经济繁荣并不始于宋代，早在唐代，“闽、越地肥衍，有山泉禽鱼，虽能通文书吏事，不肯北宦”[41]。五代时期，王审知本着“宁做开门节度使，不做闭门天子”的政策，进一步开发福建经济。到了宋代，福建经济更为发达。

“福建路，盖古闽越之地。其地东南际海，西北多峻岭抵江。王氏窃据垂五十年，三分其地。宋初，尽复之。有银、铜、葛越之产，茶、盐、海物之饶。民安土乐业，川源浸灌，田畴膏沃，无凶年之忧。而土地迫狭，生籍繁夥；虽硗确之地，耕耨殆尽，亩直浸贵，故多田讼。其俗信鬼尚祀，重浮屠之教，与江南、二浙略同。然多向学，喜讲诵，好为文辞，登科第者尤多”[42]。就矿产而言，有金场、银场、铜场、锡场、盐场；就土产而言，有土茴香、火箭、石乳、龙茶、荔枝、鹿角菜、紫菜、红花蕉布、甲香、鲛鱼皮、蜡烛、纻、绵、葛布、蕉、葛等。朱维幹《福建史稿》第四篇第九章《宋代福建社会经济的发展》，详细介绍了耕地、水利、农业、渔

41（宋）欧阳修、宋祁《新唐书》卷二百三《欧阳詹传》，中华书局1975年版，第5786页。

42（元）脱脱等《宋史》卷八十九《地理志》，中华书局1985年版，第2210页。

业、食盐、手工业、建筑、矿冶等方面的发展。引起福建经济繁荣最重要的原因还是福建的地理位置：福建地区处于东南边地，无论是北宋还是南宋，都处于相对稳定的政治环境中。

随着政治的稳定与经济的繁荣，宋代闽地的文化也得到极大发展，祝穆《方舆胜览》卷十云："昭武人喜以儒术相高，是为云云；里人获荐登第，则厚赆庆贺，是为乐善之俗……弦诵之声相闻。"[43] 建州："家有诗书……书籍行四方。"[44] 泉州："名贤生长，民淳讼简，其人素习诗、书。"[45] 兴化军："秀民特多，比屋业儒。"[46] 其中理学成就是众所周知的，出现了以杨时、游酢及朱熹等为代表的理学家。在史学方面，则有郑樵《通志》，袁枢《通鉴纪事本末》，熊克《中兴小记》，梁克家《淳熙三山志》、《长乐志》，李俊甫《莆阳比事》，林通《长乐图经》，林亦之《玉融志》，莆田翁亢、李纶、福州许楙《淳熙漳郡志》，廖挺《延平志》，方崧卿、许开《南安志》等。科举方面，梁克家《淳熙三山志》卷二十六云："唐自神龙迄后唐天成二百二十有三年州擢进士者三十六人，何才之难耶？……由太平兴国五年至今淳熙八年，凡二百有二年，以科目进者一千三百三十有九人。元符以前一百二十二年才三百二人尔，而建中靖国至今正八十二年乃一千三十有七人，又何其日盛一日也。"[47] 进士之多也是前所未有的。"今闽中举子常数倍天下，而

43（宋）祝穆《方舆胜览》，中华书局 2003 年版，第 172 页。

44 同上书，第 181 页。

45 同上书，第 207 页。

46 同上书，第 217 页。

47（宋）梁克家《淳熙三山志》卷二十六《人物类》，《宋元方志丛刊》本，中华书局 1990 年版，第 8005—8006 页。

朝廷将相公卿每居十四五”[48]。至于南宋时期，福建士子尤精时文，吴潜在《奏乞分路取士以收淮襄人物守淮襄之土地》中说：“士之精于时文者，闽为最，浙次之，江西东、湖南又次之。”[49]对于时文的精通恐怕得益于福建刻书业的发达，福建地区对于此种书籍的编纂及刊刻尤为热衷。如魏天应、林子长《论学绳尺》十卷，编集南渡以后场屋应试之文，供科举士子揣摩文法。再如林駉、黄履翁撰《源流至论前集》十卷、《后集》十卷、《续集》十卷、《别集》十卷，也供场屋采掇之用。

刻书业的发达是宋代闽地文化发展的标志之一，福建地区为宋代三大刻书中心之一，《石林燕语》卷八称：“福建本几遍天下。”[50]祝穆《方舆胜览》云：“麻沙、崇化两坊产书，号为图书之府。”[51]其刻书单位为官刻与私刻，官刻如福建路转运使司、福建路提举司、福建路提刑司、福建漕治、福建路提举市舶司、福建官医提举司、福州学宫、福唐郡庠、泉州公使库印书局、泉州州学、泉州郡庠、泉州县斋、建安漕司、建宁府学、兴化府学、临汀郡斋、漳州府署、南平郡庠、邵武军学、莆田郡斋、建阳县斋、汀州宁化县学、永泰县学、莆田县学、安溪县印书局等等。私人著名刻书家如廖莹中、蔡梦弼、方崧卿等等。

刻书事业与藏书紧密相关。袁同礼《宋代私家藏书概略》云：

48（宋）阮阅编，周本淳校点《诗话总龟》后集卷三十，人民文学出版社 1987 年版，第 187 页。

49（宋）吴潜《许国公奏议》卷二，《景印文渊阁四库全书》本，台湾商务印书馆 1986 年版。

50（宋）叶梦得《石林燕语》，中华书局 1984 年版，第 116 页。

51（宋）祝穆《方舆胜览》卷十一，中华书局 2003 年版，第 181 页。

"自雕版流行，得书较易，直接影响于私家藏书者亦甚钜。印书之地，以蜀、赣、越、闽为最盛，而宋代私家藏书，亦不出此四中心点之外。"[52]可见，福建地区也是有名的藏书之地，出现了诸多有名的藏书家，如杨纮、黄晞、方崧卿、余日华、郑寅、傅楫、余崇龟、章綡、苏颂、曾旼等等。

另外，学校在文化建设方面也起着至关重要的作用，宋代闽地除了官学之外，还出现了很多书院，如屏山书院、紫阳书院、考亭书院、云谷书院、庐峰书院、鳳山书院、泉山书院、石井书院、樵溪书院、丹诏书院、建安书院、西山精舍、南山书院、月山书院、拙斋书院、延平书院、涵江书院等等。书院多以阐扬理学为宗旨，如涵江书院山长祝洙就以讲论朱熹的《四书集注》为主。而在文学传播方面，姚同提到林之奇的拙斋书院的学习情况时说："先生时乘坐竹舆至群居之所，诸生列左右致敬。先生有喜色，或命诸生讲《论》、《孟》，是则首肯而笑，否即令再讲，或令诵先生所编《观澜集》而听之，倦则啜茗归卧，率以为常。"[53]《观澜集》即林之奇所编集的《观澜文集》，其所编选原则虽然也遵从理学家的文道观，但从另一个角度来说，其所编选的诗文为生徒吟诵的内容之一，这实际上也是一种文学接受。再如颜褒："邃于经学，辞藻丰赡，书法尤精，讲席一开，从者云集，片言只字，人争宝之。内典亦悟解。暮年讲佛书或讲杜诗，闻者解颐。"[54]其讲学活动对杜诗的传播

52 袁同礼《宋代私家藏书概略》，《袁同礼文集》，北京图书馆出版社 2010 年版，第 336 页。

53 （宋）林之奇《拙斋文集·附录〈行实〉》，《景印文渊阁四库全书》本，台湾商务印书馆 1986 年版。

54 （明）《万历重修泉州府志》卷十八《人物志》，台湾学生书局 1987 年版，第 1404 页。

也起到了一定作用。

第四节　文学背景概述：五代闽国的唐诗接受对宋代闽地唐诗学的启发

唐僖宗光启元年（885）光州固始人王潮、王审知兄弟带领军队攻入泉州，景福元年（892）入福州，统一福建，乾宁中昭宗拜王潮为威武军节度使。潮死，王审知据有全闽，唐亡，梁太祖加拜审知中书令，封闽王。其后王审知长子延翰建立闽国。王氏前后维持了大约六十年的统治。在这一时期内，王氏统治者大多注意到了经济发展问题，采取保境养民的政策，如"（王）潮乃创四门义学，还流亡，定租税，遣吏巡州县，劝课农桑，交好邻道，保境息民，人皆安焉"[55]。甚至为了稳定的经济发展不惜对各个割据政权遣使纳贡，如惠宗"以国小地僻，常谨事四邻，由是境内差安"[56]。同时，王氏君臣又充分利用福建沿海的地理特性，用较小的交易税额招徕海外商人，进行贸易活动，由此国用日富。如王审知时期："招来海中蛮裔商贾，资用以饶。"[57]张睦，"光州固始人。唐末从太祖入闽。太祖封琅琊王，授睦三品官，领榷货务。睦抢攘之际，雍容下士，招来蛮裔商贾，敛不加暴，而国用日以富饶"[58]。王审知又特别开辟甘棠港以方便海上交通及贸易，"海上黄崎波涛为阻，审知祷

55（清）吴任臣《十国春秋》卷九十《司空世家》，中华书局 1983 年版，第 1300 页。
56（清）吴任臣《十国春秋》卷九十一《惠宗本纪》，中华书局 1983 年版，第 1326 页。
57（清）吴任臣《十国春秋》卷九十《太祖世家》，中华书局 1983 年版，第 1319 页。
58（清）吴任臣《十国春秋》卷九十五《张睦传》，中华书局 1983 年版，第 1377 页。

于海神，一夕风雨雷震，击开为港，闽人以为德政所致。唐帝赐号曰甘棠港，封其神曰灵显侯”[59]。为宣扬王氏德政，关于甘棠港的各种记载不免带有一些神话色彩，但这一港口的建立的确为海上贸易提供了不少方便。

除此之外，王氏政权采取了一系列右文政策：搜求遗书，如王审知“命管内军州搜遗书缮写以上”[60]。兴学教士，于兢《琅琊忠懿王德政碑》云：“尝以学校之设，是为教化之原。乃令诱掖童蒙，兴行敬让，幼已佩于师训，长皆置于国庠。俊造相望，廉秀特盛。”[61]又陈洪济，“初令同安，继令晋江，皆兴学教士，为王氏循吏之冠”[62]。开四门学，王审知“酷好礼下士，唐公卿子弟多依以仕宦。又拓四门学以教闽中秀士”[63]。设科举，留从效为漳、泉二州留后时，“每岁取进士、明经，谓之秋堂”[64]。立招贤院，王审邽，“字次都。为泉州刺史，检校司徒。喜儒术，通《书》、《春秋》。善吏治，流民还者假牛犁，兴完庐舍。中原乱，公卿多来依之，振赋以财，如杨承休、郑璘、韩偓、归传懿、杨赞图、郑戬等赖以免祸，审邽遣子延彬作招贤院以礼之”[65]。

主持招贤院日常事务的是雅好诗歌的泉州刺史王延彬，其诗歌作品多已亡佚，《全唐诗》仅录二首。但据记载延彬才华挺出，即

59（清）吴任臣《十国春秋》卷九十《太祖世家》，中华书局 1983 年版，第 1302 页。
60 同上。
61（清）董诰《全唐文》卷八百四十一，中华书局 1983 年版，第 8846 页。
62（清）吴任臣《十国春秋》卷九十六《陈洪济列传》，中华书局 1983 年版，第 1390 页。
63（清）吴任臣《十国春秋》卷九十《太祖世家》，中华书局 1983 年版，第 1319 页。
64（清）吴任臣《十国春秋》卷九十三《留从效传》，中华书局 1983 年版，第 1350 页。
65（宋）欧阳修、宋祁《新唐书》卷一百九十《王审邽传》，中华书局 1975 年版，第 5493 页。

使当时名家如徐寅、韩偓亦有不及处，《龙性堂诗话续集》云："词客谒见（延彬），多为所屈。一时徐寅、韩偓诸名士，自为不及之……诗颇楚楚，于诸王中亦可谓铮铮矣。"[66]延彬《春日寓感》诗曰："两衙前后讼堂清，软锦披袍拥鼻行。雨后绿苔侵履迹，春深红杏锁莺声。因携久酝松醪酒，自煮新抽竹笋羹。也解为诗也为政，侬家何似谢宣城。"诗情安闲自适，与诗人贵族公子的身份颇为契合。雨后绿苔一联写景清丽，与晚唐诗风一致。"也解为诗也为政，侬家何似谢宣城"句则以政事文学两通自诩，自比谢朓。地方行政长官与诗人二重角色的合一，使得王延彬周围聚集了一批文人才子，其中包括避地入闽以及闽国本地文人群体，形成闽国文学集团。避地入闽者如杨承休、郑璘、韩偓、归传懿、杨赞图、郑戬等。闽地本土文人则有黄滔、徐夤、黄璞、翁承赞、陈郯、陈乘、倪曙、郑良士、颜仁郁等。《十国春秋》大致记载了这一文学中心的交游唱和情况：

> 初，太祖从子延彬刺泉州，（徐）寅每同游赏，及陈郯、倪曙等赋诗酒酣为乐，凡十余年。[67]
>
> 杨沂丰（《五代史》作杨沂），"唐宰相涉从弟也。遭乱，依太祖，与徐寅、王淡同居幕府，以风雅倡和，闽士多宗之"[68]。
>
> 陈乘，仙游人。"唐乾宁初擢进士第，官秘书郎。黄巢之乱，

66（清）叶矫然《龙性堂诗话续集》，郭绍虞、富寿荪《清诗话续编》本，上海古籍出版社 1983 年版，第 1032 页。

67（清）吴任臣《十国春秋》卷九十五《徐寅传》，中华书局 1983 年版，第 1375 页。

68（清）吴任臣《十国春秋》卷九十五《杨沂丰传》，中华书局 1983 年版，第 1372 页。

退居里中，与侍中延彬、徐寅、郑良士辈，以诗相唱和，闽士多以风雅归之”[69]。

另外，从方志也可窥见一斑：

郑良士，旧名昌士，字君梦，仙游人。乾化五年入闽依王审知，“博学，善属文……唐昭宗景福二年，献诗五百篇……与泉州刺史王延彬、秘书陈乘、正字徐寅辈更相唱和……有《白岩文集》《诗集》十卷，《中垒集》五卷，藏于家”。有子八人，“俱博读坟典，文采华艳……时人号曰郑家八虎”[70]。

一时之间，诗人们酬唱循环，往来不绝。仅以本土诗人而言，黄滔有《寄杨赞图学士》、《酬杨学士》、《东山之游未遂渐逼行期作四十字奉寄翁文尧员外》、《送翁员外承赞》、《奉和翁文尧员外经过七林书堂见寄之什》、《奉酬翁文尧员外驻南台见寄之什》、《奉和翁文尧员外文秀、光贤、昼锦之什》、《奉和翁文尧戏寄》、《奉酬翁文尧员外神泉之游见寄嘉什》、《辄吟七言四韵攀寄翁文尧拾遗》、《寄徐正字夤》、《喜翁文尧员外病起》、《送翁拾遗》、《酬徐正字夤》、《和王舍人、崔补阙题天王寺》等，其中以与翁承赞唱和为最多。而翁承赞的诗歌亡佚较多，从现存作品来看，未见与黄滔应和篇什，而有《辞闽王归朝寄倪先辈》一诗，大略体现其诗简往来

69（清）吴任臣《十国春秋》卷九十七《陈乘传》，中华书局 1983 年版，第 1396 页。

70（宋）黄岩孙《宝祐仙溪志》卷四《人物》，《宋元方志丛刊》第 8 册，中华书局 1990 年版，第 8312 页。

情况。另外一位名家徐寅则与王延彬酬唱为多，如《喜雨上主人尚书》(此处尚书指王延彬)、《依韵和尚书再赠牡丹花》、《尚书座上赋牡丹花得轻字韵其花自越中移植》、《尚书打球小骢步骤最奇因有所赠》、《尚书惠蜡面茶》、《贺清源太保王延彬》、《尚书新造花笺》、《尚书筵中咏红手帕》、《尚书命题瓦砚》等，与其他诗人唱和亦不在少数，如《赠黄校书先辈璞闲居》、《献内翰杨侍郎》等等。

除上述外，闽国还有詹敦仁、陈郯、江为、周朴等诗人。

陈郯，泉州莆田人。"家贫，颇力学，通五经，惠宗从子仁达辟掌书记。惠宗以事诛仁达，并收郯属吏，寻籍没仁达家，惟得郯歌诗一卷，释不诛，擢为宣徽使，充内学士"。[71]

江为，其先宋人，避乱建阳，遂为建阳人。"唐末尝举进士，辄不第。工于诗，有'天形围泽国，秋色露人家'、'月寒花露重，江晚水烟微'等句，脍炙人口。少游白鹿寺，有句：'吟登萧寺旃檀阁，醉倚王家玳瑁筵。'后主南迁见之曰：'此人大是富贵家。'时刘洞、夏宝松就传诗法，为益傲肆，自谓俯拾青紫。乃诣金陵求举，屡黜于有司。怏怏不能已，欲束书亡越，会同谋者上变，按得其状，伏罪。今建阳县西靖安寺，即处士故居，后留题者甚众。有集一卷，今传"。[72]

可以说五代闽国时期的诗歌发展改变了前代本地区诗歌的荒芜状态，步入一个新阶段，这一阶段显然为宋代闽地诗歌的兴盛奠定了基础，而这一时期，对唐代诗歌的接受也处于一种萌发状态。闽

71 （清）吴任臣《十国春秋》卷九十八《陈郯传》，中华书局 1983 年版，第 1402—1403 页。

72 傅璇琮《唐才子传校笺》卷九，中华书局 1995 年版，第 499—504 页。

国唐诗学的分析可以从两方面入手，一是诗学理论体系；二是闽国诗人创作风格。二者交互作用，开启了宋代闽地唐诗学的帷幕。

闽国的诗学理论体系主要表现为徐寅的《雅道机要》[73]与黄滔的《答陈磻隐论诗书》中。

《雅道机要》，《直斋书录解题》著录为：“《雅道机要》二卷，前卷不知何人，后卷称徐寅撰。”[74]从内容上来看，除顺序颠倒及个别引用诗句不同之外，《雅道机要》前半部分（至“明意包内外”）大抵承袭齐己《风骚旨格》的观点，例如“明门户差别”的内容与《风骚旨格》中“四十门”一致，不过是改变了一种说法而已，余者类似。《雅道机要》后半部分则是徐寅自撰。前人研究不大着意于《雅道机要》，除了散见于各种文学批评史之外，唯谢琰《论徐寅〈雅道机要〉的理论意义与实践品格》[75]专论《雅道机要》，其研究的着眼点在于《雅道机要》的后半部分。不过，从另外一种视角看，摘抄意味着对原作者诗学观的一种强烈认同，也同时表明了自身的诗学观点。因此，研究徐寅的诗学宗尚不妨从整个《雅道机要》入手。

《雅道机要》的一个显著特点是，从“明门户差别”到“叙句度”条，均引用诗句进行说明。从引用的具体诗例来看，引齐己19条；周贺（即僧清塞）9条；贾岛诗句8条；刘得仁4条；虚中2条；李频2条；陈陶2条；修睦2条；戴叔伦1条；高蟾1条；

---

73 本文采用江苏古籍出版社张伯伟《全唐五代诗格汇考》中所收录的《雅道机要》版本。

74（宋）陈振孙著，徐小蛮、顾美华点校《直斋书录解题》卷二十二，上海古籍出版社1987年版，第644页。

75 谢琰《论徐寅〈雅道机要〉的理论意义与实践品格》，《中州学刊》2009年第3期，第218—220页。

崔峒1条；王维1条；张籍1条；杜甫1条；郑谷1条；贯休1条；智远1条；周朴1条；卢纶1条；方幹1条；杜牧1条；栖蟾1条；许浑1条；刘叉1条。从这一数据统计来看，以引中晚唐尤其是晚唐诗人诗句为最多，如贾岛、齐己、周贺。另外，徐寅自撰“叙体格”及“叙句度”部分，基本上引用的是贾岛与周贺、栖蟾、修睦等人诗句，已经显示出作者诗宗晚唐的倾向。

其后徐寅在“叙体格”等条中直言不讳地提出诗法晚唐的观点。众所周知，晚唐诗法多注重锤炼字句。如“叙磨炼”中说：“凡为诗须积磨炼，一曰炼意，二曰炼句，三曰炼字。意有暗钝、粗落。句有死机、沉静、琐涩。字有解句、义同、紧慢。以上三格，皆须微意细心，不须容易。一字若闲，一联句失。故古诗云：‘一个字未稳，数宵心不闲。’”主张作诗需要特别注意炼意及锻炼字句，不能轻易下笔，一字之失会导致一联成为败笔。这种观点恰恰与晚唐贾岛等苦吟诗人的作风契合。“一个字未稳，数宵心不闲”句，与贾岛“两句三年得，一吟双泪流”、孟郊“夜吟晓不休，苦吟鬼神愁”，如出一辙。

“叙磨炼”从字句上要求磨炼，而“叙明断”则从联句及通篇提出同样的要求：“凡为诗须明断一篇终始之意。未形纸笔，先定体面。若逢先理，则百发百中。所得之句，自有趣味。播落人口，皆在明断。审其是非，如创学之流，未得联联通达，或失磨炼，或犯诸病，皆须仔细看详。吟咏不可恃其敏捷，或有疏脱，被人评哂，则坏平生之名。古来名公，尚不免此，今之诗人，切可为戒。所得之句，古之未有，今之未述，方得垂名。或有用志，须精分剖。一篇才成，字字有力，任是大匠名流，不能移一字一句，至于无疑，方为作者矣。”否定天才式创作，认为诗须从磨炼、仔细中来，通篇达到不能移动一字一句的效果，才是真正的诗家。要达到这种境界，除了要苦吟之外，还需月锻年炼，因此“叙搜觅意”条申述云：“凡为诗须搜觅。未得句，先须令意在象前，象生意后，斯为上手矣。不得一向只构物象，属对全无意味。凡搜觅之际，宜放意深远，体理玄微。不须急就，惟在积思，孜孜在心，终有所得。古今为诗，或云得句先要颔下之句，今之欲高，应须缓就。若阆仙经年，周朴盈月可也。”说明作诗不可一气呵成，以贾岛、周朴为范例。“阆仙经年”指的是贾岛“两句三年得”；“周朴盈月”即林嵩在《周朴诗集序》中说的：“先生为诗思迟，盈月方得一联一句，得必惊人，未暇全篇，已布人口。”[76] 徐寅推崇周朴，与周朴中年后居闽（福州）不无关系，其时，闽地诗歌不甚发达，徐、周二人在闽地诗人中可谓翘楚，因此存在了诗学相互影响的可能。

晚唐诗以律诗成就最为显著，徐寅在“叙体格”条中云：“凡为诗者，先须识体格。未论古风，且约五七言律诗，惟阆仙真作者矣。”从五七言律诗来看，徐氏认为唯贾岛为真作者，以此标明自己的诗学宗尚。从徐寅本人的诗歌创作情况来看，占绝大比例的是五七言律诗，不妨也看作是徐寅继承晚唐诗风的又一佐证。

特别需要注意的是徐寅的以禅论诗。如《雅道机要》中云：“夫诗者，儒中之禅也。一言契道，万古咸知。”认为诗是儒中之禅，甚至在“叙句度”条中说：“北宗则二句见意；南宗则一句见意。”径直以佛教的北宗、南宗设喻。当然，晚唐诗坛颇流行此论

76（清）董诰等《全唐文》卷八百二十九，中华书局，1983年版，第8743页。

调，学术界已多有阐发，此不赘述。与本文密切相关的是，徐寅这种以禅喻诗的诗学倾向，显然对同为闽人的南宋邵武严羽的《沧浪诗话》产生了影响。

徐寅的《雅道机要》被收录进宋代莆田人编集的《吟窗杂录》，这是对徐寅诗学理论的接受。从某种程度上说，徐寅这种诗学范式的建立，给学诗者提供了方便之门，无疑对宋代闽地诗歌起到了重要的引导作用，这也是宋代闽地的诗人多学晚唐的原因之一。

从创作来看，徐寅“诗亦不出五代之格，体物之咏尤多。五言如‘白发随梳少，青山入梦多’、‘岁计悬僧债，科名负国恩’。七言如‘丰年甲子春无雨，良夜庚申夜足眠’、‘月明南浦梦初断，花落洞庭人未归’、‘鷃鸠声中双阙雨，牡丹花畔六街尘’诸联，已为集中佳句。然当时文体，不过如斯”[77]。多体物之诗恰好是实践了其诗歌理论，《雅道机要》中多有意与象的讨论，与本文关系不大，因此不加申述。上面已经提到过，徐寅的创作以五七言律诗为多，在物象的选取上以及诗歌风格上都与晚唐诗一致。

黄滔的诗学理论集中体现在《答陈磻隐论诗书》一文中。从唐诗学接受的角度来看，黄滔恰好与徐寅相反，反对晚唐的艳情诗风而推重李杜及中唐诗歌。

黄滔诗论受《毛诗序》及白居易诗教说的影响，首先强调诗歌的教化作用：“且诗本于国风王泽，将以刺上化下。苟不如是，曷诗人乎？今以世言之者，谓谁是如见古贤焉？况其笼络乎天地日月，出没其希夷恍惚，著物象谓之文，动物情谓之声。文不正则声

77（清）永瑢等《四库全书总目》卷一百五十一，中华书局1965年版，第1303页。

不应。何以谓之不正不应？天地笼万物，物物各有其状，各有其态。指言之不当则不应。由是圣人删诗，取之合于韶武。故能动天地，感鬼神。其次亦犹琴之舞鹤跃鱼，歌之遏云落尘。盖声之志也。琴之与歌尚尔，况惟诗乎？”[78]认为诗人创作诗歌最基本的要求是刺上化下，有益于政治教化。强调文不正则声不应，文正指的是文章的思想内容要合乎正道，唯有如此才能做到言志，才能体现出诗歌的教化功能。

在此基调上，黄滔对晋宋梁陈的诗歌评价很低，“且降自晋宋梁陈已来，诗人不可胜纪，莫不盛多猗顿之富，贵垒隋侯之珍。不知百卷之中，数篇之内，声文之应者几人乎”。认为晋宋梁陈诗人及作品不可胜数，但声文相应者却少，这也是站在诗教的立场上进行评论的。

黄滔对晚唐诗风亦颇有微词：“逮贾浪仙之起，诸贤搜九仞之泉，唯掬片冰；倾五音之府，只求孤竹。虽为患多之，所少奈何。孤峰绝岛，前古之未有。咸通乾符之际，斯道隙明。郑卫之声鼎沸，号之曰今体才调歌诗。援雅音而听者懵，语正道而对者睡。噫！王道兴衰，幸蜀移洛，兆于斯矣。诗之义大矣哉！”晚唐诗可分为两类，一类是以贾岛为代表的诗人群体，这些诗人“搜九仞之泉，唯掬片冰；倾五音之府，只求孤竹”，片面追求诗歌的形式，却忽略了思想内容，与刺上化下的宗旨不合，故评价不高。而对于另一类晚唐诗，即咸通乾符之际出现的艳情诗风，黄滔予以强烈批判，认为在郑卫之风鼎沸的时期，“援雅音而听者懵，语正道而对

78（清）董诰等《全唐文》卷八百二十九，中华书局，1983年版，第8671页。

者睡”，没有人能够理解雅音、正道。甚至认为这种艳情诗风的流行是唐王朝衰落的先机，借此进一步深化其诗教观。

黄滔肯定了李杜、元白的诗歌，“大唐前有李杜，后有元白，信若沧溟无际，华岳于天”。赞誉李杜元白的诗歌高远无际，难以超越。

同时黄滔又说：“然自李飞数贤，多以粉黛为乐天之罪，殊不谓三百五篇，多乎女子，盖在所指说如何耳。至如《长恨歌》云：‘遂令天下父母心，不重生男重生女。’此刺以男女不常，阴阳失伦。其意险而奇，其文平而易。所谓言之者无罪，闻之者足以自戒哉。”这里“李飞数贤”中的李飞，指的是晚唐李戡（一名飞），杜牧《唐故平卢军节度巡官陇西李府君墓志铭》：“君讳戡，字定臣。……所著文数百篇，外于仁义，一不关笔。尝曰：‘诗者可以歌，可以流于竹、鼓于丝，妇人小儿，皆欲讽诵，国俗薄厚，扇之于诗，如风之疾速。尝痛自元和以来，有元白诗者，纤艳不逞，非庄士雅人，多为其所破坏。流于民间，疏于屏壁，子父女母，交口教授，淫言媟语，冬寒夏热，入人肌骨，不可除去。吾无位，不得用法以治之。’欲使后代知有发愤者，因集国朝已来类于古诗，得若干首，编为三卷，目为《唐诗》，为序以导其志。”[79] 从这段记载可以看出，李飞所反对的是元白流于纤艳庸俗的元和体诗，因此，集唐代古诗以改变元和诗的淫言媟语。李飞的诗歌现已亡佚，从杜牧的评价来看，“所著文数百篇，外于仁义，一不关笔”，可以大致判断李飞的创作实际上也遵循了诗教说，不过是与黄滔在评价角度

79（唐）杜牧《樊川文集》卷九，上海古籍出版社 1978 年版，第 137 页。

上产生了分歧。李飞专门批判的是元和体，而黄滔则因为推重元白的讽喻诗进而肯定元白的一切创作，对于元白古诗，黄滔以《长恨歌》中的“不重生男重生女”为例进行了辩驳，认为白居易的此类诗歌也具有讥刺作用。

黄滔在诗歌理论上推重杜甫元白等人的讽喻诗，其诗歌创作也在努力向这一方向靠拢，如《书事》：“望岁心空切，耕夫尽把弓。千家数人在，一税十年空。没阵风沙黑，烧城水陆红。飞章奏西蜀，明诏与殊功。”《河梁》诗云：“五原人走马，昨夜到京师。绣户新夫妇，河梁生别离。”《秋夕贫居》云：“豪门腐粱肉，穷巷思糠秕。”《晚春关中》云：“游塞闻兵起，还吴值岁饥。”这类诗从内容到语言都颇具白诗风味，洪迈《黄御史集序》：“其诗清淳丰润，若与人对语，和气郁郁，有贞元、长庆风概。”[80]当是就黄滔的这类诗歌做出的评判。从黄滔整体诗歌创作来看，这类诗歌的比重并不大，而是更多的表现“一船风雨分襟处，千里烟波回首时”（《旅怀寄友人》）以及“孤枕忆山千里外，破窗闻雨五更初”（《客舍秋晚夜怀故山》）式的伤时感世的况味，落入晚唐窠臼。杨万里《黄御史集序》云：“御史公之诗，如《闻新雁》：‘一声初触梦，半白已侵头’、‘余灯依古壁，片月下沧洲。’如《游东林寺》：‘寺寒三伏雨，松偃数朝枝。’如《上李补阙》：‘谏草封山药，朝衣施衲僧。’如《退居》：‘青山寒带雨，古木夜啼猿。’此与韩致光、吴融辈并游，未知其何人徐行后长者也。”[81]直接将这类诗歌归入晚唐，与韩

80（唐）黄滔《黄御史集·原序》，景印文渊阁《四库全书本》，台湾商务印书馆 1986 年版。

81 （宋）杨万里《诚斋集》卷八十，景印文渊阁《四库全书本》，台湾商务印书馆 1986 年版。

偓、吴融并列。

黄滔的推重杜甫与元、白的诗教观在闽国并不孤立，据史载，景宗王延羲“又常酒酣咏白居易诗以诮文进、重遇”[82]。由此看来，白居易的诗歌在闽国较为流行。当然，黄滔的诗歌主张更多的是在宋代得到响应，如莆田黄彻《䂬溪诗话》推重杜甫，强调教化，显然是对黄滔诗论的继承。另外延平黄裳、莆田方深道、惠安庄绰、建安蔡梦弼都以推崇杜甫见称。而泉州陈从易则“诗多类白乐天”[83]，与黄滔的长庆、贞元诗风一脉相承。至于南宋邵武严羽更是旗帜鲜明地标举盛唐诗歌，为闽中诗派宗盛唐诗构建了理论支撑。

五代闽国时期，在诗学理论上，徐寅宗尚晚唐诗，而黄滔力主盛唐及中唐诗歌，可以说，二人在理论及诗歌创作上开启了宋代闽地诗歌宗唐的两种路径。

从五代闽国的诗歌创作上来看，也大致遵循中晚唐诗法。

颜仁郁，泉州人。仕闽，为归德场长，“有诗百篇，宛转回曲，历尽人情，邑人途歌巷唱之，号‘颜长官诗’。其《劝农》诗曰‘夜半呼儿趁晓耕，羸牛无力渐艰行。时人未识农家苦，敢道田中谷自生’”[84]。自觉继承了中唐时期干预时弊的诗歌传统。

詹敦仁，“诗甚典瑰不凡，大似昌黎”[85]。根据《全唐诗》，詹敦仁现存诗六首，类韩愈诗者唯《复留侯从效问南汉刘岩改名龑字音义》一首。

82（清）吴任臣《十国春秋》卷九十二《景宗本纪》，中华书局 1983 年版，第 1342 页。

83（宋）欧阳修《六一诗话》，人民文学出版社 1962 年版，第 7 页。

84（清）吴任臣《十国春秋》卷九十六《颜仁郁传》，中华书局 1983 年版，第 1389 页。

85（清）叶矫然《龙性堂诗话续集》，郭绍虞、富寿荪《清诗话续编》本，上海古籍出版社 1983 年版，第 1029 页。

翁承赞，“字文饶，福清人。举唐乾宁三年进士，累官右拾遗、户部员外郎，后失节为梁谏议大夫，自号狎鸥翁。有诗集一卷，见《唐书·艺文志》，并《书锦集》、《宏词前后集》共二十卷，俱佚不传。余家收得册封闽王时律诗三十余首，中多佳句。如‘窗含孤岫影，牧卧断霞阴’、‘早凉生户牖，孤月照关河’、‘参差雁阵天初碧，寥落渔家蓼欲红’、‘长淮月上鱼翻鬐，荒渚人稀獭印蹄’、‘松都旧日门人种，路是前朝禅子开’，诚晚唐作手也”[86]。从这则记载可以看出，翁承赞的诗至明代仍在福建地区流传。从其现存诗歌来看，很少关照现实，他的诗歌多写景抒怀酬寄之作，写景凄清，不出晚唐格局。

除了本地诗人外，还有一些避地入闽的外籍诗人对闽地诗歌的发展也起了一定的促进作用，如咸通后晚唐诗风的代表诗人韩偓，关于韩偓的诗歌，学术界多有研究，本文不再赘述。

崔道融也曾避居于闽，他擅长绝句，应当受到杜牧绝句的影响。如《读杜紫微集》：“紫微才调复知兵，长觉风雷笔下生。还有枉抛心力处，多于五柳赋闲情。”再如《楚怀王》：“宫花一朵掌中开，缓急翻为敌国媒。六里江山天下笑，张仪容易去还来。”《过隆中》：“玄德苍黄起卧龙，鼎分天下一言中。可怜蜀国关张后，不见商量徐庶功。”《西施滩》：“宰嚭亡吴国，西施陷恶名。浣纱春水急，似有不平声。”翻出新意，类似杜牧。然而，晚唐诗在咏史诗中做翻案文章已经是普遍现象，就闽地诗人而言，徐寅《马嵬》：“二百年来事远闻，从龙谁解尽如云。张均兄弟皆何在，却

86（清）郑方坤《全闽诗话》卷一，福建人民出版社 2006 年版，第 45 页。

是杨妃死报君。”黄滔《马嵬》：“锦江晴碧剑锋奇，合有千年降圣时。天意从来知幸蜀，不关胎祸自蛾眉。”都是此类创作。咏史诗的反思与翻案之风盛行于晚唐，与当时的社会环境相关。如晚唐之前的咏马嵬、西施诗，主题大多是红颜祸水。但是从历史的角度来看，晚唐时期僖宗、昭宗幸蜀，历史表象与玄宗幸蜀相同，但政治根源却不尽相同。僖宗、昭宗身边并没有一个杨妃在，但也不免避祸四川，龙辇出逃。这些咏史诗的出现正是在大唐王朝日暮西山之下的一种政治反思，而以诗歌的形式反映出来。

周朴，《全唐诗话》、《四库全书总目》等皆称其为吴兴人，唯《唐才子传》称其为福建长乐人，大约与其在闽地隐居行迹有关。周朴“工为诗，抒思尤艰。每有所得，必极雕琢。时诗家称为月锻年炼，未及成篇，已播人口，取重当时如此。贯休尤与往还，深为怜才。而朴本无夺名竞利之心，特以道尊德贵，美价益超耳。乾符中，为巢贼所得，以不屈，竟及于祸，远近闻之，莫不流涕。林嵩得其诗百余篇为二卷，僧栖浩序首，今传于世”[87]。周朴是晚唐诗风的代表人物之一。

除此而外，本身为闽人，而仕宦或游历在外地的诗人尚有孟贯、何瓒、黄夷简、郑文宝等人。前几人诗歌创作不多，且影响较小。独郑文宝的诗歌引人注意，《蔡宽夫诗话》云：“仲贤当前辈未贵杜诗时，独知爱尚，往往造语警拔，但体小弱，多一律，可恨耳。欧阳文忠公称其《张仆射园中》一联，以为集中少比，恐公未尝见其全编。大抵仲贤情致深婉，比当时辈流能不专使事，而尤长于绝句。

87 傅璇琮《唐才子传校笺》卷九，中华书局 1995 年版，第 105—107 页。

如‘一夜西风旅雁秋，背身调镞索征裘。关山落尽黄榆叶，驻马谁家唱《石州》’。又‘江云薄薄日斜晖，江馆萧条独掩扉。梁燕不知人事改，雨中犹作一双飞’。若此等类，须在王摩诘伯仲之间，刘禹锡、杜牧之不足多也。”[88]可以说，郑文宝对杜诗的爱尚是宋人集体崇杜的先声，就地域而言，对闽地的崇尚杜诗亦不无影响。

福建地区不能忽视的一个诗学现象是诗僧群体的兴起。宋代闽地寺庙众多，仅就建州而言，“岩谷幽胜，土人多创佛刹，落落相望。伪唐日州所领十一场县，后分置邵武军，割隶剑州。今所管六县，而建安佛寺三百五十一，建阳二百五十七，浦城一百七十八，崇安八十五，松溪四十一，关隶五十二，仅千区，而杜牧江南绝句云‘南朝四百八十寺’，六朝帝州之地，何足为多也”！[89]佛教的兴盛使得福建诗僧众多，诗歌风格多样，然而考镜源流，又不得不从王氏政权说起。王氏统治者大多佞佛，“王氏雅重佛法，增闽僧寺凡二百六十七。后属吴越，首尾二十七年，复建寺二百二十一”[90]。入闽后大肆建造寺庙，如王审知天祐元年，“建报恩定光多宝塔于福州”。建造寺庙之外，又大量收藏佛经：“天祐二年夏四月，王藏佛经于寿山，凡五百四十一函，总五千四十八卷。”[91]举行无遮大会：“天祐四年春正月乙未，设二十万人斋于开元寺殿，号曰无遮。”[92]声势浩大。

88（清）郑方坤《全闽诗话》引《蔡宽夫诗话》，福建人民出版社 2006 年版，第 56 页。

89（宋）杨亿口述、黄鉴笔录、宋庠整理《杨文公谈苑》，上海古籍出版社 1993 年版，第 149 页。

90（清）吴任臣《十国春秋》卷九十《太祖世家》，中华书局 1983 年版，第 1312 页。

91 同上书，第 1302 页。

92 同上书，第 1309 页。

王审知之后，惠宗王延钧天成三年“冬十二月，度民二万为僧，由是闽中多僧。王弓量田土第为三等，膏腴上等以给僧道，其次以给土著，又其次以给流寓”[93]。景宗王延羲永隆二年七月，“度僧万一千人，民避重赋者多与焉”[94]。度民为僧，又将最优等的土地赐给僧道，这种举措在客观上刺激僧道数量的急剧上升。但同时也在一定程度上导致闽地经济衰落，如徐寅诗中就提到：“岁计悬僧债。”(《昔游》) 揭示闽地僧人放贷取息的现象。再如闽地诗人陈贶，孤贫力学，不得不依赖僧人的资助，“隐庐山几四十年，衣食乏绝，不以动心。有季父为沙门，时时赖其资给”[95]。从另外一个方面来看，诗僧群体也开始萌芽。喜好佛理的王延彬便与僧人有诗歌往来：“泉州开元寺弘则禅师林，性简素，不求赢余。稍食亡有，虽王公予膏腴，却不纳。刺史王延彬赠句，有：‘莫怪我来偏礼定，萧宫无个似吾师’之语。”[96]

闽地诗歌于唐五代时期得到了进一步的发展，但毕竟诗人数量不足，且诗歌创作质量不高，显得底气不足，以致于明代徐𤊹的《闽南唐雅》招来四库馆臣的借材之诮：“所录皆闽中有唐一代之诗，自薛令之以下得四十人。是时胡震亨《唐音统签》已出，钞合较易，故所载颇详。然秦系、周朴、韩偓，其人既一时流寓，其诗又不关于闽地，一概录之，未免借材之诮也。”[97] 以为唐五代闽中诗人数量不足，不免有所拼凑。福建诗坛的真正立足并终能扬眉吐

93（清）吴任臣《十国春秋》卷九十一《惠宗本纪》，中华书局 1983 年版，第 1323 页。

94（清）吴任臣《十国春秋》卷九十二《景宗本纪》，中华书局 1983 年版，第 1337 页。

95（清）郑方坤《全闽诗话》，福建人民出版社 2006 年版，第 48 页。

96 同上。

97（清）永瑢等《四库全书总目》卷一百九十三，中华书局 1965 年版，第 1760 页。

气的是宋代。历史上公认宋代是福建文学大盛的开端，如《容斋四笔》卷五云："古者江南不能与中土等。宋受天命，然后七闽、二浙与夫江之西东，冠带诗，书，翕然大肆。人才之盛，遂甲于天下。"[98] 宋黄裳亦云："闽中山水之聚，水甘而山秀，居民之域，旗剑排空，人天在鉴，能使过者皆欲寓焉。气象之中，含蓄奇秀，堙郁而未发者，不知其几千岁。盖自唐德宗以前，未尝举进士，其后虽有欧阳詹、徐寅辈相次而出，特以文辞稍闻于天下，未有华显者，又二百余岁矣……自有宋，闽中之士始大振发。"[99] 程民生《宋代地域文化》论及宋代福建地域文化时指出："由于土狭人稠，劳动力剩余，积极者便向读书出仕发展，消极者便遁入空门谋生，读书人和僧侣因而众多。"[100] 宋代莆田方渐亦云："闽人无资产，恃以为生者，读书一事耳！"[101] 说出了闽地文化发展的原因。

98（宋）洪迈《容斋四笔》卷五，上海古籍出版社 1978 年版，第 665 页。

99（宋）黄裳《演山集》卷十九《送黄教授序》，《景印文渊阁四库全书》本，台湾商务印书馆 1986 年版。

100 程民生《宋代地域文化》，河南大学出版社 1997 年版，第 58 页。

101（宋）李俊甫《莆阳比事》卷六，宛委别藏本，江苏古籍出版社 1988 年版，第 253 页。

第一章　宋代闽地诗人在诗歌创作上对唐诗的接受

方回论宋诗源流最为详细，略曰："宋刬五代旧习，诗有'白体'、'昆体'、'晚唐体'。白体如李文正、徐常侍昆仲、王元之、王汉谋；昆体则有杨、刘《西昆集》传世，二宋、张乖崖、钱僖公、丁崖州皆是；'晚唐体'则九僧最逼真，寇莱公、鲁三交、林和靖、魏仲先父子、潘逍遥、赵清献之父，凡数十家，深涵茂育，气极势盛。欧阳公出焉，一变为李太白、韩昌黎之诗，苏子美二难相为颉颃，梅圣俞则'唐体'之出类者也，'晚唐'于是退舍。苏长公踵欧阳公而起；王半山备众体，精绝句、古五言或三谢；独黄双井专尚少陵，秦、晁莫窥其藩，张文潜自然有唐风，别成一宗。惟吕居仁克肖陈后山，弃所学学双井，黄致广大，陈极精微，天下诗人北面矣。立为'江西派'之说者，铨取或不尽然，胡致堂诋之。乃后陈简斋、曾文清为渡江之巨擘。乾、淳以来，尤、范、杨、陆、萧，其尤也。道学宗师，于书无所不通，于文无所不能，诗其余事，而高古清劲，尽扫余子，又有一朱文公。嘉定而降，稍厌江西，永嘉四灵复为九僧旧，'晚唐体'非始于此四人也。后生晚进不知颠末，靡然宗之，涉其波而不究其源，日浅日下，然尚有余杭二赵，上饶二泉，典刑未泯。”[1] 其大旨为祖“江西”而祧“晚唐”。其中闽籍诗人有杨亿、惠崇、萧德藻及朱熹等人。不过，闽地诗人数量庞大，其诗歌创作情况更为复杂。虽则如此，闽地诗人能自成家数者并不多。相较而言，道学家之诗因理学的兴盛反而更引人注意。

宋代闽地诗歌创作群体可分为三大类，一类是文人创作群体，一类是理学家创作群体，还有一类是诗僧群体。但前两类群体并不能严格区分，可以说，由于理学在闽地的发展，大多文人兼具理学家身份，或者说与理学有或多或少的渊源关系，比如严羽曾受学于包扬，包扬则受学于朱熹、陆九渊。再如刘克庄曾经师事理学家真德秀。反之亦然，闽地大多数理学家也兼具文人身份，比如杨时、朱熹，都有大量的文学作品传世。从地理文化上来说，闽地处于边远地区，有山川之险，河海之深，其俗重鬼神，同时地近江西，受江西诗派的影响，使其诗风奇峭秀逸。但从文化融合的角度来说，闽人外仕以及其他地域的作家流寓闽地者也不在少数，二者相互影响，促使闽地诗风趋向多样化。

第一节　从“拘于才力”到“唐摹晋帖”

——闽地文人群体的诗歌创作

宋代闽地文人的诗歌创作与诗学理论存在一定程度的偏差，也可以说，闽地文人的唐诗学理论更为发达，而在创作上多为生硬的

1 （元）方回《桐江续集》卷三十二《送罗寿可诗序》，《景印文渊阁四库全书》本，台湾商务印书馆 1986 年版。

模仿，缺少唐人的格调风韵。李东阳《怀麓堂诗话》指出这一症结的原因所在："顾其所自为作，徒得唐人体面，而亦少超拔警策之处。予尝谓识得十分，只做得八九分，其一二分乃拘于才力，其沧浪之谓乎？"[2]实际上，"拘于才力"是宋代乃至明清时期闽地诗人模拟唐诗而不到的原因之一。四库馆臣在评价明代闽中诗人的创作时云："考闽中诗派，多以十子为宗，厥后辗转流传，渐成窠臼，其初已有唐摹晋帖之评，其后遂至有诗必律，有律必七言；而'晋安'一派，乃至为世所诟厉。"[3]可以说，"拘于才力"是因，"唐摹晋帖"是果。

当然，闽地也有很多诗人的创作体现了宋诗风格。比如蔡襄，陈庆元认为蔡襄是在闽中最早确立宋调的诗人。其诗如《安静堂书事》："勿学异世人，过常不可深。勿学慢世人，侧身随浮沈。白日当中天，难破是非心。不有拔俗器，安得太古音。大暑苦烦浊，清泉流高岑。烈士无恋嫪，至理须推寻。"即如小诗也能抒发哲理："花未全开月未圆，看花候月思依然。明知花月无情物，若使多情更可怜。"(《十三日吉祥探花》）余如《过泗州岭》、《寓居兴化转运解舍》、《谢阮评事》、《和诗送茶寄孙之翰》、《泉州安静堂》等等都是此类风格，其《四贤一不肖》诗更是典型的以议论为诗。蔡襄之后，苏颂有明显的以才学为诗的倾向。南宋时期敖陶孙，其古诗、歌行皆有江西风气。但这些诗人的诗集中也不乏具有唐诗风味的作品。

---

2 （明）李东阳著，李庆立校释《怀麓堂诗话校释》，人民文学出版社 2009 年版，第 27 页。

3 （清）永瑢等《四库全书总目》卷一八九，中华书局 1965 年版，第 1714 页。

一、诗学盛唐

闽人规摹盛唐一般从李杜着手。早期对杜诗产生兴趣的是北宋初年的宁化郑文宝，《蔡宽夫诗话》称其："仲贤当前辈未贵杜诗时，〔独〕知爱尚，往往造语警拔，但体小弱，多一律，可恨耳。"[4]其诗长于绝句，如"一夜西风旅雁秋，背身调镞索征裘。关山落尽黄榆叶，驻马谁家唱《石州》"。绝似唐人风调。"若此等类，须在王摩诘伯仲之间，刘禹锡、杜牧之不足多也。"[5]可惜这类作品并不多，"体小弱"不仅是郑文宝的缺陷，也可以说是后来整体闽人模仿上的不足。

其后，仙游蔡襄的近体诗以模拟唐诗为主，五言绝句如《桃杏园》："上有繁葩下落英，红波动荡逐风行。夕阳开处犹光艳，何况今宵值月明。"五律如《访天台庵》："幽人去未还，门户和云闭。亭午树阴圆，深冬泉响细。寒生群鸟鸣，清澈孤鹤唳。寂寞傍山归，泻向沧溟际。"显现出与其古体诗不同的面目，颇有唐人意味。而七言律诗的一些诗句也可与唐人媲美，如《西湖》："竹气更清初霁雨，梅英犹细欲残星。"《杪秋湖上》："千千露竹全潇洒，一一风蝉共寂寥。"《和许寺丞泊钓龙台见寄》："万里征人应怅望，一川秋色正萧条。雨云来去山明灭，风浪高低日动摇。"写景亦有趣味。《蔡忠惠别纪补遗》卷下引《浪斋便录》评价其诗云："蔡公诗律，五言者宗李、杜；七言者出入王、孟。"[6]其与郑文宝相同，

4 （宋）蔡居厚《蔡宽夫诗话》，郭绍虞《宋诗话辑佚》本，中华书局1980年版，第402页。

5 同上。

6 （明）徐𤊹辑《宋蔡忠惠公别纪补遗》，明宋珏增补刻本。

蔡襄此类诗并不多，也没有形成自身的风格，故影响不大。

蔡襄之后，南平黄裳之诗骨力坚劲，好为议论，于唐人推崇杜甫、李白。其《陈商老诗集序》云："读杜甫诗，如看羲之法帖，备众体而求之无所不有，大几乎有诗之道者，自余诸子各就其所长取名于世，故工于书者必言羲之，工于诗者必取杜甫。"[7]《书李太白对月诗后》又云："人惟不足，所以有声。始求其言，尤生于不足，使然而使者也；及俄而舞，乃出于不知，自然而然者也。泯三不足混一，不知入乎大德而为一乐，不亦至乎。谪仙之歌，未尝不继以舞。世俗之见，以为太白牵于纵逸之才思而已，此知谪仙之小者也。故明于诗后。"[8]不过遍检黄氏诗集，并没有多少类似唐诗风格者。唯"绿堤风暖投衫袖，红槛花光落酒杯"(《春日喜晴》)算是有点唐人意味。不过，黄裳也有小诗颇为动人，如《和人闻角》："一声寒角四更终，吹下云间细细风。孤馆几多人展转，半窗明月与谁同。"再如《江上》："鹭从何处起来迟，点破青山一字飞。更好小舟蓬下听，过云斜日未须归。"但终究寥寥无几，其诗仍以宋诗风格为主。黄裳与黄庭坚同时，其诗论崇尚杜甫，也是受江西诗派的影响。

两宋之际，邵武人李纲尤为特出，其人以修政事，攘夷狄为已任。其诗则主张"以风刺为主"，时代变化加之李纲深沉的爱国之情，使其特别推崇杜甫诗，云："汉、唐间以诗鸣者多矣，独杜子美得诗人比兴之旨，虽困踬流离而不忘君，故其辞章慨然有志士

7 （宋）黄裳《演山集》卷二十一，《景印文渊阁四库全书》本，台湾商务印书馆 1986 年版。

8 （宋）黄裳《演山集》卷三十五，《景印文渊阁四库全书》本，台湾商务印书馆 1986 年版。

仁人之大节，非止模写物象风容色泽而已。”[9] 又言：“予谓子美诗闳深典丽，集诸家之大成。”[10] 李纲本人的诗歌创作，四库馆臣评云：“雄深雅健，磊落光明，非寻常文士所及。”[11] 李纲写时事的作品多有模仿杜诗的痕迹，比如《次韵季弟善权阻雪古风》：

> 空余炯炯寸心赤，中夜不寐忧千端。素发飘萧头已满，百年光景行将半。未知梦幻此生中，几回看雪光凌乱。会当扫荡豺狼穴，国耻乘时须一雪。酒酣拔剑斫地歌，心胆开张五情热。中兴之运我期皇，江汉更洒累臣血。

这首诗表现了李纲抗金的决心，与杜甫诗的现实主义精神一致。其中，“寸心赤”化用杜诗：“向卿将命寸心赤，青山落日江潮白。”（《惜别行送向卿进奉端午御衣之上都》）“素发飘萧”化用杜诗：“飘萧将素发，汩没听洪炉。”（《大历三年春白帝城放船出瞿塘峡久居夔府将适江陵漂泊有诗凡四十韵》）“酒酣拔剑斫地歌”则直接用杜诗：“王郎酒酣拔剑斫地歌莫哀，我能拔尔抑塞磊落之奇才。”（《短歌行赠王郎司直》）而“中兴之运我期皇，江汉更洒累臣血”则化用杜诗：“周宣中兴望我皇，洒血江汉身衰疾。”（《忆昔二首》其二）李纲的近体诗也大多有唐人意味，同时，也可以看出其受杜诗影响颇深，如《吴江五首》其四：“长桥千步风涛稳，横笛一声烟水深。”

9（宋）李纲《梁溪集》卷十七，《景印文渊阁四库全书》本，台湾商务印书馆 1986 年版。

10（宋）李纲《梁溪集》卷九，《景印文渊阁四库全书》本，台湾商务印书馆 1986 年版。

11（清）永瑢等《四库全书总目》卷一八九，中华书局 1965 年版，第 1345 页。

化用杜甫《冬深》:"风涛暮不稳,舍棹宿谁门。"不过,李纲其他作品当中也存在明显的以议论为诗、以才学为诗的特点。

其后一些诗人标榜李杜,如李处讷云"少年常诵少陵诗";仙游陈谠云"渊源师老杜,体制陋西昆";朱子门人东湖先生王遇尝曰:"予作诗数十年矣,适于床头得《少陵集》,试阅之,忽有所见,元来诗当如此作。遂有'不知何处雨,已觉此间凉'之句。"[12]遗憾的是,这些诗人流传下来的作品很少,就存世作品而言,得唐人神韵者寥寥。

及至标举以盛唐为法的严羽,其诗歌创作与立论亦实难相配。《四库全书总目》说严羽诗:"五言如'一径入松雪,数峰生暮寒'。七言如'空林木落长疑雨,别浦风多欲上潮'、'洞庭旅雁春归尽,瓜步寒潮夜落迟'。皆志在天宝以前,而格实不能超大历之上。"[13]是指其近体诗而言的。除了四库馆臣所举诗句之外,如《闻笛》:"江上谁家吹笛声,月明霜白不堪听。孤舟万里潇湘客,一夜归心满洞庭。"都类似中晚唐诗风。又如《和上官伟长芜城晚眺》:"平芜古堞暮萧条,归思凭高黯未消。京口寒烟鸦外灭,历阳秋色雁边遥。清江木落长疑雨,暗浦风多欲上潮。惆怅此时频极目,江南江北路迢迢。"与晚唐许浑诗风相近。

但在严羽的创作中,其古体诗的创作,努力学习李白的气势豪纵,不过由于才力不到,"常常有模仿的痕迹,尤其是那些师法李白的七古,力竭声嘶,使读者想到一个嗓子不好的人学唱歌,也许

12(宋)曾敏行《独醒杂志》卷十,上海古籍出版社 1986 年版,第 96 页。

13(清)永瑢等《四库全书总目》卷一六三,中华书局 1965 年版,第 1400 页。

调门儿没弄错，可是声音又哑又毛”[14]。如《送戴式之归天台歌》：

吾闻天台华顶连石桥，石桥巉绝横烟霄。下有沧溟万折之波涛，上有赤城千丈之霞标。峰悬磴断杳莫测，中有石屏古仙客。吟窥混沌愁天公，醉饮扶桑泣龙伯。适来何事游人间，飘飖八极寻名山。三花树下一相见，笑我萧飒风沙颜。手持玉杯酌我酒，付我新诗五百首。共结天边汗漫游，重论方外云霞友。海内诗名今数谁，群贤翕沓争相推。胸襟浩荡气萧爽，豁如洞庭笠泽月。寒空万里云开时，人生聚散何超忽，愁折瑶华赠君别。君骑白鹿归仙山，我亦扁舟向吴越。明日凭高一望君，江花满眼愁氛氲。天长地阔不可见，空有相思寄海云。

这首诗很明显的师法李白，虽然语言极尽豪壮，却缺少李白诗歌的俊逸跌宕。余如《剑歌行》、《钱塘潮歌送吴子才赴礼部》都是如此。不过，严羽能够在诸家模仿晚唐诗之际，特立独行，大胆模仿李白诗歌，也是难能可贵的。

严羽论诗以李杜二家为准，在此理论基础上，除了模仿李白，严羽集中一些伤时忧事的作品显然是对杜甫现实主义精神的继承，如《刘荆州答》、《庚寅纪乱》、《送赵立道赴阙仍试春官即事感兴因成五十韵》、《避乱途中》等。再如《出塞行》：“将军救朔边，都护上祁连。六郡飞传檄，三河聚控弦。连营当太白，吹角动长天。何日匈奴远，中原得晏然。”能够体现出严羽所说盛唐诗“雄浑悲

14 钱锺书《宋诗选注》，人民文学出版社 1958 年版，第 266 页。

壮”[15]的风格。他如《关山月》、《从军行》等也是如此。相较而言，严羽模仿杜诗比其模仿李白更为成功。当然，严羽的创作实践远远落后于其理论，这一点，在闽地文人那里具有共通性。

二、诗学中唐

宋代闽地文人诗学中唐基本上以学“白体诗”为主。首先要关注北宋初年流行的“白体诗”。这一时期有晋江陈从易“当时文方盛之际，独以醇儒古学见称，其诗多类白乐天”[16]。不过陈从易的诗歌亡佚严重，《全宋诗》只收录三首，其风调难以概见。

其后又有邵武吴处厚诗风类似白居易。其《青箱杂记》云：“（邵亢）谓余诗浅切，有似白乐天。一日阅相国寺书肆，得冯瀛王诗一帙而归，以语之，公曰：‘子诗格似白乐天，今又爱冯瀛王，将来捻取个豁达李老。’（庆历中，京师有民自号“豁达李老”，每好吟诗，而词多鄙俚，故公以戏之。）遂皆大笑。然余赋才鄙拙，不能强为豪爽，今齿已老，而诗定格，时时遣兴，实有李老之风，足见公之知言也。”[17]《全宋诗》收录吴处厚诗二十三首，有鄙俚如《戏王安国》者，也有苦无诗味者如《八咏警戒》者。绰有唐人格意者如《自诸暨抵剡四首》，其三云：“秋渚涵空碧，秋山刷眼青。排头烟树老，扑面水风腥。上濑复下濑，长亭仍短亭。夜船明月好，客梦满流萤。”这类诗也仅有数首而已。

15（宋）严羽著，郭绍虞校释《沧浪诗话校释·附录·答吴景仙书》，人民文学出版社1961年版，第252页。

16（宋）欧阳修《六一诗话》，人民文学出版社1962年版，第7页。

17（宋）吴处厚撰，李裕民点校《青箱杂记》卷二，中华书局1985年版，第20页。

生活于仁宗至哲宗朝的福州人林希，虽只有十首诗留世，不过也可以看出其受当时文学潮流的影响，其《将之宣城留别吴门效白乐天体》专为仿效白体，诗云：“被召守东吴，夜渡扬子津。拭目迎家山，洗我京洛尘。此邦多贤豪，况复平生亲。初欲循故事，公宴月三旬。庶以叙契阔，岂徒乐吾身。临州未阅月，吏牍方纷纭。避嫌俄得请，主地翻为宾。尊酒未重持，行乐知何因。物理可胜叹，俯仰迹已陈。趣整震泽帆，遥挹敬亭春。五月而报政，速哉彼齐人。今我若置邮，何德于吴民。举手谢吴民，自笑行役频。使君不能诗，烦汝迎送勤。来惭白太守，去愧谢宣城。”

又有南安苏颂“爱元、白、刘宾客辈诗，如《汝洛唱和》，皆往往成诵；苦不爱太白辈诗。曾诵《汝洛集·九日送人》云：‘清秋方落帽，子夏正离群。’以为假对工夫无及此联。又举刘梦得《送子文饶再镇浙西》诗，以为最著题”[18]。苏颂诗歌作品多达十四卷，但并没有突出成就。《宋史》本传称其：“自书契以来，经史、九流、百家之说，至于图纬、律吕、星官、算法、山经、本草，无所不通。尤明典故，喜为人言，亹亹不绝。”[19]正是由此，苏颂的诗作有不少“以才学为诗”者，拖沓冗长。与其他诗人一样，苏颂既不自觉地浸透了宋诗风格，也对唐诗情致有所继承，如《和题李公麟阳关图》：“三尺冰纨一绝诗，翩翩车马送行时。尊前怀古闲开卷，看尽关山远别离。”

福清郑侠以熙宁中上《流民图》而闻名于世，王士禛称其古

18（宋）阮阅编，周本淳校点《诗话总龟》卷六，人民文学出版社 1987 年版，第 63 页。

19（元）脱脱等《宋史》卷三百四十《苏颂传》，中华书局 1977 年版，第 10867 页。

体诗："在乐天、东野之间。"[20]如《腊月十八日呈子京》："岁去如奔马，残日十有三。侄为当嫁女，甥是未婚男。丛然猥俗并，殊非力所堪。嗟予本支离，尘事素不参。东床书一架，西榻经一函。如是岁月深，吻舌如縢缄。惟有陶渊明，常欲共清谈。床头酒盈壶，亦欲同醺酣。二十一二间，烦事如扫芟。期使堂下空，宴笑同所耽。清尊酌宜深，古语交崭岩。夜久灯荧荧，金波忽东南。岁宴独优游，庶几为不凡。"《宋诗钞·西塘诗钞》也说："侠少苦学，其古诗踈朴老直，有次山、东野之风，不得以当行格调律之。"[21]

除诗学"白体"之外，仁宗时福清人林郜有《和张祜韵》《和孟郊韵》，不过是步韵之作，并没有更多的诗学倾向。另外，中唐其他诗人如韩愈、柳宗元、韦应物，闽地文人创作群体并没有给予多少关注，相反，闽地道学家却对这些诗人颇为推挹。同时，即便是在北宋颇为流行的"白体"诗，于南宋时也寂寂无闻了。文人创作转向对盛唐诗及晚唐诗的模仿。

三、诗学晚唐

浦城杨亿是北宋初年西昆体的代表作家之一，《西昆酬唱集》录诗250首，杨亿就有75首，由此可以说杨亿是西昆体的领袖。西昆体作家诗学宗尚李商隐，大抵学习李商隐诗之丰富藻丽，堆积故实，后进学者多争效之。杨亿评李商隐诗云："包蕴密致，演绎

20（清）王士禛《居易录》卷十二，《景印文渊阁四库全书》本，台湾商务印书馆1986年版。

21（清）吴之振《宋诗钞·西塘诗钞》卷二十三，《景印文渊阁四库全书》本，台湾商务印书馆1986年版。

平畅，味无穷而久愈出，钻弥坚而酌不竭，曲尽万变之态，精索推言之要，使学者少窥其一斑，略得其余光，若涤肠而换骨矣。”[22]其后诗论家评价李商隐诗不出此苑囿。

杨亿《无题》云：

> 巫阳归梦隔千峰，辟恶香销翠被空。桂魄渐亏愁晓月，蕉心不展怨春风。遥山黯黯眉长敛，一水盈盈语未通。漫托鹍弦传恨意，云鬟日夕似飞蓬。

从艺术性来看，此诗诗境恍惚迷离，辞藻秾丽，用事精稳，颇得李商隐《无题》诗之妙。从语句上来看，又多化用李商隐诗句，如“桂魄渐亏愁晓月”化用义山“侵夜可能争桂魄”句，“蕉心不展怨春风”化用义山“芭蕉不展丁香结，同向春风各自愁”之句，“一水盈盈语未通”化用义山“扇裁月魄羞难掩，车走雷声语未通”句。余如《泪二首》、《南朝》、《汉武》、《明皇》等诗，也多用典故，但并不见雕琢之迹，艺术技巧颇为高超，且都带有模拟李商隐的痕迹。但杨亿的大部分作品如《公子》之类，因用事过多妨碍了艺术情感的表达，也是不容忽视的，“于是有优伶挦扯之戏，石介至作《怪说》以刺之”[23]。

南宋后期闽地诗坛上，莆田林光朝歌行体模仿李贺。谢肇淛云：“艾轩以道学名，而歌行亦效长吉，如‘疏篱短短花枝阑，鸠妇

22（宋）江少虞《宋朝事实类编》卷三四引，上海古籍出版社 1981 年版，第 435 页。

23（清）永瑢等《四库全书总目》卷一百八十六，中华书局 1965 年版，第 1693 页。

不鸣天雨寒'、'横枝冻雀昨夜死，水底黏鱼吹不起'、'盘古一笑鸿濛开，神马负图从天来'等作，皆奇俊可喜，惜其篇什不多。"[24]其后又有长溪谢翱诗学李贺，许学夷《诗源辩体》云："谢皋羽。诸体率多诡幻。……七言古学长吉而诡幻过之，他有终篇不可解者。"[25]说明谢翱的诗学渊源。杨慎也说："谢皋羽《晞发集》诗皆精致奇峭，有唐人风，未可例于宋视之也。予尤爱其《鸿门宴》一篇：'天云属地汗流宇，杯影龙蛇分汉楚。楚人起舞本为楚，中有楚人为汉舞，鶌鹈淬光雌不语，楚国孤臣泣俘虏。他年疽背怒发此，砼砀云归作风雨。君看楚舞如楚何，楚舞未终闻楚歌。'此诗虽使李贺复生，亦当心服。李贺集中亦有《鸿门宴》一篇，不及此远甚，可谓青出于蓝矣。元杨廉夫乐府力追李贺，亦有此篇，愈不及皋羽矣。"[26]谢翱在诗坛的贡献亦不可小觑，谢肇淛即云："元诗所以一变乎宋者，谢皋羽之功也。"[27]对于南宋闽地诗坛来说，处于求新求变的时期，因此，闽地文人对李贺的奇诡诗风给予了特别关注。

谢翱的其他诗如《短歌行》："秦淮没日如没鹘，白波漾空湿弦月。舟人倚棹商声发，洞庭脱木如脱发。"《明河篇》："牵牛夜入明河道，泪滴相思作秋草。婺女城头玩月华，星君冢上无啼鸟。"《侠客歌》："潮动西风吹杜荆，离歌入夜斗西倾。饮飞庙下蛇含

24（明）谢肇淛《小草斋诗话》，张健辑校《珍本明诗话五种》，北京大学出版社 2008 年版，第 382—383 页。

25（明）许学夷著，杜维沫校点《诗源辩体》后集纂要卷一，人民文学出版社 1987 年版，第 390 页。

26（明）杨慎《丹铅余录》卷九，《景印文渊阁四库全书》本，台湾商务印书馆 1986 年版。

27（明）谢肇淛《小草斋诗话》，张健辑校《珍本明诗话五种》，北京大学出版社 2008 年版，第 370 页。

草，青拭吴钩入匣鸣。"《效孟郊体》："牵牛秋正中，海白夜疑曙。野风吹空巢，波涛在孤树。"诗风绝类晚唐，"郊、岛不能过也"[28]。不过，谢翱有些师法晚唐的诗歌并不是很成功："附《晞髪道人近集》一卷，诗四十八首。刻画晚唐，酸涩无足录，惟'山带去年雪，春来何处峰'一联差佳。岂才尽耶？抑删去之诗，而后人摭拾之者耶？"[29]

在诗学晚唐上，莆田方惟深得到了王安石的推许："子通最长于诗……凡有所作，荆公读之，必称善，谓深得唐人句法。尝遗以书曰：'君诗精淳警绝，虽元白皮陆有不可及。'"[30]其诗如《谒荆公不遇》："春江渺渺抱樯流，烟草茸茸一片愁。吹尽柳花人不见，春旗催日下城头。"《舟下建溪》："客航收浦月黄昏，野店无灯欲闭门。倒出岸沙枫半死，系舟犹有去年痕。"二诗皆能融情入景，"其诗格高下似晚唐诸人"[31]。

稍晚于方惟深的建州吴激之诗也颇有意味，如："天接苍苍渚，江涵袅袅花。秋声风似雨，夜色月如沙。泽国几千里，渔村三两家。翻思杏园路，鞭袅帽檐斜。"(《同儿曹赋芦花》) 其余如"数树残花喜春在，一声啼鸟觉山深"(《飞瀑岩》)、"山侵平野高低树，水接晴空上下星"(《三衢夜泊》)，清新婉丽，有中晚唐风致。

28（明）杨慎《丹铅余录》卷二十一，《景印文渊阁四库全书》本，台湾商务印书馆 1986 年版。

29（清）王士禛《居易录》卷四，《景印文渊阁四库全书》本，台湾商务印书馆 1986 年版。

30（宋）龚明之《中吴纪闻》卷三，《粤雅堂丛书》本。

31（宋）王楙撰，郑明、王义耀校点《野客丛书》附《野老纪闻》，上海古籍出版社 1991 年版，第 450 页。

南宋理宗时期，江湖诗派占据了诗坛主导地位。据《江湖小集》、《江湖后集》所载，闽地诗人有17家，其中较有名者有：浦城叶绍翁、邵武严粲、建安徐集孙、陈必复、福清林希逸、建安朱复之、龙岩程垣、福州林尚仁、福清敖陶孙。

叶绍翁最有名的诗是《游园不值》："应怜屐齿印苍苔，小扣柴扉久不开。春色满园关不住，一枝红杏出墙来。"新警可爱。严粲"《华古诗集》一卷，气格卑弱，类晚唐之靡靡者，一二绝句差有可观，如：'秋入白蘋风浪生，痴云未放楚天晴。青山湖外知何处，中有斜阳一段明。''昨夜湖心共泊船，一天星露宿寒烟。朝来极目无洲渚，知采蘋花何处边。'稍有唐人音节"[32]。朱复之《夜饮罗怀叟三杯属余刚制共读孟郊诗》："建子初寒月，篝灯对语时。独醒苏客酒，细咏孟生诗。蠹老无新卷，乌惊有夜枝。白云路不远，明日肯重来。"无论是五言的形式还是枯寂的风格都与晚唐诗风一致。程垣，工诗，自比贾岛。其诗有《樵家》："深溪藏毒蛟，樵家冰灶口。结侣腰弯刀，破衲补更厚。持担俯清流，勇往不回首。褰裳望青采，岂暇寻枯朽。"林尚仁，"陈必复为序称其诗专以姚合、贾岛为法，而精要深润则过之"[33]。其《暑夜》诗云："松风生晚凉，坐久市声歇。客去独行吟，踏石碎明月。"

不过另一位江湖诗人陈必复却先学晚唐后学杜甫，陈氏云："予爱晚唐诸子，其诗清深闲雅，如幽人野士，冲淡自赏。要皆自

32（清）王士禛《居易录》卷二，《景印文渊阁四库全书》本，台湾商务印书馆1986年版。

33（清）曹廷栋《宋百家诗存》卷三十五，《景印文渊阁四库全书》本，台湾商务印书馆1986年版。

成一家。及读少陵先生集，然后知晚唐诸子之诗尽在是矣。所谓诗之集大成者也。”[34] 与之类似，江湖诗人刘克庄也是在初学晚唐之后改弦更张。

四、“一代宗工”刘克庄的唐诗之路

南宋时期，莆田刘克庄一生创作了4500多首诗，数量可观。洪天锡《墓志铭》推后村为一代宗工，云：“江湖士友，为四六及五七言，往往祖后村氏。于是《前》、《后》、《续》、《新》四集二百卷，流布海内，岿然为一代宗工。”[35] 的确，在众多的宋代闽地诗人中，能蔚为大观的也只有刘克庄了。林希逸论其诗云：“有《谷梁》之洁而寓《离骚》之幽，有相如之丽而得退之之正。霜明玉莹，虎跃龙骧，闳肆瑰奇，超迈特立，千载而下，必与欧梅六子并行，当为中兴一大家数也。”[36]

在江湖诗派之前，“永嘉四灵”专攻晚唐五言诗，方幅狭隘，尖纤浅易。刘克庄早年亦曾追随“四灵”，其后不仅名列江湖诗派，更成为领袖人物，四库馆臣云：“江湖末派，大抵以赵紫芝等为矩矱，……以高翥等为羽翼，……以书贾陈起为声气之联络，……以刘克庄为领袖。”[37] 方回也说：“后村初学晚唐。”[38] 如其

34（宋）陈必复《山居存稿序》，《景印文渊阁四库全书》本，台湾商务印书馆1986年版。

35（宋）刘克庄《后村先生大全集》卷一百九十五，《四部丛刊》本，商务印书馆。

36（宋）刘克庄《后村集 · 原序》，《景印文渊阁四库全书》本，台湾商务印书馆1986年版。

37（清）永瑢等《四库全书总目》卷一百八十六，中华书局1965年版，第1405页。

38（元）方回选评，李庆甲集评校点《瀛奎律髓汇评》卷二十七，上海古籍出版社1986年版，第1211页。

《北山作》:“骨法枯闲甚，惟堪作隐君。山行忘路脉，野坐认天文。字瘦偏题石，诗寒半说云。近来仍喜聩，闲事不曾闻。”幽寂如贾岛、姚合。

但是，刘克庄越来越不满四灵与江湖诗派。他指出:“世之为唐律者，胶挛浅易，窘局才思，千篇一体。”[39]“为唐律者”指的就是江湖诗派。又云:“永嘉诸人极力驰骤，才望见贾岛姚合之藩而已，余诗亦然。十年前始自厌之，欲息唐律，专造古体。”[40]加之南宋后期国势危厄，刘克庄的诗歌创作转向愍世忧时。其《有感》诗云:“忧时元是诗人职，莫怪吟中感慨多。”这恰恰是对杜甫诗歌当中忧国忧民精神的承袭。如《戊辰即事》:“诗人安得有春衫，今岁和戎百万缣。从此西湖休插柳，剩栽桑树养吴蚕。”这首诗的历史背景是宋嘉定元年（1208）韩侂胄北伐失败，向金人输绢赔款。“从此西湖休插柳”，讽刺之意见于言外。刘克庄这类诗歌作品很多，再如《真州北山》、《瓜州城》、《闻城中募兵有感二首》、《北来人》等等。

刘克庄诗集中有一组歌行体诗歌尤其值得注意，分别为《筑城行》、《开壕行》、《运粮行》、《苦寒行》、《国殇行》、《军中乐》、《寄衣曲》、《大梁老人行》、《朝陵行》、《破阵曲》。这些诗歌明显地继承了中唐时期元白的“新乐府”精神，直言时事，而中含美刺。其中《国殇行》、《军中乐》写得尤为沉痛。前者云:“官军半夜血战

39（宋）刘克庄《后村先生大全集》卷二十三《刘圻父诗序》,《四部丛刊》本，商务印书馆。

40（宋）刘克庄《后村先生大全集》卷二十三《瓜圃集序》,《四部丛刊》本，商务印书馆。

来，平明军中收遗骸。埋时先剥身上甲，标成丛冢高崔嵬。姓名虚挂阵亡籍，家寒无俸孤无泽。呜呼诸将官日穹，岂知万鬼号阴风。”后者云：“行营面面设刁斗，帐门深深万人守。将军贵重不据鞍，夜夜发兵防隘口。自言虏畏不敢犯，射麋捕鹿来行酒。更阑酒醒山月落，彩缣百段支女乐。谁知营中血战人，无钱得合金疮药。”士兵战死疆场，死后不仅家属得不到体恤，身上的铠甲也要被剥下来。而诸将官阶日高，过着醉生梦死的生活，当真是“战士军前半死生，美人帐下犹歌舞”。这些诗的创作已经使刘克庄摆脱晚唐体的影响，走向了更广阔的社会生活。

这也说明刘克庄在后期能吸取诸家之长，其《刻楮集序》云：“初，余由放翁入，后喜诚斋，又兼取东都、南渡、江西诸老，上及于唐人大小家数，手钞口诵。”[41] 对于唐人无论大小家数，都有所学习吸收。不仅如此，其《后村诗话》多有评论唐人诗歌者，又曾编选《唐五七言绝句》二百首、《唐绝句续选》二百首。这些都为刘克庄在诗歌创作上模仿唐人诸家风格做了铺垫。

刘克庄说：“长吉歌行，新意险语，自有苍生以来所绝无。”[42] 推崇李贺歌行体。后村也有模仿李贺诗歌的作品，如《齐人少翁招魂歌》：“夜月抱秋衾，支枕玉鸾小。艳骨泣红芜，茂陵三十老。卧闻秦王女儿吹凤箫，泪入星河翻鹊桥。素娥刬袜跨玉兔，回望桂宫一点雾。粉红小蝶没柳烟，白茅老仙方瞳圆。寻愁不见入香髓，露花点衣碧成水。”又《赵昭仪春浴行》：“花奴一双鬓垂耳，绿绳

41（宋）刘克庄《后村先生大全集》卷九十六，《四部丛刊》本，商务印书馆。

42（宋）刘克庄《后村诗话》新集卷六，中华书局 1983 年版，第 243 页。

夜汲露桃蕊。青桂寒烟湿不飞，玉龙呵暖红薇水。翠靴踏云云帖妥，燕钗微卸香丝鬌。小莲夹拥真天人，红梅犯雪欹一朵。鸾锦屏风画水月，鸿鹄抱颈唼兰叶。刘郎散尽金饼归，笑引香绡护痴蝶。”又《东阿王纪梦行》：“月青露紫翠衾白，相思一夜贯地脉。帝遣纤阿控绿鸾，昆仑低小海如席。曲房小幄双杏坡，玉凫吐麝熏锦窠。软香蕙雨裙衩湿，紫云三尺生红靴。金蟾吞漏不入咽，柔情一点蔷薇血。海山重结千年期，碧桃小核生孙枝，陈王此恨屏山知。”用词如百家锦衲，五色耀眼。风格瑰丽奇险，“绝类长吉，其间精妙处，恐贺集中亦不多见也”[43]。

后村在诗歌技巧上也有承袭唐人者，如折腰句的运用。七言律诗有上三下四格，谓之折腰句。唐人白乐天诗有：“大屋檐多装雁齿，小航船亦画龙头。”句式即上三下四。刘克庄《卫生》诗：“采下菊宜为枕睡，碾来芎可入茶尝。”即此格。

刘克庄“晚节颓唐，诗亦渐趋潦倒”[44]。方回也说：“晚节诗欲学放翁，才终不逮，对偶巧而气格卑。”[45]其晚年诗歌或由才力不逮而终至气格卑弱，无甚可采。

第二节　闽地理学家诗歌创作中的唐音、宋调

从载道南来的杨时，经由罗从彦、李侗至于集大成的朱熹，福

43（宋）黄昇《玉林诗话》，魏庆之《诗人玉屑》卷十九引，中华书局 2007 年版，第 619 页。

44（清）永瑢等《四库全书总目》卷一九五，中华书局 1965 年版，第 1788 页。

45（元）方回选评，李庆甲集评校点《瀛奎律髓汇评》卷二十七，上海古籍出版社 1986 年版，第 1211 页。

建地区理学家辈出，宋代理学有濂、洛、关、闽四派，闽学即其一。闽地在宋代有“家有洙、泗，户有邹、鲁”[46]之称。因此，宋代闽地的文学发展最绕不开的是理学家的诗学观念。同时，多数理学家又兼具诗人的身份，或者径直可以说，福建地区的文人或多或少被理学浸染影响过。理学家尽管能诗，但从整体上来说，理学家的诗歌成就并不怎么耀眼，《四库全书总目》云：“以濂、洛之理责李、杜，李、杜不能争，天下亦不敢代为李、杜争。然而天下学为诗者，终宗李、杜，不宗濂、洛也。”[47]虽则如此，理学家的诗学理论却起着不容忽视的作用。同样，理学家的唐诗观也在一定程度上左右着闽地对唐诗的接受。

一、北宋至两宋之交——兼具唐音、宋调时期

北宋诗坛流行的白体及西昆体在福建文人那里得到了回应，前者如邵武吴处厚，后者如浦城杨亿。而以“江西诗派”为代表的宗杜学韩的典型宋调也在仁宗之后确立，与江西接壤的福建或多或少受到了这一诗风的影响，例如蔡襄。但是，这一时期闽地理学家的诗歌创作却游离于两者之外，具有其独特性。这一时期闽地理学家代表人物有陈襄[48]、郑穆[49]、游酢[50]、杨时[51]、陈瓘[52]、罗从

46（宋）王应麟《困学纪闻》卷十四，上海古籍出版社 2008 年版，第 1662 页。
47（清）永瑢等《四库全书总目》卷一九一，中华书局 1965 年版，第 1737 页。
48 陈襄（1017—1080），字述古，号古灵。侯官人。
49 郑穆（1018—1092），字闳中，侯官人。
50 游酢（1053—1123），字定夫，建阳人。
51 杨时（1044—1130），字中立，号龟山。将乐人。
52 陈瓘（1057—1124），字莹中，号了斋，沙县人。

彦[53]等人。

是时，闽地理学家大多强调温柔敦厚的诗教观念。比如杨时继承了程颐“作文害道”的说法，主张：“为文要有温柔敦厚之气。”[54]游酢也指出：“盖诗之情出于温柔敦厚而其言如之，言者心声也，不得其心，斯不得于言矣。”[55]并以诗教为旨归：“诗之为言，发乎情也。其持心也厚，其望人也轻，其辞婉，其气平，所谓入人也深，其要归必止乎礼义，有君臣之义焉，有父子之伦焉，和乐而不淫，怨诽而不乱，所谓发言为诗，故可以化天下而师后世学者。”[56]即便如此，理学家们并没有多少反映现实的作品，同时也并没有刻意将明理与作诗统一起来，说理不妨在文集中长篇大论，而作诗也不妨“缘情而绮靡”。因此，在诗学观念上显得比较含糊，没有明确的主张宗尚某家某派。正是因为闽地理学家在诗歌创作上缺乏主导思想，因此能够在同一个诗人的诗歌创作中具有不同风味，可以推崇李杜、韩孟，也可以模仿晚唐诗歌，当然也有与时代相应的宋诗气息。

理学家对诗教观念的强调，自然会使他们首先关注杜甫诗歌。杨时云：“杜陵头白长昏昏，海图旧绣冬不温。更遭恶卧布衾裂，尽室受冻忧黎元。”(《向和卿览余诗见赠次韵奉酬》) 从忧心黎民的角度出发而提及杜甫，另外，杨时还有句云：“杜陵苦被微官缚，元亮今为世网撄。”(《席上别蔡安礼》) 杨时的崇杜，倒不见得

53 罗从彦（1072—1135），字仲素，号豫章先生，剑浦人。

54 （宋）杨时《龟山先生语录》卷一，《续古逸丛书》本，广陵书社 2001 年版。

55 （宋）游酢《游廌山集》卷一，《景印文渊阁四库全书》本，台湾商务印书馆 1986 年版。

56 同上。

是学习其艺术技巧，更多的是思想内容。倒是陈襄从正面对杜诗的艺术性进行评价，云："老杜诗成笔力豪。"(《次韵和程少卿省宿寄齐熙业少卿》) 笔力豪显然是就陈襄所说的词气"厚而有力"[57]而言的。陈瓘也有句云："丽巧裁新咏，缄题及鄙人。曹刘风自古，李杜格殊伦。"(《呈知府司封二十韵》) 将李杜并称，也没有重杜轻李的倾向。

除此之外，闽地理学家对李白、韩愈也偶或提及。如罗从彦的《寄傲轩用陈默堂韵》诗："我醉欲眠卿且去，肯陪俗客语羲皇。"径直取用李白《山中与幽人对酌》之句，可见其对李白也并不排斥。对韩愈的接受，只有杨时偶然提及："幽窗时读退之文。"(《久旱》)

诗歌风格类似中晚唐者，如陈襄《古城》诗："芦苇萧疏天气清，水含山色照重城。绿芜何处管弦地，碧落旧时钟鼓声。三峡桥边秋雨过，六鳌宫里夜潮生。萧郎秦女无归约，十二瑶台空月明。"此诗风格类似晚唐许浑。而陈襄的另一首《和子瞻西湖寒食》诗："春阴漠漠燕飞飞，可惜春光与子违。半岭烟霞红旆入，满湖风月画船归。缑笙一阕人何在，辽鹤重来事已非。犹忆去年题别处，鸟啼花落客沾衣。"谢肇淛评为："声调凄婉，中、晚之楚楚者。"至如李纲评其"诗篇平淡如韦应物"者，亦有例证，如"秋声连夜雨，寒色一溪松"。(《幽斋》) 游酢的《水亭》诗："清溪一曲绕朱楼，荷密风稠咽断流。夹岸垂杨烟细细，小桥流水即沧洲。"以及

57（宋）陈襄《古灵集》卷一四《与同年周岐员外书》,《景印文渊阁四库全书》本，台湾商务印书馆 1986 年版。

《题河清县廨》:“小院闲亭长薜萝,鹿木穿径晚径过。夕阳萧散簿书少,窗里南山明月多。”也具有唐诗风味。还有陈瓘的《和刘太守十州诗》:“月明偏照海边洲,绿水回环漾素秋。斗转参横群动息,桂花零落遣谁收。”也都不乏唐诗意味。

典型的宋诗风格作品如陈襄的《天道不可跻》:“天道不可跻,以其高且危。地道不可寻,以其幽且深。土圭测日影,可以分照临。桐鱼击石鼓,可以求声音。嗟夫世之人,不知方寸心。”是明显的道学家之诗,其他如《白头》、《偶书》、《赠禅者》、《留题天游阁》都是此类。陈瓘的《了斋自警六首》其一:“本无一字尧夫易,八十一篇扬子玄。今古是非那复辨,仲尼尤不废韦编。”《杂诗》:“大抵操心在谨微,谬差千里始毫厘。如闻不善须当改,莫谓无人便可欺。忠信但当为己任,行藏终自有天知。深冬寒日能多少,已觉东风次第吹。”几乎全部说理论道,缺乏诗味。罗从彦《自警》、《观书有感》等诗从内容到语言风格与前两者如出一辙。

北宋闽地理学家的诗歌创作以杨时为代表,其《送富朝奉还阙》诗:

君不见庆历承平道如砥,驰车八荒同一轨。虏人鸱张怒螳臂,百万云屯若封豕。又不见朔方横流涨天起,腐麦蛾飞木生耳。扶携道路杂老幼,操瓢沟中半为鬼。关河日夜刁斗惊,漫书乘驲来渝平。兵间持节得英杰,谈笑坐使羁长缨。青社环城万区屋,发廪分曹具饘粥。饥羸枯颊陡生光,丛冢不闻新鬼哭。臧孙有后天匪亲,闾门容车何足论。揭来滩上见犹子,雄姿宛有典型存。骅骝已渡渥洼水,朝燕暮越应千里。行看玉勒驾銮舆,濯足瑶池从此始。

从遣词及句法上来看，这首诗有意学习李白及杜甫；从风格方面来说，却类似韩孟诗派的奇崛诗风；而同时又具有宋诗以文字为诗的特点。这类诗歌在杨时集中并不少见，他如《酬林志宁》、《题赠吴国华钓台》、《寄练子安教授》、《赠别蔡武子被诬得释赴泉州录参》、《假山》、《寄范正甫》等诗都如此，而这类诗歌从形式上来看，都是古体诗。

杨时的律诗和绝句则多呈现唐诗特色，而无宋诗气息。如《夜雨》："似闻疏雨打蓬声，枕上悠扬梦半醒。明日觉来浑不记，隔船相语过前汀。"再如《含云寺书事六绝句》其一："竹间幽径草成围，藜杖穿云翠满衣。石上坐忘惊觉晚，山前明月伴人归。"纯然宋调的说理诗也不少见，譬如《枕上》："小智好自私，小德常自足。自私开人贼，自足心有目。瑕瑜不相掩，君子此良玉。默默枕上思，戒之在深笃。"再如《初夏侍长上郊行分韵得偕字》、《读东坡和陶影答形》等都是典型的宋诗风格。由此可见，杨时在诗歌创作的时候并没有刻意区分唐音与宋调，而是根据表现内容的不同调适不同的风格。

北宋至两宋之交的闽地理学家在其为数不多的诗歌作品中兼具唐音、宋调，这本身就能说明问题。他们并不排斥任何一种风格，也未有意推崇某种风格，或阐述义理，或吟咏情性，或仅为描摹清寂的自然景象，只是根据自身表达的需要信手成诗。在福建理学家的诗歌创作那里，时事也好，民生也好，政治理想也好，绝少出现，这似乎又与其所强调的诗教是矛盾的，而使诗歌成为反映一种内心恬淡与自在的存在，这与当时文人的创作形成鲜明对比。这种情况在两宋之际以及南宋时期发生了很大的变化。

二、两宋之交至南宋中期——宋调的形成与唐诗学观念的新变

两宋之际至南宋中期，福建理学进一步发展，据《宋史·道学传》中所载，这一时期的理学家包括：李侗[58]、朱熹、黄干[59]、陈淳[60]。除此之外，尚有邓肃[61]、林之奇[62]、陈渊[63]、廖刚[64]、胡寅[65]、胡安国[66]、胡宏[67]、王蘋[68]、林光朝[69]、林亦之[70]、陈藻[71]、胡宪[72]、刘勉之[73]、刘子翚[74]、蔡元定[75]、廖德明[76]、李吕[77]等人。其中，邓肃、陈渊、林

58 李侗（1093—1163），字愿中，学者称延平先生，南剑州剑浦人。从学罗从彦。

59 黄干（1152—1221），字直卿，福州闽县人。从学朱熹。

60 陈淳（1159—1223），字安卿，号北溪，漳州龙溪人。从学朱熹。

61 邓肃（1091—1132），字志宏，别号栟榈，沙县人。从学杨时。

62 林之奇（1112—1176），字少颖，号拙斋，福州侯官人。从学吕本中。

63 陈渊（1067—1145），字知默，又字几叟，世称默堂先生。南剑沙县人。从学杨时。

64 廖刚（1070—1143），字用中，号高峰居士，南剑州顺昌人。从学杨时。

65 胡寅（1098—1156），字明仲，学者称致堂先生。崇安人。从学杨时。

66 胡安国（1074—1138），字康侯，号青山，学者称武夷先生。崇安人。从学程颐友人朱长文。

67 胡宏（1102—1161），字仁仲，号五峰，学者称五峰先生，崇安人。从学杨时。

68 王蘋（1081—1153），字信伯，福清人。从学程颐。

69 林光朝（1114—1178），字谦之，莆田人。从学尹焞。

70 林亦之（1136—1185），字学可，号月渔，福清人。从学林光朝。

71 陈藻（约1260年前后在世），字元洁，号乐轩。福清人。从学林亦之。

72 胡宪（1086—1162），字原仲，学者称绩溪先生，崇安人。从学胡安国。

73 刘勉之（1091—1149），字致中，学者称白水先生，崇安人。从学谯定。

74 刘子翚（1101—147），字彦冲，号屏山，又号病翁，学者称屏山先生。崇安人。从学谯定。

75 蔡元定（1135—1198），字季通，学者称西山先生。建宁人。从学朱熹。

76 廖德明，乾道五年（1169）进士。字子晦，南剑州人。从学朱熹。

77 李吕（1122—1198），字滨老，邵武人。

之奇、胡寅、胡宏、林光朝、刘子翚、朱熹、陈淳、林亦之等人均重视诗歌创作，清人陈经礼评论朱熹《梅花诗》云："道学千年俎豆新，复工余事作诗人。"(《论诗绝句》) 虽然陈氏意指朱熹，但也不妨以此概括整个宋代福建理学家群体。这一时期理学家的诗歌创作已经不再是北宋时期理学家诗歌中的唐音、宋调以及义理、性情平分秋色的面目了。大多数理学家诗歌的主体风格已经转变为典型的宋调。

以林之奇的诗歌创作为例，林之奇曾经师从浙东名儒"大东莱"吕本中，而"小东莱"吕祖谦则入闽从学林之奇。吕本中是江西诗派的重要人物，其诗学思想或多或少的影响了林之奇，四库馆臣评价林之奇云："其诗尤具有高韵，如《江月图》、《早春偶题》诸篇，置之苏、黄集中，不甚可辨也。"[78] 以诗谈理是宋代理学家的共性，林之奇的诗作也多言理，如《朝乘》"小利专欲速，大德不踰闲"、《高竹》"道污得夷理，物虚含远情"、《癸未冬至》"理欲从今罢研究，无工夫处是工夫"、《和王龟龄不欺堂》"好将天体为心体，体得纯全自浩然"等都体现出明显的理学家诗歌的特征。在这一点上，陈淳、胡宏及林亦之等人的诗作表现得尤其明显，与其说是诗，毋宁说是发挥义理的语录，因此，明人谢肇淛云："宋时道学诸公诗，无一佳者，至于黄勉斋《登临》诗，开口便云：'登山如学道，可止不可已。'此正是'譬如为山'注疏耳。"[79] 唯有刘子翚，被认为是道学家中的诗人，较少沾染语录气息，诗歌风格明朗

78（清）永瑢等《四库全书总目》卷一百五十八，中华书局 1965 年版，第 1366 页。

79（明）谢肇淛《小草斋诗话》，张健辑校《珍本明诗话五种》，北京大学出版社 2008 年版，第 369 页。

豪爽，另外朱熹诗歌作品颇多，亦另当别论。

这一时期，福建理学家依然强调义理的阐发，比如朱熹就说："今人不去讲义理，只去学诗文，已落第二义。"[80] 又说："不必著意学如此文章，但须明理，理精后，文字自典实"、"大意主乎学问以明理，则自然发为好文章。"都强调理在文章之先，陈淳亦云："大抵穷理与做文章不同。做文章旋逐修饰、润色，惟教好看。"[81] 林之奇也说："作诗以《三百篇》为首，诗人之作其美刺箴规咏歌举合乎道。学者学诗须本诸此，乃为佳作。"[82] 以美刺箴规为出发点，寻求诗与道的契合点。对于理学家的唐诗接受来说，则开始有意区分唐诗风格与宋诗风格，且对唐代不同诗人的偏好愈趋明朗。

（一）理学家对杜诗的接受

论诗家普遍认为，由外族入侵而生的家国之耻导致宋代诗人聚焦于杜诗，注家蜂起。相对同时代的文人来说，理学家对杜诗的关注并不是很积极，但由于多数理学家诗歌宗尚江西诗派，并且会或多或少受到时代潮流的影响，因此，诗论中难免会随时涉及杜诗，呈现一种共同的诗歌趋向。

在理学家诗人中，邓肃最喜在诗歌中发挥诗论，其诗云："相公特起为苍生，下视萧曹无足数。词议云涌纷盈庭，群策但以二三取。老谋大节数子并，行见犁庭灭金虏。立马常依仗下鸣，

80（宋）黎靖德编，王星贤点校《朱子语类》卷一百四十，中华书局 1986 年版，第 3334 页。

81（宋）陈淳《北溪先生大全集》卷一四《题徐君大学诗后》，《景印文渊阁四库全书》本，台湾商务印书馆 1986 年版。

82（宋）林之奇《拙斋文集·记闻上》，《景印文渊阁四库全书》本，台湾商务印书馆 1986 年版。

日咏杜鹃怀杜甫。”(《贺梁溪李先生除右府》)这首诗是为李纲而写，李纲其人特别关注杜诗，因与其爱国思想契合。这里邓肃提到杜甫的《杜鹃行》是就其思想内容而言的，将杜诗中玄宗失位的隐喻之意与靖康之变结合起来，用以砥砺李纲。关于杜诗，邓肃另有诗云：“桃源目断知何处，身在杜陵诗句中。”(《寄张应和运副二首》其二)其他理学家诗人也偶或提及杜诗，比如陈渊：“贫家岂有石麒麟，说梦哦诗愧杜陵。”(《赵元述庆得子次韵》)林亦之在其诗歌中说：“少陵岖崎夔峡路，一切悲愁托诗句。至今太史不足凭，惟有此诗为可据。”(《邑大夫范丈宠示广陵余事泠然诵之历历惨恻如在目中辄赋短篇纪所闻也》)显然是就杜诗的诗史性质发出的议论，林氏又说：“夔子城头开幕府，杜陵诗卷作图经。”(《奉寄云安安抚宝文少卿林黄中》)也是就杜甫诗歌的写实性而言的。一向在诗歌中书写国事的刘子翚亦云：“蓬松衰发倦重簪，一榻惟便独寝甘。却忆少陵诗句好，依然云林晓相参。”(《次韵明仲幽居春来十首》)而胡寅的“少陵无句惭巴蜀”(《和叔夏海棠次东坡韵》)以及“风云变态襟抱开，山水之乐仁智具。胡为颦呻不料理，冰炭受坐疟鬼怖。原君读此一醒然，未负当年少陵句”(《晓乘大雾访仲固》)，则全与爱国情感或诗歌艺术无关了。但无论如何，这种共同性已经反映了理学家对杜诗的接受情况。当然，这一时期宋代整个诗坛，江西诗派大行其道，对于唐诗学来说，以黄庭坚为首的江西诗派特别推崇杜诗，这无疑对福建理学家有一定的影响。

实际上，对杜诗的接受这里应该特别提到的是林之奇以及朱熹。前者从爱国主义出发特别关注杜诗的思想内容，而后者，则从诗体出发，对杜诗颇有微词。

林之奇的唐诗学观零散见于其所著《拙斋文集》中，但能够充分体现其唐诗学观的是《观澜文集》的编纂。由所《观澜文集》选唐诗来看，充分体现出林之奇作为理学家的诗学观念，其所选诗歌多与教化相关。从对杜诗的选择上就可以看出这一点，《观澜文集》所选杜诗有：《古柏行》、《兵车行》、《丹青引》、《桃竹杖引》、《夔府书怀四十韵》、《咏怀古迹》二首、《诸葛庙》、《和贾至舍人早朝大明宫》、《越王楼歌》、《魏将军歌》。《观澜文集》评陆机《文赋》云："文章无警策则不足以传世，盖不能竦动世人，如老杜及唐人诸诗，无不如此。但晋宋间专力于此，故失于绮靡，而无高古气味，杜诗云'语不惊人死不休'，所谓惊人，即警策也。"所谓警策，即指其思想内容而言。《观澜文集》所选杜甫诗歌大多为讥刺时政及关怀现实百姓疾苦之作。同时，《观澜文集》较为突出的一个现象是重视表现安史之乱的诗歌作品，如杜甫《夔府书怀四十韵》、郑愚《津阳门诗并序》、白居易《江南遇天宝乐叟歌》及《长恨歌》、元稹《连昌宫词》等都是此类作品，这些诗歌表现安史之乱时期前后的剧变，俯仰今昔，感慨特深。而对于处于南渡之后的林之奇来说，这无疑具有了一种深切的同情，林之奇委婉地借选诗来比喻宋室南迁，有借古喻今之意。

根据《宋史》本传，林之奇特别反对王安石之学，并且认为："本朝靖康祸乱，考其端倪，王氏实负王、何之责。在孔、孟书，正所谓邪说、诐行、淫辞之不可训者。"[83] 认为北宋靖康之乱实肇发

83（元）脱脱等《宋史》卷四三三《林之奇传》，中华书局 1977 年版，第 12861 页。

于王安石的变法活动。因此，在林之奇看来，朝廷上所需要的是贤君名臣，《观澜文集》所选诗如杜甫的《咏怀古迹》(“蜀主窥吴幸三峡”及“诸葛大名垂宇宙”)、《诸葛庙》、《古柏行》，皮日休《七爱诗》(分别赞扬房玄龄、杜如晦、李白、李晟、卢鸿、元德秀、白居易)，都是以歌咏名臣贤相为主的。可以说，林之奇通过选诗曲折地表达了一种政治诉求。

关于杜甫诗，朱熹推崇的是其早年作品，而对于杜甫所谓的“晚节渐于诗律细”颇有微词，如云：“古诗须看西晋以前，如乐府诸作皆佳。杜甫夔州以前诗佳，夔州以后自出规模，不可学。”[84]又说：“人多说杜子美夔州诗好，此不可晓。夔州诗却说得郑重烦絮，不如他中前此有一节诗好。”[85]又说：“杜子美晚年诗都不可晓，吕居仁尝言，诗字字要响，其晚年诗都哑了，不知是如何，以为好否？”[86]众所周知，杜甫晚年所作诗歌尤以律诗为佳，但朱熹一反文人说法，针对杜甫晚年诗歌做出批评。除此之外，朱熹指摘杜甫诗歌中好用经语，云：“文字好用经语，亦一病。老杜诗‘致思远恐泥’，东坡写此诗到此句云：‘此诗不足为法。’”[87]实际上，朱熹是由反对江西诗派的末流而对杜诗的这一特点提出批评的。

其原因朱熹自己已经说得非常明白，《答巩仲至》云：“尝闲考诗之原委，因知古今之诗凡三变。盖自书传所记，虞夏以来，下及汉魏，自为一等；自晋宋间颜、谢之后，下及唐初，自为一等；自

84（宋）黎靖德编，王星贤点校《朱子语类》卷一百四十，中华书局1986年版，第3324页。

85 同上书，第3326页。

86 同上。

87 同上书，第3327页。

沈、宋之后，定著律诗，下及今日，又为一等。然自唐初以前，其为诗者，固有高下，而法犹未变。至律诗出，而后诗之古法，始皆大变，以至今日，益巧益密，而无复古人之风矣。尝妄欲抄取经史诸书所载韵语，下及《文选》汉魏古诗，以尽乎郭景纯、陶渊明之所作，自为一编，而附于《三百篇》、《楚辞》之后以为诗之根本准则，又于其下二等之中，择其近于古者，各为一编，以为之羽翼舆卫。且以李杜言之，则如李之《古风》五十首，杜之秦蜀纪行《遣兴》、《出塞》、《潼关》、《石壕》、《夏日》、《夏夜》诸篇。律诗则如王维、韦应物辈，亦自有萧散之趣，未至如今日之细碎卑冗无余味也。"[88] 将古今之诗分为三等，而将沈、宋之后的律诗定为最次一等，文中所举李杜之诗都是古体诗。而王维及韦应物有萧散之趣的律诗之所以被朱熹看重，完全是因为二人的诗歌风格更为接近陶渊明。无疑朱熹把古体诗与律诗做了一个优劣的评判，其后所为诗论均以此为准则。如《答巩仲至第四书》云："自唐初以前，其为诗者固有高下而法犹未变，至律诗出而诗人与诗始皆大变，以至今日，益巧益密而无复古人之风矣。"[89] 益巧益密是针对宋时江西诗派而言的。

根据这一原则，朱熹对李杜进行对比时云："李太白终始学《选》诗，所以好。杜子美诗好者亦多是效《选》诗，渐放手，《夔州》诸诗则不然也。"[90] 乃至以此来评价李杜、韩柳之诗，《跋病翁

88（宋）朱熹《朱文公文集》卷六十四《答巩仲至》,《四部丛刊》本，商务印书馆。

89（宋）朱熹《朱文公文集》卷六十四,《四部丛刊》本，商务印书馆。

90（宋）黎靖德编，王星贤点校《朱子语类》卷一百四十，中华书局 1986 年版，第 3326 页。

先生诗》即云："此病翁先生少时所作《闻筝诗》也。规模意态全是学《文选》、《乐府》诸篇，不杂近世俗体，故其气韵高古，而音节华畅……然余尝以为天下万事皆有一定之法，学之者须循序而渐进。如学诗则当以此等为法，庶几不失古人本分体制，向后若能成就变化，固未易量。然变亦大是难事。果然变而不失其正，则纵横妙用，何所不可？不幸一失其正，却似反不若守古本旧法以终其身之为稳也。李、杜、韩、柳初亦皆学《选》诗者，然杜、韩变多而柳、李变少。变不可学，而不变可学。故自其变者而学之，不若自其不变者而学之，乃鲁男子学柳下惠之意也。"[91]

（二）理学家诗人对其他唐代诗人的接受

钱穆在《中国近三百年学术史》中说："治宋学当何自始？曰必始于唐，而昌黎韩氏为之率。"[92] 进入宋代理学家视域的，除了韩愈建立的儒学道统外，还有韩愈诗歌的下字炼句之法。尤其是在南宋时期，闽地理学家基本上承袭了江西诗派的诗歌风格，因此，对韩愈的接受也是必然的。这一点，在邓肃的诗论里表现得尤其显著，邓肃诗云："两鸟相酬不肯休，欲令日月无旋辀。斯文未丧得韩子，扫灭阴霾霁九州。古来散文与诗律，二手方圆不兼笔。独渠星斗列心胸，散落毫端俱第一。"(《昭祖送韩文》) 以为韩愈的散文与诗歌"俱第一"，又云："作文忽慕元和格，送入贤关亲眉白。遽闻皇甫语穿天，渊源盖是退之客。琢句出人数等高，要令天下无英豪。击节一观百忧失，不觉此身犹布袍。"(《贺夫和来》) 这里"元

91（宋）朱熹《朱文公文集》卷八十四，《四部丛刊》本，商务印书馆。

92 钱穆《中国近三百年学术史》，商务印书馆 1997 年版，第 2 页。

和格”显然指的是以韩愈为代表的奇诡的诗文风格，可见邓氏的倾向性。邓肃的其他诗歌中也时或提及韩愈，比如“衡云霁韩愈，海市呈苏轼”(《偶成》)，以及“昌黎论佛骨，南行气亦壮。献书请镂玉，却起北归望。香山最风流，诗酒事夷旷。那知闻琵琶，泪溅九江浪”(《再次韵谢之》)。可见，无论是为人、为诗、为文，邓肃都特别推崇韩愈。

与邓肃类似，韩愈奇险的诗歌风格也为胡寅所欣赏，云：“每钦韩公观陆浑，雄词险句咻而燉。”(《清湖山大火》) 即指韩愈的《陆浑山火》诗而言。同样的，林之奇推崇韩愈也是从这一点出发的：“子美正声谐韶濩，退之劲风沮金石。”[93] 所谓劲风，也是就其诗风而言的。

与诸家着力推崇韩愈险怪诗风不同的是，朱熹对韩愈的评价恰恰相反，云“韩诗平易”[94]，又说：“诗须是平易不费力，句法混成。”[95] 邓肃等人是基于承袭江西诗派而推尊韩愈，自然从其奇险方面入手，而朱熹则立足于反对江西诗派，因此，独从平易的角度来评论韩愈诗歌。实际上，平易正好与朱熹追求的以平淡为主的道学气息相通。另外，附带提及的是，朱熹推崇韩愈，还有一个原因是韩愈诗能用古韵，“晋人诗惟谢灵运用古韵，如‘祐’字协‘烛’字之类。唐人惟韩退之、柳子厚、白居易用古韵”[96]。能否用古韵也

93（宋）林之奇《拙斋文集·记闻下》,《景印文渊阁四库全书》本，台湾商务印书馆 1986 年版。

94（宋）黎靖德编，王星贤点校《朱子语类》卷一百四十，中华书局 1986 年版，第 3327 页。

95 同上书，第 3328 页。

96 同上书，第 3325 页。

是朱熹诗论的基本原则之一。朱熹对韩愈诗文推崇有加的另一明证是《韩文考异》的成书。

宋代文人多重杜甫而轻李白，而在闽地的理学家那里却有着不同的局面。对李白评价最高的莫如朱熹，如云："李太白终始学《选》诗，所以好。"[97]这与其评判古体诗与律诗优劣完全一致。另外，朱熹认为李白的诗歌雍容和缓，合乎道的气象，他说："李太白诗不专是豪放，亦有雍容和缓底，如首篇《大雅久不作》，多少和缓！"[98]从作诗的法度上来说，"李太白诗，非无法度，乃从容于法度之中，盖圣于诗者也。《古风》两卷，多效陈子昂，亦有全用其句处。太白去子昂不远，其尊慕之如此"[99]。

林之奇则从另外一个角度对李白持肯定态度，《观澜文集》即选有李白的《蜀道难》。《观澜文集》中又将李杜并称："自非业足以造游、夏之渊源，辞足以发李、杜之光焰。"[100]又说："朱汉章云：少时尝问其父，云或见王充《论衡》云：'不见异人必得异书，今观其书亦无甚高远之见，乃云尔何也？其父曰：汝看是时有释氏也未，余因语此。人多议李太白、梅圣俞诗未善，曾不知太白以前无如此诗，梅圣俞亦然。当七国五代文弊之后做出这诗来，亦自可服。后来虽有作者，亦推明广大之尔。"在诗歌上肯定李白的前无古人，也就是肯定创新的意思。

97（宋）黎靖德编，王星贤点校《朱子语类》卷一百四十，中华书局 1986 年版，第 3326 页。

98 同上书，第 3325 页。

99 同上书，第 3326 页。

100（宋）林之奇《拙斋文集》卷十《馆职谢启》，《景印文渊阁四库全书》本，台湾商务印书馆 1986 年版。

除此之外，与其他诗论家相同，理学家也注意到了李白的豪放与敏捷。比如邓肃云：“向有谪仙诗句好，何妨闭户醉金钟。”(《和李梁溪春雪韵二首》其二）又曰：“渊明句法古无有，头上葛巾须漉酒。太白毫端惊倒人，举酒望天不计斗。二子风流不可追，公作幽轩为唤回。”(《醉轩吟》) 再如陈渊诗云：“应共翰林争敏捷，岂如开府但清新。”(《再和时可》) 都是就其诗歌风格而言的。李吕《读太白集》诗云：“吾宗老太白，俊逸自幼年。学成喜任侠，长剑辞三川。无心驯鸟雀，急义散金钱。曳裾半天下，所至惊四筵。笔阵扫强敌，诗情快涌泉。一朝见贺监，荐鹗君王前。金马得供奉，酒徒同醉眠。从驾方连召，扶头得十篇。奴视高力士，风期鲁仲连。青蝇工点玉，锦袍棹回船。自谓天地臣，浪称平地仙。志大虽难揜，身危幸保全。江陵欲难作，彭泽见几先。仍喜宫祠句，浑如讽谏篇。至今读青史，终始无间然。”无论是“诗情快涌泉”还是“扶头得十篇”，都表明李白作诗的敏捷性，同时，李吕注意到了李白诗歌当中的讽谏之意，表现出理学家对诗教观念的重视。

另外，整个南宋时期的闽地理学家都特别推崇陶渊明，因此，与陶渊明平淡自然的诗风类似的唐代诗人如韦应物、孟浩然、柳宗元等人也进入理学家视野。朱熹论诗主自然，如云：“问：‘李白“清水出芙蓉，天然去雕饰”，前辈多称此语，何如？’曰：‘自然之好，又不如“芙蓉露下落，杨柳月中疏”，则尤佳。’”[101]“自然”是符合理学家的审美趣味的，与其所谓“道”最为接近，因此，除

101（宋）黎靖德编，王星贤点校《朱子语类》卷一百四十，中华书局1986年版，第3326页。

李白之外，朱熹更推崇韦应物诗，以为其诗“自在”，又说：“韦苏州诗高于王维孟浩然诸人，以其无声色臭味也。”[102] 无声色嗅味，也是就自然而言的。将韦应物的诗歌置于王维、孟浩然之上，更甚者，朱子将杜诗与韦诗做个别比较：“杜子美‘暗飞萤自照’，语只是巧。韦苏州云：‘寒雨暗深更，流萤度高阁。’此景色可想，但则是自在说了。因言《国史补》称韦：‘为人高洁，鲜食寡欲。所至之处，扫地焚香，闭阁而坐。’其诗无一字做作，直是自在。其气象近道，意常爱之。问：‘比陶如何？’曰：‘陶却是有力，但语健而意闲。隐者多是带气负性之人为之。陶欲有为而不能者也，又好名。韦则自在，其诗直有做不著处便倒塌了底。’”[103] 无一字做作，正是高于杜诗巧处。正因其诗自在，而气象近道，对于道学家来说，近道才是根本。而朱熹本人在诗歌上也是从韦应物入手学习的，“作诗须从陶柳门庭中来，乃佳。不如是，无以发萧散冲淡之趣，不免于局促尘埃，无由到古人佳处也。如《选》诗及韦苏州，亦不可不熟读”。如朱熹《客舍听雨》：“沉沉苍山郭，暮景含余清。春霭起林际，满空寒雨生。投装即虚馆，檐响通夕鸣。遥想山斋夜，萧萧木叶声。”这首诗从诗歌凄清的意境到诗人恬淡静寂的心情都很明显地模仿了韦应物诗。另外，《社日诸人集西冈》、《试院即事》等诗也都是对韦诗的模仿。

除朱子之外，林光朝云：“《百家诗》抹一过，只有孟浩然诗踏著实地。谢玄晖、陶元亮辈中人，名不虚得也。怪见杜子美每每

102（宋）黎靖德编，王星贤点校《朱子语类》卷一百四十，中华书局 1986 年版，第 3327 页。

103 同上。

起敬，子美岂下人者？如孟东野、刘宾客、韩、柳数家，又如韦苏州、刘长卿等辈，皆不在百家数中，却别有说。”[104]特别推崇孟浩然，但从其现存诗歌作品来看，并没有模仿孟浩然诗歌风格的诗作。

除上述几家之外，闽地理学家对其他唐代诗人也偶或论及，但大多为只言片语，不足为据。譬如邓肃曾论诗云：“诗有四忌，学白居易者忌平易，学李长吉者忌奇僻，学李太白者忌怪诞，若学作举子诗者，尤忌说功名。”[105]此中唯朱熹对陈子昂的评论历来受人关注。朱熹在其《斋居感兴二十首序》中称：“余读陈子昂《感遇》诗，爱其词旨幽邃，音节豪宕，非当世词人所及。如丹砂空青，金膏水碧，虽近乏世用，而实物外难得自然之奇宝。”朱熹站在理学家的立场上以为陈子昂《感遇》诗缺乏世用，却以诗人的身份肯定其词旨幽邃，至于模仿其作：“欲效其体，作十数篇。顾以思致平凡，笔力萎弱，竟不能就。然亦恨其不精于理而自托于仙、佛之间以为高也。斋居无事，偶书所见，得二十篇。虽不能探微索眇，追迹前言，然皆切于日用之实。”但是，道学家毕竟是道学家，其着眼处仍然在于“理”，并以为自己的模仿之作切于日用之实。如：“玄天幽且默，仲尼欲无言。动植各生遂，德容自清温。彼哉夸毗子，呫嗫徒啾喧。但逞言乱好，岂知神监昏？曰余昧前训，坐此枝叶繁。发愤永刊落，奇功收一原。”“玄天幽且默”直接用了陈子

104（宋）林光朝《艾轩集·示成季》，《景印文渊阁四库全书》本，台湾商务印书馆 1986 年版。

105（宋）邓肃《栟榈集》卷二十五，《景印文渊阁四库全书》本，台湾商务印书馆 1986 年版。

昂的原句，以此来阐发圣人之学，“一原”即“道”之原。这样的诗歌作品就与陈子昂的原诗在主旨与风格上相去甚远了。明谢肇淛即说：“晦翁诗却有不著相处，然便欲以《感遇》拟子昂，终觉不侔。”[106]

三、南宋中后期——“击壤派”理学诗体与唐音的合流

南宋中期之前，在道学上，占据主导地位的是程朱理学，同时，在诗学意识上也是如此。而南宋中期以后，程朱理学的影响逐渐衰微，而以邵雍为代表的象数之学则颇为兴盛。在诗学观点上，“击壤派”开始显示其影响力。严羽注意到理学家邵雍独特的诗歌特点，并在《沧浪诗话》中称其为“邵康节体”。此后，“邵康节体”被认为是理学家诗体。关于“邵康节体”，邓红梅《论“邵康节体”诗歌特征及其对于宋代诗坛的意义》[107]一文论述尤为豁显明白，认为邵雍的诗歌达到散文化的极限状态，并以为元明之后，理学家诗体进一步演变为“击壤派”。但祝尚书的《论“击壤派”》则认为“击壤派”源于邵雍的《伊川击壤集》，而形成于宋末元初。指出宋末《文章正宗》与《濂洛风雅》催生了“击壤派”。并指出“击壤派”末流的特点是鄙弃诗艺、缺乏韵致、语言浅俗、鄙薄词华。[108]四库馆臣则将“击壤派”提前至南渡以后，云：“南渡以后，《击壤集》一派参错并行，迁流至于四灵、江湖二派，遂弊极而不

106（明）谢肇淛《小草斋诗话》，张健辑校《珍本明诗话五种》，北京大学出版社 2008 年版，第 369 页。

107 邓红梅《论“邵康节体”诗歌特征及其对于宋代诗坛的意义》，《山东师范大学学报》2005 年第 2 期，第 46—49 页。

108 祝尚书《论“击壤派”》，《文学遗产》2001 年第 2 期，第 30—45 页。

复焉。”[109] 以为“击壤派”的形成在南渡之后，本文采取这一论断。

无论是对“邵康节体”的研究还是对“击壤派”的论述，大多是就邵雍及其追随者的诗歌创作的特点而言的。本文“击壤派”的提出，是基于宋代闽地理学家在诗学观念上尊崇邵康节并由此产生的唐诗学观念而言的。祝尚书在提到宋代“击壤派”作家时，涉及福建籍的有两人，一为真德秀，一为林希逸。实际上，所谓“击壤派”理学家，对于南宋中后期的闽地而言，更多的是对邵雍诗歌的推崇，并以其《击壤集》为诗学范式。

真德秀在论及陶渊明及邵雍诗歌时说：“康节之辞若卑，而其指则原于六经。”[110] 以诗出于六经为高，邵雍之诗正是源出六经。林希逸对《击壤集》的评价更高，云：“删后无诗，固康节言之。然《击壤》诸吟，何愧于古。彼其规尺，岂与古同？所以鼓吹者，同一机也。康节之后，又无诗矣。”[111]

宋代末年陈普也属于“击壤派”理学家。陈普（1244—1315），字尚德，别号惧斋。宁德人，学者称石堂先生。“闻韩翼甫倡道浙东，负笈从游，韩之学出庆源辅氏，辅，朱门高弟也”。[112] 陈普在诗学思想上同样尊崇邵雍，说：“苏、黄、王、陈以降，朱文公《棹歌》、《感兴》之外，惟陈简斋、陆放翁与近来诸公，以儿女视

---

109 （清）永瑢等《四库全书总目》卷一百八十九，中华书局 1965 年版，第 1726 页。

110 （宋）真德秀《西山先生真文忠公文集》卷三六《跋黄瀛甫拟陶诗》，《景印文渊阁四库全书》本，台湾商务印书馆 1986 年版。

111 （宋）林希逸《竹溪鬳斋十一稿续集》卷十三，《景印文渊阁四库全书》本，台湾商务印书馆 1986 年版。

112 （清）李清馥《闽中理学渊源考》卷四十，《景印文渊阁四库全书》本，台湾商务印书馆 1986 年版。

晚唐，然大抵山林丘壑、四时风雨、死生穷达、慢侮戏谑，盖徒玩世不恭，抑且助欲长怨，求其栖留恻隐，顾念本源，未能与风、雅同声音，而略可同情思者，百未一二也……少陵康节，信手挥洒，任意纵横，不愁浅俗，不畏讥诮，而卓绝之奇自出其中，宏大之局自见其首尾也。”[113]指出南宋以来尽管陈与义、陆游等人的诗歌创作并不遵循模仿晚唐诗风的老路，但也未能做到与风雅同声，因此特别推崇杜甫与邵雍。

黄仲元[114]则继承邵雍“以物观物”的思想，并以此评价诗歌创作：“香山老（白居易）坐东亭，以人观物，不以物观物，是时年壮气锐，犹以遭不遭为幸不幸。洎居洛第，静对寒碧吟醉，醉吟浮云富贵矣。”[115]此外，曾从学真德秀的王迈[116]也有诗句云：“怀哉康节先生语，作事莫教人绉眉。”（《和刘编修潜夫读近报蒋岘被逐》）即用邵雍《击壤集》中语：“平生不作皱眉事，天下应无切齿人。”（《诏三下答乡人不起之意》）

在鄙弃诗艺、鄙薄辞华上，“击壤派”理学家持论大体一致。真德秀云：“夫文者，技之末尔。”又说：“求工笔札不若砺于学。”[117]强调诗歌出于性情，最终要归结于“理”，云：“古之诗出于性情之真。先王盛时，风教兴行，人人得其性情之正。故其间虽

113（宋）陈普《石堂遗集·曾雪笠诗跋》，《景印文渊阁四库全书》本，台湾商务印书馆1986年版。

114 黄仲元，字善甫，号四如，莆田人。

115（宋）黄仲元《四如先生文稿》卷一《万竹胡希道见思堂记》，《四部丛刊》三编本，商务印书馆。

116 王迈（1184—1248），字实之，号臞轩居士，仙游人。嘉定十年（1217）进士。

117（宋）真德秀《西山先生真文忠公文集》卷二七《日湖文集序》，《景印文渊阁四库全书》本，台湾商务印书馆1986年版。

喜怒哀乐之发微，或有过差，终皆归于正理。”[118] 而陈普则说：“士不读书则已，读则必读经世之书；不为文则已，为则必为经世之文。词非壮士所尚，建安、江左、唐、宋声皆君子所不道也。自李斯、司马相如、班固、蔡邕、曹植、陆机兄弟、谢灵运、沈约、徐陵、庾信以来，其见于世者皆可考矣。李白豪今古而负浔阳之累，东坡宋三百年第一，至轻侮规矩礼法之士，视伊川如仇敌，他盖可知。繁花乱草充塞仁义，况若今世尽力唐、宋，弃经史于沟壑，不复过而问焉者哉！”[119] 否定建安以来的诸家创作，乃至于否定李白、苏轼，鄙薄文辞之美，强调为经世之文。

在对唐诗的接受方面，“击壤派”理学家的观念也大体一致。闽地理学家对杜甫、韩愈诗歌的接受为普遍现象，真德秀的《文章正宗》对杜甫及韩愈诗歌的注重充分说明了这一点。林希逸《和柯山玉上人三首》其一云：“我学老禅无长进，相逢却讲少陵宗。”黄仲元则说：“诗可学也，建安黄初暨晚唐，几千百家，独子美不可拟议。”[120] 陈普同样以杜诗为尊，他在《沧洲尘缶编·自序》中云：“盖其学餍经饫史，含庄咀骚，采掇菁华，材料饱足，故能兼陶杜之体。”[121] 究其原因，无非是“其指近乎经”。从诗歌创作上来看，虽然在诗学观上推尊杜甫及韦应物、韩愈，但这一时期的理学家并没有多少神似杜甫、韦应物诗歌风格的作品。闽地理学家的学唐并

118 （宋）真德秀《西山先生真文忠公文集》卷三一《问兴立成》，《景印文渊阁四库全书》本，台湾商务印书馆 1986 年版。

119 （宋）陈普《石堂遗集·送郑生序》，《景印文渊阁四库全书》本，台湾商务印书馆 1986 年版。

120 （宋）黄仲元《四如先生文稿·上江古心先生书》，《四部丛刊》三编本，商务印书馆。

121 （宋）陈普《沧洲尘缶编》，《景印文渊阁四库全书》本，台湾商务印书馆 1986 年版。

不是着眼于其艺术性，而是为宣扬道学服务，故此，无论是“理学家”诗体还是模仿唐人之作，都呈现出共同的风格特征，具有唐音、宋调合流的趋势。在这一点上，真德秀可以作为这一群体的代表。

真德秀所编《文章正宗》特别能够体现其唐诗接受的倾向性。《文章正宗》第二十二、二十三、二十四卷选录唐诗，有陈子昂 13 首、李白 54 首、杜甫 125 首、韦应物 91 首、柳宗元 20 首、韩愈 30 首。从编选数量上来看，以杜甫及韦应物为最多。

真德秀《文章正宗》序《诗歌》道出其诗歌编选原则，曰：“朱文公尝言：‘古今之诗凡三变：盖自《书传》所记，虞、夏以来，下及汉、魏，自为一等。自晋、宋间颜、谢以后，下及唐初，自为一等。自沈、宋以后，定著律诗，下及今日，又为一等。’然自唐初以前，其为诗者固有高下，而法犹未变；至律诗出，而后诗之古法始为大变矣。故尝欲抄取经史诸书所载韵语，下及《文选》古诗，以尽乎郭景纯、陶渊明之作，自为一编，而附于《三百篇》、《楚辞》之后，以为诗之根本准则。又于其下，二等之中，择其近于古者各为一编，以为之羽翼舆卫，其不合者则悉去之，不使其接于胸次，要使方寸之中，无一字世俗语言意思，则其为诗，不期于高远而自高远矣。今惟虞、夏二歌与三百五篇不录外，自馀皆以文公之言为准，而拔其尤者，列之此篇。律诗虽工亦不得与。若箴铭、颂赞、郊庙乐歌、琴操，皆诗之属，间亦采摘一二，以附其间。至于词赋，则有文公集注《楚辞》、《后语》，今亦不录。或曰此编以明义理为主，后世之诗其有之乎？曰三百五篇之诗，其正言义理者无几，而讽咏之间，悠然得其性情之正，即所谓义理也。后世之作，虽未可同日而语，然其间寄兴高远，读之使人忘宠辱，去鄙吝，翛然有自得之趣，而于君亲臣子大义，亦时有发焉，其为性情心术之助，反有过于他文者，盖不必颛言性命，而后为关于义理也。读者以是求之，斯过半矣。”朱熹将诗歌分为三等：先秦汉魏为第一等，晋宋至初唐为第二等，而沈宋之后的律诗为第三等。真德秀自言其选诗原则以朱熹之言为准则，因此重视古体诗，而认为律诗出而作诗古法大变，由此轻视律诗，虽工而不选。真德秀并言此选诗之法以明义理为主旨，能表现性情之正者，能使人忘宠辱、去鄙吝、得自得之趣者皆选之。本来《文章正宗》“诗歌”一类首先由刘克庄编选，之后由真德秀删选。二者一为诗人，一为理学家，在编选诗歌上自然有分歧。对此，四库馆臣解说最为详细，因录于下：

> 其持论甚严，大意主于论理而不论文，《刘克庄集》有《赠郑宁文》诗曰：“昔侍西山讲读时，颇于函丈得精微。书如逐客犹遭黜，辞取横汾亦恐非。筝笛焉能谐雅乐，绮罗原未识深衣。嗟予老矣君方少，好向师门识指归。”其宗旨具于是矣。然克庄《后村诗话》又曰：“《文章正宗》初萌芽，以诗歌一门属予编类，且约以世教民彝为主，如仙释、闺情、宫怨之类皆弗取。余取汉武帝《秋风辞》。西山曰：‘文中子亦以此辞为悔心之萌，岂其然乎？’意不欲收，其严如此。然所谓‘怀佳人兮不能忘’，盖指公卿扈从者，似非为后宫而设。凡余所取，而西山去之者大半，又增入陶诗甚多，如三谢之类多不收。”详其词意，又若有所不满于德秀者。盖道学之儒，与文章之士各明一义，固不可得而强

同也。[122]

真德秀对诗歌的去取主理，而刘克庄在诗歌的选择上重性情，因此产生分歧。从客观来说，真德秀的诗选原则对于去除浮华冶荡之弊不无裨益。整体上来看，真德秀在诗歌的选择上遵守的基本原则无外“其体本乎古，其指近乎经”两点。因此，《文章正宗》所选唐诗，从诗歌体裁上来看，重视古体诗歌而轻视律诗。从内容上来看，真德秀特别注重那些近于六经的作品。

具体到所选唐人诗，《文章正宗》收录了五十四首李白的诗歌，虽然不敌杜甫与韦应物，但仍跻身于有限的几个入选诗人中，且数量可观，这显然与其他选唐诗者不同，如林之奇《观澜文集》中只选一首李白诗。真德秀选李白诗歌与其选诗宗旨是一致的，一方面李白的诗歌从形式来看是“近古”的。但在另一方面，真德秀在选择李白诗歌的时候，并不大注意其豪放的诗歌风格或者辞藻的华美，这与朱熹也略有不同。朱熹在评价李白时云：“李太白诗不专是豪放，亦有雍容和缓底，如首篇《大雅久不作》，多少和缓！”在朱熹看来，李白诗好在学《选》诗，其古风学陈子昂，风格雍容和缓，而这种雍容和缓的审美趋向与其理学家的道学气息密切相关。真德秀则专注于诗歌的比兴寄托，比如李白《古风》“蟾蜍薄太清，蚀此瑶台月。圆光亏中天，金魄遂沦没”，句下注云：“按《唐书》王皇后久无子，而武妃有宠，后不平，显诋之，遂废武妃，进为惠妃，欲立为后，潘好礼谏止之。太白诗意似属乎此。”再如

122（清）永瑢等《四库全书总目》卷一百八十七，中华书局 1965 年版，第 1699 页。

“天津三月时”诗下注云：“武三思阴令人疏韦后秽行，榜于天津桥，此长安也。谯王重福至洛阳，留台侍御史李邕遇重福于天津桥，此洛阳也。”同样“八荒驰惊飙”诗下注云：“龙凤喻君子，网罟喻祸患。谓君子幸脱祸患，将安所栖托乎。”表现诗歌讽喻之旨。与真德秀类似，林希逸也推崇李白，其论诗多李杜并称。其评诗亦从比兴出发，云：“故尝谓三闾忧愤之辞，当与杜子美论，不当与扬雄、贾谊论。二十五篇逸放之辞，当与李太白论，不当与班固、刘勰论。扬雄、贾谊忧在一身，而不在天下，其行已可考也。故指笑湘累，以为其度未广；托讽凤凰，以为不避缯缴。若夫一饭不忘君者，又肯为此谈耶？班固、刘勰缀缉词章，而不逹比兴，其文可考也。故露才扬已，妄致其讥，不合典雅，窃生异议。若夫俱怀逸兴壮思飞者，又肯为此言耶？是故‘虽乏谏诤姿，恐君有遗失’，此杜拾遗之诗也，非骚之忧愤乎？‘仰天揽明月，散发弄扁舟’，此李翰林之诗也，非骚之放逸乎？由此观之，则信乎诗家之风骨蹊径，与骚为同出也。”[123] 以为李杜之诗源出《骚》，达比兴之旨。林希逸又说：“然杨（万里）主于兴，近李；陆（游）主于雅，近杜。吁！诗于李杜，圣矣乎！神矣乎！”[124] 可见其将李杜并称，并不是从诗歌风格着眼的。这与北宋及南宋初期存在明显的不同。

再来看韦应物诗歌的选录。真德秀《文章正宗》中对韦应物诗歌的重视几乎到了与杜甫并驾齐驱的地步。事实上，宋代闽地理学

123（宋）林希逸《竹溪鬳斋十一稿续集》卷八，《景印文渊阁四库全书》本，台湾商务印书馆 1986 年版。

124（宋）林希逸《竹溪鬳斋十一稿续集》卷八《方君节诗序》，《景印文渊阁四库全书》本，台湾商务印书馆 1986 年版。

家大多尊崇陶渊明与韦应物，两人诗歌风格最为接近。对于诗歌创作来说，则通过韦应物学习陶渊明。因此，宗陶与崇尚韦应物实际上是一体的。朱熹认为韦应物的诗歌气象最接近“道”，云：“其诗无一字做作，直是自在，其气象近道，意常爱之。”[125]韦诗无一字做作，因而近道。朱熹已经将韦应物的诗提高到理学的角度来进行欣赏了。正因为如此，朱熹对韦应物的诗显得特别钟爱，“韦苏州诗高于王维孟浩然诸人，以其无声色臭味也”[126]。认为韦应物的诗歌高于王维、孟浩然。朱熹甚至认为诗要从陶渊明及韦应物学起：“作诗须从陶、柳门庭中来，乃佳耳。盖不如是，不足以发萧散冲澹之趣，不免于尘埃局促，无由到古人佳处也。如《选》诗及韦苏州诗，亦不可以不熟读。”[127]由此看来，萧散冲澹之趣仍然是就理学家的修养方面来说的，熟读韦诗，自然可以修身养性。在表面上看来，真德秀的编选标准似乎与朱熹是一致的。实际上远非如此。这里需要特别指出的是，朱熹评价陶渊明说：“渊明所说者庄老，然辞却简古。”[128]以为渊明之辞源于老庄。而真德秀却明确指出：“予闻近世之评诗者曰：渊明之辞甚高而其指则出于庄老；康节之辞若卑，而其指则原于六经。以余观之，渊明之学，正自经术中来，故形之于诗，有不可掩。《荣木》之忧，逝川之叹也；《贫士》之咏，箪瓢之乐也……予尝病世之论者于渊明之蕴有所未究，故以

125（宋）黎靖德编，王星贤点校《朱子语类》卷一百四十，中华书局1986年版，第3327页。

126 同上。

127（宋）魏庆之著，王仲闻点校《诗人玉屑》卷五，中华书局2007年版，第153页。

128（宋）黎靖德编，王星贤点校《朱子语类》卷一百三十六，中华书局1986年版，第3243页。

是质之。”[129] 在真德秀看来，认为渊明之辞出于老庄是错误的，而是出自经术。从这一点出发，《文章正宗》“增入陶诗甚多”就找到了根本原因，同时，韦应物及柳宗元诗歌的入选也就是必然的了。

除《文章正宗》之外，真德秀对唐诗的评价基本上也是从诗教说出发的，如云：“古今诗人，吟讽吊古多矣。断烟平芜、凄风澹月、荒寒萧瑟之状，读者往往慨然以悲。工则工矣，而于世道未有云补也。惟杜牧之、王介甫，高才远韵，超迈绝出，其赋《息妫》、《留侯》等作，足以订千古是非。”[130]

真德秀的诗歌创作与其诗学思想相应，多以阐发义理为旨归，风格质木无文。如《志道生日为诗勉之》诗：“我闻洙泗言，惟仁静而寿。汝欲绵修龄，斯义盍深究?”再如《题黄氏乐贫斋》：“濂洛相传无别法，孔颜乐处要精求。须凭实学工夫到，莫作闲谈想像休。”都是如此。陈普在诗歌创上与邵雍的诗歌特点一致，将散文化倾向发挥到极致。如《归去来辞》：“已矣乎曷之，予知归去兮。松菊候门而南山耸媚，花鸟欣迎而北岭喧呼。悔知非之既晚，乐成赋以归欤。”其他如《和李太白把酒问明月歌》、《不饮酒歌》、《劝学歌》、《醉吟》均如此。由此可见，南宋中后期的理学家在诗歌创作上鄙弃文辞之美，强调经世致用，也是“击壤派”的共同特点。

小结：宋代闽地文人群体的诗歌创作，大致沿着整个宋诗发展

129（宋）真德秀《西山先生真文忠公文集》卷三六《跋黄瀛甫拟陶诗》，《景印文渊阁四库全书》本，台湾商务印书馆1986年版。

130（宋）真德秀《西山先生真文忠公文集》卷二七《咏古诗序》，《景印文渊阁四库全书》本，台湾商务印书馆1986年版。

的道路前进，比如北宋时期流行的“西昆体”、“晚唐体”及“白体诗”。不过，对盛唐诗的模仿闽地领先于其他地区。不过，在模拟唐诗的过程中，闽地文人处于才思窘促的尴尬境地，这种“唐摹晋帖”式的创作一直延续到明清两代闽地文人的创作中。

北宋时期到两宋之际的闽地理学家在诗歌创作上并没有诗风自立的倾向，诗歌风格兼具唐音及宋调。两宋之交到南宋中期，闽地理学兴盛起来，理学家在诗歌创作上逐步形成了宋诗风格，以阐述义理为主。这一时期，理学家对杜甫、韩愈、韦应物等唐人诗的接受也逐渐豁显，其诗歌创作中亦有所体现，比如朱熹对韦应物、陈子昂诗歌的模仿。南宋中期以后，以真德秀为主的“击壤派”理学家虽然在诗学观念上推尊杜甫及韦应物，但在这一时期的理学家那里，并没有多少类似杜甫、韦应物诗歌风格的作品，这也表明其诗学理论与创作实际在某种程度上存在差异性。

第二章　宋代闽地所编诗话、笔记中体现的唐诗观

在整个宋代诗话史上，从地域上来说，福建地区产生的诗话著作有二十多种，是数量最多的。计有：黄万顷[1]《笔苑》五卷，魏庆之[2]《诗人玉屑》二十卷，黄彻[3]《䂬溪诗话》十卷，蔡絛[4]《西清诗话》(又称《金玉诗话》)、《蔡百衲诗评》，曾慥[5]《高斋诗话》，方深道《集诸家老杜诗评》，方醇道《杜陵诗评》，陈知柔[6]《休斋诗话》，敖陶孙[7]《诗评》一卷，黄钟[8]《锦机诗话》，吴泾《杜诗九

1　黄万顷，字景度，同安人。绍兴二十七年（1157）进士，集古今诗话为《笔苑》。《八闽通志》、《万历重修泉州府志》均有著录。

2　魏庆之，字醇甫，号菊庄，建安人。

3　黄彻，字常明，莆田人，宣和六年（1124）进士。

4　蔡絛，字约之，自号百纳居士，又别号无为子。兴化仙游人，蔡京之季子。

5　曾慥，字端伯，晋江人。

6　陈知柔，字体仁，号休斋，永春人。绍兴十二年（1124）进士。

7　敖陶孙，字器之，福清人，登庆元进士。

8　黄钟，字器之，号定斋，仙游人。按，郭绍虞《宋诗话考》卷下考证此书云："《福建通志·经籍志》有郑侨《锦机诗话》，书名与此同而撰人不同。考《重刊兴化府志》卷二十六《艺文志》诗赋类有黄钟《杜诗注》及《锦机诗话》。又卷二十五人物传称'钟诗尤为元枢郑侨所称赏'。侨字惠叔，兴化人，乾道五年进士第一。光宗朝权吏部尚书，宁宗朝拜参知政事，以观文殿学士致仕。是则二人为同乡而又同榜进士。窃疑是书殆黄钟所著而郑氏称赏之，或为之序，因而误为郑著欤？"

发》[9]，蔡梦弼《草堂诗话》[10]二卷，黄昇[11]《玉林诗话》，刘炎《潜夫诗话》[12]，朱熹《清邃阁论诗》一卷、《晦庵诗说》一卷，李方子[13]《公晦诗评》，高若虎[14]《渤海诗话》四卷，赵彦慧[15]《春台诗话》，郑揆[16]《熊掌诗话》，严羽[17]《沧浪诗话》，刘克庄[18]《后村诗话》十四卷等。宋许颉《许彦周诗话》为诗话定义云："诗话者，辨句法，备古今，纪盛德，录异事，正讹误也。"[19]清章学诚《文史通义·诗话》则将诗话概括为两类，一类是"论诗而及事"，一类是"论诗而及辞"，"事有是非，辞有工拙，触类旁通，启发实多"[20]。诗话内容广泛，既有诗论，又有考证、诗法、句法、记述诗歌渊源流派乃甚至记录诗坛掌故等等，因此诗话作品尤其能够作用于诗歌的传播与接受。

宋代闽地所编笔记、小说中也多有论诗条目，亦可见闽地文人

9 吴泾，号荜门，莆田人。

10 蔡梦弼，建安人。其始末未详。

11 黄昇，字叔旸，号玉林，又号花庵词客，建安人。《玉林诗话》不知卷数，魏庆之《诗人玉屑》多引用之，郭绍虞《宋诗话辑佚》辑录29则。《玉林诗话》收录王维、柳宗元、皇甫冉、韩愈人等诗句，惜其亡佚较多，难知全貌。

12 刘炎，字潜夫。号撝堂，邵武人。《潜夫诗话》已亡佚，郭绍虞《宋诗话辑佚》辑其佚文一则为"黄山谷教人律诗之法"。

13 李方子，字公晦，一字正叔，邵武人。嘉定七年（1214）进士，从学朱熹，是书未见昔人著录，仅有刘克庄《后村题跋》卷二有《跋李耘子所藏其兄〈公晦诗评〉》。

14 高若虎，字仲容，福清人。所著《渤海诗话》，明万历《福州府志》著录。

15 赵彦慧，字凝远，南安人，所著《春台诗话》，清道光《福建通志·经籍志》著录。

16 郑揆，号蒙泉，莆田人。隆兴元年（1163）进士，曾知惠安县。所著《春台诗话》，清道光《福建通志·经籍志》等著录。

17 严羽，字丹丘，一字仪卿，自号沧浪逋客，邵武人。按，严羽《沧浪诗话》另为专章论述。

18 刘克庄，字潜夫，号后村，莆田人。

19（宋）许颉《许彦周诗话》，《丛书集成初编》本，商务印书馆，第1页。

20（清）章学诚著，叶瑛校注《文史通义校注》卷五，中华书局1985年版，第559页。

的唐诗学观念。闽地所编笔记、小说有：杨亿口述、黄鉴笔录、宋庠整理《杨文公谈苑》[21]，何薳[22]《春渚纪闻》十卷，黄朝英[23]《靖康缃素杂记》十卷，章望之[24]《延漏录》一卷，黄伯思[25]《东观余论》二卷，吴处厚[26]《青箱杂记》十卷，陈正敏[27]《遯斋闲览》十四卷，庄绰[28]《鸡肋编》，严有翼[29]《艺苑雌黄》十卷，郑厚[30]《艺圃折中》一卷，曾慥《类说》五十六卷、《高斋漫录》，陈长方[31]《步里客谈》二卷，章渊[32]《稿简赘笔》，林洪[33]《山家清供》一卷、《山家清事》一卷，陈善[34]《扪虱新话》十五卷，陈槱[35]《负暄野录》二卷，余元泰[36]《钟幢嘉话》等。

第一节　宋代闽地所编诗话、笔记中的杜诗学

杜诗在北宋时期已为人推尊，如王安石编杜甫、欧阳修、韩

21 杨亿，字大年，建州浦城人。黄鉴，字唐卿，浦城人。
22 何薳，字子远，自号寒青老农，浦城人。何去非之子。
23 黄朝英，字士俊，建州人。绍圣后举子。
24 章望之，字表民，浦城人。
25 黄伯思，字长睿，邵武人。
26 吴处厚，字伯固，邵武人。嘉祐初年进士。
27 陈正敏，自号遯翁，延平人。
28 庄绰，字季裕，惠安人。
29 严有翼，建安人。
30 郑厚，字景韦，兴化人，郑樵从兄。绍兴五年（1135）进士。
31 陈长方，字齐之，长乐人，绍兴中进士。
32 章渊，字博渊，章惇之后，浦城人。
33 林洪，字龙发，号可山，泉州人，绍兴年间进士。
34 陈善，字敬甫，一字子兼，号秋塘，罗源人。
35 陈槱，长乐人，绍熙元年（1190）进士。
36 余元泰，罗源人，景定中进士。

愈、李白四家诗，以杜为第一。淮海秦少游《韩愈论》云："杜子美之于诗，实积众家之长，适当其时而已。"又云："杜氏韩氏亦集诗文之大成者欤？"[37] 尊杜诗为集大成者。重视杜诗的众所周知的原因之一是杜诗中所显示的忠君爱国思想，莆田陈俊卿《碧溪诗话序》即云："杜子美诗人冠冕，后世莫及，以其句法森严，而流落困踬之中，未尝一日忘朝廷也。"[38] 爱国思想固然与两宋播迁的历史实际相契合，但江西诗派的大行其道也促进了杜诗的接受。另外，还有一点颇可注意，"宗室子栎字梦援，宣和中以进韩文、杜诗二谱，为本朝除从官之始"[39]。徽宗宣和年间，赵子栎以进韩文杜诗二谱而得官，恐怕也反映了宋代朝堂内外对杜诗的重视。蔡絛《铁围山丛谈》也有记云："公（蔡京）在北门，有执役亲事官二人，事公甚恪，因各置白围扇为公扇凉者。公心喜之，皆为书少陵诗一联，而二卒大愠。见不数日，忽衣戴新楚，喜气充宅，以亲王持二万钱取之矣，愿益书此。公笑而不答。亲王，时乃太上皇也。后宣和初，曲燕在保和殿，上语及是，顾谓公：'昔二扇者，朕今尚藏诸御府也。'"[40] 由此材料也可以看出蔡京对杜诗的看重。另外，宋高宗也非常重视杜诗，"写赐经筵官扇皆取杜甫诗句"。[41] 又据宋岳珂《宝真斋法书赞》，孝宗皇帝书法作品有杜甫《夜宴左氏庄诗》及杜甫《万丈潭诗》，可见，宋室自上而下形成一股宗杜风潮。

37（宋）秦观《淮海集》卷二十二，《景印文渊阁四库全书》本，台湾商务印书馆 1986 年版。

38（宋）黄彻《䂬溪诗话·序》，人民文学出版社 1986 年版，第 1 页。

39（宋）庄绰撰，萧鲁阳点校《鸡肋编》卷中，中华书局 1983 年版，第 82 页。

40（宋）蔡絛《铁围山丛谈》卷四，中华书局 1983 年版，第 76—77 页。

41（宋）董更《书录》卷上，《景印文渊阁四库全书》本，台湾商务印书馆 1986 年版。

一、对杜诗的整体评价

闽地于北宋时期有诗论家蔡絛特重杜甫，云："杜少陵诗自与造化同流，孰可拟议；至若君子高处廊庙，动成法言，恨终欠风韵。"[42] 以为杜甫诗与造化同流，然亦指出其弊病。自是之后，闽地文人对杜诗的评价越来越高，至于以儒家经典为喻。两宋之际的陈善即云："老杜诗当是诗中六经，他人诗乃诸子之流也。"[43] 将老杜诗凌驾于诸家之上。而南宋绍兴年间严有翼《艺苑雌黄》中的一则记载更为有趣：

> 世传杜诗能除疟，此未必然。盖其辞意典雅，读之者脱然，不觉沉疴之去体也。而好事者乃曰："郑广文妻病疟，子美令取予'落月满屋梁，犹疑照颜色'一联诵之，不已；又令取'虬髯似太宗，色映塞外青'一联诵之，不已；又令取'子璋髑髅血模糊，手提掷还崔大夫'一联诵之，则无不愈矣。"此殊可笑！借使疟鬼诚知杜诗之佳，亦贤鬼也，岂复屑屑求食于呕吐之间为哉？[44]（严有翼《艺苑雌黄》）

很显然，坊间已神话杜诗，至于传说杜诗能除疟。严有翼虽然以为未必然，但也说能祛病是因杜诗典雅，读者浑然不觉耳。

42（宋）蔡絛《蔡百衲诗评》，引自宋何汶《竹庄诗话》卷一，中华书局1984年版，第11页。

43（宋）陈善《扪虱新话》下集卷一，《丛书集成初编》本，商务印书馆1939年版，第55页。

44（宋）严有翼《艺苑雌黄》，胡仔《苕溪渔隐丛话》后集卷七引，人民文学出版社1962年版，第47页。

这仍然是对杜诗接受的进一步发挥。到了严羽的《沧浪诗话》，更加推崇李杜诸家，云：“少陵诗，宪章汉魏，而取材于六朝；至其自得之妙，则前辈所谓集大成者也。”[45]刘克庄亦云：“杜公为诗家宗祖。”[46]

对于福建地区的诗话及笔记来说，对于杜诗的尊崇在北宋时期尚不明朗，即使是蔡絛的崇尚杜诗，也是以其诗学苏、黄为基础的。而到了两宋之际及南宋时期，诗论家越来越关注杜诗。

二、杜诗评论总集及《杜诗九发》

南宋淳熙以后，福建地区出现了杜诗评论总集，首先开启对杜诗评论的搜辑工作，有方醇道《杜陵诗评》一卷，方深道《集诸家老杜诗评》，方铨《续编杜陵诗评》五卷以及蔡梦弼《杜工部草堂诗话》两卷。

《集诸家老杜诗评》为方深道所著，《杜陵诗评》则为方醇道著。深道字正夫，醇道[47]字温叟，次彭子，莆田人。方深道，或作“方道深”；方醇道，或作“方道醇”，均误。关于《集诸家老杜诗评》及《杜陵诗评》，陈振孙《直斋书录解题》云：“《诸家老

45（宋）严羽著，郭绍虞校释《沧浪诗话校释》，人民文学出版社，1961年5月，第171页。

46（宋）刘克庄《后村诗话》后集卷二，中华书局1983年版，第59页。

47 张忠纲《杜集叙录》：“方醇道，或作‘方道醇’，误。字温叟。宋兴化（今福建莆田）人。深道兄。著有《笔峰集》、《类集杜甫诗史》。”另外郭绍虞《宋诗话考》引用道光《福建通志》亦认为《笔峰集》为醇道作。但根据乾隆《福建通志》卷六十八著录，实为方晞道《笔锋集》，又卷三十三：“次彭子，知晋江县。”《莆阳比事》著录有方晞道《笔峰集》，注：“字明之，登治平第。晋江令。”可知，《笔峰集》的作者是方晞道而非方醇道。

杜诗评》五卷，续一卷，莆田方深道集。”[48]宋李俊甫《莆阳比事》云：“方醇道编《杜陵诗评》一卷。”下注：“南剑守，字子华。”又有方铨《续编杜陵诗评》五卷。下注：“登淳熙第，兴化人。”[49]《宋史·艺文志》卷二百九：“方道醇《集诸家老杜诗评》五卷，方诠《续老杜诗评》五卷。”乾隆《兴化府莆田县志》记载为：“方醇道《类集诗史》三十卷，编《杜陵诗评》一卷。”及“方铨《续杜陵诗评》五卷”。又有明王圻《续文献通考》作《杜陵诗评》十卷。

从以上著录来看，则《集诸家老杜诗评》或云方深道编或云方醇道编。而方深道在是书序中说：“先兄史君尝《类集老杜诗史》，仍取唐宋以来名士评公诗者，采摭其语，另为卷帙，号曰《老杜诗评》，以附《诗史》之后，俾览者有所考证。深道须次之暇日，又于后来诸小说中，择其未经纂录者，自《洪驹父诗话》以下，凡八家，从而益之，因集成五卷。书之卷首，镂版以传于世云。”则又有《类集老杜诗史》及《老杜诗评》之说。

郭绍虞《宋诗话考》上卷云：“疑醇道或以己编一卷，与深道所集五卷，悉刊入所谓《类集杜甫诗史》之中，于是扩充搜集范围，即有关本事者亦皆阑入，故其书仍以‘类集’之名，遂使诗话性质之著，一变而为别集笺释之书。”[50]

又，周采泉《杜集书录》在《诸家老杜诗评》一条之下则说：“据方深道自序则《诗史》中原附有《老杜诗评》，此则为深道所增

48（宋）陈振孙著，徐小蛮、顾美华点校《直斋书录解题》，上海古籍出版社 1987 年版，第 649—650 页。

49（宋）李俊甫《莆阳比事》，宛委别藏本，江苏古籍出版社 1988 年版，第 150—151 页。

50 郭绍虞《宋诗话考》，中华书局 1979 年版，第 31 页。

辑，故冠‘集诸家’三字，镂版别行，但各家著录，往往仅题‘诸家’无‘集’字。”[51] 依照方深道的序言做出判断。

而张忠纲《杜集叙录》云：“深道与兄醇道辑有《诸家老杜诗评》五卷，又作《杜陵诗评》，是最早一部专论杜甫的诗话汇编……据方深道序，可知该书前二卷基本上乃方醇道所辑，而后三卷多，即《洪驹父诗话》以下八家，乃为方深道增辑。”[52] 则按照张忠纲先生的判断，《诸家老杜诗评》与《杜陵诗评》实为一书而二名。

事实上，郭绍虞先生说得最为准确。方醇道先有《杜陵诗评》一卷，其后，即《洪驹父诗话》以下八家为深道所增辑，最终成为五卷本《诸家老杜诗评》。而此五卷本收入方醇道《类集老杜诗史》中以刊行。则诸家著录并无分歧，即醇道有《杜陵诗评》一卷，深道有《诸家老杜诗评》五卷。

方深道《诸家老杜诗评》是专论杜甫的诗话汇编。《四库全书总目》集部卷一百九十七：“其书皆汇辑诸家评论杜诗之语，别无新义。”[53] 全书辑录诸家评论杜诗话二百多条，有些已不见于今存宋人著作，而恰恰是这部分材料最为珍贵。

方醇道《类集诗史》三十卷，陈振孙《直斋书录解题》卷十九著录：“莆阳方醇道温叟编”。[54] 周采泉《杜集书录》云：“此书不知其所谓类集者，究为集注，抑集评？钱曾曰：‘方深取其兄《类集老杜诗史》，益以《洪驹父诗话》以下凡八家，编次成秩。’（《读

---

51 周采泉《杜集书录》，上海古籍出版社 1986 年版，第 449 页。

52 张忠纲《杜集叙录》，齐鲁书社 2008 年版，第 53 页。

53（清）永瑢等《四库全书总目》卷一百九十七，中华书局 1965 年版，第 1798 页。

54（宋）陈振孙著，徐小蛮、顾美华点校《直斋书录解题》卷十九，上海古籍出版社 1987 年版，第 560 页。

书敏求记》“诸家老杜诗评”条)。则此书似为汇辑论杜之什，分类而成者；然王圻《续文献通考》所著录者，另有方醇道《杜陵诗评》十卷本，书名不同，卷数亦异，恐钱曾误以《诗评》为此书也。姑予存疑。”[55] 因是书已佚，未知其内容究竟如何，姑录于此。

又有方铨著《续老杜诗评》五卷，诸家著录已见上。周采泉《杜集书录》又作《续老杜诗话》五卷，并云：“是书为续方深道《老杜诗评》，《宋史·艺文志》与方深道分别著录，是也。王圻《续文献通考》作《杜陵诗评》十卷与方深道合为一书，而略方铨之名；《福建通志》则以方铨为兴化人，另行著录，题作《续老杜诗话》，恐系袭旧志之误。方铨与深道是否一家人，姑置不论，而书则曾经合刻也。”[56] 按，《莆阳比事》详细介绍了方氏家族概况，云：“方泳与弟洞创义斋，招致四方之士，洞以三礼中科，泳子次彭、次夔、次皋继擢第。次彭六子踵世科者四：晞道、原道、安道、深道也。醇道、辨道以任子官。醇道子煜、焕；辨道子车、翼，孙雄；晞道曾孙庇、士举；原道曾孙鹰、元孙发；深道子绾；绾犹子铨；铨子淙次；夔子叔震；叔震犹子牧皆擢第，乡人荣之。”[57] 由此可以看出，深道与醇道为兄弟，而方铨则为次彭曾孙、深道孙。

嘉泰年间建安蔡梦弼博采宋人诗话、语录、文集、说部，得二百余条论杜甫诗歌者，汇为一集，名为《草堂诗话》，编为两卷。其中以收录《韵语阳秋》中条目为最多。与方深道《诸家老杜诗评》不同的是，蔡氏在编辑诸家评论的同时，更参以己意，加以辨

55 周采泉《杜集书录》，上海古籍出版社 1986 年版，第 696 页。

56 同上书，第 450 页。

57（宋）李俊甫《莆阳比事》，宛委别藏本，江苏古籍出版社 1988 年版，第 242—243 页。

别。例如：

诸儒诗话，子美戏作俳谐体。《遣闷》云："家家养乌鬼，顿顿食黄鱼。""养"或读为上声，或读为去声。沈存中《笔谈》以"乌鬼"为"乌猪"，谓其俗呼猪作"乌鬼"之声也。《蔡宽夫诗话》以"乌鬼"为巴俗所事神名也。《冷斋夜话》谓巴俗多事乌蛮鬼，以临江，故顿顿食黄鱼耳。《湘素杂记》以鸬鹚为乌鬼，谓养之以捕鱼也。然《诗辞事略》又谓楚峡之间事乌为神，所谓神鸦也。故元微之有诗云：'病寒乌称鬼，巫占瓦代龟。"梦弼谓当以此《事略》之言为是也。盖养乌鬼，食黄鱼，自是两义，皆记巴中之风俗也。峡中黄鱼极大者至数百斤，小者亦数十斤，按集中有诗云"日见巴东峡，黄鱼出浪新。脂膏兼饲犬，长大不容身"是也。然是鱼岂鸬鹚之所能捕哉？彼以"乌鬼"为鸬鹚，其谬尤甚矣。或又曰乌鬼谓猪也，巴峡人家多事鬼，家养一猪，非祭鬼不用，故于群猪中特呼"乌鬼"以别之也。今并存之。[58]（蔡梦弼《杜工部草堂诗话》）

《杜工部草堂诗话》比较集中的反映了宋代杜诗学的几种观点，当然也反映了蔡氏本人的杜诗学观念。

（一）尊杜为集大成者及杜诗的"诗史"性质

淮海秦少游《韩愈论》曰："杜子美之于诗，实积众流之长，

58（宋）蔡梦弼《杜工部草堂诗话》,《续修四库全书》本，2002年，第13页。

适当其时而已。昔苏武李陵之诗长于高妙，曹植刘公干之诗长于豪逸，陶潜阮籍之诗长于冲澹，谢灵运鲍照之诗长于峻洁，徐陵庾信之诗长于藻丽，于是子美者，穷高妙之格，极豪逸之气，包冲澹之趣，兼峻洁之姿，备藻丽之态，而诸家之作所不及焉。然不集诸家之长，子美亦不能独至于斯也，岂非适当其时故耶？《孟子》曰：‘伯夷，圣之清者也。伊尹，圣之任者也。柳下惠，圣之和者也。孔子，圣之时者也。孔子之所谓集大成。’呜呼！子美亦集诗之大成者欤？”[59]（蔡梦弼《杜工部草堂诗话》）

凤台王彦辅《诗话》曰：“唐兴，承陈隋之遗风，浮磨相矜，莫崇理致。开元之间，去雕篆，黜浮华，稍裁以雅正。虽绮句绘章，人既一概，各争所长。如大羹玄酒者，薄滋味；如孤峰绝岸者，骇郎庙；秾华可爱者，乏风骨；烂然可珍者，多玷缺。逮至子美之诗，周情孔思，千汇万状，茹古涵今，无有涯涘，森严昭焕，若在武库，见戈戟布列，荡人耳目，非特意语天出，尤工于用字，故卓然为一代冠，而历世千百，脍炙人口。予每读其文，窃苦其难晓。如《义鹘行》‘巨颡折老拳’之句，刘梦得初亦疑之，后览《石勒传》，方知其所自出。盖其引物连类，掎摭前事，往往如是。韩退之谓‘光焰万丈长’，而世号‘诗史’，信哉！”[60]（蔡梦弼《杜工部草堂诗话》）

《杜工部草堂诗话》开篇即引此两条，前者以杜甫在诗歌上的

59（宋）蔡梦弼《杜工部草堂诗话》，《续修四库全书》本，上海古籍出版社，2002年，第1页。

60 同上书，第2页。

集大成比附孔子之集大成，后者则指出杜甫诗中掎摭前事号为“诗史”的性质。从《杜工部草堂诗话》所引二百条名儒嘉话的安排来看，前两条为总论杜诗，第三条为论杜甫忠君思想，其余各条为分论杜诗，如杜甫以文为诗，对杜诗篇章、字句乃至用韵的分析评价。这种排列顺序显然是蔡梦弼的有意为之，表明了蔡氏的杜诗学观念。蔡梦弼在《杜工部草堂诗笺跋》中说：“自唐迄今余五百年，为诗学宗师，家传而人诵之。”[61] 也将杜甫目为诗学宗师。

（二）强调杜甫“忠君”思想

《杜工部草堂诗话》云：

> 东坡苏子瞻《诗话》曰：“太史公论诗，以为《国风》好色而不淫，《小雅》怨诽而不乱。以予观之，是特识变风、变雅耳，乌睹诗之正乎？昔先王之泽衰，然后变风发乎情。虽衰而未竭，是以犹止于礼义，以为贤于无所止者而已。若夫发于性，止于忠孝者，其诗岂可同日而语哉！古今诗人众矣，而子美独为首者，岂非以其流落饥寒，终身不用，而一饭未尝忘君也欤？”[62]（蔡梦弼《杜工部草堂诗话》）

宋代苏轼首先提出杜甫“一饭未尝忘君”的忠君爱国思想，其后一直为人附和，蔡梦弼收录的目的无非是表现其诗教观。蔡梦弼

61（宋）蔡梦弼会笺，鲁訔编次《杜工部草堂诗笺》，《丛书集成初编》本，商务印书馆，第 21 页。

62（宋）蔡梦弼《杜工部草堂诗话》，《续修四库全书》本，上海古籍出版社，2002 年，第 1 页。

在《杜工部草堂诗笺·跋》已经提出类似观点："少陵先生博极群书，驰骋今古，周行万里，观览讴谣，发为歌诗，奋乎国风、雅、颂不作之后，比兴相侔，哀乐交贯。揄扬叙述，妙达乎真机；美刺箴规，该具乎众体。"[63]强调杜诗中的比兴寄托之旨，美刺箴规之意。

方深道《诸家老杜诗评》与蔡梦弼《杜工部草堂诗话》对比而言："道深书琐碎冗杂，无可采录，不及此书之详赡。"[64]但由于两书所采录诸家评论不尽相同，因此可以互为补充，足资研究杜诗学者参考。杜诗评论总集的出现意义不仅如此，对后世的影响也极为显著。元代元好问有《杜诗学》："乙酉之夏，自京师还，闲居嵩山，因录先君子所教，与闻之师友之间者为一书，名曰《杜诗学》。子美之传志、年谱，及唐以来论子美者在焉。"[65]则是书裒集唐以来诸家杜诗评论，并且以"杜诗学"冠名。至于明代，杨德周《杜诗解》亦"裒诗家之论杜诗者为第一篇。盖即蔡梦弼《草堂诗话》之意，推而广之"[66]之作。蒋瑞藻《续杜工部诗话》卷上云："古今说杜诗者众矣，而勒为专书者不少概见。宋方醇道始辑《老杜诗评》，蔡梦弼集《草堂诗话》，清初泽州陈午亭复撰为《读杜律话》。"[67]则《读杜律话》也以此二书为源流，不过仅限于七言律诗。又有清刘凤诰著《杜工部诗话》五卷，全书仅录一百五十二条，其后蒋瑞藻

63（宋）蔡梦弼会笺，鲁訔编次《杜工部草堂诗笺》，《丛书集成初编》本，商务印书馆，第20—21页。

64（清）永瑢等《四库全书总目》卷一百九十五，中华书局1965年版，第1789页。

65（金）元好问《遗山集》卷三十六《〈杜诗学〉引》，《景印文渊阁四库全书》本，台湾商务印书馆1986年版。

66（清）永瑢等《四库全书总目》卷一百七十四，中华书局1965年版，第1533页。

67 张忠纲《杜甫诗话六种校注》，齐鲁书社2002年版，第345页。

在刘氏的基础上编集《续杜工部诗话》，并云："纂录自宋以来诸家评论，为之汰其繁琐，撷其精要。手自写为一帙，一得之愚有可节取者，间亦附入，都上、下二卷，万六、七千言。"[68] 从这段话来看，蒋氏的《续杜工部诗话》与蔡梦弼的《草堂诗话》大致类似，既汇集了宋以来诸家诗论，又间附以己意。元代以后的诸种著作，均为取法方、蔡，方、蔡于杜诗学可谓功不可没。

南宋理宗时，福建地区出现评论杜诗的专著，即莆田吴泾的《杜诗九发》，这在宋代杜诗学史上也具有开创之功。李昴英《吴荜门〈杜诗九发〉序》云："草堂诗名辈商评尽矣！反复备论为一书者盖鲜。莆田吴君泾思覃句中，意索言外，寻音响，泝脉络，举纲目，工部胸襟气象模写曲尽，皆前人所未到。余味之隽永，深叹其用工之精。"[69] 吴泾以一己之力对杜诗反复备论，可见其用功之深，也可见其对杜诗的重视程度。郭绍虞《宋诗话考》下卷云："昴英字俊明，番禺人，淳祐间官吏部侍郎，则是书之成，当在理宗前矣。宋时论杜之诗话，大都汇萃旧说，求其自发胸臆，成为专著者，当以是书为嚆矢矣。"[70] 与宋代论杜诗话不同的是，吴泾以己意评论杜诗，而不是简单的汇萃旧说。是书后世无传，因此难知全貌，但由李昴英序："户掾余君得稿，维桑捐金锓梓。盖深于杜诗者谓是编不可无也。"则可知《杜诗九发》由莆田余氏捐金刊刻，概见其在本地的影响。

---

68 张忠纲《杜甫诗话六种校注》，齐鲁书社 2002 年版，第 345 页。

69（宋）李昴英《文溪集》卷三《吴荜门〈杜诗九发〉序》，《景印文渊阁四库全书》本，台湾商务印书馆 1986 年版。

70 郭绍虞《宋诗话考》，中华书局 1979 年版，第 212 页。

三、对杜甫俚语、经语入诗与史家笔法的关注

被树立为唐诗典范的杜诗，其以俚语、经语入诗的写作手法也被诗论家纳入评论范围。

诗论家多认为诗之下者为："连偶俗语，有类俳优。"[71] 是以诗家多追求质而不俚。元杨载《诗法家数》即云："诗之忌有四：曰俗意，曰俗字，曰俗语，曰俗韵。"[72] 而在唐代，杜甫诗歌中多用俚语。宋代诗论家发现了这一点：

> 遮莫，俚语，犹言尽教也。自唐以来有之。当时有"遮莫你古时五帝，何如我今日三郎"之说。然词人亦稍有用之者。杜诗云："久拚野鹤同双鬓，遮莫邻鸡唱五更。"李太白诗："遮莫枝根长百尺，不如当代多还往。遮莫亲姻连帝城，不如当身自簪缨。"元微之诗："从兹罢驰骛，遮莫寸阴斜。"……皆用此语。[73]（严有翼《艺苑雌黄》）
>
> 杜少陵《新婚别》云"鸡狗亦得将"，世谓谚云"嫁得鸡，逐鸡飞；嫁得狗，逐狗走"之语也。而陈无已诗，亦多用一时俚语。[74]（庄绰《鸡肋编》）

以俚语入诗，宋代苏轼、黄庭坚、陈师道等人多为之，庄绰

71（清）宋大樽《茗香诗论》，知不足斋丛书本。

72（元）杨载《诗法家数》，清何文焕《历代诗话》本，中华书局2004年版，第726页。

73（宋）严有翼《艺苑雌黄》，胡仔《苕溪渔隐丛话》后集卷八引，人民文学出版社1962年版，第53页。

74（宋）庄绰撰，萧鲁阳点校《鸡肋编》卷下，中华书局1983年版，第117页。

《鸡肋编》即指出陈师道诗歌中十八处用俚语。而对于福建地区的诗人来说，真德秀等人亦用俚语入诗。对于诗歌中的各种手法的运用，宋人多喜从唐诗中寻求源流，上引两条诗话就是如此。然而，大多诗人徒见子美诗中运用俚俗语言，却并不知俚俗语在诗句中最难下：

> 数物以“个”，谓食为“吃”，甚近鄙俗，独杜屡用。“峡口惊猿闻一个”，“两个黄鹂鸣翠柳”，“却绕井栏添个个”。《送李校书》云：“临岐意颇切，对酒不能吃。”“楼头吃酒楼下卧”，“但使残年饱吃饭”，“梅熟许同朱老吃”。盖篇中大概奇特，可以映带者也。东坡云：“笔工效诸葛散卓，反不如常笔。正如人学作老杜诗，但见其粗俗耳。”[75]（黄彻《碧溪诗话》）

摘俚语以为奇，大概是杜诗中的一个特点，也就是黄彻所说的“盖篇中大概奇特，可以映带者也”。黄彻又借苏轼之口指出时人学杜诗的弊端。按，黄彻所引与东坡原文略有出入，这种现象宋人诗话多见，不独黄氏。苏轼原话为：“散卓笔，惟诸葛能之。他人学者，皆得其形似而无其法，反不如常笔。如人学杜甫诗，得其粗俗而已。”散卓笔即宋代宣州诸葛所制作的一种特殊毛笔，一笔可抵他笔数支，为世所尚。但这种散桌笔，唯诸葛能制作，他人学之，皆不得其法而徒唯形似。苏轼以常人仿效散卓笔来比拟时人学杜诗中以俚语入诗，并没有学到杜诗中的奇特高古之处，而仅得其

75（宋）黄彻《碧溪诗话》卷七，人民文学出版社 1986 年版，第 112 页。

粗俗。黄彻也意识到了这一点，点明学杜误区。

明王世懋云：“古诗，两汉以来，曹子建出而始为宏肆，多生情态，此一变也。自此作者多入史语，然不能入经语。谢灵运出而《易》辞、《庄》语，无所不为用矣。剪裁之妙，千古为宗，又一变也。”[76]以经语入诗，当以谢灵运为始。诗论家多以为用史语入诗易，而以经语入诗难，盖因援引经语妨害诗律。然而，恰当使用经语，能使诗歌作品更为新奇、峭健。宋代文学史上，徽宗大观年间之后，时人四六之文争以用经语为工，这种风气亦延及诗歌作品，南宋范成大、方回等人即有以经语入诗者。宋代诗话论此者以黄彻为最：

> 古人作诗，有用经传全句。《选》诗云：“小人计其功，君子道其常。”乐天：“疾恶若《巷伯》，好贤如《缁衣》。”乃两句浑用之。韩：“无妄之忧勿药喜。”杜：“谁谓荼苦甘如荠”，“富贵于我如浮云。”[77]（黄彻《䂬溪诗话》）
>
> 杜集多用经书语，如“车辚辚，马萧萧”，未尝外入一字。如“天属尊《尧典》，神功协《禹谟》”，“卿月升金掌，王春度玉墀”，“雾潭鳣发发，春草鹿呦呦”，皆浑然严重，如天陛赤墀，植璧鸣玉，法度森锵。然后人不敢用者，岂所造语肤浅不类耶？[78]（黄彻《䂬溪诗话》）

76（明）王世懋《艺圃撷馀》，清何文焕《历代诗话》本，中华书局2004年，第774页。
77（宋）黄彻《䂬溪诗话》卷四，人民文学出版社1986年版，第55页。
78（宋）黄彻《䂬溪诗话》卷七，人民文学出版社1986年版，第107页。

黄彻指出,《选》诗即有以用经传全句者,唐人则有白居易、韩愈及杜甫。又指出杜诗全用经语使其诗法度森严,浑然稳重。宋人因造语肤浅,用经语入诗颇不相侔,以此不敢为。但是,在诗歌中嵌入全句经语至难,因此,“前人援引经语,欲合律度,截长为短,避重就轻,一字之间必加审订。”[79]一字之间必加审订,则指在经语原文上增减字数,以符合诗歌形式的要求,比如老杜诗有“致思远恐泥”句,即将《论语》中“致远恐泥”加一“思”字而成。截长为短,避重就轻是指截取经语成诗,比如:“杜诗有‘自天题处湿,当暑著来清’,自天、当暑乃全语也。”[80]其中,“自天”、“当暑”均为经语。“自天”为《诗经》中语:“受禄于天,保右命之,自天申之。”“当暑”则来自《论语·乡党》:“当暑,袗絺绤,必表而出之。”

除了直接化用经语之外,杜诗还有在句法上类似儒家经典作品的,这一点黄彻也有所论证:

> 子美有“同学少年多不贱”,又“小径升堂旧不斜”,“群仙不愁思”,“夕烽来不近”,皆人所不敢用。甚类《周礼》:“凡师不功”,《左传》“仁而不武”,“晋人闻有楚师,师旷曰:‘不害’,‘楚归而动,不后。’”本以易“无”字尔,而语势顿壮。[81](黄彻《碧溪诗话》)

79(宋)王应麟《玉海》卷二百一,江苏古籍出版社·上海书店1987年版,第3675页。

80(宋)蔡梦弼《杜工部草堂诗话》,《续修四库全书》本,上海古籍出版社,2002年,第3页。

81(宋)黄彻《碧溪诗话》卷七,人民文学出版社1986年版,第119页。

杜诗当中“不贱”、“不斜”、“不愁思”、“不近”等句法类似《周礼》、《左传》行文，以“不”代替“无”字，正因如此，造成语势顿壮的效果。

尽管黄彻反复论说杜甫经语入诗的不可企及处，但仍然有人对这一做法提出批评，朱熹云：“文字好用经语，亦一病。老杜诗：‘致思远恐泥。’东坡写此诗到此句云：‘此诗不足为法。’”[82]以为诗用经语为一弊病，不足为法。朱熹有此说法，因其反对江西诗派所讲究的无一字无来处，朱子云：“或言今人作诗，多要有出处。曰：‘关关雎鸠’，出在何处?”[83]所谓来处，自然也包含了儒家经典之作。朱熹本就对杜诗有不满之处，提出这种观点也就不足为怪了。

杜甫诗世号“诗史”，除了杜诗中纪事可与史书相表里之外，诗论家更为注重其笔力及笔法。杜诗笔力与史家相仿佛，这一点，福建文人亦有关注，如陈长方《步里客谈》云：“老杜作诗，笔力可方太史公，如郭元振故宅等诗，便是与之作传。如《桃竹杖引》一种文章，则又未易仿佛也。”[84]郭元振故宅诗即《过郭代公故宅》，运用史家传记手法作诗。而如《桃竹杖引》以诗戒章留后不臣之心，词意危迫，颇寓史家褒贬之意。又有刘克庄云：“杜《八哀诗》，崔德符谓可以表里《雅》、《颂》，中古作者莫及。韩子苍

82（宋）黎靖德编，王星贤点校《朱子语类》卷一百四十，中华书局1986年版，第3327页。

83 同上书，第3324页。

84（宋）陈长方《步里客谈》，程毅中主编《宋人诗话外编》本，国际文化出版司1996年版，第556页。

谓其笔力变化，当与太史公诸赞方驾。”[85]杜甫《八哀诗》所哀者八人：王思礼、李光弼之武功，苏源明、李邕之文翰，李琎、郑虔之多能，张九龄、严武之政事。刘克庄引韩子苍语表明杜诗笔力变化可与司马迁《史记》中诸赞语相比拟。

杜诗当中的史家笔法在黄彻的《䂬溪诗话》反复出现：

> 诸史列传，首尾一律。惟左氏传《春秋》则不然，千变万状，有一人而称目至数次异者，族氏、名字、爵邑、号谥，皆密布其中而寓诸褒贬，此史家祖也。观少陵诗，疑隐寓此旨。若云“杜陵有布衣”、“杜曲幸有桑麻田”、“杜子将北征”、“臣甫愤所切”、“甫也东西南北人”、“有客有客字子美”，盖自见其里居名字也。“不作河西尉”、“白头拾遗徒步归”、“备员窃补衮”、“凡才污省郎”，补官迁陟，历历可考。至叙他人亦然，如云“粲粲元道州”，又云“结也实国干”，凡例森严，诚《春秋》之法也。[86]（黄彻《䂬溪诗话》）
>
> 子美世号“诗史”，观《北征诗》云：“皇帝二载秋，闰八月初吉。”《送李校书》云：“乾元元年春，万姓始安宅。”又《戏友》二诗：“元年建巳月，郎有焦校书。”“元年建巳月，官有王司直。”史笔森严，未易及也。[87]（黄彻《䂬溪诗话》）

前者说明杜诗中《春秋》之法，后者指出杜诗纪年与史家相

85（宋）刘克庄《后村诗话》后集卷二，中华书局 1983 年版，第 59 页。

86（宋）黄彻《䂬溪诗话》卷一，人民文学出版社 1986 年版，第 3 页。

87 同上书，第 10 页。

通，史笔森严，常人难以达到。

第二节　李杜优劣、李杜并称兼及李白接受

“李杜，王孟，高岑，韦孟，王韦，韦柳诸合称，则出自后人，非当日所定。（按杨凭有诗云：“直用天才众却瞋，应欺李杜久为尘。”凭，大历中人也。知两公身没未几，世已有并称矣。但至韩公始大定耳。王孟以下诸合称，则宋人论诗所定也。）”[88]李杜并称始于唐大历年间的杨凭，其后韩愈有“李杜文章在，光焰万丈长”的评论，遂为诗家沿用。李杜优劣论起于元稹，先杜后李。宋代从苏轼到杨万里都曾经对李杜优劣做出评判，而福建地区的诗论家也各持己见，反映了宋代福建模拟唐诗的路径。

一、李杜并称

以文章德行论李杜齐名者有：

> 予以谓少陵、太白，当险阻艰难，流离困踬，意欲卑而语未尝不高；至于罗隐、贯休，得意偏霸，夸雄逞奇，语欲高而意未尝不卑。乃知天禀自然，有不能易者矣。[89]（蔡絛《金玉诗话》）
>
> 李杜、苏李之名尤著于世者，以历代所称，兼于文行故也。余尝以一绝记其闻者：“大义终全显汉廷（李固、杜乔），名标八俊接英声（李膺、杜密）。文章万古犹光焰（李白、杜甫），疑是

88（明）胡震亨《唐音癸签》卷二十八，上海古籍出版社 1981 年版，第 288 页。

89（宋）蔡絛《金玉诗话》，明陶宗仪《说郛》本卷四十九，涵芬楼本，中国书店 1986 年版。

天私李杜名。”[90]（庄绰《鸡肋编》卷上）

每读杜诗，既曰：“岂无青精饭，令我颜色好。”又曰：“李侯金闺彦，脱身事幽讨。”当时才名如杜、李，可谓切于爱君忧国矣。天乃不使之壮年以行其志，而使之俱有青精、瑶草之思，惜哉！[91]（林洪《山家清供》“青精饭”一条）

以诗歌风格论李杜齐名者有：

莆阳郑景韦《离经》曰：“李谪仙，诗中龙也，矫矫焉不受约束。杜子美则麟游灵囿，凤鸣朝阳，自是人间瑞物。二豪所得，殆不可以优劣论也。”[92]（蔡梦弼《杜工部草堂诗话》）

按，蔡梦弼所引与郑厚原文稍有出入，郑厚云：“李谪仙，诗中之龙也，矫矫焉不受约束。杜则麟游灵囿，凤鸣朝阳，自是人间瑞物。施诸工用，则力牛服箱，德骥驾辂，李亦不能为也。”[93]以龙凤喻指李杜诗歌，表现其不同的诗歌风格。

到了严羽的《沧浪诗话》，标举李杜为诗学范式，并且指出：

李、杜二公，正不当优劣。太白有一二妙处，子美不能道；

90（宋）庄绰撰，萧鲁阳点校《鸡肋编》卷上，中华书局 1983 年版，第 4 页。

91（宋）林洪《山家清供》，明陶宗仪《说郛》本卷二十二，中国书店 1986 年版。

92（宋）蔡梦弼《杜工部草堂诗话》，《续修四库全书》本，上海古籍出版社，2002 年，第 9 页。

93（宋）郑厚《艺圃折中》，明陶宗仪《说郛》本卷三十一，涵芬楼本，中国书店 1986 年版。

子美有一二妙处，太白不能作。[94]（严羽《沧浪诗话》）

子美不能为太白之飘逸，太白不能为子美之沉郁。太白《梦游天姥吟》、《远别离》等，子美不能道；子美《北征》、《兵车行》、《垂老别》等，太白不能作。论诗以李、杜为准，挟天子以令诸侯也。[95]（严羽《沧浪诗话》）

李杜二人诗歌风格一为飘逸，一为沉郁，各有千秋，不能以优劣论。严羽又特别指出，学诗论诗当以李杜为准则。

刘克庄也以李杜并论，云：

前人谓杜诗冠古今，而无韵者不可读。又谓太白律诗殊少，此论施之小家数，可也。余观杜集，无韵者，唯夔府诗题数行，颇艰涩，容有误字脱简。如《三大礼赋》，沉着痛快，非钩章棘句者所及。太白七言近体如《凤凰台》，五言如《忆贺监》、《哭纪叟》之作，皆高妙。未尝细考而轻为议论，学者之通患。韩退之尝云："气，水也。言，浮物也。水大则物之浮者小大毕浮。气之与言犹是也。气盛则言之短长与声之高下者皆宜。"此论最亲切。李、杜是甚气魄，岂但工于有韵者及古体乎！[96]（刘克庄《后村诗话》）

一般诗论家认为，杜甫擅长律诗，而李白擅长古体诗。因此，

94（宋）严羽著，郭绍虞校释《沧浪诗话校释》，人民文学出版社，1961年版，第166页。
95 同上书，第168页。
96（宋）刘克庄《后村诗话》后集卷二，中华书局1983年版，第60页。

杜甫在散文及古体诗歌上有所欠缺，以为“不可读”，又谓李白律诗殊少。对此，刘克庄认为以这个标准约束唐诗小家数则可，而用来议论李杜则不可。刘克庄认为杜甫夔府诗艰涩是由于有误字脱简，而其散文《三大礼赋》亦如其诗沉著痛快。又列举李白的七言律诗及五言律诗数首反驳前人观点，肯定李杜的唐诗大家地位。

实际上，李杜代表着整个盛唐风格，诗学李杜实际上是闽地诗论走向严羽《沧浪诗话》乃至明代闽中诗派的一个必要步骤。

二、李杜优劣论

在诸多诗论家中，以黄彻持论最为严厉，不止一次以李杜对比：

> 太白“辞粟卧首阳，屡空饥颜回。当代不饮酒，虚名安用哉？君不见梁王池上月，昔照梁王尊酒中。梁王已去明月在，黄鹂愁醉啼春风。分明感激眼前事，莫惜醉卧桃园东”。又：“平原君安在？科斗生古池。坐客三千人，而今知有谁？君不见孔北海，英风豪气今安在？君不见裴尚书，土坟三尺蒿藜居。”此类者尚多。愚谓虽累千万篇，只是此意，非如少陵伤风忧国，感时触景，忠诚激切，蓄意深远，各有所当也。子美《除草》云：“草有害于人，曾何生阻修。……芒刺在我眼，焉能待高秋！”其愤邪嫉恶，欲芟夷蕴崇之，以肃清王所者，怀抱可见。[97]（黄彻《䂬溪诗话》）

97（宋）黄彻《䂬溪诗话》卷三，人民文学出版社 1986 年版，第 49 页。

世俗夸太白赐床调羹为荣，力士脱靴为勇。愚观唐宗渠渠于白，岂真乐道下贤者哉？其意急得艳词媟语，以悦妇人耳！白之论撰，亦不过为“玉楼”、“金殿”、“鸳鸯”、“翡翠”等语，社稷苍生何赖。就使滑稽傲世，然东方生不忘纳谏，况黄屋既为之屈乎？说者以谋谟潜密，历考全集，爱国忧民之心如子美语，一何鲜也。力士闺闼腐庸，惟恐不当人主意；挟主势驱之，何所不可，脱靴乃其职也。自退之为“蚍蜉撼大木”之喻，遂使后学吞声。余窃谓如论其文章豪逸，真一代伟人；如论其心术事业可施廊庙，李杜齐名，真忝窃也。[98]（黄彻《䂬溪诗话》）

黄彻用“忝窃”一词来形容李杜齐名，足见其对李白的不满。黄彻认为李白的诗歌创作无益于社稷苍生，远不如杜诗中的爱国忧民之心。黄彻所处时代恰逢南北宋交替时期，在这一特殊的历史时期，诗家关注社稷百姓，并以此作为准的来衡量古人制作，以期达到模范作用，本就是自然而然的事。事实上，黄彻并没有着眼于李杜诗歌风格的对比，而是就两者的思想内容进行评论。黄彻在《䂬溪诗话》序中也点明其诗教观念：“自寓兴化之䂬溪，闭门却扫，无复功名意，不与衣冠交往者五年矣。平居无事，得以文章为娱。时阅古今诗集，以自遣适。故凡心声所底，有诚于君亲、厚于兄弟朋友、嗟念于黎元休戚及近讽谏而辅名教者，与予平日旧游所经历者，辄妄意铺凿，疏之窗壁间。未几，钞录成帙，而以《䂬溪诗

98（宋）黄彻《䂬溪诗话》卷二，人民文学出版社 1986 年版，第 18 页。

话》名之。至于嘲风雪、弄草木而无与于比兴者，皆略之。”[99]无关比兴者皆略而不载。但是，黄彻只是在思想内容方面先杜后李，至于文字风格气味方面，黄彻也不自觉流露出李杜齐名的倾向来：

> 书史蓄胸中而气味入于冠裾，山川历目前而英灵助于文字。太史公南游北涉，信非徒然。观杜老《壮游》云："东下姑苏台，已具浮海航。到今有遗恨，不得穷扶桑。……剑池石壁仄，长洲荷芰香。嵯峨阊门北，清庙映回塘。……越女天下白，鉴湖五月凉。剡溪蕴秀异，欲罢不能忘。归帆拂天姥，中岁贡旧乡。……放荡齐赵间，……西归到咸阳。"其豪气逸韵，可以想见。序《太白集》者，称其隐岷山，居襄汉，南游江淮，观云梦，去之齐鲁，之吴，之梁，北抵赵魏燕晋，西涉岐邠，徙金陵，上浔阳，流夜郎，泛洞庭，上巫峡。白自序亦曰：偶乘扁舟，一日千里。或遇胜景，终年不移。其恣横采览，非其狂也。使二公稳坐中书，何以垂不朽如此哉！[100]（黄彻《䂬溪诗话》）

二公稳坐中书，即以李杜齐名为言。李杜诗歌中的豪气逸韵，恣横采览，当是并驾齐驱的。由此看来，黄彻也并不是彻头彻尾的贬低李白诗歌。

在福建其他诗论家那里，对李杜优劣的评判大多基于以王安石《四家诗选》中所论李杜而展开的辩论，不过是或附和或反对王安

99（宋）黄彻《䂬溪诗话·自序》，人民文学出版社 1986 年版，第 3 页。
100（宋）黄彻《䂬溪诗话》卷八，人民文学出版社 1986 年版，第 126 页。

石先杜后李的观点。附和者如：

> 或问王荆公云："编四家诗，以杜甫为第一，李白为第四，岂白之才格词致不逮甫耶？"公曰："白之歌诗，豪放飘逸，人固莫及；然其格止于此而已，不知变也。至于甫，则悲欢穷泰，发敛抑扬，疾徐纵横，无施不可。其诗有平淡简易者，有绮丽精确者，有严重威武若三军之帅者，有奋迅驰骤若泛驾之马者，有寂寞闲静如山谷隐士者，有风流酝藉若贵介公子者。盖其诗绪密而思深，观者苟不能臻其阃奥，未易识其妙处，夫岂浅近者所能窥哉？此甫之所以光掩前人而后来无继也。元稹以语兼人人所独专，斯言信矣。"或者又曰："评诗者谓甫期白太过，反为白所诮。"公曰："不然，甫赠白诗，云：'清新庾开府，俊逸鲍参军。'但比之庾信、鲍照而已。又云：'李侯有佳句，往往似阴铿。'铿之诗，又在鲍、庾下矣。饭颗之嘲，虽一时戏剧之谈，然二人者名既相逼，亦不能无相忌也。"[101]（陈正敏《遁斋闲览》）

就现存《遁斋闲览》条目来看，其间多记荆公事及诗，又颇多称许之辞。比如："凡咏梅多咏白，而荆公诗独云：'须捻黄金危欲堕，蒂团红腊巧能妆。'不惟造语巧丽，可谓能道人不到处矣。又东坡咏梅一句云'竹外一枝斜更好'，语虽平易，然颇得梅之幽独闲静之趣。凡诗之咏物，虽平淡巧丽不同，要能以随意造语为主。公后复有诗云：'遥知不是雪，为有暗香来。'盖取苏子卿云'只言

101（宋）陈正敏《遁斋闲览》，明陶宗仪《说郛》本卷三十二，中国书店 1986 年版。

花似雪，不悟暗香来’之意。公在金陵又有和徐仲鼙文（元鼙）字韵《梅诗》二首，东坡在岭南有暾字韵《梅诗》三首，皆韵险而语工，非大手笔不能到也。”[102] 可见陈正敏在诗学上推崇王安石，因此，在李杜优劣的问题上，完全附和王安石之论也不足为怪了。

但是，更多的人对此提出反对意见：

诗至李杜，古今尽废。退之每叙诗书以来作者，必曰李白、杜甫。又曰：“李杜文章在，光焰万丈长。”至杨大年亿，国朝儒宗，目少陵村夫子。欧阳文忠公每教学者，先李不必杜。又曰：“甫于白得二节耳。天才高放，非甫所能到也。”王文公晚择四家诗以贻法，少陵居第一，欧阳公第二，韩文公次之，李太白又次之。然欧阳公祖述韩文而说异退之，王文公返先欧公，后退之，下李白，何哉？后东坡每述作，崇李、杜尊甚，独未尝优劣之。论说殊纷纠，不同满世。呜呼！李、杜著矣，一时之杰，立见如此，况屑屑余子乎！余谓：譬之百川九河，源流经营，所出虽殊，卒归于海也。[103]（蔡絛《西清诗话》）

荆公编李杜韩欧四家诗，而以欧公居太白之上，曰：“李白诗语迅快，无疏脱处，然其识污下，十句九句言妇人酒尔。”予谓诗者，妙思逸想所寓而已。太白之神气，当游戏万物之表，其于诗，特寓意焉耳，岂以妇人与酒能败其志乎？不然，则渊明篇篇有酒，

102（宋）陈正敏《遁斋闲览》，明陶宗仪《说郛》本卷三十二，涵芬楼本，中国书店 1986 年版。

103（宋）蔡絛《明钞本西清诗话》，张伯伟《稀见本宋人诗话四种》本，江苏古籍出版社 2002 年版，第 233 页。

谢安石每游山必携妓，亦可谓其识不高耶？欧公文字寄兴高远，多喜为风月闲适之语，盖是效太白为之，故东坡作欧公集序，亦云“诗赋似李白”，此未可以优劣论也。[104]（陈善《扪虱新话》）

蔡絛诗学推崇苏、黄，因此，东坡李杜并尊也影响其持论。在叙述了韩愈、杨亿、欧阳修、苏轼对李杜的评论之后，蔡絛认为李杜之诗譬如川流海纳。陈善也反对王安石以为太白识见污下的说法，并列举陶渊明、谢安以及欧阳修之例进行反证，得出李白、欧阳修诗歌未可以优劣论的结论。

南宋魏庆之《诗人玉屑》卷十四汇集宋代文人对李白、杜甫以及李杜优劣的评价。《诗人玉屑》引用诸家论述盛赞李白诗歌“千载独步”、“惊动千古”、“气盖一世”、“百世之下想见风采”乃至“晦庵谓太白圣于诗”。而对于杜甫，则引秦观“集大成”之说，引鲁訔语称其“风雅而下，唐而上，一人而已”。又引《西清诗话》、《孙仅序》称其诗歌的“诗史”性质，引东坡论其“一饭未尝忘君”的忠君思想。论李杜优劣则两次引用黄彻《溪诗话》之论，又引《遁斋闲览》条[105]，而在杜甫条目下又引元稹《杜工部墓志铭》语，云：“诗人以来，未有如子美者。是时山东人李白，亦以奇文取称，时人谓之‘李杜’。予观其壮浪纵恣，摆脱拘束，模写物象，及乐府歌诗，诚差肩于子美；至若铺陈终始，排比声韵，大或千言，次犹数百；词气奋迈而风调清深，属对律切而脱

104（宋）陈善《扪虱新话》上集卷三，《丛书集成初编》本，商务印书馆1939年版，第26页。

105 按，前文已经具体论及《碧溪诗话》及《遁斋闲览》之李杜优劣论，故此处略之。

弃凡近，则李尚不能历其藩翰，况堂奥乎？”可知魏庆之以为杜甫胜于李白。在《诗人玉屑》卷三“唐人句法”下所引唐人诗歌也以杜甫为最多。

另外，福建诗论家亦从李杜赠诗多寡来揣测李杜交谊，但大多以此极力抬高杜甫：

> 杜子美有赠忆李白及寄姓名于他诗者，凡十有三篇。《昔游诗》云：“昔者与高、李，晚登单父台。”又有《登兖州城楼诗》，盖鲁、砀相邻。而太白亦有《鲁郡尧祠送别》长句，虽不著为谁而作，然二公皆尝至彼矣。世谓太白惟《饭颗山》一绝外，无与少陵之诗。史称《蜀道难》为杜而发。二公以文章齐名，相从之款，不应无酬唱赠送，恐或遗落耳。按工部行二，高适、严武诸公，皆呼“杜二”。今白集中有《鲁郡东石门送杜二子诗》一篇，余谓题下特脱一“美”字耳。杜赠白诗云“秋来相顾尚飘蓬”，而李有“秋波落泗水”、“飞蓬各自远”云。以此考之，各无疑者。俗子遂谓翰林争名自绝，因辨是诗以释争名之谤。“醉别复几日，登临遍池台”后言：“何时石门路，重有金尊开。秋波落泗水，海色明徂徕。飞蓬各自远，且尽林中杯。”又有《送友人寻越中山水诗》云：“闻道稽山去，偏宜谢客才。此中多逸兴，早晚向天台。”少陵《壮游诗》云：“东下姑苏台，已具浮海航。剡溪蕴秀异，欲罢不能忘。归帆拂天姥，中岁贡旧乡。”李所谓“友人”者，疑亦杜子美也。[106]（庄绰《鸡肋编》）

106（宋）庄绰撰，萧鲁阳点校《鸡肋编》卷上，中华书局1983年版，第26—27页。

《洪驹父诗话》言："子美集中，赠太白诗最多，而李集初无一篇与杜者。"按段成式《酉阳杂俎》云："李集有《尧词赠杜补阙》者，即老杜也。其诗云：'我觉秋兴逸，谁言秋气悲。山将落日去，水与晴相宜。云归碧海少，雁度青天迟。相失各万里，茫然空尔思。'不独《饭颗山》之句也。"予尝考之：太白集中有《沙丘城下寄杜甫》云："我来竟何事？高卧沙丘城。城边有古树，日夕连秋声。鲁酒不可醉，齐歌空伤情。思君若汶水，浩荡向南征。"又有《鲁郡东石门送杜二甫》云："醉别复几日，登临遍池台。何言石门路，重有金樽开。秋波落泗水，海色明徂徕。飞篷各自远，且尽手中杯。"洪驹父略不见此，何也？[107]（严有翼《艺苑雌黄》）

庄绰及严有翼都从李白诗集中寻找赠杜甫诗以来证明李白并非轻视杜甫，似有抬高杜甫之意。"饭颗山"一事见于孟棨《本事诗》，方深道《诸家老杜诗评》亦有收录，云："白才逸气高，与陈拾遗齐名，先后合德。其论诗云：'梁、陈以来，艳薄斯极，沈休文又尚以声律，将复古道，非我而谁欤？'故陈、李二集，律诗殊少。尝言：'兴寄深微，五言不如四言，七言又其靡也，况使束于声调俳优哉！'故戏杜曰：'饭颗山头逢杜甫，头戴笠子日卓午。借问别来太瘦生。总为从前作诗苦。'盖讥其拘束也。"[108]李白从恢复诗歌古道出发，鄙薄律诗，并且反对作诗拘束于声调俳优，因此

107 （宋）严有翼《艺苑雌黄》，胡仔《苕溪渔隐丛话》后集卷四引，人民文学出版社 1962 年版，第 26—27 页。

108 张忠纲《杜甫诗话六种校注》，齐鲁书社，2006 年版，第 5 页。

对专力于律诗的杜甫有所讥讽。宋代多数诗论家并没有看到这一点，仅仅从李杜诗篇往来多寡轻下判断，极力证明李白对杜甫亦推崇有加。即使是严羽，也仍然没有注意到这一点，仍然从杜甫所赠李白诗的内容来进行辩论：

> 少陵与太白，独厚于诸公，诗中凡言太白十四处，至谓“世人皆欲杀，吾意独怜才”；“醉眠秋共被，携手日同行”；“三夜频梦君，情亲见君意”：其情好可想。《遁斋闲览》谓二人名既相逼，不能无相忌，是以庸俗之见，而度贤哲之心也。予故不得不辩。[109]（严羽《沧浪诗话》）

整个宋代，抑李扬杜者多，动辄曰杜诗唐朝以来一人而已，而对李白诗歌的关注显然远逊于杜甫，至多李杜并称而已。福建地区在北宋时期，唯蔡絛尊崇李白：“李太白历见司马子微、谢自然、贺知章，或以为可与神游八极之表，或以为谪仙人，其风神超迈英爽可知。”[110] 又云：“李太白秀逸独步天下。”[111] 但蔡絛也说：“李太白诗，逸态凌云，照映千载；然时作齐梁间人体段，略不近浑厚。”[112] 指出李白诗也有类似齐梁诗风者。到了南宋时期，开始关

109（宋）严羽著，郭绍虞校释《沧浪诗话校释》，人民文学出版社，1961 年版，第 207 页。

110（宋）蔡絛《明钞本西清诗话》，张伯伟《稀见本宋人诗话四种》本，江苏古籍出版社 2002 年版，第 181 页。

111 同上书，第 200 页。

112（宋）蔡絛《蔡百衲诗评》，引自宋何汶《竹庄诗话》卷一，中华书局 1984 年版，第 11 页。

注盛唐诗，李白诗歌也得到了相对重视。朱熹就特别推崇李白诗，而到了南宋后期，莆田刘克庄更深层次的对李白进行解读。如云："放翁，学力也，似杜甫；诚斋，天分也，似李白。"[113] 在刘克庄看来，杜诗更多学力，而李白则更多天分。这一见解是非常独到的，其他诗论家绝少论及。或许，对于极力讲究律诗用事琢句的宋人来说，模仿杜诗的原因之一就是学力可至而天分不可至。

刘克庄亦驳王安石论李白之非：

> 杨大年、欧阳公皆不喜杜子美诗，王介甫不喜太白诗，殊不可晓。介甫之说云："白诗十句九句说妇人酒耳。"独不思命高将军脱靴、识郭汾阳于贫贱时。比开元贵妃于飞燕，岂说妇人酒者所能为耶！晦翁亦云："近时诗人何曾梦见太白脚后板。"[114]（刘克庄《后村诗话》）

朱熹立足于古体诗与律诗的高下来肯定李白诗，刘克庄则从诗格高下来肯定李白诗。具体到李白的诗歌作品，刘克庄给予了同样高的评价："太白古风云：'大雅久不作，吾衰竟谁陈。王风委蔓草，战国多荆榛。龙虎相啖食，兵戈逮狂秦。正声何微茫，哀怨起骚人。扬马激颓波，开流荡无垠。废兴虽万变，宪章亦已沦。'此今古诗人断案也。'黄河走东溟，白日落西海。逝川与流光，飘忽不相待。春容舍我去，秋发已衰改。人生非寒松，年貌岂长在。吾

113（宋）刘克庄《后村诗话》前集卷二，中华书局 1983 年版，第 33 页。

114（宋）刘克庄《后村诗话》新集卷一，中华书局 1983 年版，第 152 页。

当乘云螭，吸景驻光采。’‘西上莲花山，迢迢见明星。素手把芙蓉，虚步蹑太清。俯视洛阳川，茫茫走胡兵。流血涂野草，豺狼尽冠缨此。’此六十八首与陈拾遗《感遇》之作笔力相上下，唐诸人皆在下风。”[115] 太白《古风》祖述骚、雅，与陈子昂《感遇》同一笔力，刘克庄以为唐诸人皆在下风，“陈拾遗，李翰林一流人”[116]，诚为的论。

第三节　宋代闽地诗话、笔记中的陈子昂及中晚唐诗人

宋代闽地的诗论家于李杜之外，多关注唐元和时期以及晚唐诗人，而对初唐诗人颇不留意。

一、以陈子昂为主的初唐诗

宋代闽地唐诗学基本不涉及初唐，唯严羽《沧浪诗话》“诗体”中述及“沈宋体”（沈佺期、宋之问），“王杨卢骆体”（王勃、杨炯、卢照邻、骆宾王），“张曲江体”（张九龄）[117]。刘克庄则云：“唐初王、杨、沈、宋擅名，然不脱齐梁之体。”[118] 而语含轻视之意。即使是陈子昂，也没有得到足够的重视。北宋时期的诗论家几乎没有人提及陈子昂，直到南宋朱熹，曾作诗模仿陈子昂《感遇》三十八首，前文已述及，此不赘述。朱熹之后，严羽《沧浪诗话》始为标

115 （宋）刘克庄《后村诗话》前集卷一，中华书局 1983 年版，第 8 页。
116 （宋）刘克庄《后村诗话》后集卷二，中华书局 1983 年版，第 61 页。
117 （宋）严羽著，郭绍虞校释《沧浪诗话校释》，人民文学出版社，1961 年版，第 58 页。
118 （宋）刘克庄《后村诗话》前集卷一，中华书局 1983 年版，第 6 页。

举“陈拾遗体”，但也并未就陈子昂诗歌创作做出评判。可以说，陈子昂独为后村推许：

陈拾遗首倡高雅冲澹之音，一扫六代之纤弱，趋于黄初、建安矣。太白、韦、柳继出，皆自子昂发之。如“世人拘目见，酣酒笑丹经。昆仑有瑶树，安得采其英”；如“林居病时久，水木澹孤清。闲卧观物化，悠悠念群生。青春始萌达，朱火已满盈。徂落方自此，感叹何时平”；如“务光让天下，商贾竞刀锥。已矣行采芝，万世同一时”；如“吾爱鬼谷子，青溪无垢氛。囊括经世道，遗身在白云”、“舒可弥宇宙，卷之不盈分。岂徒山木寿，空与麋鹿群”；如“临岐泣世道，天命良悠悠。昔日殷王子，玉马遂朝周。宝鼎沦伊穀，瑶台成古丘。西山伤遗老，东陵有故侯”，皆蝉蜕翰墨畦径，读之使人有眼空四海、神游八极之兴。[119]（刘克庄《后村诗话》）

后村言初唐诗继承六朝绮靡纤弱之风，而陈子昂首倡高雅冲澹之音，有复古之势。其后李白、韦应物、柳宗元皆自此出。后村所举子昂诗例为《感遇》诗，其评论陈子昂着眼点也在于此。

后村又说：

编诗自唐人，有“李杜泛浩浩，韩柳摩苍苍”之句，余既以此四君子冠篇首，然以辈行岁月较之，则陈拾遗在四君子之上，

119（宋）刘克庄《后村诗话》前集卷一，中华书局 1983 年版，第 6—7 页。

《感遇》之作，虽朱文公命世大儒，亦凛然起敬。[120]（刘克庄《后村诗话》）

陈《感遇》三十八首，李《古风》六十六首，真可以扫齐、梁之弊，而追还黄初、建安矣。[121]（刘克庄《后村诗话》）

此六十八首（太白《古风》），与陈拾遗《感遇》之作笔力相上下，唐诸人皆在下风。[122]（刘克庄《后村诗话》）

将陈子昂《感遇》及李白《古风》相提并论，并以为有唐诸人皆在二人之下。后村并没有对陈子昂的其他诗歌做出评论，由此可以看出朱熹诗论对刘克庄的影响，但毕竟显示出文人与理学家在诗论方面的不同。

二、大历及元和时期唐诗名家

（一）对韦应物的评价

北宋蔡絛在评论韦应物诗时说："韦苏州诗如浑金璞玉，不假雕琢成妍，唐人有不能到；至其过处，大似村寺高僧，奈时有野态。"[123]以为韦应物诗歌不假雕琢，而有山野之气。两宋之际，黄彻在《碧溪诗话》中偶然提及韦应物诗："苏州《寄璨师》云：'遥知郡斋夜，冻雪封松竹。时有山僧来，悬灯独自宿。'尝谓暑月读

120（宋）刘克庄《后村诗话》新集卷一，中华书局1983年版，第149页。

121（宋）刘克庄《后村诗话》后集卷二，中华书局1983年版，第61页。

122（宋）刘克庄《后村诗话》前集卷一，中华书局1983年版，第8页。

123（宋）蔡絛《蔡百衲诗评》，引自宋何汶《竹庄诗话》卷一，中华书局1984年版，第11页。

之，亦有霜气。”[124] 所谓霜气，指的是韦应物清寂的诗歌风格。而南宋朱熹则以为韦应物的诗歌风格为萧散冲淡，极为称赏，并以为学诗当从韦苏州入手，前文已述及。朱熹作为大理学家，其诗论对福建文人的影响至大，因此，福建文人的唐诗选本多涉及韦应物诗歌，这一点另章论述。朱熹认为韦应物诗歌最为接近陶渊明，南宋后期的刘克庄也持相同观点，云：

> 陶、韦异世而同一机键。韦集有篇云：“霜露悴百草，时菊独妍华。物理有如此，寒暑其奈何。掇英泛浊醪，日入会田家。尽醉茅檐下，一生岂在多。”题曰《效陶彭泽》，此真陶语，何必效也。[125]（刘克庄《后村诗话》）

刘克庄认为陶渊明、韦应物虽异世但诗歌风格却非常类似。刘克庄又说：

> 唐诗多流丽妩媚，有粉绘气，或以辨博名家。惟韦苏州继陈拾遗、李翰林崛起，为一种清绝高远之言以矫之，其五言精巧处不减唐人。至于古体歌行如《温泉行》之类，欲与李杜并驱。前世惟陶，同时惟柳可以把臂入林，余人皆在下风。[126]（刘克庄《后村诗话》）

124（宋）黄彻《䂬溪诗话》卷七，人民文学出版社 1986 年版，第 113 页。
125（宋）刘克庄《后村诗话》后集卷二，中华书局 1983 年版，第 62 页。
126（宋）刘克庄《后村诗话》新集卷三，中华书局 1983 年版，第 184—185 页。

所谓粉绘气，当说的是初唐诗，韦应物清绝高远的诗歌风格与陈子昂、李白一脉相承。具体到韦应物的诗歌作品，五言诗颇精巧，而其古体歌行之类，直欲与李杜并驾齐驱。按，韦应物《温泉行》云："北风惨惨投温泉，忽忆先皇巡幸年。身骑厩马引天仗，直至华清列御前。"语及天宝间事。其《燕李录事诗》又云："与君十五侍皇闱，晓拂炉烟上赤墀。花开汉苑经过处，雪下骊山沐浴时。"大约可知天宝巡幸之时，韦应物年已十五。刘克庄独举《温泉行》与李、杜并言，疑后村径将韦应物归入盛唐之列。刘克庄认为，与韦应物可相比拟者，惟陶渊明、柳宗元而已，此评价不可谓不高，故又云："韦苏州为诗家最高手。"[127]

（二）对韩愈及柳宗元的评价

对于韩愈以文为诗，宋人评价不一。但在福建地区，大抵以肯定为主。北宋时期泉州吕惠卿首为肯定韩愈以文为诗，魏泰《临汉隐居诗话》记载："沈括存中、吕惠卿吉父、王存正仲、李常公择，治平中，同在馆下谈诗。存中曰：'韩退之诗乃押韵之文尔，虽健美富赡，而格不近诗。'吉父曰：'诗正当如是，我谓诗人以来未有如退之者。'"[128]沈括以为韩愈的诗歌为押韵之文，而格不近诗。吕惠卿却认为诗正当如是。但吕惠卿并没有说明原因。南宋时期，罗源人陈善《扪虱新话》详细说明以文为诗的佳处：

> 韩以文为诗，杜以诗为文，世传以为戏。然文中要自有诗，

127（宋）刘克庄《后村诗话》前集卷一，中华书局 1983 年版，第 19 页。

128（宋）魏泰《临汉隐居诗话》，清何文焕《历代诗话》本，中华书局 2004 年版，第 323 页。

诗中要自有文，亦相生法也。文中有诗，则句语精确，诗中有文，则词调流畅。谢玄晖曰："好诗圆美流转如弹丸。"此所谓诗中有文也。唐子西曰："古人虽不用偶俪，而散句之中，暗有声调，步骤驰骋，亦有节奏。"此所谓文中有诗也。前代作者，皆知此法，吾谓无出韩杜。观子美到夔州以后诗，简易纯熟，无斧凿痕，信是如弹丸矣。退之《画记》，铺排收放，字字不虚，但不肯入韵耳。或者谓其殆似甲乙帐，非也。以此知杜诗、韩文，阙一不可。世之议者，遂谓子美无韵语，殆不堪读，而以退之之诗，但为押韵之文者，是果足以为韩杜病乎？文中有诗，诗中有文，知者领予此语。[129]

世言陈善力诋韩愈，但陈善的诋韩愈是就韩愈辟佛而言的。陈善尊佛教为正道，而韩愈则以辟佛教自任，因此，在对待佛教的态度上，二人完全不同。但从陈善的《扪虱新话》论诗来看，多就杜甫及韩愈诗歌为例，与诋韩愈辟佛不同的是，在诗歌方面，陈善尤其推崇韩愈的以文为诗，谓诗中有文、文中有诗乃相生之法，诗中有文，方词调流畅，完美流转如弹丸。

黄彻则从另外一个角度肯定韩愈：

子建称：孔北海文章，多杂以嘲戏，子美亦戏效俳谐体，退之亦有"寄诗杂诙俳"，不独文举为然。自东方生而下，祢处士、

129（宋）陈善《扪虱新话》上集卷一，《丛书集成初编》本，商务印书馆1939年版，第3页。

> 张长史、颜延年辈，往往多滑稽语。大体材力豪迈有馀，而用之不尽，自然如此。韩诗“浊醪沸入口，口角如衔箝”、“试将诗义授，如以肉贯串”、“初食不下喉，近亦能稍稍”，皆谑语也。[130]
> （黄彻《䂬溪诗话》）

韩、杜诗歌多俳谐体。一般诗论家认为，诗为俳谐，格调不高，尤为诗家所戒，而黄彻却认为韩愈及杜甫诗歌中有谐谑之语，因其才力豪迈有余，自然如此，也即其有大家风范之意。

韩愈、柳宗元齐名，因此，诗论家也多以二者对比，比如严羽《沧浪诗话·诗评》：“唐人惟柳子厚深得骚学，退之、李观皆所不及。”[131] 陈知柔云：“柳子厚小诗，幻妙清妍，与元、刘并驰而争先，而长句大篇，便觉窘迫，不若韩之雍容。”[132] 以为柳宗元长于小诗，而长句大篇不如韩愈。刘克庄也以韩柳对举：“柳子厚才高，他文惟韩可对垒。古律诗精妙，韩不及也。当举世为元和体，韩犹未免谐俗，而子厚独能为一家之言，岂非豪杰之士乎？”[133] 以为柳宗元的古体诗及律诗高于韩愈，这是由于柳宗元诗更为接近陶渊明：“韩、柳齐名，然柳乃本色诗人。自渊明没，雅道几熄，当一世竞作唐诗之时，独为古体以矫之，未尝学陶和陶，集中五言凡十数篇，杂之陶集，有未易辨者。其幽微者可玩而味，其感慨者可

130（宋）黄彻《䂬溪诗话》卷十，人民文学出版社1986年版，第168页。
131（宋）严羽著，郭绍虞校释《沧浪诗话校释》，人民文学出版社1961年版，第186页。
132（宋）陈知柔《休斋诗话》，郭绍虞《宋诗话辑佚》卷下，中华书局1980年版，第486页。
133（宋）刘克庄《后村诗话》前集卷一，中华书局1983年版，第10页。

悲而泣也。其七言五十六字尤工。”[134] 以为柳宗元诗歌风格类似陶渊明的还有蔡絛，其云：“柳子厚诗雄深简淡，迴拔流俗，至味自高，直揖陶、谢；然似入武库，但觉森严。”[135] 但觉森严，当指诗歌格律而言。

（三）白居易及孟郊

北宋初年诗坛上流行白体诗，邵武人吴处厚亦效之。其《青箱杂记》云：“（邵亢）谓余诗浅切，有似白乐天。一日阅相国寺书肆，得冯瀛王诗一帙而归，以语之，公曰：‘子诗格似白乐天，今又爱冯瀛王，将来捻取个豁达李老。’（庆历中，京师有民自号“豁达李老”，每好吟诗，而词多鄙俚，故公以戏之。）遂皆大笑。然余赋才鄙拙，不能强为豪爽，今齿已老，而诗格定，时时遣兴，实有李老之风，足见公之知言也。”[136] 则吴处厚诗歌风格浅切，明显受到白居易诗风的影响。

福建诗论家一致认为，白居易诗歌平易浅近。比如蔡絛云：“白乐天诗，自擅天然，贵在近俗；恨为苏小虽美，终带风尘。”[137] 是说白居易诗歌可贵之处在于近俗，但过俗反有风尘之气。其后陈善云：“作诗平易，至白乐天、杜荀鹤极矣。”[138] 又有陈知柔论诗云：“人之为诗要有野意。盖诗非文不腴，非质不枯，能始腴而终

134（宋）刘克庄《后村诗话》新集卷五，中华书局 1983 年版，第 226 页。

135（宋）蔡絛《蔡百衲诗评》，引自宋何汶《竹庄诗话》卷一，中华书局 1984 年版，第 11 页。

136（宋）吴处厚撰，李裕民点校《青箱杂记》卷二，中华书局 1985 年版，第 20 页。

137（宋）蔡絛《蔡百衲诗评》，引自宋何汶《竹庄诗话》卷一，中华书局 1984 年版，第 11 页。

138（宋）陈善《扪虱新话》下集卷四，《丛书集成初编》本，商务印书馆 1939 年版，第 87 页。

枯，无中边之殊，意味自长。风人以来得野意者，惟渊明耳。如太白之豪放，乐天之浅陋，至于郊寒岛瘦，去之益远。”[139] 则以为乐天之诗浅陋，语带不满之意。

对于孟郊的诗歌，大多继承了苏轼“郊寒岛瘦”的议论，以为孟郊之诗为穷者之辞。比如刘克庄说：“孟生纯是苦语，略无一点温厚之意，安得不穷？”[140] 黄彻则云：“孟郊诗最淡且古，坡谓：‘有如食彭越，竟日嚼空螯。’”[141] 严羽云：“孟郊之诗，憔悴枯槁，其气局促不伸，退之许之如此，何耶？诗道本正大，孟郊自为之艰阻耳。”[142]

在唐代诗歌史上有韩孟诗派，因此大多以韩愈、孟郊并称。但比较有意思的是，在宋代闽地的诗话、笔记中却屡屡将白居易及孟郊相提并论，吴处厚《青箱杂记》云：

> 白居易赋性旷达，其诗曰：“无事日月长，不羁天地阔。”此旷达者之词也。孟郊赋性褊隘，其诗曰：“出门即有碍，谁谓天地宽？”此褊隘者之词也。然则天地又何尝碍郊，孟郊自碍耳。[143]（吴处厚《青箱杂记》）

一为旷达者之词，一为褊隘者之词，褒贬之意，不言自明。另

139（宋）陈知柔《休斋诗话》，郭绍虞《宋诗话辑佚》卷下，中华书局 1980 年版，第 484 页。
140（宋）刘克庄《后村诗话》后集卷一，中华书局 1983 年版，第 50 页。
141（宋）黄彻《䂬溪诗话》卷四，人民文学出版社 1986 年版，第 66 页。
142（宋）严羽著，郭绍虞校释《沧浪诗话校释》，人民文学出版社 1961 年版，第 195 页。
143（宋）吴处厚撰，李裕民点校《青箱杂记》卷七，中华书局 1985 年版，第 75 页。

外，曾慥《类说》、陈知柔《休斋诗话》、魏庆之《诗人玉屑》、蔡正孙《诗林广记》所论大体与《青箱杂记》相同，故不繁称博引。

当大多数人持论一致时，不免有厌烦之意。郑厚在众家诗论中独树一帜，让人耳目一新，其论白居易、孟郊诗云："孟东野则秋蛩草根，白乐天则春莺柳阴，皆造化之一妙。"[144]郊寒白俗，世人大多鄙薄之，而郑厚评诗，则云白居易诗如柳阴春莺，孟郊诗如草根秋蛩，皆造化中一妙。夫诗者，歌其性情，情之哀乐，必系于诗，白居易与孟郊诗歌风格的不同，正是由于性情之不同，由是可知郑厚诗论为诗之正源。

除上述诸家之外，福建诗论家亦偶然论及刘禹锡诗歌。比如蔡絛云："刘梦得诗典则既高，滋味亦厚；但正若巧匠矜能，不见少拙。"[145]指出其诗歌章法高超，韵味深厚。刘克庄则就其五、七言律诗为论："皆雄浑老苍，沉着痛快，小家数不能及也。绝句尤工。"[146]又云："梦得历德、顺、宪、穆、敬、文、武七朝，其诗尤多感慨。惟'在人虽晚达，于树比冬青'之句差闲婉。《答乐天》云：'莫道桑榆晚，余霞尚满天。'亦足见其精华老而不竭。"[147]严羽仅就刘禹锡绝句为论："大历后，刘梦得之绝句，张籍王建之乐府，吾所深取耳。"[148]但就整个福建地区的唐诗接受来说，对刘禹

144（宋）郑厚《艺圃折中》，明陶宗仪《说郛》本卷三十一，涵芬楼本，中国书店 1986 年版。

145（宋）蔡絛《蔡百纳诗评》，引自宋何汶《竹庄诗话》卷一，中华书局 1984 年版，第 11 页。

146（宋）刘克庄《后村诗话》前集卷一，中华书局 1983 年版，第 14 页。

147 同上书，第 15 页。

148（宋）严羽著，郭绍虞校释《沧浪诗话校释》，人民文学出版社 1961 年版，第 165 页。

锡的接受远不如同时代的元、白及韩愈诸人。

三、对晚唐名家的评价

相对于整个宋代诗学晚唐的风潮来说，闽地在诗学理论上，除了北宋初年以杨亿为主的西昆体标举诗学李商隐之外，对于晚唐诗似乎特别冷落。南宋末年有江湖诗派以尚晚唐为主，据《江湖小集》及《江湖后集》，江湖诗派中有不少福建籍诗人，但如严粲、徐集孙等人皆宋诗小家数，既没有专门的诗学理论著作，诗歌作品数量也极少，因此不足为论。被列入江湖诗派的著名诗人刘克庄，本初学晚唐，而其后改弦更张诗学放翁。宋代闽地诗话、笔记对晚唐诗评价亦不高，如陈善云："唐末诗格卑陋。"[149]

在杨亿之后，李商隐诗歌在闽地诗论家那里除了偶然提及其诗歌用典（比如黄彻的《䂬溪诗话》）以及对《锦瑟》诗歌的解读（比如黄朝英《靖康缃素杂记》）之外，唯刘克庄对李商隐诗有整体评价："温庭筠与商隐同时齐名，时号温李。二人记览精博，才思横逸，其艳丽者类徐、庾，其切近者类姚、贾。义山之作尤锻炼精粹，探幽索微，不可草草看过。"[150]温、李在唐诗史上齐名，二人诗歌有浮艳者，有切近者。但李商隐诗歌成就高于温庭筠，尤为锻炼精粹，探索幽微。

福建地区对李贺诗歌的评价不一，章渊云：

149（宋）陈善《扪虱新话》下集卷二，《丛书集成初编》本，商务印书馆 1939 年版，第 67 页。

150（宋）刘克庄《后村诗话》新集卷四，中华书局 1983 年版，第 208 页。

> 杜牧作《李贺诗集序》以谓“稍加以理，奴仆命骚”。讵可奴仆，坏古乐府体，无如贺者。骋少年粗豪之气，乖诗人比兴之义。如《荣华乐》即拟《古少年行》云：“鸢肩公子二十余，皓齿编贝唇激朱。气如虹蜺，饮如建瓴。走马夜归叫严更，径穿复道游椒房。”椒房岂少年夜游之所，何谬甚也。[151]（章渊《稿简赘笔》）

对李贺的乐府诗大加批判，认为李贺违背诗人比兴之义，而坏古乐府体。另外，敖陶孙《诗评》云：“李长吉如武帝食露盘，无补多欲。”[152]以为李贺诗歌虽则华丽却无补于事。但刘克庄却认为：“李长吉歌行，新意险语，自有苍生以来所无。樊川一序，极骚人墨客之笔力，尽古今文章之变态，非长吉不足以当之。”[153]李贺歌行体风格奇诡，自古所无。朱熹云：“李贺较怪得些子，不如太白自在。”[154]严羽《沧浪诗话·诗评》亦持肯定态度：“玉川之怪，长吉之瑰诡，天地间自欠此体不得。”[155]又云：“大历以后，吾所深取者，李长吉、柳子厚、刘言史、权德舆、李涉、李益耳。”[156]黄昇《玉林诗话》亦附和后村此论，云：“刘后村尝言：古乐府惟李贺最

151（宋）章渊《稿简赘笔》，明陶宗仪《说郛》本卷四十四，涵芬楼本，中国书店 1986 年版。

152（宋）魏庆之著，王仲闻点校《诗人玉屑》卷二“臞翁诗评”条引，中华书局 2007 年版，第 25 页。

153（宋）刘克庄《后村诗话》新集卷六，中华书局 1983 年版，第 243 页。

154（宋）黎靖德编，王星贤点校《朱子语类》卷一百四十，中华书局 1986 年版，第 3328 页。

155（宋）严羽著，郭绍虞校释《沧浪诗话校释》，人民文学出版社 1961 年版，第 180 页。

156 同上书，第 163 页。

工。”[157]

四、对唐代小诗人作品的评价

福建地区文人对唐诗小作家的关注并不多，只是零零散散地见于各家诗话、笔记当中，或记录诗句或考证事实或评价诗歌风格，并没有对宋代福建诗坛产生什么影响。基于此，本文略述如下：

张洎序项斯诗云：“元和中，张水部为律格，字清意远，惟朱庆余一人亲授其旨。沿流而下，则有任蕃、陈标、章孝标、司空图等，咸及门焉。”然庆余诗只有《蔷薇》一首入选。项斯警句多于庆余，如“病尝山药遍，贫起草堂低”，如“鹤睡松枝定，萤归葛叶垂”，如“渔舟县前泊，山吏日高衙”。《送隐者》云“弟子不知年”，《病僧》云“不言身后事，犹坐病中禅”。可与任蕃、司空图并驱。[158]（刘克庄《后村诗话》）

卢纶、李益善为五言绝句，意在言外。[159]（刘克庄《后村诗话》）

余尝谓，如两皇甫、五窦，皆唐诗高手，野处洪公所谓窦氏《联珠集》，恨未之见。[160]（刘克庄《后村诗话》）

郎士元“车马虽嫌僻，莺花不弃贫”，秦系“流水闲过院，春风为闭门”，善状幽居者。唐求“沙上鸟犹在，渡头人未行”、

---

157 （宋）魏庆之著，王仲闻点校《诗人玉屑》卷一九引《玉林诗话》，中华书局 2007 年版，第 619 页。

158 （宋）刘克庄《后村诗话》后集卷二，中华书局 1983 年版，第 65 页。

159 （宋）刘克庄《后村诗话》后集卷一，中华书局 1983 年版，第 41 页。

160 同上书，第 51 页。

"树色野橘暝，雨声孤馆秋"，善状行役者。周贺"空将未归意，说向欲行人"、张蠙"共看今夜月，独作异乡人"，善状离别者。贺又云："雨雪生中路，干戈阻后期。"蠙云："塞深行客少。家远识人稀。"善状边地者。[161]（刘克庄《后村诗话》）

唐任藩诗存者五言十首而已，然多佳句。"众鸟已归树，旅人犹过山"；《赠僧》云："半顶发根白，一生心地清。"居然可爱。今人动为千百首，而无可传者。[162]（刘克庄《后村诗话》）

戎昱在盛唐为最下，已滥觞晚唐矣。戎昱之诗有绝似晚唐者，权德舆之诗却有绝似盛唐者。权德舆或有似韦苏州、刘长卿处。[163]（严羽《沧浪诗话》）

顾况诗多在元白之上，稍有盛唐风骨处。冷朝阳在大历才子中为最下。[164]（严羽《沧浪诗话》）

按，两皇甫即皇甫冉、皇甫曾。冉字茂政，丹阳人，天宝十五载进士，大历中官至左补阙；曾字孝常，天宝十二载进士，官至监察御史，谪阳翟令以终。五窦即窦常、窦牟、窦群、窦庠、窦巩兄弟，贞元时期人。任藩，唐会昌年间人。

福建诗论家对晚唐诗人如杜荀鹤、卢仝、刘叉、郑谷、薛能、薛逢、陈陶的评价并不高：

161（宋）刘克庄《后村诗话》后集卷一，中华书局 1983 年版，第 51 页。

162（宋）刘克庄《后村诗话》前集卷一，中华书局 1983 年版，第 16 页。

163（宋）严羽著，郭绍虞校释《沧浪诗话校释》，人民文学出版社 1961 年版，第 159—160 页。

164 同上书，第 161 页。

《唐风集》中诗极低下，如“要知前路事，不及在家时”、“不觉裹头成大汉，初看竹马作儿童”之句，前辈方之《太公家教》。惟《春宫怨》一联云：“风暖鸟声碎，日高花影重。”为一篇警策。[165]（严有翼《艺苑雌黄》）

卢仝、刘叉以怪名家。[166]（刘克庄《后村诗话》）

薛能诗格不甚高，而自称誉太过。[167]（刘克庄《后村诗话》）

郑谷多佳句，而格苦不高。甚推尊薛能，能自负不浅，其实一谬妄人尔。其《黄河》、《太华》二篇，尤自夸诩然，然以弱笔赋巨题，每篇押十四韵，殊无警策。[168]（刘克庄《后村诗话》）

陈陶之诗，在晚唐人中最无可观。[169]（严羽《沧浪诗话》）

薛逢最浅俗。[170]（严羽《沧浪诗话》）

李濒不全是晚唐，间有似刘随州处。[171]（严羽《沧浪诗话》）

大抵以诗格不高论之。除上述之外，尚有考证之语：

《笔谈》谓《香奁集》乃和凝所为，后人嫁其名于韩偓，误矣。唐吴融诗集中有《和韩致尧侍郎无题》二首，与《香奁集》中《无题》韵正同，偓《叙》中亦具载其事。又尝见偓亲书诗一

165 （宋）严有翼《艺苑雌黄》，胡仔《苕溪渔隐丛话》后集卷十五引，人民文学出版社1962年版，第111页。
166 （宋）刘克庄《后村诗话》续集卷二，中华书局1983年版，第99页。
167 （宋）刘克庄《后村诗话》前集卷一，中华书局1983年版，第16页。
168 （宋）刘克庄《后村诗话》后集卷一，中华书局1983年版，第52页。
169 （宋）严羽著，郭绍虞校释《沧浪诗话校释》，人民文学出版社1961年版，第161页。
170 同上。
171 同上。

卷，其《袅娜》、《多情》、《春尽》等诗，多在卷中。偓词致婉丽，非凝言。余有《香奁集》，不行于世。凝好为小词，洎作相，专令人收拾焚毁。然凝之《香奁集》，乃浮艳小词，所谓不行于世，欲自掩耳，安得便以今《香奁集》为凝作也。[172]（陈正敏《遁斋闲览》）

唐人多传卢仝因留宿王涯第中，遂预甘露之祸，仝老无发，奄人于脑后加钉焉，以为添丁之谶。或言好事者为之。仝处士，与人无怨，何为有此谤？然平时切齿元和逆党，《月蚀》一诗脍炙人口，意者群阉因此害之。[173]（刘克庄《后村诗话》）

前者考证韩偓《香奁集》真伪，并言韩偓诗歌辞致婉丽。此应受宋代考据之风的影响。而后者考证卢仝之死与《月蚀》诗的关联，这种解诗方法或许与刘克庄的个人际遇有相应关联，刘氏即有《落梅》诗讥刺当权者，因此亦着眼于卢仝《月蚀》诗的写作。

另外，唐女诗人的被发现亦值得一提：

蜀妓薛涛，字弘度，本长安良家子。父郑，因官寓蜀。涛八九岁知声律，其父一日坐庭中，指井梧而示之曰："庭除一古桐，耸干入云中。"令涛续之，应声曰："枝迎南北鸟，叶送往来风。"父愀然久之。父卒，母孀居，韦皋镇蜀，召令侍酒赋诗，

172（宋）陈正敏《遁斋闲览》，明陶宗仪《说郛》本卷三十二，涵芬楼本，中国书店 1986 年版。

173（宋）刘克庄《后村诗话》前集卷一，中华书局 1983 年版，第 12—13 页。

因入乐籍。涛暮年屏居浣花溪，著女冠服，有诗五百首。[174]（章渊《稿简赘笔》）

刘言史《赠成炼师》云："大罗过却三千岁，更向人间魅阮郎。"此女道士岂鱼玄机之流欤？[175]（刘克庄《后村诗话》）

逆韦诗什并上官昭容所制。昭容，上官仪孙女，博涉经史，研精文笔，班婕妤，左嫔无以加兹。[176]（刘克庄《后村诗话》）

对女诗人薛涛、鱼玄机、上官婉儿并无过多微词。尤其是刘克庄对上官婉儿的评论，以为其博涉经史，研精文笔，甚至在班婕妤及左棻之上。

第四节 《诗人玉屑》及宋代闽地诗话对唐人诗歌创作技巧的探讨

与其他地域类似，宋代闽地诗学或宗唐或宗江西诗派。不过在对唐诗的学习模仿过程中，闽地诗论家特别注意到了唐人诗歌的创作技巧，包括句法、格律、用韵、属对、用事、遣辞等各个方面。

一、魏庆之《诗人玉屑》

魏庆之所撰《诗人玉屑》是宋人诗话总集。四库馆臣云："宋

174（宋）章渊《稿简赘笔》，明陶宗仪《说郛》本卷四十四，涵芬楼本，中国书店 1986 年版。

175（宋）刘克庄《后村诗话》前集卷一，中华书局 1983 年版，第 12 页。

176（宋）刘克庄《后村诗话》续集卷三，中华书局 1983 年版，第 125 页。

人喜为诗话，裒集成编者至多。传于今者，惟阮阅《诗话总龟》、蔡正孙《诗林广记》、胡仔《苕溪渔隐丛话》及庆之是编卷帙为富。然《总龟》芜杂，《广记》挂漏，均不及胡、魏两家之书。仔书作于高宗时，所录北宋人语为多；庆之书作于度宗时，所录南宋人语较备。二书相辅，宋人论诗之概亦略具矣。庆之书以格法分类，与仔书体例稍殊。其兼采齐己《风骚旨格》伪本，诡立句律之名，颇失简择。”[177] 对比阮阅、蔡正孙、胡仔诸家诗话总集，以胡、魏二家书最为完备。胡仔《苕溪渔隐丛话》所录以北宋诗话为多，而魏庆之《诗人玉屑》则着重于编录南宋诸家诗论。

《诗人玉屑》十二卷之后按年代顺序评论诸家诗人的诗歌作品。其中卷十四、十五、十六专门论述唐人诗。卷十四专门论述李白、杜甫以及李杜优劣，可见魏庆之于唐诗特别推崇李、杜二家诗歌。《诗人玉屑》卷十六单列“晚唐”一目，则魏庆之已经有“晚唐”概念。尽管在南宋中后期诗坛上，四灵及江湖诗人都推尊晚唐体，但魏庆之在引用诸家评论时，对晚唐体评价并不高。引《诗史》云晚唐诗“小巧无《风》、《骚》气味”。又引《室中语》言晚唐“诗格卑浅”。又引杨诚斋论晚唐诗有三百篇遗味，似有褒扬之意，但诚斋所论，并非就诗歌风格而言，而是以为晚唐诗歌中的怨刺接近三百篇，指的是那些反映现实的作品。就此看来，魏庆之本人并非如四库馆臣所言为江湖诗人。

另外，《诗人玉屑》开卷即全部引用严羽《沧浪诗话》，这一切都说明魏庆之遵循了《沧浪诗话》宪章汉魏、宗法盛唐的诗学观

177（清）永瑢等《四库全书总目》卷一百九十五，中华书局 1965 年版，第 1788 页。

念，同时，《诗人玉屑》卷六“口诀”一目多引用《吟窗杂录序》，而这也正是南宋中后期福建诗学的地域表征之一。

魏庆之《诗人玉屑》前十二卷收录各家对诗歌创作技巧的言论，可谓宋代诗歌创作技巧理论的总结。有“诗法”、“诗体”、“句法”、“口诀”、“命意”、“造语”、“下字”、“用事”、“压韵”、“属对”、“锻炼”、“沿袭”、“夺胎换骨”、“点化”、“白战”、“诗病”、“考证”等目。黄昇序此书云：“方今海内诗人林立，是书既行，皆得灵方。”也是就此而言的。福建地区的笔记、诗话中所言及的唐人诗歌创作技巧一部分被收入《诗人玉屑》当中。

二、宋代闽地诗话、笔记中对唐人诗歌创作技巧的探讨

宋代福建诗论家对唐人诗歌创作技巧的总结及探讨是为了指导自身的诗歌创作并以之为借鉴。宋人对诗歌优劣的评判常常基于格律的精粗，用韵、属对、比事、遣词之精善与否等等各个方面。实际上，模仿唐人诗歌风格是建立在对其具体创作方法的理解之上的。

（一）诗体

对诗体的探讨，以严羽的《沧浪诗话》为最多，有以人而论者如沈宋体、陈拾遗体、王杨卢骆体、张曲江体、少陵体、太白体等等；有以时而论者如唐初体、盛唐体、大历体、元和体、晚唐体等等；又有杂体者如字谜、人名、卦名、数名、药名、州名、藏头、歇后等体。又有以唐诗为例者如：

有律诗彻首尾不对者。（盛唐诸公有此体，如孟浩然诗：“挂席东南望，青山水国遥。舳舻争利涉，来往接风潮。问我今何

适，天台访石桥。坐看霞色晚，疑是赤城标。”又“水国无边际”之篇，又太白“牛渚西江夜”之篇，皆文从字顺，音韵铿锵，八句皆无对偶。）[178]（严羽《沧浪诗话》）

有古律。（陈子昂及盛唐诸公多此体。）[179]（严羽《沧浪诗话》）

（二）属对

顾炎武说：“夫北人，自宋时即云京东西、河北、河东、陕西五路举人，拙于文辞声律。况又更金元之乱，文学一事不及南人久矣。今南人教小学，先令属对，犹是唐宋以来相传旧法。”[180]指出北方人在文辞声律方面远不如南方人。而南方人自唐宋以来就非常重视格律及属对等。近体严于属对，自唐以来即如此。而到了宋代，诗人又专求属对为工，比唐人更加精警工稳。福建诗论家对此也有关注：

有扇对。（又谓之隔句对，如郑都官“昔年共照松溪影，松折碑荒僧已无。今日还思锦城事，雪消花谢梦何如”是也。盖以第一句对第三句，第二句对第四句。）[181]（严羽《沧浪诗话》）

有就句对。（又曰当句有对，如少陵“小院回廊春寂寂，浴凫飞鹭晚悠悠。”李嘉祐“孤云独鸟川光暮，万里千山海气秋”是也。前辈于文亦多此体，如王勃“龙光射牛斗之墟，徐孺下陈

178（宋）严羽著，郭绍虞校释《沧浪诗话校释》，人民文学出版社 1961 年版，第 73 页。

179 同上书，第 74 页。

180（清）顾炎武著，陈垣校注《日知录》卷十七，安徽大学出版社 2007 年版，第 951 页。

181（宋）严羽著，郭绍虞校释《沧浪诗话校释》，人民文学出版社 1961 年版，第 74 页。

蕃之榻”，乃就句对也。[182]（严羽《沧浪诗话》）

有借对。（孟浩然“厨人具鸡黍，稚子摘杨梅”，太白“水舂云母碓，风扫石楠花”，少陵“竹叶于人既无分，菊花从此不须开”是也。）[183]（严羽《沧浪诗话》）

其中，扇对严羽已经说明，是第一句对第三句，第二句对第四句。就句对则指当句对，比如杜甫诗“小院回廊春寂寂”中即“小院”与“回廊”相对。借对就是宋人说的假对，这种情况在唐人集中常见，严羽以孟浩然、李白、杜甫诗歌为例来说明这个问题。比如杜甫“竹叶于人既无分，菊花从此不须开”句中“竹叶”代指竹叶青酒，而菊花则是实指，一为代指，一实指，一虚一实，宋人以此为借对，亦称假对。

黄彻《碧溪诗话》也提到此类情况：

《宾客集》：“添炉捣鸡舌，洒水净龙须。”骆宾王：“桃花嘶别路，竹叶泻离尊。”此体甚众。惟柳子厚《从崔中丞过卢少府郊居》一联最工，云：“莳药闲庭延国老，开尊虚室值贤人。”只似称坐客，而有两意。盖甘草为“国老”，浊酒为“贤人”故也。梦得又有“药炉烧姹女，酒瓮贮贤人”，近于“汤燅右军”矣。余尝为《郊行》诗云：“江干食息呼扶老，木末攀缘讶宛童。”乃《古今注》：“秃鹙，一名‘扶老’。”《尔雅》：“女萝谓之‘宛童’

182（宋）严羽著，郭绍虞校释《沧浪诗话校释》，人民文学出版社 1961 年版，第 74 页。
183 同上。

也。”又题一士人所居云：“但遣一枝居巧妇，不殊大厦贺嘉宾。”盖用《尔雅》注：“鷦鹩，俗呼巧妇。”《炙毂子》：“雀，一名嘉宾，言集人屋如嘉宾也。”乐天曾用“巧妇”对“慈姑”。[184]（黄彻《䂬溪诗话》）

一词而有两意，刘禹锡诗中“鸡舌”代指丁香，“龙须”代指龙须席，但在字面上，鸡舌又与龙须相对。骆宾王的诗同样如此，“桃花”代指桃花马，“竹叶”代指竹叶青酒，同时字面上桃花与竹叶也可相对。黄彻在其诗话中指出宋人亦有人仿效之，当然，包括他自己在内。

（三）用事

宋人论诗多以用事精巧、偶对亲切为准则。诗歌中捃摭故实多为陈古讽今之用，用事精当与否，也是衡量一首诗成败的因素之一。闽地诗论家对唐人诗中用事尤为关注。

对诗歌用事方法的总结，如：

老杜“途穷反遭俗眼白”，本用阮籍事，意谓我辈本宜以白眼视俗人，至小人得志，嫉视君子，是反遭其眼白，故倒用之。亦如“水清反多鱼”，乃倒用“水至清，则无鱼”也。梦得“酌我莫忧狂，老来无逸气”，乃倒用盖次翁“无多酌我”；“寄谢嵇中散，予无甚不堪”，倒用《绝交论》。[185]（黄彻《䂬溪诗话》）

---

184 （宋）黄彻《䂬溪诗话》卷三，人民文学出版社 1986 年版，第 36 页。

185 （宋）黄彻《䂬溪诗话》卷四，人民文学出版社 1986 年版，第 60—61 页。

用自己诗为故事，须作诗多者乃有之。太白云：“沧浪吾有曲，相子棹歌声。”乐天：“须知菊酒登高会，从此多无二十场。”明年云：“去秋共数登高会，又被今年减一场。”《过栗里》云：“昔尝咏遗风，著为十六篇。”盖居渭上，酝熟独饮，曾效渊明体为十六篇。又《赠微之》云：“昔我十年前，曾与君相识。曾将秋竹竿，比君孤且直。”盖旧诗云“有节秋竹竿”也。[186]（黄彻《䂬溪诗话》）

文人用故事，有直用其事者，有反其意而用之者。元之《谪守黄冈谢表》云：“宣室鬼神之问，岂望生还；茂陵封禅之书，惟期死后。”此一联每为人所称道，然皆直用贾谊、相如之事耳。李义山诗：“可怜夜半虚前席，不问苍生问鬼神。”虽说贾谊，然反其意而用之矣。……直用其事，人皆能之；反其意而用之者，非识学素高，超越寻常拘挛之见，不规规然蹈袭前人陈迹者，何以臻此。[187]（严有翼《艺苑雌黄》）

韦应物《赠李侍御》云：“心同野鹤与尘远，诗似冰壶彻底清。”又《杂言送人》云：“冰壶见底未为清，少年如玉有诗名。”此可为用事之法，盖不拘故常也。[188]（黄彻《䂬溪诗话》）

倒用原意、用自己诗为故事、用故事反用其事、不拘故常等都是对唐人诗歌用事方法的总结。倒用故事原意，给人一种耳目一

186（宋）黄彻《䂬溪诗话》卷四，人民文学出版社 1986 年版，第 67 页。

187（宋）严有翼《艺苑雌黄》，胡仔《苕溪渔隐丛话》后集卷十九引，人民文学出版社 1962 年版，第 134 页。

188（宋）黄彻《䂬溪诗话》卷三，人民文学出版社 1986 年版，第 43 页。

新之感。用自己诗为故事则要求诗人的诗歌作品较多。用故事，直用其事人皆能之，而反用其意，并非人人皆能，只有学识较高者方能达到。即所谓“学有余而约以用之，善用事者也”。[189] 总之，用事之法，不当拘于故常。除此之外，尚有以两字用事及用一字用事者，如：“梦得《送周使君》云：‘只恐鸣驺催上道，不容待得晚菘尝。’乃周彦伦答文惠太子问山中菜食云：‘春初早韭，秋末晚菘。’此以两字用事者。《送熊判官》云：‘临轩弄郡章，得人方付此。’乃用汉高弄印睆尧事。此一字用事者。”[190]

闽地诗论家还有对善于用事者的陈述，如：

> 杜少陵云：“作诗用事，要如释氏语：水中著盐，饮水乃知盐味。”此说诗家密藏也。如“五更鼓角声悲壮，三峡星河影动摇”，人徒见凌轹造化之工，不知乃用事也。《祢衡传》：“挝渔阳掺，声悲壮。”《汉武故事》：“星辰影动摇，东方朔谓民劳之应。”则善用故事者，如系风捕影，岂有迹耶？[191]（蔡絛《西清诗话》）
>
> 《樊川集》中有《李给事》诗云：“元礼去归缑氏学，江充来见犬台宫。”又云：“可怜刘校尉，曾讼石中书。”李名中敏，常论郑注免归，又忤仇军容弃官。二联可谓善用事。[192]（刘克庄《后村诗话》）

189（宋）姜夔《白石诗说》，人民文学出版社 1962 年版，第 29 页。

190（宋）黄彻《䂬溪诗话》卷三，人民文学出版社 1986 年版，第 45 页。

191（宋）蔡絛《明钞本西清诗话》，张伯伟《稀见本宋人诗话四种》本，江苏古籍出版社 2002 年版，第 187 页。

192（宋）刘克庄《后村诗话》前集卷一，中华书局 1983 年版，第 14 页。

前者指出，作诗用典故，以不露痕迹为高，如杜甫所言“水中著盐”是也。后者则谓用事恰当。对于用事有误者闽地诗论家也有论及：

唐人以诗为专门之学，虽名世善用故事者，或未免小误。如王摩诘诗：“卫青不败由天幸，李广无功缘数奇。”不败由天幸，乃霍去病，非卫青也。《去病传》云：“其军尝先大将军，亦有天幸，未尝困绝。”意有“大将军”字，误指去病作卫青耳。李太白“山阴道士如相访，为写《黄庭》换白鹅”，乃《道德经》，非“黄庭”也。逸少尝写《黄庭经》与王修，故二事相紊。杜牧之尤不胜数。[193]（蔡絛《西清诗话》）

指出唐人以诗为专门之学，虽善用典故，但仍未免有误用之处，比如王维、李白、杜牧等人都有此类现象。对这类现象的关注说明宋人在诗歌创作方面追求精益求精的态度。

（四）用韵

诗歌中用韵盖与声调高下疾许徐及音节抑扬顿挫相关。黄朝英《靖康缃素杂记》对诗歌用韵的记载颇引人注意：

郑谷与僧齐己、黄损等共定今体诗格云：“凡诗用韵有数格：一曰葫芦，一曰辘轳，一曰进退。葫芦韵者，先二后四；辘轳韵

193（宋）蔡絛《明钞本西清诗话》，张伯伟《稀见本宋人诗话四种》本，江苏古籍出版社2002年版，第189页。

者，双出双入；进退韵者，一进一退。失此则谬矣。”余按《倦游杂录》载唐介为台官，廷疏宰相之失，仁庙怒，谪英州别驾。朝中士大夫以诗送行者颇众，独李师中待制一篇，为人传诵，诗曰：“孤忠自许众不与，独立敢言人所难。去国一身轻似叶，高名千古重于山。并游英俊颜何厚，未死奸谀骨已寒。天为吾君扶社稷，肯教夫子不生还。”此正所谓进退韵格也。按《韵略》：难字第二十五，山字第二十七；寒字又在二十五，而还字又在二十七。一进一退，诚合体格，岂率尔而为之哉。近阅《冷斋夜话》载当时唐、李对答语言，乃以此诗为落韵诗。盖渠伊不见郑谷所定诗格有进退之说，而妄为云云也。

《冷斋夜话》以为李师中《送唐介》诗为落韵诗。黄朝英则以此诗为郑谷、齐已等人所定的“进退格”，所谓“进退格”乃是两韵相间而成。黄朝英提出进退格的说法之后，诗论家评判不一。比如明谢榛《四溟诗话》云：“李师中《送唐介》错综寒、山两韵，谓之‘进退格’，李贺已有此体，殆不可法。”[194] 以为唐时李贺已有此体，但是不足为法，而清汪师韩《诗学纂闻》举萨都剌及杨载诗例谓之“进退格”。

又有言及重复用韵者，如：

古人用韵，如《文选·古诗》、杜子美、韩退之，重复押韵者甚多。《文选·古诗》押二捉字，曹子建《美女篇》押二难字，

194（明）谢榛《四溟诗话》，人民文学出版社 1961 年版，第 17 页。

谢灵运《述祖德诗》押二人字,《南图诗》押二同字,《初去郡诗》押二生字，沈休文《钟山应教诗》押二足字，任彦升《哭范仆射诗》押三情字、两生字，陆士衡《赴洛诗》押二心字,《猛虎行》押二阴字,《拟古诗》押二音字,《豫章行》押二阴字，阮嗣宗《咏怀诗》押二归字，王正长《杂诗》押二心字，张景阳《杂诗》押二生字，江淹《杂体诗》押二门字，王仲宣《从军诗》押二人字，杜子美、韩退之，盖亦效古人之作。子美《饮中八仙歌》押二船字、二眼字、二天字、三前字,《园人送瓜诗》押二草字,《上后园山脚》押二梁字,《北征》押二日字,《夔州咏怀》押二旋字,《赠李秘书》押二虚字,《赠李邕》押二厉字,《赠汝阳王》押二陵字,《喜岑薛迁官》押二萍字。退之《赠张籍诗》押二更字、二狂字、二鸣字、二光字,《岳阳楼别窦司直》押二向字,《李花》押二花字,《双鸟》押二州字、二头字、二秋字、二休字,《和卢郎中送盘谷子》押二行。[195]（严有翼《艺苑雌黄》）

宋人对唐人诗歌中的重复用韵讨论颇多，其中杜甫的《饮中八仙歌》重复用韵现象有多人论及，比如《学林新编》、《苕溪渔隐丛话》及《杜工部草堂诗话》等。在考查自《选》诗以来的诗歌中用韵情况之后，严有翼认为古人作诗未尝忌重复用韵，这也就找到了杜甫、韩愈重复用韵的根据及来源。关于重复用韵，严羽《沧浪诗话》亦云:“《天厨禁脔》谓平韵可重押，若或平或仄则不可。彼

195（宋）严有翼《艺苑雌黄》，蔡梦弼《杜工部草堂诗话》卷二引,《续修四库全书》本，上海古籍出版社，2002年。

但以《八仙歌》言之耳，何见之陋邪？诗话谓东坡两‘耳’韵，两‘耳’义不同，故可重押，要之亦非也。”[196] 反对《天厨禁脔》的说法，并举杜甫《饮中八仙歌》为例证。东坡诗歌中两“耳”韵，人以为两“耳”意不同，所以可以重押，严羽也反驳这种说法，大概严羽也认识到了古人未尝避讳重复用韵，因言“要之亦非”。

又有探讨古诗用韵者，如：

> 世俗相传，古诗不必拘于用韵。余谓不然，如杜少陵《早发射洪县南途中作》“及”字韵诗，皆用缉字一韵，未尝用外韵也。及观东坡《与陈季常》“汁”字韵，一篇诗而用六韵，殊与老杜异。其它侧韵诗多如此。以其名重当世，无敢訾议。至荆公则无是弊矣，其《得子固书因寄以及字韵诗》，其一篇中押数韵，亦止用缉字一韵，他皆类此，正与老杜合。[197]（黄朝英《靖康缃素杂记》）

以杜甫《早发射洪县南途中作》为例，指出古体诗用韵也要有一定的规则。宋代苏轼《与陈季常诗》一篇而用六韵，实为弊端。自王安石则无是弊矣，因又举王安石《得子固书因寄以及字韵诗》，用韵之法与老杜相同。

（五）下字

清人费锡璜《汉诗总说》：“诗至宋、齐，渐以句求；唐贤乃

196（宋）严羽著，郭绍虞校释《沧浪诗话校释》，人民文学出版社 1961 年版，第 201 页。

197（宋）黄朝英著，吴企明点校《靖康缃素杂记》，上海古籍出版社 1986 年版，第 105 页。

明下字之法。”至于宋代，对于下字之法愈趋严谨。严羽《沧浪诗话·诗法》云：“下字贵响，造语贵圆。”[198] 要求下字有金石声，则诗之下字用意亦有法度。

黄彻《䂬溪诗话》论杜诗之下字云：

> “霄汉瞻佳士，泥涂任此身。”只“任”字，即人不到处。自众人必曰“叹”、曰“愧”，独无心“任”之，所谓视如浮云，不易其介者也。继云：“秋天正摇落，回首大江滨。”大知并观，傲睨天地，汪汪万顷，奚足云哉！[199]（黄彻《䂬溪诗话》）

指出杜诗中“泥途任此身”中“任”字的用法有常人不到处。闽地诗论家对此类议论还有很多，再如：

> 《剑阁》云：“吾将罪真宰，意欲铲叠嶂。”与太白“捶碎黄鹤楼”、“刬却君山好”，语亦何异？然《剑阁》诗意在削平僭窃，尊崇王室，凛凛有忠义气；“捶碎”、“刬却”之语，但觉一味粗豪耳。故昔人论文字，以意为上。[200]（黄彻《䂬溪诗话》）
>
> 王介甫尝读杜诗云：“无人觉往来”，下得“觉”字大好。“瞑色赴春愁”，下得“赴”字大好。若下“起”字，此即小儿言语。足见吟诗要一字两字工也。[201]（严有翼《艺苑雌黄》）

198（宋）严羽著，郭绍虞校释《沧浪诗话校释》，人民文学出版社1961年版，第118页。

199（宋）黄彻《䂬溪诗话》卷一，人民文学出版社1986年版，第13—14页。

200 同上书，第6—7页。

201（宋）严有翼《艺苑雌黄》，郭绍虞《宋诗话辑佚》引，中华书局1980年版，第582页。

柳子厚《牡丹》曰："欹红醉浓露，窈窕留余春。"坡云："殷勤木芍药，独自殿余春。""留"与"殿"重轻虽异，用各有宜也。[202]（黄彻《䂬溪诗话》）

古人诗押字，或有语颠倒，而于理无害者。如韩退之以参差为差参，以玲珑为珑玲是也。[203]（严有翼《艺苑雌黄》）

都是就一字两字之工为论。闽地诗论家对诗歌中下字的留意，正如《瓣香杂记》所言："南人学诗讲用字，故精于炼句；北人学诗讲用意，恒拙于谋篇。"[204]也大致是宋代诗学发展中南北地域的不同之处。

（六）句法

为诗当有章法、句法、字法。在宋代诗论家乃至后世诗论家看来，句法以老杜最妙，而宋代的江西诗派大多模仿韩愈诗歌句法。闽地诗论家对诗歌的句法也颇为关注。

黄彻《䂬溪诗话》论昌黎句法云：

《庄子》文多奇变，如"技经肯綮之未尝"，乃未尝技经肯綮也。诗句中时有此法。如昌黎"一蛇两头见未曾"、"拘官计日月，欲进不可又"、"君不强起时难更"。坡"追此雪霜未"、"兹谋待君必"、"聊亦记吾曾"。余人罕敢用。[205]（黄彻《䂬溪诗话》）

202（宋）黄彻《䂬溪诗话》卷五，人民文学出版社1986年版，第75页。

203（宋）严有翼《艺苑雌黄》，胡仔《苕溪渔隐丛话》后集卷二十七引，人民文学出版社1962年版，第202页。

204（清）嵎阳山人《瓣香杂记》卷五，道光十四年刊本。

205（宋）黄彻《䂬溪诗话》卷五，人民文学出版社1986年版，第76页。

指出《庄子》中“技经肯綮之未尝”为倒装句，韩愈诗歌中也有倒装句，比如“一蛇两头见未曾”是“一蛇两头未曾见”的倒装句，此类句子在韩愈及苏轼诗中多见。这种句法的运用会使诗歌语言更加奇峭，但大多诗人“罕敢用”。

又有陈长方《步里客谈》言及句法：

> 古人作诗断句，辄旁入他意，最为警策。如老杜云“鸡虫得失无了时，注目寒江倚山阁”是也。黄鲁直作《水仙花》诗，亦用此体云：“坐对真成被花恼，出门一笑大江横。”至陈无己云：“李杜齐名吾岂敢，晚风无树不鸣蝉。”则直不类矣。[206]（陈长方《步里客谈》）

陈长方以老杜诗为例指出作诗断句旁入他意，最为警策，宋代黄庭坚、陈师道亦仿效此法为诗，而前者为优，后者则不伦不类了。

除了上述诗歌创作技巧之外，闽地诗论家还对诗歌立意有所关注，例如黄朝英《靖康缃素杂记》论李商隐《锦瑟》诗云：“山谷道人读此诗，殊不晓其意，后以问东坡，东坡云：‘此出《古今乐志》，云：锦瑟之为器也，其弦五十，其柱如之，其声也，适、怨、清、和。’案李诗‘庄生晓梦迷蝴蝶’，适也；‘望帝春心托杜鹃’，怨也；‘沧海月明珠有泪’，清也；‘蓝田日暖玉生烟’，和也。

206（宋）陈长方《步里客谈》，程毅中《宋人诗话外编》本，国际文化出版公司 1996 年版，第 555 页。

一篇之中曲尽其意，史称其瑰迈奇古，信然。”[207] 谓此诗立意深远。对诗歌中的行文方法亦有所论，如陈善《扪虱新话》：“予因学琴，遂得为文之法。文章妙处在能掩抑顿挫，令人读之亹亹忘倦。韩退之《听颖师琴》诗曰：‘昵昵儿女语，恩怨相尔汝。划然变轩昂，勇士赴敌场。浮云柳絮无根蒂，天地阔远相飞扬。喧啾百鸟群，忽见孤凤凰。跻攀分寸不可止，失势一落千丈强。’此顿挫法也。”[208] 顿挫之法也就是诗歌中的抑扬起伏、回旋转折之势。

宋代闽地所编诗话、笔记对诗歌技巧的重视，其原因之一就是福建诗学在宋代还处于起步与发展阶段，对于诗歌初学者来说，无疑具有指导性作用。另外，祝尚书《宋代科举与文学》中指出应试化教育训练了文学创作的基本功：“宋代在启蒙及初级教育阶段，已在识字、写字的同时，开始训练诗赋创作的基本功：识声韵、作对子、记典故，并开始了诗赋的写作，培养着文学的审美能力。”[209] 宋代闽地科举士子队伍庞大，这一社会现象与文人关注诗歌创作技巧互为表里。

第五节　蔡正孙《诗林广记》及其所反映的唐诗观

蔡正孙编《精选古今名贤丛话诗林广记》有前集十卷、后集十卷。蔡正孙（1239—1289），字粹然，号蒙斋野逸，又号方寸翁，

207（宋）黄朝英著，吴企明点校《靖康缃素杂记》，上海古籍出版社1986年版，第101页。

208（宋）陈善《扪虱新话》上集卷一，《丛书集成初编》本，商务印书馆1939年版，第8页。

209 祝尚书《宋代科举与文学》，中华书局2008年版，第530页。

建安人。谢枋得的学生。诗学观及立身出处受到谢氏的强烈影响。蔡正孙在宋亡前参加科举考试，未第。宋亡后归隐故乡建安，诗酒自娱，坚持遗民立场，不书元朝年号，只书甲子。《诗林广记》是宋元之际一部重要的诗学著作，成书于1289年，距宋亡已届10年。

蔡正孙自序其书云："甚矣，诗之难言也久矣，盖自《国风》、《雅》、《骚》而下，以迄于今，上下千数百年，其间骚人韵士，嘐嘐然曰诗云诗云者，无虑数十百计。然求其为大家数，则自陶、韦、李、杜、欧、苏、黄、陈而下，指盖未易多屈。信矣，诗之不可以易易言也。正孙自变乱焦灼之后，弃去举子习，因得以肆意于诸家之诗。暇日采晋、宋以来数大名家及其余脍炙人口者，凡几百篇，钞之以课儿侄，并集前贤评话及有所援据摹拟者，冥搜旁引，而丽于各篇之次。凡出于诸老之所品题者，必在此选。正孙固不敢以言诗自任，然亦自知诗之难言，有不可以一毫私意揣摩而臆度之也。梅边松下，弄风吟月，时卷舒之，亦足以发其幽趣。尚恨山深林密，既无藏书之素，又无借书之便，所见不广，所闻不多耳。增益其所未能，不无望于四方同志云。岁屠维赤奋若，月昭阳作噩，日阏逢阉茂，蒙斋野逸人蔡正孙粹然序。"[210] 在蔡正孙看来，诗歌大家仅有陶、韦、李、杜、欧、苏、黄、陈诸家，唐人则唯韦应物、李白、杜甫三家，由是可知其唐诗学观念。蔡氏采集晋宋以来至于宋代诸家之诗脍炙人口者凡几百篇，而以各家评论附之。此书兼有"课儿侄"之目的。

210（宋）蔡正孙撰，常振国、降云点校《诗林广记》，中华书局1982年版。按，本小节所引诗评均出自此书，不另出注。

是书体例，如四库馆臣所说："其书前集载陶潜至元微之共二十四人，而九卷附录薛能等三人，十卷附录薛道衡等五人。后集载欧阳修至刘攽二十八人，止于北宋。其目录之末，称编选未尽者见于续集刊行。今续集则未见焉。两集皆以诗隶人，而以诗话隶诗。各载其全篇于前，而所引诸说则下诗二格，条列于后。体例在总集、诗话之间。国朝厉鹗作《宋诗纪事》，实用其例。然此书凡无所评论考证者，即不空录其诗。较鹗书之兼用《唐诗纪事》例者，又小异尔。"[211] 先列具体的诗歌作品，又有与作者同时诸家和作及后人模拟之作，其下附以唐宋诸家诗评，间附己见。因此，体例在总集与诗话之间。祝尚书《宋人总集叙录》以为更接近总集为是。而四库馆臣又云："是书（《竹庄诗话》）与蔡正孙《诗林广记》体例略同，皆名为诗评，实如总集。使观者即其所评与原诗互相考证，可以见作者之意旨，并可以见论者之是非。视他家诗话但拈一句一联而不睹其诗之首尾，或浑称某人某篇而不知其语云何者，固为胜之。惟正孙书以评列诗后，此以评列诗前，为小变耳。"[212] 也有人提出"此书体制介于诗话与选本之间"[213]。《四库全书总目》将其列入集部"诗文评"一类。

是书《后集》所载为宋人诗，与本文无关，故略去不谈，重点考查《前集》对唐人诗歌的收录情况。以下对前集卷二至卷十唐诗选收情况列表说明。按：附诗为正诗之下所附同类诗歌作品，本表

211 （清）永瑢等《四库全书总目》卷一百九十五，中华书局 1965 年版，第 1790 页。

212 同上书，第 1789 页。

213 （宋）于济、蔡正孙编，卞东波校证《唐宋千家联珠诗格校证》，凤凰出版社 2007 年版，第 4 页。

仅录所附唐人诗。

表 1

作　者	诗歌	附诗	合计	作　者	诗歌	附诗	合计
杜　甫	30	2	32	薛道衡	1	0	1
李　白	24	2	26	李　涉	3	0	3
韦应物	9	1	10	王　播	1	0	1
刘禹锡	11	2	13	韩　翃	1	0	1
韩　愈	11	2	13	张　继	1	0	1
柳宗元	5	1	6	岑　参	0	2	2
王　维	8	1	9	贾　至	0	1	1
李商隐	8	0	8	顾　况	0	1	1
王　建	7	0	7	徐　凝	0	1	1
杜　牧	12	1	13	崔　颢	0	1	1
孟　郊	5	0	5	杨巨源	0	1	1
贾　岛	8	0	8	张　署	0	1	1
孟浩然	6	0	6	元　结	0	1	1
卢　仝	5	0	5	王　缙	0	1	1
郑　谷	4	2	6	王昌龄	0	1	1
李　贺	4	0	4	张　籍	0	1	1
唐彦谦	2	0	2	花蕊夫人	0	1	1
韩　偓	4	1	5	罗　邺	0	1	1
杜荀鹤	6	0	6	高　蟾	0	1	1
陆龟蒙	4	0	4	许　棠	0	1	1
薛　能	4	0	4	杨汝士	0	1	1
王　驾	2	0	2	沈佺期	0	1	1
张　祜	4	1	5	皇甫冉	0	1	1
白居易	7	3	10	韦承贻	0	1	1
元　稹	1	0	1				

从上表可以看出，蔡正孙的唐诗学着眼点在于李、杜及中唐诗歌。很显然，蔡正孙是有选择的将各家诗评附于诗歌作品之下的，反映了蔡氏本人的诗学思想。

从选诗数量来看，以李、杜为最，杜牧、韦应物、韩愈、刘禹锡、白居易次之。另外，对于盛唐诸家，如王维、孟浩然、岑参、崔颢、王昌龄等人的诗歌均有不同数量的选择。特别需要指出的是：王维诗歌在宋代福建诗话、笔记中绝少为人注意，而蔡正孙选其诗九篇，这当是严羽标举盛唐诗歌对蔡氏的影响。蔡正孙特别关注李、杜诗歌，卷二总论杜诗云："朱文公云：作诗须先看李杜，如士人治本经然，本既立方可及苏黄以次诸家诗。"又卷三总论李白诗云："朱文公云：太白诗非无法度，乃从容于法度之中，盖圣于诗者也。"可见，到了宋末元初时期，唐诗学趣味已经发生着某种改变，蔡氏之前，福建文人多不重视李白诗歌，前文已经有所论述，与此不同的是，蔡氏已经在诗歌的数量及次序上均将李杜并列。同时，在诗歌的选择上，也不甚注意杜甫"一饭未尝忘君"式的作品，而将眼光集中在诗歌风格及技巧等方面，这又与闽地诗话及笔记作品不同。与宋代理学家唐诗观相同的是，蔡氏也很重视韦应物的诗歌，韦应物入选作品数量仅次于李杜及韩刘。卷四总论韦应物诗歌云："朱文公云其诗无一字做作，直是自在，其气象近道，意常爱之。又云：韦苏州诗高于王维诸人，以其无声色臭味也。"可以看出蔡氏在选诗上明显受到朱熹诗论的影响。郭绍虞即说："盖正孙为枋得门人，而枋得则为徐霖门人，霖为汤巾门人。巾之学则由朱以入于陆者，故正孙道学气较重。”[214]

《诗林广记》所涉及的晚唐诗人数量众多，但每个作者所选诗歌仅为一两首，且多有微词。如孟郊的《赠别崔纯亮》诗下附高蟾《下第献高侍郎》用以对比时，引用苏辙的评价：“苏子由云：唐人工于为诗而陋于闻道。孟郊耿介之士，虽天地之大无以安其身，起居饮食有戚戚之忧，是以卒穷而死。而李翱称之，以为郊诗高处在古无上，平处犹下顾沈谢。至韩退之亦谈不容声。甚矣，唐人之不闻道也。”又引：“熊勿轩云：东野之诗不如高蟾《下第》一绝，为知时守分，无所怨慕，斯可贵也。”在孟郊的《下第》诗之下更是提出其为人之鄙。对于贾岛，则引司空图的评论云：“阆仙诚有警句，视其全篇，意思殊晦。”又以为晚唐诗诗格卑下，如柳宗元《江雪》诗后附郑谷《雪诗》，引《石林诗话》云：“诗禁体物语，此学诗者类能言之。郑谷此诗非不去体物语，而气格如此之卑，东坡所以谓其特村学中语也。”认为郑谷《雪诗》气格卑下。对于杜荀鹤及薛能则不是仅就某一首诗指出诗格不高，而是从整体诗歌创作上进行评价，云：“《唐风集》诗极卑下。”又引刘克庄评论云：“薛能诗格不甚高而自称誉太过。”

蔡氏甚至对于晚唐大家李商隐及杜牧也偶有批评，如云杜牧用事不审。又云其诗：“牧之之诗，好异于人，其间有不顾理处。”同样是用事，李商隐则因深僻而受到指摘，蔡氏引《蔡宽夫诗话》云：“义山诗信有过人处，若其用事深僻，语工而意不及，自是其短。”更有甚者：“《冷斋夜话》云：‘诗到义山谓之文章一厄。’以

214 郭绍虞《宋诗话考》上卷，中华书局 1979 年版，第 127 页。

其用事僻涩。”

虽然蔡氏对晚唐诗人整体评价不高，但仍然有目的的进行选收。如取唐彦谦诗是因为其诗善于用事，以《过长陵题高庙》为例。选收韩偓诗歌则因其诗风婉丽。这与其指导子侄学习诗歌创作的目的密切相关，并不意味着蔡氏推崇晚唐诗人，这是与以往唐诗选本不同的地方。

蔡正孙评判诗人虽然以立身、闻道为准，但仍然强调诗歌技巧，《诗林广记》中对唐人作诗的下字、用意、诗体等诗法多有提及。

下字如刘禹锡《赠白乐天》下附诗评云：“三山老人云：唐人忌重叠用字，今人则叠用字甚多。”对比唐宋叠字的用法。再如王维名句“漠漠水田飞白鹭，阴阴夏木啭黄鹂”。下附《石林诗话》评云：“诗下双字极难，须是七言五言之间，除去五字三字外，精神兴致全见于两言，方为工妙。”

诗体如借对体，孟浩然《裴司公员司士见寻》下附诗评云：“《诗体》云诗有借对字，如孟浩然‘厨人具鸡黍，稚子摘杨梅’，是借‘杨’对‘鸡’；又如太白‘水舂云母碓，风扫石楠花’，借‘楠’对‘母’；又如‘竹叶于人既无分，从此菊花不须开’，‘竹叶’谓酒，借对‘菊花’，此皆借对体也。”蜂腰体，贾岛《下第诗》下附诗评云：“《笔谈》云诗有蜂腰体，如贾岛《下第诗》是也。盖颔联亦无对偶，然是十字，叙一事而意贯上二句，又颈联方对偶，分明谓之蜂腰格，言若已断而复续也。”隔句体，郑谷《吊僧》下附诗评云：“《诗话》云破题与颔联便作隔句对，若施之于赋，则曰‘几思静话，对夜雨之禅床；未得重逢，照秋灯于影室’此谓之隔句体也。”又蔡正孙自评云：“愚谓：此亦前辈所谓扇对法也。胡苕溪有云：律诗有扇对格，第一与第三句对，第二与第四句对。如杜少陵《哭台州司户苏少监》诗云：'得罪台州去，时危弃硕儒。移官蓬阁后，谷贵殁潜夫。'东坡《和郁孤台》诗云：'解后陪车马，寻芳谢朓洲。凄凉望乡国，得句仲宣楼。'又唐人绝句亦用此格，云：'去年花下留连饮，暖日夭桃莺乱啼。今日江边容易别，淡烟衰草马频嘶。'此类是也。"则以隔句体为扇对法。变体，杜甫《何将军宴》下附诗评云："胡苕溪云：律诗之作，用字平仄，世固有定体，众共守之，然不若时用变体，如兵之出奇，变化无穷以惊世骇目，老杜此诗，七言律诗之变体也。"诸如此类，对诗歌创作方法进行总结，带有一定的创作指导意义。

整体而言，蔡正孙认为诗歌的最高美学境界是言有尽而意无穷，《诗林广记》反复阐述此观点，如："杨诚斋云：诗已尽而味方永，善之善者也。"再如："古人为诗，贵乎意在言外。"王维《书事》下附诗评云："《禁脔》云此诗含不尽之意。"杜牧《宫词》下附诗评云："胡苕溪云：此词绝句，极佳。意在言外，幽怨之情自见，不待明言之也。诗贵如此，若使一览而意尽，何足道哉。"又从反面举例，在郑谷《十日菊》下附诗评云："山谷云文以气为主，郑谷此诗意甚佳而病在气不长。"

由此可以看出，蔡正孙推崇以李杜为代表的盛唐诸家及以韩愈、柳宗元、韦应物为代表的中唐诗歌。蔡正孙的《诗林广记》出现在严羽《沧浪诗话》及魏庆之《诗人玉屑》之后，前二者均推崇盛唐诗歌。蔡氏生活在宋末元初，其唐诗学观点正好是从宋代到元代的过渡。同时，蔡正孙与魏庆之之子魏天应的交游不得不交代一下，以见《诗林广记》与《诗人玉屑》之关系。蔡正孙《唐宋千家联珠诗格》卷三云："故友魏梅墅天应，菊庄之子，一乡之快士，与余为四十年交游，忘于醉乡吟社中。"[215] 蔡正孙与魏天应同为建安人，又有四十年交谊，则其唐诗学观念亦应受魏庆之影响。除了《诗林广记》之外，蔡正孙还在于济编纂的基础上，选取唐宋诗人七言绝句而成《唐宋千家联珠诗格》，其中的诗评大多来自《诗林广记》，且所选诗歌也多与《广记》相同。

第六节 《吟窗杂录》及《杨氏笔苑句图》、《古今名贤警句图》

在中国文学批评史上，诗格、句图一类著作实际上担负了指导诗歌创作的任务。宋代闽地对唐人诗格、句图的裒集，重要的是《吟窗杂录》(又作《吟窗杂咏》)，此外又有《杨氏笔苑句图》及《古今名贤警句图》。

一、《吟窗杂录》

《吟窗杂录》三十卷，旧题蔡传撰，蔡传，莆田人。陈振孙《直斋书录解题》云是书："三十卷，莆田蔡传撰。君谟之孙也。取诸家诗格、诗评之类集成之，又为《吟谱》，凡魏、晋而下能诗之人，皆略具其本末，总为此书。麻沙尝有刻本，节略不全。"[216]

215 （宋）蔡正孙编集，卞东波校证《唐宋千家联珠诗格校证》，凤凰出版社 2007 年版，第 91 页。

216 （宋）陈振孙著，徐小蛮、顾美华点校《直斋书录解题》卷二十二，上海古籍出版社 1987 年版，第 647 页。

按，《文献通考》著录为《吟窗杂咏》。明刊《吟窗杂录》为陈应行重编，不过由蔡传的三十卷变为五十卷。明胡应麟《唐音癸签》云：“三十卷，莆田蔡传撰。取诸家诗格诗评之类集成之。又为吟谱，凡魏晋而下能诗之人皆略具本末，总为此书。今本蒙以陈学士应行之名分五十卷。”[217] 陈应行，建安人。淳熙二年（1175）进士第一。曾任泉州教授。张伯伟《论〈吟窗杂录〉》指出是书作者并非蔡传，而是他人利用莆田蔡氏的声望假托其名而成的。张伯伟又指出，五十卷的重编本，题名“状元陈应行”是坊贾出于牟利而诡题。不过，无论《吟窗杂录》的作者是谁，既然托名为蔡传，则真正的作者与福建莆田不无关系，又，陈振孙《直斋书录解题》云有麻沙刻本，则此书的地域性质是非常明显的。宋代闽地诗人数量较前代大为增多，而指导诗歌创作的诗学入门书籍也应运而生，《吟窗杂录》即如此。

历来诗论家对《吟窗杂录》的评价不高，比如清王士禛《渔洋诗话》云：“今世俗所传《吟窗杂录》最纰缪可笑。如第一卷《诗格》曰魏文帝撰，而有双声、叠韵、回文之类。岂建安之代，已先有沈约四声及《璿玑图诗》耶？”[218] 指出其纰缪之处。四库馆臣云：“前列诸家诗话，惟锺嵘《诗品》为有据，而删削失真。其余如李峤、王昌龄、皎然、贾岛、齐己、白居易、李商隐，诸家之书，率出依托，鄙倍如出一手。而开卷魏文帝诗格一卷，乃盛论律诗。所

217（明）胡应麟《唐音癸签》卷三十二，上海古籍出版社 1981 年版，第 330 页。

218（清）王士禛《渔洋诗话》，丁福保《清诗话》本，上海古籍出版社 1978 年版，第 213 页。

引皆六朝以后之句，尤不足排斥。可谓心劳日拙者矣。”[219]的确，《吟窗杂录》伪托、舛误之处比比皆是，显示出作者的见识低下。但这并不意味着此书一无是处。《吟窗杂录》所收录的内容，有一部分是原本，比如徐夤的《雅道机要》，有一部分则是作者抄撮他书而成者，比如王昌龄《诗中密旨》。由于此类书籍亡佚颇多，因此，《吟窗杂录》就有了一定的文献保存价值。

《吟窗杂录》包含魏晋而下的诗格、吟谱、句图及诗论。根据中华书局 1997 年出版的陈应行整理《吟窗杂录》，其中涉及到唐代的诗格包括：贾岛《二南密旨》，白乐天《文苑诗格》，王昌龄《诗格》，王昌龄《诗中密旨》，李峤《评诗格》，僧皎然《诗议》、《中序》、《诗序》，李洪宣《缘情手鉴诗格》，徐衍《风骚要式》，齐己《风骚旨格》，文彧《诗格》，保暹《处囊诀》，释虚中《流类手鉴》，淳大师《诗评》，李商隐《梁词人丽句》，王玄《诗中旨格》，王叡《诗格》，王梦简《诗要格律》，陈子昂《琉璃堂墨客图》，徐寅《雅道机要》，白居易《金针诗格》。诗格类作品盛行于唐代，大多以叙述诗体、格律、声韵、对偶、句法为主。

诗格之下为《历代吟谱》，所列有“古今才妇”、“古今诗僧”、“古今武夫”、“夷狄”、“本朝诗人”，计有十六卷。按，《宋史·艺文志》著录为二十卷，与此书收录卷数不同。《四库全书总目》则著录为五卷，题为蔡传撰，并云：“此编始前汉以迄唐、宋，凡能诗之人，皆纪其姓字。末载厉鹗跋云：‘此书尝有麻沙刻本，节略不全。’其叙次当以汉迄唐为第一卷，宋为第二卷，名僧为第三卷，

219（清）永瑢等《四库全书总目》卷一百九十七，中华书局 1965 年版，第 1798 页。

闺秀为第四卷，武人为第五卷。”[220] 这个五卷本应当是后人从《吟窗杂录》中辑出的。吟谱类之下为句图类，句图即摘句为评。

从《吟窗杂录》的文献保存价值来看，无非是对唐人诗歌作品的保存以及对唐人诗格著作的保存。首先来看对唐人诗歌作品的保存情况，《吟窗杂录》所收唐人诗格著作中多引用唐人诗句，比如贾岛《二南密旨》中“论诗之大雅”条引用卢纶“月照何年树，花逢几度春”句；皎然《诗式》中引用李峤“云散天五色，春还日再中”句、孟浩然“香炉初上日，瀑布喷成虹”句；李商隐《梁词人丽句》中引用贯休“但看千骑去，知有几人归”句、周朴“山河空远道，乡国自鸣砧”句等等。其中有很多诗句《全唐诗》并未收录，因此可以藉以辑佚唐诗。陈尚君《全唐诗补编》即从《吟窗杂录》中补辑唐诗。另外，尽管《吟窗杂录》有一部分是抄撮他书而成的，但也部分地保存了唐人诗格著作，如晚唐徐夤《雅道机要》本已亡佚，赖是书得以保存。

张伯伟《论〈吟窗杂录〉》[221] 指出，《吟窗杂录》的出现透露出江湖诗人登场的消息。并进一步指出：江湖诗派除浙江之外，福建是最可注意的地域之一，对于诗学修养不高的江湖诗人来说，《吟窗杂录》应当为其诗学入门书。根据《吟窗杂录》序，可知是书成于宋光宗绍熙五年（1194）。按，江湖诗派大抵活动于宋宁宗及理宗时期，张伯伟所言江湖诗人登场是正确的。在这一时期，福建地区先后出现了魏庆之《诗人玉屑》，林駉《源流至论前集》、

220（清）永瑢等《四库全书总目》卷一百九十七，中华书局 1965 年版，第 1797 页。

221 张伯伟《论〈吟窗杂录〉》，陈应行《吟窗杂录·附录》，中华书局 1997 年版。

《后集》、《续集》等与诗论相关者之书。及至南宋末年，又出现了蔡正孙《诗林广记》以及《唐宋千家联珠诗格》等书。

从功用上来看，魏庆之《诗人玉屑》集唐人句法，悉为分类，有裨于初学。林駉《源流至论前集》虽为类书，但其间亦有声律之论，是书供场屋采掇之用。蔡正孙《诗林广记》以及《唐宋千家联珠诗格》则为"童习者设"。另外，据《闽书》，这一时期又有陈有声编选诗赋。陈有声，字广宗，长乐人。嘉定元年戊辰（1208）进士。"尉上高，岁丰讼简，吏民安之。前此，邑士罕寻声律，有声选诗赋百余篇，教以体裁，遂甲三邑"。[222] 针对邑士罕寻声律而选诗赋百余篇以教之。甚至在南宋宁宗、理宗时期出现了陈元靓《事林广记》这种民间日用百科全书（当然其中也包含了不少唐宋诗歌）。由此可以看出，南宋中后期之后，福建地区形成了一股针对诗歌初学者编撰诗话总集乃至类书的风气，或施之家塾或施之场屋，总之可见福建地区民间习诗的风气。同时，南宋时期闽地刻书以及科举事业的发达，使得闽地民间学诗队伍越来越庞大，这就相应要求诗学入门书的出现。

另外，江湖诗派诗人尽管诗学成就不高，但对于开卷魏文帝《诗格》即盛论律诗这样的低级错误是应当有所认识的。同时，江湖诗派诗学以姚、贾为主的晚唐体，如闽籍江湖诗人陈必复云："予爱晚唐诸子，其诗清深闲雅，如幽人野士，冲淡自赏。要皆自成一家。"建安徐集孙《赵紫芝墓》诗云："晚唐吟派续于谁，一脉才昌复已而。"这与《吟窗杂录》推尊李、杜的诗学趣味（下文具体论

222（明）何乔远《闽书》卷七十七《英旧志》，福建人民出版社 1994 年版，第 2311 页。

述）并不一致。《吟窗杂录》署名浩然子序云："余编此集，是亦琴谱、棋式之类也，有意于学诗者，其可舍旃。"[223] 琴谱、棋式为初学者之用，则是书功用亦可知。以此而论，《吟窗杂录》并非仅为江湖诗人学诗之用，而更多的是为福建地区民间为初习诗者所编纂。

《吟窗杂录》的唐诗学观念体现在浩然子序言中。其序称："余尝考自灵均、李陵而降，以诗名家者，何其艰耶？西都二百年，自李之外惟归班氏、马；东都再兴，孟坚《咏史》。至建安曹氏父子，横槊赋诗，绰有能名。晋尚浮靡，宗则颇颣矣。其间惟谢康乐、陶渊明颖脱诸子，若太冲、公干、叔夜、茂先、景阳辈则皆得其一体耳。逮于李唐，作者非一，韩文公所推许者，惟李、杜二人，若燕、许、元、白四子尚不及数，他何望焉？"[224] 作者以为以诗名家者，建安惟曹氏父子，晋惟谢灵运及陶渊明，唐惟李白、杜甫。又云："古人用功于诗，惟唐人为最多，盖其利禄之路然也……唐之试进士杂以诗词，是以一人作者多至万首，少亦千篇。盈箱累轴、充栋汗牛之辈前代独为最盛，然格调卑弱，如李、杜者鲜矣。"[225] 指出诗盛于唐以其诗赋取士，但唐代诗人大多诗歌格调卑弱，鲜有如李杜者。由此序来看，《吟窗杂录》的作者于唐诗独取李、杜二家。

其序又称作诗有十难："呜呼，上极唐虞，下底今日，争裂锦绣以高视一世者，何可胜数。登于诗坛者，不越数百人，其余踯躅不进，湮灭无闻者，奚翅千万，非诗之难也，所以为诗者难也。何谓难诗，有十难不可不知也。一曰识理难，二曰精神难，三曰高古

223（宋）陈应行《吟窗杂录・序》，中华书局 1997 年版，第 14 页。
224（宋）陈应行《吟窗杂录・序》，中华书局 1997 年版，第 3—4 页。
225 同上书，第 9 页。

难，四曰风流难，五曰典丽难，六曰质干难，七曰体裁难，八曰劲健难，九曰耿介难，十曰凄切难。”[226]其一即曰识理难，则由此可大致推断作者受理学家诗论的影响。而其中又谓精神、风流、高古、典丽、劲健，又可见其受唐司空图《二十四诗品》的影响。

二、《杨氏笔苑句图》及《古今名贤警句图》

四库馆臣云：“摘句为图，始于张为。其书以白居易等六人为主，以杨乘等七十八人为客。主分六派，客亦各有上入室、入室、升堂、及门四格。排比联贯，事同谱牒，故以图名。”[227]其后亦有以句图命名者，但与张为摘句为图完全不同，演变为摘句为集。句图类著作出现于晚唐时期，比如李洞尝集贾岛警句五十联，及唐诸人警句五十联为《贾岛句图》。而唐人秀句之类的作品也类似于句图类，如元兢《古今诗人秀句》、僧元鉴《续古今诗人秀句》、晚唐莆田黄滔有《泉山秀句集》。到了宋代，句图类之作越来越多，陈振孙《直斋书录解题》著录有《御制句图》，为宋太宗所选杨徽之诗十联以及真宗所选送刘琮诗八篇。又有《惠崇句图》、《孔中丞句图》、《杂句图》、《林和靖摘句图》等等。闽地则有《杨氏笔苑句图》及《古今名贤警句图》。黄鉴编《杨氏笔苑句图》一卷、《续》一卷。黄鉴，字唐卿，浦城人，大中祥符八年（1015 年）进士，累迁太常博士，为国史院编修官，出倅苏州。陈振孙《直斋书录解题》卷二十二：“黄鉴编。盖杨亿大年之所尝举者。皆时贤佳句。《续》者，不知何人，亦大年所书唐人句也，所录李义山、唐

226（宋）陈应行《吟窗杂录·序》，中华书局 1997 年版，第 5 页。
227（清）永瑢等《四库全书总目》卷一百九十一，中华书局 1965 年版，第 1733 页。

彦谦之句为多。西昆体盖出二家。”[228] 又《唐音癸签》亦著录《杨氏笔苑句图》一卷,《续句图》一卷。杨亿是西昆体的代表诗人，因此《句图》以录李商隐、唐彦谦为最多。

又有蔡希蘧撰《古今名贤警句图》一卷。蔡瑗，字希蘧，龙溪人。嘉祐六年（1061）进士。历典五郡，官至朝请大夫。以文章政事名，尤长声律。《宋史·艺文志》卷二百九十著录为“蔡希蘧《古今名贤警句图》一卷”。[229]《唐音癸签》亦著录。从本书名称来看，当是集古今多家作品佳句，其中当涉及唐人作品。是书已佚。

小结：闽地诗话、笔记著作盛于南宋，相应的，其唐诗学观念亦盛于南宋。北宋时期有杨亿宗尚李商隐以及吴处厚的诗学白居易，其余以推崇杜甫、韩愈为主，与整个北宋诗坛的诗学潮流基本上一致，并没有显示出多少独特性。而在南宋时期，闽地诗论家的唐诗观趋向多样化，严羽的《沧浪诗话》尤能独树一帜，特别推崇盛唐诗，魏庆之《诗人玉屑》以及蔡正孙《诗林广记》承袭其说。同时，南宋时期闽地由于科举、刻书、书院等因素的影响，民间学诗队伍愈趋庞大，因此,《吟窗杂录》等著作应运而生，担负了指导民间学诗的任务。

228（宋）陈振孙著，徐小蛮、顾美华点校《直斋书录解题》卷二十二，上海古籍出版社1987年版，第646页。

229（元）脱脱等《宋史·艺文志》卷二百九，中华书局1985年版，第5410页。

第三章　宋代闽地的唐诗文献学研究

宋代闽地的唐诗文献整理，包括对唐人别集的校勘、整理与刊刻，对唐诗的编选与评点等。福建地区的唐诗文献学，其显著特征是，在南宋得到发展与加强；原因之一是闽人乡贤意识较为浓厚。

第一节　宋代闽地对唐人别集的刊刻

宋代闽地刻书事业盛行，是宋代三大刻书中心之一。叶梦得《石林燕语》称："今天下印书，以杭州为上，蜀本次之，福建最下。京师比岁印板，殆不减杭州，但纸不佳；蜀与福建多以柔木刻之，取其易成而速售，故不能工；福建本几遍天下，正以其易成故也。"[1] 祝穆《方舆胜览》则说："麻沙、崇化两坊产书，号为图书之府。"[2] 闽地刻书事业集中于建阳与福州两地，建阳以坊刻闻名于世，福州则以寺院刻佛经著名。北宋徽宗崇宁年间，苏棫上书言："鬻书之人，急于锥刀之利，高立标目，镂板夸新，传之四方。往往晚进小生，以为时之所尚，争售编诵，以备文场剽窃之用，不复深究

1 （宋）叶梦得《石林燕语》卷八，中华书局 1984 年版，第 116 页。

2 （宋）祝穆《方舆胜览》卷十一，中华书局 2003 年版，第 181 页。

义理之归，忘本尚华，去道逾远。”[3]指出刊刻书籍的目的无非是为了盈利。另一方面，刻书也反映社会潮流，为应付科举考试，科场举子用以备场屋剽窃之用。南宋人岳珂也说：“自国家取士场屋，世以决科之学为先，故凡编类条目、撮载纲要之书，稍可以便检阅者，今充栋汗牛矣。建阳书肆，方日辑月刊，时异而岁不同，以冀速售。”[4]闽地也有很多刻书家兼具文人身份，比如魏仲举、廖莹中，则其刊刻唐人诗集就具有了其自身的诗学倾向性。实际上，文人刊刻唐人诗集除了刻书家的特别喜好，另外一个目的无非是“用以示邦人焉，想象抵掌风流，宛然如在”。[5]“以示邦人”其实是地域意识的一种体现，也起到相应的榜样作用，当然也意味着更多的人有可能接受并传播刻书内容。

一、对乡贤及寓贤诗集的重视

至于宋代，闽地文化开始兴盛。而在唐代，第一个走入全国视野的恐怕就是泉州欧阳詹了。欧阳詹于唐德宗贞元八年（792年）与韩愈等人同登“龙虎榜”，这对闽人来说，真可谓是“破天荒”了。其后又有韩愈作《欧阳生哀辞》以为闽地进士自欧阳詹始，尽管后世有人深辩其说之非，以为在欧阳詹之前尚有薛令之、林藻及第，但二人的影响力在闽地远远不如欧阳詹。即便是宋代闽地本土文学家，也更为强调欧阳詹在文化上的开创之功，比如蔡襄云：“闽

3 （清）徐松《宋会要辑稿·刑法二》，第165册，中华书局1957年版，第6519页。

4 （宋）岳珂《愧郯录》卷九《场屋编类之书》，《四部丛刊续编》本，商务印书馆1934年版。

5 （宋）洪迈《容斋随笔》，上海古籍出版社1978年版，第1页。

粤自唐欧阳詹始举进士，以文章与时闻人亢声名，为世所贵重。后有慕詹者继以仕进，及五代亦世有人焉。然文章愈衰薄，无能与詹比者。宋兴，复以文辞官人，四方学者緬然而起。”[6]四库馆臣亦云：“闽士著名始于唐初薛令之，盛于欧阳詹。”[7]自欧阳詹之后，闽人才特别注重科举仕宦之事，同时，在闽地文化发展上，欧阳詹起了同样作用，“闽之举进士自欧阳詹始，詹始以才俊先鸣于温陵，其后文学之士起为天子元弼，当世名儒至今尤盛于天下，自詹倡之”。[8]以此，宋代闽人叙述闽地文化渊源时大多首先提及欧阳詹。虽然对于宋代闽刻欧阳詹集，绝少有人提及，但宋代闽地对于欧阳詹集的刊刻，仍可从真德秀《跋欧阳四门集》中寻到蛛丝马迹，跋云：“《欧阳四门集》锓版郡斋有年矣，嘉定己卯，郡士林彬之为余言：‘四门之文之行，昌黎韩文公盖亟称之。至黄璞为《闽中名士传》，乃记太原妓一节，观者疑焉。近岁黄君介、喻君良能皆尝为文以辨，谓宜登载编末以澡千载之诬。’余曰：‘四门之行，获称于昌黎，而见毁于黄璞，后之君子将惟昌黎是信乎？抑惟璞之惑乎？二君虽无言可也，不载之编末亦可也，虽然有一焉，自世之学者离道而为文，于是以文自命者，知黼黻其言而不知金玉其行，工骚者有登墙之丑，能赋者有涤器之污。而世之寡识者，反矜诧而慕望焉，曰：‘夫所谓学者文而已矣。华藻患不缛，何以修敕为；笔力患不雄，何以细谨为？’呜呼！倘诚若是，则所谓文者特饰奸之具尔，岂曰贯道之器

6 （宋）蔡襄《端明集》卷二十九《兴化军仙游县登第记序》，《景印文渊阁四库全书》本，台湾商务印书馆1986年版。

7 （清）永瑢等撰《四库全书总目》卷一百九十六，中华书局1965年版，第1795页。

8 （宋）黄裳《演山集》卷二十三《见吕参政书》，《景印文渊阁四库全书》本，台湾商务印书馆1986年版。

哉！彼宋玉寓言以讽，未必真有是；若相如之事，则君子盖羞道之。服儒衣冠，诵先王言，不惟颜冉是学，而曰：'吾以学相如也。'抑何其陋耶！四门之谤不白，于四门乎何伤？余惧夫士之苟焉自恣者将曰：'四门唐名士也，而有此，吾为之奚尤？'则璞之一言不独以厚诬四门，且将以祸学者无穷也！'乃刊二公之文，如彬之请，又附其说如此，庶几有补于万一云。"[9] 按嘉定己卯为1219年，据《宋史》本传及郝玉麟《福建通志》等，嘉定十二年即1219年，真德秀以右文殿修撰出知泉州，由此可以推断，嘉定年间泉州曾刊刻欧阳詹集。不过这个版本后世已无著录，所见者只有十卷本和八卷本。至于真德秀在序中为太原妓一事辩白，以为《闽中名士传》厚诬欧阳詹，应该是真德秀为乡贤曲为回护之辞。

除欧阳詹集之外，南宋淳熙年间应仁仲刊《郑諴集》。按，郑諴，字申虞（《万姓统谱》作中虞），闽县人，唐会昌中及第。《新唐书・艺文志》载其有集，下注卷亡，则其诗早已亡佚。郑諴同县人林滋亦会昌中及第，长于词赋；又有詹雄长于诗，时称諴文滋赋雄诗为"闽中三绝"。郑諴诗至南宋时有应仁仲刊刻，应仁仲生平已渺然无考，但从朱熹集中《答应仁仲》及《跋应仁仲所刊郑司业诗》可推知，应仁仲当为福建人。朱熹《跋应仁仲所刊郑司业诗》："郑司业金华被召八诗，慈祥温厚之气，蔼然发于笔墨畦径之外，其门人应君仁仲刻石摹本见寄，三复咏叹，如见其人，为之陨涕。"[10] 应仁仲所刻当仅为石摹本，有金华被召诗八首，此刊本后

9 （宋）真德秀《西山文集》卷三十四,《景印文渊阁四库全书》本，台湾商务印书馆1986年版。

10（宋）朱熹《朱文公文集》卷八十二,《四部丛刊》本，商务印书馆。

世未见著录，已佚。

宋代闽地也颇为重视寓贤的诗集。如南安刻《秦隐君集》一卷，秦隐君即秦系，秦系为大历时人，其诗歌风格是典型的大历诗风，曾隐居福建南安。陈振孙《直斋书录解题》云："唐处士秦系公绪撰，系自天宝间有诗名，藩镇奏辟皆不就，尝隐越之剡、泉之南安，至贞元中，年八十余，不知所终，此本南安所刻。余又尝于宋次道《宝刻丛章》得其逸诗二首，书册末。"[11]《铁琴铜剑楼藏书目录》卷十九著录《秦隐君诗集》一卷："吕夏卿尝录其诗而传之。宋绍兴间有张端刻本，此即其本影写者，有夏卿序及端跋。"[12]按，考民国《南安县志》张端在绍兴年间曾任南安知县，据此，张端刻本应当就是陈振孙所说的南安刻本。

南宋嘉熙三年（1239）建州刊刻唐李频《梨岳诗集》一卷，李频，字德新，寿昌人。大中八年（854）擢进士第。调秘书郎，累迁建州刺史。卒于官。建州东南有山，名梨山，李频为建州刺史有美政，州民思其德，建祠山中，且尊山为岳，因以梨岳名其集，则州民刊刻其诗集并非因为文章之美，而是因为有美政。王埜为《梨岳诗集》所作的序详细记述了李频集的锓版过程，其序曰："梨山诗百九十五篇，唐都官员外郎建州刺史李王之所作也。昔王刺此州，有异政遗爱，庙食梨山，垂五百载……绍定间，埜客过于建，西山先生真公语之曰：'梨山，诗人也，予欲刻其集，未果。子盍

11（宋）陈振孙著，徐小蛮、顾美华点校《直斋书录解题》卷十九，上海古籍出版社 1987 年版，第 560 页。

12（清）瞿镛《铁琴铜剑楼藏书目录》，《续修四库全书》本，上海古籍出版社，2002 年，第 314 页。

往谒之？’埜谢未暇。后七年，埜来守兹土，记真公语，求其诗祠下，不可得，乃得之京城书肆中……其遗吟旧编，骚人文士之所讽咏而流传者，不藏之兹山，非缺典欤？于是命工锓梓以报王之德，以成真公之志。夫风雅莫盛于唐，王以秀悟该恰之姿，发为清逸精深之语，友方幹，婿姚合，故能名于当时，传之后世，岂偶然哉？穹山深麓之中，虹光夜起则知兹诗之所在矣。嘉熙三年仲春望日金华王埜谨序。”[13]可见，在王埜之前，真德秀欲刻而未果。其后王埜从京师书肆中购得李频诗集，才得以锓版于建州。

二、所体现的文学潮流

从时间上来看，福建地区对唐人别集的刊刻主要集中在南宋孝宗以后，而从南宋福建文化发展趋势来看，朱子之学大致盛行于南宋孝宗之后，虽然中间有过短暂的淳熙五年及十五年出现的“禁伪学”以及宁宗庆元年间的“庆元党禁”，但在宋理宗时期朱子之学又恢复其正统地位，可以说，南宋理学的影响一直贯穿于整个福建地区。在宁宗至理宗、度宗直至宋亡这一段时期里，在文学创作上占主导地位的是江湖诗人，其中最为著名的便是莆田刘克庄；在文学批评上，这一时期出现了严羽的《沧浪诗话》以及魏庆之的《诗人玉屑》。由此，即可考知福建地区对唐人别集的刊刻与文学思想之间的关系。

福建地区崇尚杜诗在南宋达到极致，这一时期出现了蔡梦弼《杜工部草堂诗话》及《杜工部草堂诗笺》、淳熙年间方道醇《集诸

13（唐）李频《梨岳诗集》,《四部丛刊》本，商务印书馆 1935 年版。

家老杜诗评》五卷、南宋理宗淳祐之前吴泾撰《杜诗九发》，而宋理宗时期的严羽更是主张诗歌当以李杜为准则，与此相应，福建地区也集中对杜甫诗集进行刊刻，如南宋刻《老杜事实》(或称《老杜释事》、《东坡事实》)；南宋宋宁宗时建阳刻《分门集注杜工部诗》二十五卷；南宋宁宗嘉定元年（1208）建阳刻蔡梦弼《杜工部草堂诗笺》五十卷；南宋理宗宝庆年间曾噩重刻《九家集注杜诗》三十六卷。当然，对杜甫集的崇尚不仅局限于福建地区，刊刻杜集在整个南宋都颇为风行。

钱锺书《谈艺录》云："韩昌黎之在北宋，可谓千秋万岁，名不寂寞者矣。欧阳永叔尊之为文宗，石徂徕列之于道统，即朱子《与汪尚书书》所斥为浮诞轻佻之东坡门下，亦知爱敬。"[14] 欧阳修等人发起的古文运动以韩愈集为文章轨范，对韩愈诗文的推崇达到极致。整个宋代，对于韩愈的关注一直没有衰减，韩愈集的校勘、整理、刊刻就是在这一趋势下不断产生的。福建地区也不例外。南宋陈善《扪虱新话》对韩愈以文为诗的肯定并没有在福建地区产生多大的影响，福建地区对韩愈的关注，更多的是其儒家道统观及其古文成就。南宋初年，林之奇对韩愈的《原道》做出评判："韩退之则谓荀与扬大醇而小疵，然其《原道》之篇，所谓道与德为虚位，仁与义为定名，亦大醇而小疵矣。"[15] 其后，朱子云："韩文公于仁义道德上看得分明，其纲领已正。"[16] 而对于韩愈古文，朱熹

14 钱锺书《谈艺录》，生活 · 读书 · 新知三联书店 2001 年版，第 187 页。

15（宋）林之奇《拙斋文集 · 拾遗》，《景印文渊阁四库全书》本，台湾商务印书馆 1986 年版。

16（宋）黎靖德编，王星贤点校《朱子语类》卷一百三十七，中华书局 1986 年版，第 3261 页。

的评价更高："汉末以后，只做属对文字，直至后来，只管弱。如苏颋著力要变，变不得。直至韩文公出来，尽扫去了，方做成古文。"[17] 又说："韩文公诗文冠当时。"[18] 除此之外，朱熹还将韩愈及柳宗元古文进行比较："大率文章盛，则国家却衰。如唐贞观开元都无文章。及韩昌黎柳河东以文显，而唐之治已不如前矣。"[19] 又说："又问：'韩柳二家，文体孰正？'曰：'柳文亦自高古，但不甚醇正。'"[20] 以为韩愈古文醇正，而柳宗元古文高古。南宋时期无论是方崧卿、魏仲举还是朱熹，都着眼于韩柳古文，而韩柳之诗，似乎是校勘及整理韩柳集时的附带品。但无论如何，韩柳诗亦因此在福建地区推而广之。这一时期对韩柳集的刊刻也是如此，有宋孝宗年间麻沙刻本《增广注释音辩唐柳先生集》；南宋淳熙十六年（1189）南安刻方崧卿《韩集举正》；南宋宁宗庆元六年（1200）建安魏仲举家塾刻《新刊五百家注音辩昌黎先生文集》四十卷、《新刊五百家注音辩柳先生文集》二十一卷。南宋宁宗嘉定年间福州刻朱熹《韩文考异》。南宋理宗宝庆三年（1227）南平郡斋王伯大刻《别本韩文考异》(是书又有麻沙刻本)。

又，南宋度宗咸淳六年（1270）廖莹中刻《世綵堂昌黎先生集注》，廖莹中世綵堂刻《河东先生集》。对于廖莹中刊刻韩柳集，需要指出两点：其一，清陈景云《韩集点勘书后》云廖莹中："其人

17（宋）黎靖德编，王星贤点校《朱子语类》卷一百三十九，中华书局 1986 年版，第 3298 页。

18（宋）黎靖德编，王星贤点校《朱子语类》卷一百四十，中华书局 1986 年版，第 3304 页。

19 同上书，第 3302 页。

20 同上书，第 3303 页。

乃粗涉文艺，全无学识。”点检诸书记载，亦不见廖莹中有关诗学论述。但廖莹中为贾似道门客，廖莹中刻书多为贾似道授意，宋周密《癸辛杂识》记录贾、廖刻书中就有韩柳文集。则廖莹中文学观念或受贾似道影响，或全部以贾似道为准。贾似道的唐诗学观点可于《全唐诗话序》中窥见一斑：“余少有诗癖。岁在甲午，奉祠湖曲，日与四方胜游，专意吟事，大概与唐人诗诵之尤习。间又褒话录之纂记，益朋友之见闻，汇而书之，名曰《全唐诗话》。未几，驱驰于外，此事便废，迩来三十有八年矣。今又蒙恩便养湖曲，因理故箧，复得是编。披览慨然，忧如畴昔浩歌纵谈时也。唐自贞观来，虽尚有六朝声病，而气韵雄深，骎骎古意。开元元和之盛，遂可追配《风》、《雅》。迨会昌而后，刻露华靡尽矣。往往观世变者于此有感焉。”[21] 特重开元、元和时期的诗歌创作，以为可追配《风》、《雅》，而认为唐武宗会昌之后的诗歌较为浮靡。开元即以李杜而言，元和则以韩柳而言。韩柳集的刊刻由此可以找到渊源。

其二，关于世綵堂，清陈景云《韩集点勘·书后》又云：“廖为闽中著姓，世有眉寿，高曾多及见曾玄，故以世綵名堂。朱子高第廖子晦，亦其裔也。至于莹中，遂以相门狎客，隤其家声，而犹

21 按，《全唐诗话》旧题尤袤撰，四库馆臣已辨其非：“考袤为绍兴二十一年进士，以光宗时卒，而自序年月乃题咸淳，时代殊不相及……考周密《齐东野语》载贾似道所著诸书，此居其一。盖似道假手廖莹中，而莹中又剽窃旧文，涂饰塞责。后人恶似道之奸，该题袤名，以便行世。”又，《全唐诗话序》称作者于度宗咸淳年间“蒙恩便养湖曲”，据周密《齐东野语》卷十九“明堂不乘辂”条记载度宗咸淳年“似道凡七疏辞位，竟出居湖曲赐第”，时间正好一致。再，据《武林旧事》及《西湖游览志》等书，度宗御书有“秋壑遂初容堂”，贾似道号秋壑，则“遂初容堂”为贾似道所有，《全唐诗话序》中言“遂初堂”疑即脱“容”字。由此，可以确定《全唐诗话》为贾似道所著，至于是否假手廖莹中就不得而知了。

遵奉朱子之书。盖先世之绪言犹在，不敢忘渊源所自也。”[22] 廖莹中“遵奉朱子之书”即指其刊刻的《昌黎先生集注》是在朱熹《韩文考异》的基础上成书的。作为闽人，廖莹中显然也受到了朱子的影响。

当然，对唐人别集的刊刻也反映了刻书人的唐诗学观念，比如如方崧卿对韩愈的偏爱，刘麟对元稹的重视，鲜明地体现了刻书人的喜好。如刘麟《元氏长庆集序》云：“元微之有盛名于元和长庆间，观其所论奏，莫不切当时务。诏诰歌词，自成一家，非大手笔曷臻是哉？其文虽盛传一时，厥后浸亦不显，唯嗜书者时时传录，不亦甚可惜乎？仆之先子尤爱其文，尝手自抄写，晓夕玩味，称叹不已。”由此序可知刘麟之父对元稹集的喜爱至于晓夕玩味。除此之外，南宋末年建阳刻《李文公集》十八卷，不过李翱的诗歌仅有一首，其文集的刊刻仍与闽中理学相关。

又有南宋麻沙刻《王右丞文集》十卷，在宋代福建文学史上，对王维的关注远远不如李杜、韩柳，甚至还不如晚唐小诗人，这是颇为令人意外的。尽管王维诗歌风格与福建诗人最为推崇的陶渊明、韦应物有相通之处，但却没有得到相应的重视。究其原因，大约福建地区的意识形态始终为理学统治，王维曾接受安禄山伪职一事在道学家看来是不可以被原谅的，朱熹就说：“王维以诗名开元间，遭禄山乱，陷贼中不能死，事平复幸不诛。其人既不足言，词虽清雅，亦萎弱少气骨。”[23] 以人品评诗，未免有失当处。剔除人品，朱熹对王维诗歌也有倾慕：“王摩诘《辋川·漆园》诗

22（清）陈景云《韩集点勘》，《景印文渊阁四库全书》本，台湾商务印书馆 1986 年版。

23（宋）魏庆之著，王仲闻点校《诗人玉屑》卷十五“晦庵谓诗清而少气骨”条引，中华书局 2007 年版，第 456 页。

云：‘古人非傲吏，自阙经世务。偶寄一微官，婆娑数株树。’余深爱之。”[24]朱熹对“偶寄一微官”大约也心有戚戚。朱熹之后，敖陶孙《诗评》云：“王右丞如秋水芙蕖，倚风自笑。”[25]到底影响不大。即使是宗尚盛唐诗歌的严羽，对王维评价也不多，仅在诗体中列其“王右丞体”。尽管闽地文人对王维诗歌并不重视，在整个宋代诗歌史上王维的影响却随处可见。北宋时期，苏轼、黄庭坚、梅尧臣等人或赞赏王维诗歌或干脆模仿王维诗风。到了南宋，杨万里及陆游两大诗家，都对王维诗歌别有青睐。比如陆游在《跋王右丞集》中说：“余年十七八时，读摩诘诗最熟，后遂置之者几六十年。今年七十七，永昼无事，再取读之，如见旧师友，恨间阔之久也。”[26]那么，抛开福建地区对王维诗的偏见，其他地域对王维诗集的重视使得以贾利为目的的麻沙书商刊刻王维诗集也就有了其必要性。

第二节　宋代闽地对唐人别集的整理

宋代闽地的唐诗文献学主要体现在对唐人别集的校勘、注释、编年等方面，对文本的确切理解是唐诗接受的必不可少的条件，因此，随着宋代唐诗学的不断演进，对唐人诗集的整理也在不断加强深化。

24（宋）朱熹《朱文公文集》卷八十四《跋杨子直所赋王才臣绝句》，《四部丛刊》本，商务印书馆。

25（宋）魏庆之著，王仲闻点校《诗人玉屑》卷二“臞翁诗评”条引，中华书局2007年版，第25页。

26（宋）陆游《渭南文集》卷二九，《陆游集》第五册，中华书局1976年版，第2262页。

一、唐人别集的校勘与整理

（一）对杜甫及韩愈集的校勘与整理

福建文人着力于对杜集的整理最早开始于北宋初年，郑文宝编《少陵集》二十卷。王洙《杜工部集序》杜甫集有："古本二卷，蜀本二十卷，集略十五卷，樊晃序小集六卷，孙光宪序二十卷，郑文宝序少陵集二十卷，别题小集二卷，孙仅一卷，杂编三卷。"[27] 不过是书已亡佚。郑文宝除了编集杜诗之外，在诗歌创作上也对杜诗进行模仿，蔡居厚《蔡宽夫诗话》云："仲贤当前辈未贵杜诗时，独知爱尚，往往造语警拔，但体小弱，多一律，可恨耳。"[28]

在对杜诗的校勘方面，北宋末年有黄伯思《校定杜工部集》二十二卷，李纲序云："杜诗旧集，古律异卷，编次失序。余尝有意参订之，特病多事，未能也。故校书郎武阳黄长睿父，博雅好古，工文词，尤笃好公之诗。乃用东坡之说，随年编纂，以古律相参，先后始末，皆有次第，然后子美之出处及少壮老成之作，粲然可观。"[29] 与以往杜诗古律异卷的编次顺序不同，黄伯思按照编年顺序编集杜诗，以古律相参，这也是宋代杜诗校勘整理史上第一部编年本杜集，对杜诗进行编年可以很好的帮助理解文本。"长睿父官洛下，与名士大夫游，裒集诸家所藏，是正讹舛，又得逸诗数十篇，参于卷中，及在秘阁，得御府定本，校雠益号精密，非世所行

27（唐）杜甫著，仇兆鳌注《杜诗详注·附编》，中华书局 1979 年版，第 2240 页。

28 吴文治《宋诗话全编》，凤凰出版社 1998 年版，第 624 页。

29（唐）杜甫著，仇兆鳌注《杜诗详注·附编》，中华书局 1979 年版，第 2246 页。

者之比”[30]。黄伯思还搜集诸家所藏杜诗，补辑逸诗数十篇，并参照御府定本进行校勘。

南宋时期有福清人林丰编集《杜少陵诗集》，已佚。其后，建安陈应行编集《杜诗六帖》十八卷，陈振孙《直斋书录解题》卷十四云：“用白氏门类，编类杜诗语。”[31]则其体例仿照白居易《白氏六帖》，分类编次杜甫诗句，是书也已经亡佚。

福建地区方崧卿及朱熹对韩愈集的校勘整理可以说代表了整个宋代韩集校勘学的成就。南宋淳熙年间，对韩文尤其偏爱的藏书家方崧卿编《韩集举正》五十卷。方崧卿以祥符杭本、嘉祐蜀本及馆阁本为主，而尤尊馆阁本，又据唐令狐澄本、南唐保大本、《文录》、《文苑英华》、《唐文粹》等书，参互钩贯而成是书。在方崧卿《韩集举正》的基础上，针对方氏“尤尊馆阁本，虽有谬误，往往曲从，他本虽善，亦弃不录”的弊端，朱熹作《韩文考异》。朱熹《书〈韩文考异〉前》云：“至于《举正》，则又例多而词寡，览者或颇不能晓知。故今辄因其书，更为校定，悉考众本之同异，而一以文势义理及他书之可证验者决之。苟是矣，则虽民间近出小本不敢违，有所未安，则虽官本、古本、石本不敢信。又各详著其所以然者，以为《考异》十卷。”[32]对方氏《举正》进一步校定，并且综合方氏所据版本及官本、古本、石本乃至民间所出小本，参酌审定，作成《韩文考异》，这个本子较方氏《举正》更为精善，因此

30（宋）李纲《梁溪集》卷一三八，《景印文渊阁四库全书》本，台湾商务印书馆 1986 年版。

31（宋）陈振孙著，徐小蛮、顾美华点校《直斋书录解题》，上海古籍出版社 1987 年版，第 431 页。

32（宋）朱熹《原本韩集考异》卷一，《景印文渊阁四库全书》本，台湾商务印书馆 1986 年版。

朱熹《考异》一出，方氏《举正》几废。朱熹在韩愈集的校勘成就方面远远超过方崧卿，莫砺锋先生指出朱熹擅长理校，并在是书中表达了朱熹对韩愈诗歌风格特征的看法，并说《韩文考异》："为后世提供了一部相当可靠的韩集定本。"[33]

（二）对元稹、颜真卿及施肩吾集的编集整理

北宋宣和六年（1124），建安刘麟刻《元氏长庆集》一百十卷。《元氏长庆集序》云："元微之有盛名于元和长庆间，观其所论奏，莫不切当时务。诏诰歌词，自成一家，非大手笔曷臻是哉？其文虽盛传一时，厥后浸亦不显，唯嗜书者时时传录，不亦甚可惜乎？仆之先子尤爱其文，尝手自抄写，晓夕玩味，称叹不已。盖惜其文之工而传之不久且远也。乃者因阅手泽，悲不自胜，谨募工刻行，庶几元氏之文因先子复传于世。"由此序可知到宋代，元稹集亡佚严重。《元氏长庆集》是由刘麟之父手自抄录而成，且由刘麟募工刊行于建安。关于《元氏长庆集》的卷数问题，四库馆臣云："稹三十七岁之时已有诗千余首。《唐书》本传称稹卒时年五十三。其后十六年中，又不知所作凡几矣。白居易作稹墓志，称'著文一百卷，题曰《元氏长庆集》'。《唐书·艺文志》又载有小集十卷。然原本已阙佚不传。"[34] 按照四库馆臣的说法，元稹三十七岁时即有诗千余首，其后十六年中所作更多，则元稹平生所作不止百卷之数。然而《旧唐书》本传称："稹长庆末因编

---

33 莫砺锋《朱熹文学研究》第七章《朱熹的〈韩文考异〉》，南京大学出版社 2000 年版，第 299—336 页。

34（清）永瑢等《四库全书总目》卷一百五十一，中华书局 1965 年版，第 1295 页。

删其文稿。”[35]元稹于长庆末年（824）曾亲自编删其文稿，距其卒年（大和五年831年）约有七年的时间。那么后世传本当是经过元稹编删后的本子。据白居易所作元稹墓志，元稹集当有百卷之数。另，《旧唐书》本传称元稹：“所著诗赋、诏册、铭诔、论议等杂文一百卷，号曰《元氏长庆集》。又著古今刑政书三百卷，号《类集》，并行于代。”[36]《新唐书·艺文志》著录为一百卷。但到了宋代由于元稹集亡佚严重，因此建安刘麟之父所抄录者并非完帙。刘麟《元氏长庆集》后世只有六十卷，与序中所称百卷不符，疑其所抄即为当时之残本。六十卷本自一卷至八卷前半为古诗；八卷后半至九卷为伤悼诗；十卷至二十二卷为律诗；二十三卷为古乐府；二十四卷至二十六卷为新乐府；二十七卷为赋；二十八卷为策；二十九卷至三十一卷为书；三十二卷至三十九卷为表状；四十卷至五十卷为制诰；五十一卷为序记；五十二卷至五十八卷为碑志；五十九卷至六十卷为告祭文。

北宋政和年间，黄伯思校正《施肩吾集》。施肩吾，字希圣，睦州人（一说洪州人）。元和十五年（820）进士及第后，谢礼部陈侍郎云：“九重城里无亲识，八百人中独姓施。”不待除授，即东归。张为《诗人主客图》将施肩吾列入“广大教化主”之“入室”。《新唐书·艺文志》及《宋史·艺文志》均著录《施肩吾诗集》十卷。施肩吾诗在宋代不甚为人注意。黄伯思《东观余论》卷下《跋施真人集后》：“右唐施肩吾集，其诗无虑五百篇。有肩吾自叙冠

35（后晋）刘昫等《旧唐书》卷一百六十六《元稹传》，中华书局1975年版，第4336页。
36 同上。

焉，而陈倩所叙才六十二篇，盖未尝见完书也。今合为一集，以杂笔三篇附于后……其诗格韵虽若浅切，然时有过绝人语，颇可观览。”[37] 从这段话来看，陈倩所见施肩吾的诗并非完帙，黄氏所有施集诗有五百首之多，诗格浅切。施集的偶然被关注，可能与宋代白体诗的流行有关。

颜真卿集在宋代由吴兴沈氏采掇遗佚，编为十五卷。刘敞为之序。嘉祐中，又有宋敏求编本，亦十五卷。南宋时期，泉州留元刚作年谱、补遗、附录各一卷。

（三）对唐人别集的整理所体现的地域表征

标榜乡贤是各个地域的共有特征，屈大均《广东文集序》述云：“广东者，吾之乡也，一桑梓且犹恭敬，况于文章之美乎。文者道之显者也，恭敬其文，所以恭敬其道。道在于吾乡之人，吾得由其文而见之，以为尚友之资，以为畜德之本，岂非吾之所以为学者乎。”[38] 一方面，桑梓之敬是地域意识的体现；另一方面，对乡贤文章之美的颂扬，为“尚友之资”、“畜德之本”，同时对后来文人具有一定的榜样作用。对于本身缺乏厚重地域文化传统的闽地来说，努力发现、整理唐代乡贤文集即显得尤其重要。

宋代闽地整理乡贤诗集的最显著的特点是均为其家族后人整理。如唐王棨《麟角集》一卷，棨，字辅之，福清人。咸通三年（862 年）进士。官至水部郎中。黄巢乱后，不知所终。“题曰《麟角》者，盖取《颜氏家训》‘学如牛毛，成如麟角’之义，以及第

37（宋）黄伯思《宋本东观余论》，中华书局 1988 年版，第 318—319 页。
38（清）屈大均《广东新语》卷十一，中华书局 1997 年版，第 319—320 页。

比登仙也"[39]。宋时王棨八代孙王蘋辑补《麟角集》。《麟角集》本来收录的是律赋四十五篇，至宋代，王蘋于馆阁校雠时辑录其省题诗二十一首于是编之后。《麟角集·附录》记云："宋绍兴乙卯（1135）八代孙蘋任著作郎，于馆阁校雠，见先郎中省题诗，附录之。"[40]

黄滔集的裒集始于其宋代绍兴年间八世孙黄公度，黄公度以家藏黄滔集辑为十卷，即《东家编略》。黄公度《黄御史文集序》云："按艺文志载《泉山秀句集》三十卷，悉公纂缔，未知存亡。又《黄某集》十五卷，岁久讹缺，今以旧藏稿本厘为十卷，名曰《东家编略》。"[41] 其后，黄公度之子黄沃进一步对黄滔集进行裒集，淳熙三年（1176）杨万里序《黄御史集序》云："余在中都于官书及士大夫家见唐人诗集，略及二百余家，自谓不贫矣。逮归耕南溪之上，永丰明府莆阳黄君沃又遗余以其祖御史公文集，其诗尤奇，盖余在中都时所未见也……永丰君自言此集久逸，其父考功公始得之，仅数卷而已。其后永丰君又得诗文五卷于吕夏卿之家，又得逸诗于翁承赞之家，又得铭碣于浮屠老子之宫。"[42] 则黄沃所集黄滔集较黄公度所编《东家编略》十卷更为丰富，仅就诗而言，又附吕夏卿家所藏五卷及翁承赞家所藏逸诗。翁承赞家藏盖因黄滔与翁氏多有酬唱之什。

39（清）永瑢等《四库全书总目》卷一百五十一，中华书局1965年版，第1300页。

40（唐）王棨《麟角集》,《丛书集成初编》本，商务印书馆，第37页。

41（唐）黄滔《黄御史集》卷八,《景印文渊阁四库全书》本，台湾商务印书馆1986年版。

42（唐）黄滔《黄御史集·原序》,《景印文渊阁四库全书》本，台湾商务印书馆1986年版。

徐寅集同样是其后人徐师仁、徐端衡于南宋时期辑录。徐寅所著有《探龙》、《钓矶》二集，共五卷。自《新唐书·艺文志》已不著录，诸家书目亦不载其名，可见当时即散佚不传。直至建炎三年（1129），徐师仁《唐秘书省正字先辈徐公钓矶文集序》云："故有《赋》五卷，《探龙集》五卷，正字自序，其后又于蔡君谟家得《雅道机要》一卷。又访于族人及好事者，得五言诗并绝句合二百五十余首，以类相从，为八卷并藏焉。"[43] 徐寅族孙南宋徐师仁家本藏《赋》及《探龙集》各五卷，又经过各方搜求，厘为八卷本。这个八卷本的《钓矶文集》应当是徐寅集的第一次整理。而到了南宋末年，又有徐寅后裔徐端衡进行纂集，多出徐寅遗事及年谱。对此，刘克庄《后村先生大全集》卷九十六《徐先辈集序》记载比较详细，云："友人徐君端衡出其十一世祖唐正字夤文集，又纂辑公遗事及年谱以示余。按刘山甫志墓，诗赋外有著书二十卷、《温陵集》十卷，南渡初公族孙著作佐郎师仁作集序，有《雅道机要》一卷，得于蔡君谟家者，今皆不传。所传者律赋及《探龙集》各五卷，诗八卷而已。"[44] 则到南宋后期，《雅道机要》等已亡佚，仅存诗赋，徐端衡所藏亦不过徐师仁所编的八卷本而已。林希逸《竹溪鬳斋十一稿续集》卷十三《题徐先辈家传》亦云："正字徐公以文名于唐末，诵其赋者与樊川香山共夸诩也，遇非其时名高位下。《钓矶》固在而文绪浸微，直至建炎始有族孙著作一序，又寂寂焉。虽诗赋俪语数卷，《探龙》、《雅道》诸集而世莫之见，至有遗佚不存者，宝祐

43（唐）徐寅《正字先辈徐公钓矶文集》，宛委别藏本，江苏古籍出版社1988年版，卷首页。

44（宋）刘克庄《后村先生大全集》卷九十六，《四部丛刊》本，商务印书馆。

以来十一世孙平父始收拾其书，采摭遗事，求其年月而谱之。”[45]则徐端衡裒集其集当在南宋理宗宝祐年间（1253—1258）。

二、对唐人别集的笺注

笺注、注音唐人别集到宋代尤其兴盛，尤其是在南宋时期，随着文学创作上对杜诗、韩愈诗的广泛接受，出现了“千家注杜”、“五百家注韩”的局面。无论是注杜还是注韩，福建地区文人在这方面取得的成就尤其显著。特别是韩愈集，魏仲举、廖莹中二家注本在宋代影响最大，且对后世影响也极大。另外，除了韩、杜二家，宋代闽地对柳宗元集也有笺注及注音著作。

在对杜诗的注释方面，闽地最为著名的恐怕就是蔡梦弼的五十卷本《杜工部草堂诗笺》了。是书题“嘉兴鲁訔编次，建安蔡梦弼会笺”，蔡梦弼是按照鲁訔对杜诗的编次进行会笺的。蔡梦弼参校的版本甚多，《杜工部草堂诗笺跋》云：“惜乎世本讹舛，训释纰缪，有识恨焉，梦弼因博求唐宋诸本杜诗十门聚而阅之，三复参校，仍用嘉兴鲁氏编次先生用舍之行藏，作诗岁月之先后，以为定本。”[46]其所参阅的版本有十几家，如樊晃本、晋开运二年官书本、欧阳永叔本、宋子京本等。又有“义说”本，如宋次道、崔德符、鲍钦止暨太原王禹玉、王深父、薛梦符、薛苍舒、蔡天启、蔡致远、蔡伯世。又有“训解”本，如徐居仁、谢任伯、吕祖谦、高元

45（宋）林希逸《竹溪鬳斋十一稿续集》,《景印文渊阁四库全书》本，台湾商务印书馆1986年版。

46（宋）蔡梦弼会笺，鲁訔编次《杜工部草堂诗笺》,《丛书集成初编》本，商务印书馆，第21页。

之暨天水赵子栎、赵次翁、杜修可、杜立之等。关于其笺注体例，蔡氏云："每于逐句本文之下，先正其字之异同，次审其音之反切，方作诗之义以释之。复引经子史传记，以证其用事之所从出，离为五十卷，目曰《草堂诗笺》。"[47]在正文之下，校对文字、注音、释义、注明出处。"间有一二说者，亦两存之"。这个注本是蔡氏博采众家而成的，简要明了，对于喜好杜诗的宋人来说，是个颇为便捷有用的杜诗注本。但蔡氏的注本并不是没有缺憾的，清人钱谦益就指出宋代诸家注杜著作的弊病："杜诗昔号千家注，虽不可尽见，亦略具于诸本中，大抵芜秽舛漏，如出一辙。其彼善于此者三家：赵次公以笺释文句为事，边幅单窘，少所发明，其失也短；蔡梦弼以捃摭子传为博，泛滥踳驳，昧于持择，其失也杂；黄鹤以考订史鉴为功，支离割剥，罔识指要，其失也愚。"[48]不过，钱谦益虽然有意贬低此三家，却不能抹煞三家在注杜诗方面的开创之功。

另外还有对杜诗注音的，如长乐郑卬《杜少陵诗音义》，其序云："国家追复祖宗成宪，学者以声律相饬，少陵矩范，尤为时尚。于其淹贯群书，比类赋象，浑涵天成，奇文险句，厌人目力，读者未始不以搜寻训切为病。卬近因与二三友质问，爰就隐奥处著为《音义》。"[49]郑卬生活于南宋绍兴年间，这一时期整个宋室王朝由上至下风行模仿杜诗，郑卬针对读者搜寻训切之难而成是书，这对读者来说可谓大开方便之门。对杜诗中事类进行笺注的则有长汀人罗

47（宋）蔡梦弼会笺，鲁訔编次《杜工部草堂诗笺》，《丛书集成初编》本，商务印书馆，第21—22页。

48（唐）杜甫撰，清钱谦益笺注《钱注杜诗·略例》，上海古籍出版社1958年版，第1—2页。

49（清）仇兆鳌注《杜诗详注·附编》，中华书局1979年版，第2245页。

烈撰《杜诗事类注》[50]。

南宋末年，出现了莆田陈禹锡的《杜诗补注》，此书陈禹锡先名以《杜诗补注》，即补充南宋赵次公《杜诗注》而成，刘克庄《后村先生大全集》卷一百有《陈教授〈杜诗补注〉》云："杜氏《左传》、李氏《文选》、颜氏《班史》、赵氏《杜诗》，几于无可恨矣。然一说孤行，百家尽扫，则世俗随声接响之过。善观书者不然。郡博士陈君禹锡示余《杜诗补注》，单字半句，必穿穴其所本。又善原杜诗之意，赵注未善，不苟同矣；旧注已善，不轻废也。第诗人之意，或一时感触，或信笔漫兴，世代既远，云过电灭，不容追诘。若字字引出处，句句笺意义，殆类图像罔而雕虚空矣。予谓果欲律以经典，裁以义理，虽杜语意未安，亦盍商确，况赵氏。禹锡勉之，毋为万丈光焰所眩也。"[51]其特点在于字字引出处，句句笺意义，但其弊病也在此处，颇多穿凿之处。基于此，陈氏又积十年之功几经改易，重新命名为《史注诗史》，刘克庄《再跋陈禹锡杜诗补注》云："顷年读禹锡《杜诗补注》，凡余意有所未喻而未及与君商确者，后十余年禹锡示余近本，视前编刬削窜走十之七八，或尽改之。偶有一新意，得一新义，则又改之而未已。人皆疑君之说新而多变，余独贺君之学进而未止也。盖杜公歌不过唐事，他人引群书笺释，多不咏著题。禹锡专以新旧唐史为案，诗史为断，故自题其书曰《史注诗史》。此其所以尤异于诸家欤？然新旧史皆舛

50 按：张忠刚《杜集叙录》作《杜诗事类注明》，误。《杜集叙录》所据当为乾隆《汀州府志》，原书录为《杜诗事类注》，"明"字另起一行，其下著录明代作家。又根据《闽书》《福建通志》等著录，是书名称应为《杜诗事类注》。

51（宋）刘克庄《后村先生大全集》卷一百，《四部丛刊》本，商务印书馆。

杂，或采摭小说杂记，不必皆实，前辈辨之甚详。而禹锡于三家书研寻补缀，必欲史与诗无一事不合，至于年月日时，亦下算子，使之归吾说而后已。昔胡氏《春秋传》初成，朱氏云：‘直须夫子亲出来说，方敢信。’岂非生千百载之下而悬断千百载而上之事，虽极研寻补缀之功，要未免于迁就牵合之疑乎？然杜公所以光焰万丈，照耀古今，在于流离颠沛，不忘君父。禹锡于此等处，尤形容发越得出。使子美亲出来说，不过如是。”[52] 宋代诗论家大多目杜诗为“诗史”，因此杜诗注家对杜诗中的唐代史实特别关注。陈禹锡显然受赵次公《杜诗先后解》的影响，运用诗史互证的方法，专门采摭《旧唐书》、《新唐书》事实以与杜诗相证，必欲使诗与史无一事不合，甚至精确到年月日时，但不免如刘克庄所说，有牵强附合之嫌。在宋代杜诗注本中，这种诗史互证的方法，除了赵次公《杜诗先后解》之外，还有黄希、黄鹤的《黄氏补注杜诗》，陈禹锡承袭此法并加以极致化。

除上述几种之外，宋代还有仙游黄钟撰《杜诗注》，福清陈藻《杜诗解》，莆田刘弥邵《杜诗补注》，方醇道《类集杜甫诗史》[53] 不过均已亡佚。

福建地区对韩愈集的笺注可以说在整个宋代是最为突出的，也代表了宋人笺注韩愈集的最高成就。魏仲举《新刊五百家注音辨昌黎先生文集》汇集了宋代诸家对韩愈集的注释，《四库全书总目》云：“首列评论、诂训、音释诸儒名氏一篇，自唐燕山刘氏迄颍人

52（宋）刘克庄《后村先生大全集》卷一百六，《四部丛刊》本，商务印书馆。

53 按，周采泉《杜集书录》将是书列入“全集校刊笺注类”中，本文从其说。

王氏，共一百四十八家。又附以新添集注五十家、补注五十家、广注五十家、释事二十家、补音二十家、协音十家、正误二十家、考异十家，统计只三百六十八家，不足五百之数。而所云新添诸家，皆不著名氏。”[54] 首列 148 家注家，皆有姓名。又新添诸家，不著名氏，共计 368 家。虽不足五百之数，“然其间如洪兴祖、朱子、程敦厚、朱廷玉、樊汝霖、蒋璨、任渊、孙汝听、韩醇、刘崧、祝充、张敦颐、严有翼、方崧卿、李樗、郑耕老、陈汝义、刘安世、谢无逸、李朴、周行己、蔡梦弼、高元之、陆九渊、陆九龄、郭忠孝、郭雍、程至道、许开、周必大、史深大等有考证音训者，凡数十家。原书世多失传，犹赖此以获见一二，亦不可谓非仲举之功也”。[55] 大量已经亡佚的宋人注韩著作赖是书得以获见一二，为后人研究韩愈集提供了可贵的资料，这也是此书最大的价值。另外，从魏仲举《五百家注》中还可以知道福建地区尚有数家考证音训者，如朱熹、严有翼、方崧卿、李樗[56]、郑耕老[57]、蔡梦弼。

在魏仲举《新刊五百家注音辨昌黎先生文集》的基础上，邵武人廖莹中编《世綵堂昌黎先生集注》四十卷、外集一卷、遗文一卷。关于此书的编排，廖氏在凡例中有所说明：“是集庆元间魏仲举刊《五百家注》，引洪兴祖、樊汝霖、孙汝听、韩醇、刘崧、祝

54（清）永瑢等《四库全书总目》卷一百五十，中华书局 1965 年版，第 1288 页。

55 同上。

56 李樗，字若林，闽县人，与林之奇俱师吕本中。后领乡贡，学者称迂斋先生，有《毛诗解》行世。

57 郑耕老，字谷叔，莆田人，绍兴十五年（1145 年）进士，历明州教授，后擢国子主簿，添差福建安抚司机宜文字，秩满归南陂读诗，《易》、《中庸》、《洪范》、《论语》、《孟子》皆有训释，卒年六十五。

充、蔡元定诸家注文（洪《辨证》，樊《谱注》，孙、韩、刘《全解》，祝《音义》，蔡《补注》），未免冗复，而方崧卿《举正》、朱子校本《考异》，却未附入，读者病之。今以朱子校本《考异》为主，而删取诸家要语附注其下，庶读是书者开卷晓然。”[58] 这里，廖莹中认为，魏仲举刊《五百家注》虽然包含了丰富的诸家注释，但不免繁复，并以方崧卿《举正》及朱子《考异》未附为憾。朱熹《韩文考异》是在方崧卿《韩文举正》的基础上成书的，廖氏此本以朱熹《考异》为主，较魏注在文本上更为完善。在注释上，对诸家注语有所删取，比魏注更加简单明了。

在音释方面，又有《别本韩文考异》题“晦庵朱先生考异，留耕王先生音释”。留耕先生即王伯大。王伯大号留耕，字幼学。福州人。王伯大序云：“郡斋近刊《朱文公校定昌黎集》，附以考异，而音辩则旧所刊也。初读者未免求之音辩，质诸校本，既字不尽同，且音讹事多缺。此书有集注，有补注，有辩证，有全解，音通句释，引物连类，虽若加详，而于本文间亦抵牾，余颇病之。今悉从校本更定音训，因旁摭诸家注解，效本文用事者枚举而记，其凡有未备，则访诸士友博权此书者，并记之。”[59] 以朱熹《韩文考异》的文本为准更定音训。

注杜、注韩之外，福建文人对柳宗元文集也有注释，号为“五百家注柳”。如魏仲举《新刊五百家注音辩柳先生文集》，与

58（唐）韩愈著，廖莹中集注《东雅堂昌黎集注》，《景印文渊阁四库全书》本，台湾商务印书馆 1986 年版。

59 曾枣庄、刘琳主编《全宋文》卷 7420，第 323 册，上海辞书出版社 2006 年版，第 156 页。

《新刊五百家注音辨昌黎先生文集》同时刊于魏仲举家塾。《四库书目总目》云："前有评论、训诂诸儒姓氏，检核亦不足五百家。书中所引，仅有集注，有补注，有音释，有解义及孙氏、童氏、张氏、韩氏诸解。此外罕所征引，又不及韩集之博。盖诸家论韩者多，论柳者较少，故所取不过如此。特姑以五百家之名与韩集相配云尔。"[60] 所谓五百家注仍是虚数，反映了当时学者以博学详说为要务的风气，对于刊刻者来说，夸张其辞往往有利于书籍的销售。尽管如此，是书对柳宗元集的注释也仍是功不可没的。除此之外，又有严有翼撰《柳文切正》，《五百家注柳先生集附录》卷二有严有翼序称："余尝嗜子厚之文，苦其难读，既稽之史传以校其讹缪，又考之字书以证其音释，编成一帙，名曰《柳文切正》。"[61] 也是为柳宗元集注音的本子。

三、对唐诗编年与诗人年谱的编纂

年谱之学，学界一般认为起于宋代，钱大昕即指出："年谱一家昉于宋，唐人集有年谱者，皆宋人为之。留元刚之与颜鲁公，洪兴祖、方崧卿之于韩文公，李璜、何友谅之于白文公，耿秉之于李卫公是也。"[62] 对唐诗编年以及编撰诗人年谱是宋代闽地唐诗文献学的进一步发展。闽地年谱、编年之学集中于南宋时期。对诗人生平及行迹的考证，可以加深对诗人作品的理解。年谱之学也即知人论

60（清）永瑢等《四库全书总目》卷一百五十，中华书局 1965 年版，第 1289 页。

61（唐）柳宗元《柳宗元集 · 附录》，中华书局 1979 年版，第 1449 页。

62（清）钱大昕《嘉定钱大昕全集》第 9 册，《潜研堂文集》卷二十六，江苏古籍出版社 1997 年版，第 426 页。

世之学，这一点前人已多有论及，如钱大昕在《郑康成年谱序》中说："读古人之书，必知其人而论其世，则年谱要矣。"[63] 清章学诚在《韩柳二先生年谱书后》也指出："年谱之体，仿于宋人，考次前人撰著，因而谱其生平时事，与其人之出处进退，而知其所以为言，是亦论世知人之学也。"[64] 宋人已经有意识地将诗人的年谱与作品结合起来看待，如吴可《藏海诗话》云："杜诗叙年谱，得以考其辞力，少而锐，壮而肆，老而严。"[65] 以年谱观照杜诗不同时期的不同风格。朱熹也说："如子厚亦自有双关之文，向来道是他初年文字。后将年谱看，乃是晚年文字。"[66] 总之，无论是诗歌编年还是诗人年谱的编纂，为后人准确理解诗人作品奠定了基础。

在整个宋代唐诗文献学上，对杜诗的编年以及杜甫年谱的关注尤为显著，如北宋时期吕大防、蔡兴宗等人皆编有杜甫年谱。闽地则有黄伯思《校定杜工部集》对杜诗进行编年，绍兴六年（1136）李纲为是书作序曰："随年编纂，以古律相参，先后始末，皆有次第。"除此之外，蔡梦弼《杜工部草堂诗笺·跋》云："博求唐宋诸本杜诗十门，聚而阅之，三复参校，仍用用嘉兴鲁氏编次先生用舍之行藏，作诗岁月之先后，以为定本。"[67] 即采用嘉兴鲁訔所作《杜

63（清）钱大昕《嘉定钱大昕全集》第 9 册，《潜研堂文集》卷二十六，江苏古籍出版社 1997 年版，第 426 页。

64（清）章学诚《章学诚遗书》卷八，文物出版社 1985 年版，第 70 页。

65（宋）吴可《藏海诗话》，丁福保《历代诗话续编》本，中华书局 1983 年版，第 328 页。

66（宋）黎靖德编，王星贤点校《朱子语类》卷一百三十九，中华书局 1986 年版，第 3298 页。

67（宋）蔡梦弼会笺，鲁訔编次《杜工部草堂诗笺》，《丛书集成初编》本，商务印书馆，第 21 页。

工部诗年谱》，并在此基础上对杜诗按年编集。

南宋时期，韩愈集的异本越来越多，诸家在校勘、注释韩集的同时，也注意到了对韩愈诗集的编年以及年谱的编纂。福建地区以方崧卿、魏仲举两家最为著名。方崧卿有《韩诗编年》十五卷，《兴化府莆田县志・人物》谓方氏："尝校正韩昌黎文集，又谱其经行次第为《韩诗编年》，凡十五卷。"[68]陈振孙《直斋书录解题》云："《昌黎集》四十卷、《外集》一卷、《附录》五卷、《年谱》一卷、《举正》十卷、《外抄》八卷。《年谱》，洪兴祖撰，莆田方崧卿增考，且撰《举正》以校其同异。"[69]可知方崧卿在洪兴祖编写韩愈年谱的基础上增考，成《年谱》一卷。又《续文献通考》卷一百六十四著录魏仲举《韩文类谱》七卷："仲举乃庆元中书贾也，尝刊韩集《五百家注》，辑吕大防、程俱、洪兴祖三家所撰谱记编为此书。"[70]类谱即年谱，魏仲举编辑吕大防、程俱、洪兴祖三家所撰韩愈年谱而成此书。

钱大昕在《郑康成年谱序》中云："唐贤杜、韩、柳、白诸谱，皆宋人追述之也。"[71]除了韩愈、杜甫年谱之外，闽地文人还编纂了白居易年谱，有莆田蔡戡撰《白乐天年谱》一卷。据南宋黄岩孙《宝祐仙溪志》，蔡戡"善属文，有《定斋类稿》四十卷……《白乐

68（清）乾隆《兴化府莆田县志・人物》卷二十四，清汪大经、王恒修，吴辅再补刻本，1926年版。

69（宋）陈振孙著，徐小蛮、顾美华点校《直斋书录解题》卷十六，上海古籍出版社1987年版，第475页。

70（清）嵇璜等撰《钦定续文献通考》，《景印文渊阁四库全书》本，台湾商务印书馆1986年版。

71（清）钱大昕《钱大昕全集》第9册，《潜研堂文集》卷二十六，江苏古籍出版社1997年版，第426页。

天年谱》一卷”。[72] 又有将白居易诗进行编年者，有莆田黄补著《白乐天诗年谱》一卷。宋李俊甫《莆阳比事》著录《白乐天诗年谱》一卷，下注云：“（黄补）字彦博，号吾轩，滔之后，乾道奏名。”[73] 二书均已亡佚。

南宋宁宗时期泉州留元刚对颜真卿年谱的编纂可谓具有开创之功。颜真卿集在宋代由吴兴沈氏采掇遗佚，编为十五卷。嘉祐中，又有宋敏求编本，亦十五卷。陈振孙《直斋书录解题》卷十六云：“留元刚刻于永嘉，为后序。”[74] 则留元刚亦刊刻颜真卿集，并为序。其后，留元刚又作年谱、补遗、附录各一卷。陈振孙云：“元刚复为之年谱，益以拾遗一卷，多世所传帖语，且以行状、碑传为附录。”[75]

第三节　宋代闽地的唐诗选本

唐诗选本也是一种比较重要的文学批评形式，反映了选家对唐诗的认知以及审美趣味。从编选形式上来看，宋代闽地对唐诗的编选包括诗选、摘句、评点以及郡邑类总集等等。从编选时间上来看，闽地对唐诗的编选基本上集中于南宋时期，这也意味着南宋时期福建文人唐诗学观念的增强。

---

72 （宋）黄岩孙《宝祐仙溪志》卷四《宋人物》，《宋元方志丛刊》第 8 册，中华书局 1990 年版，第 8315 页。

73 （宋）李俊甫《莆阳比事》，宛委别藏本，江苏古籍出版社 1988 年版，第 161 页。按：《万姓统谱》《福建通志》等云黄补字季全，唯《莆阳比事》云其字彦博。未知孰是。诸书均称其为黄滔之后，为同一人无误。

74 （宋）陈振孙著，徐小蛮、顾美华点校《直斋书录解题》，上海古籍出版社 1987 年版，第 471 页。

75 同上。

一、宋代闽地唐诗选本的特征

从宋代闽地唐诗选本的编纂方式来看，有分体诗选，以专收唐代诸家绝句为最多。如福清林清之《唐绝句选》四卷，莆田柯梦得《唐绝句选》五卷，莆田刘克庄编《唐五七言绝句》二百首、《唐绝句续选》二百首等。又有分人诗选，如旧题刘克庄《分门纂类唐宋时贤千家诗选》、诸葛季文《诸家诗集》。

从诗选的形态来看，有郡邑类诗选，如建阳熊克编《京口诗集》、光泽李方子编《清源文献》、建州章粢编《成都古今诗集》六卷等等。周作人《知堂书话》云："中国向来有汇刻地方著述为丛书或总集者，此虽似未免乡曲之见，但保存文献功效甚大，于读书人亦极有便利。"[76] 郡邑类诗文总集，是带有地域性质的诗选，具有较强的文献保存价值。如曾旼编《丹阳类稿》是关于丹阳一地的诗文总集，诗文编选从东汉至于南唐，保存了很多唐诗文献，如清李光暎《金石文考略》卷四提到："宋曾旼《润州类集》以《瘗鹤铭》、蔡邕《焦光赞》、江淹《焦山集》、王瓒诗为山中四绝。"[77] 按，王瓒为唐代诗人，《全唐诗》收录其《冬日与群公泛舟焦山》诗，《全唐诗话》卷六云："丹阳焦山《瘗鹤铭》小碣刻诗云：'江外水不冻，今年寒苦迟。三山在何处，欲到引风归。'后题云：'丹阳掾王瓒作。'"[78] 所载即此诗。又有乾隆《江南通志》卷一百七十四亦记载："惟良，丹徒人，刘禹锡《送惟良上人诗序》有曰……李端、

76 周作人《知堂书话》第二辑《谈中国古书·天津文抄》，海南出版社 1997 年版。

77（清）李光暎《金石文考略》卷四，《景印文渊阁四库全书》本，台湾商务印书馆 1986 年版。

78（宋）尤袤《全唐诗话》，《丛书集成初编》本，商务印书馆，第 131 页。

卢纶俱有《送惟良南归诗》，见《润州类集》。”[79]

从编选目的上来看，用于蒙学的唐诗选本最多，这也是闽地文学发展的特点之一。如刘克庄《唐人五七言绝句选序》云：“余家童子初入塾，始选五七言绝句各百首口授之。”[80]蔡正孙《精选唐宋千家联珠诗格》：“一日，番阳于默斋递所选《联珠诗格》之卷来，书抵余曰：‘此为童习者设也，使其机栝既通，无往不可，亦学诗之活法欤？盍为我传之？’”[81]都是为童习者设。又有用于书院教学之用的，如林之奇《观澜文集》的编纂：“先生时乘坐竹舆至群居之所，诸生列左右致敬。先生有喜色，或命诸生讲《论》、《孟》，是则首肯而笑，否即令再讲，或令诵先生所编《观澜集》而听之，倦则啜茗归卧，率以为常。”[82]可见，《观澜文集》是拙斋书院的教科书。也有表明理学家诗学趣味的，如真德秀《文章正宗》；也有纯粹表现个人唐诗学观念的，如柯梦得《唐绝句选》。

从体例上来看，有将诗句以类为次，且加以评注者，如《精选唐宋千家联珠诗格》，傅增湘《藏园群书经眼录》云：“选唐宋人七绝，摘其体格不同者，分类次列，且加以评语及增注，皆为初学肄习之用也。”[83]有摘句论诗，如叶廷珪《海录碎事》；有以评点为主的诗选，如严羽评点《李太白诗集》。

79（清）乾隆《江南通志》，《景印文渊阁四库全书》本，台湾商务印书馆1986年版。

80（宋）刘克庄《后村先生大全集》卷九十四，《四部丛刊》本，商务印书馆。

81（宋）于济、蔡正孙编，卞东波校证《唐宋千家联珠诗格校证》，凤凰出版社2007年版，第50页。

82（宋）林之奇《拙斋文集·附录〈行实〉》，《景印文渊阁四库全书》本，台湾商务印书馆1986年版。

83 傅增湘《藏园群书经眼录》，中华书局1983年版，第1488页。

二、宋代闽地唐诗选本与唐诗学

（一）对唐人绝句的接受

在诗歌体裁的选择方面，宋代闽地的唐诗选本对绝句的重视特别明显。严羽《沧浪诗话》云：“律诗难于古诗；绝句难于八句；七言律诗难于五言律诗；五言绝句难于七言绝句。”[84] 在诗歌创作中，以绝句为最难。对于“以才学为诗”的宋人来说，因难见巧驱使宋代文人更加留意绝句的创作。在宋代唐诗绝句选本中，比较著名的有宋孝宗年间洪迈《万首唐人绝句》及南宋末年赵蕃、韩淲选，谢枋得注解《注解章泉涧泉二先生选唐诗》五卷，福建地区出现了更多的唐诗绝句选本，亦各具特色。

在对唐人绝句的选择上，福建文人更注重七言绝句，如林清之所编《唐绝句选》，据陈振孙《直斋书录解题》，所选绝句计有：“七言一千二百八十，五言百五十六，六言十五首。”[85] 以七言为最多。另外，建安蔡正孙《精选唐宋千家联珠诗格》二十卷所选的诗歌均为唐宋诗人所作的七言绝句。旧题刘克庄《分门纂类唐宋时贤千家诗选》所选诗歌作品均为律诗与绝句，而绝句的比重远远大于律诗，其中，七言绝句有 216 首，五言绝句有 50 首，仍以七言为主。刘克庄《唐五七言绝句》二百首所选则五七言绝句各占百首。

宋人大多认为杜牧及王安石绝句最工，如曾季狸说：“绝句之妙，唐则杜牧之，本朝则荆公，此二人而已。”[86] 杨万里也说：

84（宋）严羽著，郭绍虞校释《沧浪诗话校释》，人民文学出版社 1961 年版，第 127 页。

85（宋）陈振孙著，徐小蛮、顾美华点校《直斋书录解题》，上海古籍出版社 1987 年版，第 450 页。

86（宋）曾季狸《艇斋诗话》，丁福保《历代诗话续编》本，中华书局 1983 年版，第 299 页。

“五七字绝句最少，而最难工，虽作者亦难得四句全好者，晚唐人与介甫最工于此。”[87] 但邵武人严羽却在其《沧浪诗话》中说：“公绝句最高，其得意处，高出苏黄陈之上，而与唐人尚隔一关。”[88] 以为荆公绝句虽工，仍难与唐人绝句匹敌。福建文人在唐人绝句的接受上，也以对杜牧及晚唐绝句的关注最为醒目，比如柯梦得《唐绝句选》，根据晁公武《郡斋读志·附志》大致可知其选诗情况，晁氏云：“右莆田柯梦得所选李白、杜甫、元结、王维、韦应物、贺知章、岑参、灵彻、张继、郎士元、卢纶、司空文明、韩愈、柳宗元、张籍、贾岛、陈羽、刘禹锡、元稹、白居易、杜牧、窦庠、窦巩、张佑（祜）、徐凝、王建、于鹄、朱绛、许浑、雍陶、陈陶、李播、刘商、羊士谔、杨敬之、司空图、薛能、郑谷、王涯、李涉、杨凭、崔橹、刘昭属（禹）、陆龟蒙、狄归昌、章碣、刘得仁、许缠（瀍）、吉师老、张颠（颛）、杜荀鹤、吴融、韩偓、韦庄五十四人之作。白止四首、甫六首，宗元四首，惟牧二十五首云。”[89] 根据陈振孙《直斋书录解题》，柯梦得是书选唐人绝句共计166首，而最为宋人推崇的杜甫仅录诗六首，而杜牧二十五首。另外，除去白居易四首、柳宗元四首之外，其余人大致在两首左右。从晁公武所列诗人来看，柯梦得所选以中晚唐诗人为最多。

尽管蔡正孙更为推崇盛唐诗歌，但在其《联珠诗格》中，选取唐人绝句也仍然杜牧及晚唐为主。是书选诗数量超过5首的有：杜

87（宋）杨万里《诚斋诗话》，丁福保《历代诗话续编》本，中华书局1983年版，第141页。

88（宋）严羽著，郭绍虞校释《沧浪诗话校释》，人民文学出版社1961年版，第59页。

89（宋）晁公武著，孙猛校证《郡斋读书志校证》，上海古籍出版社2011年版，第1236页。

牧16首，李白12首，韩愈10首，白居易10首，刘禹锡9首，韩偓9首，杜荀鹤8首，杜甫7首，窦巩7首，陆龟蒙6首，贾岛6首，韦庄6首，吴融5首，罗隐5首，李涉5首，李商隐5首。就此来看，蔡正孙在唐人绝句上也是极为推崇杜牧及晚唐诗人的。

再来看旧题刘克庄《分门纂类唐宋时贤千家诗选》选诗情况，有：杜甫14首，杜牧11首，刘禹锡10首，韩愈9首，李商隐8首，白居易8首，罗邺7首，陆龟蒙6首，赵嘏6首，李涉6首，李群玉5首，刘长卿5首，武元衡5首，王维5首，薛能4首，郑谷4首，张祜4首，韦应物4首，柳宗元4首。其中，所选杜牧绝句的数量仅次于杜甫，其他也仍以中晚唐诗人为主，值得注意的是，李白的绝句仅选了两首。

刘克庄《唐五七言绝句》及《唐绝句续选》已亡佚，虽然不知道其具体选诗情况可，但从其序言中可推知其编选概况，其《唐人五七言绝句序》云："野处洪公编《唐人绝句》仅万首，有一家数百首并取而不遗者，亦有复出者。疑其但取唐人文集杂说，令人抄类而成书，非必有所去取也。余家童子初入塾，始选五七各百首口授之，切情诣理之作，匹士寒女不弃也，否则巨人作家不录也，惟李杜当别论，童子请曰：'昔杜牧讥元白诲淫，今所取多边情春思宫怨之什，然乎？'余曰：'《诗》大序曰"发乎情，止乎理义"，古今论诗至是而止。夫发乎情者，天理不容泯；止乎理义者，圣笔不能删也。小子识之。'"[90] 刘克庄对洪迈所选《万首唐人绝句》并不满意，认为其书但取唐人文集杂说抄录而成，并没有一定的去

90（宋）刘克庄《后村先生大全集》卷九十四，《四部丛刊》本，商务印书馆。

取原则，因此，刘克庄在选唐绝句时以“切情诣理”为标准，但又说“李杜当别论”，将李杜置于诸人之上。从其序来看，所取唐诗五七言绝句各百篇，具体到作家，当有元白诗在内。又，其《宋氏绝句诗》序云：“两年前余选唐人及本朝七言绝句各得百篇，五言绝句亦如之。今锓行于泉、于建阳、于临安。元白绝句最多，白止取三二首，元止取五言一首。惟窦氏兄弟曰群、曰牟、曰巩，所作极少，然皆可存。”[91] 由此序言来看，元白之绝句虽入选，但所取并不多，白居易只取两三首，而元稹仅取一首，而刘克庄对于窦氏兄弟的诗歌却非常关注，尽管窦氏兄弟所作绝句极少且并不著名（但从窦氏兄弟的所有诗歌作品来看，仍以绝句为多），但仍有所选，表现了刘克庄的诗学倾向。实际上，在题名为“后村先生编集”的《分门纂类唐宋时贤千家诗选》中，也选有窦巩的两首七言绝句，则是书的编纂与刘克庄之间的渊源关系可见一斑。

除五七言绝句之外，福建文人对唐人六言绝句亦有关注，刘克庄《唐绝句续选》云：“汇诸家五七六言各再取百首，名续选。四五言仅得七十首，以六言三十首足言，盖六言尤难工，柳子厚高才，集中仅得一篇。惟王右丞、皇甫补阙所作绝妙，今学古者所未讲也。使后世崇尚六言自余始，不亦可乎？”[92] 选取唐人六言绝句三十首，其中，柳宗元一首，其余则以王维及皇甫冉为多。六言绝句因其声调短促等原因，较五言绝句更难，唐人作者亦寥寥无几，其中最引人注目的就是王维。魏庆之《诗人玉屑》就说：“六

91（宋）刘克庄《后村先生大全集》卷一百一，《四部丛刊》本，商务印书馆。
92（宋）刘克庄《后村先生大全集》卷九十七，《四部丛刊》本，商务印书馆。

言绝句如王摩诘‘桃红复含夜雨’及王荆公‘杨柳鸣蜩绿暗’二诗最为警绝，后难继者。”[93]洪迈《容斋随笔》中也曾提到“六言诗难工”[94]。叶寘《爱日斋丛钞》云：“诗之六言，古今独少，洪氏云编唐人绝句七言七千五百首，五言二千五百首，合为万首，而六言不满四十，信乎其难也。后村刘氏选唐宋以来绝句，至《续选》始入六言，其叙云……今《后村集》中多六言，事偶尤精，近代诗家所难也。”[95]刘克庄所选唐人六言诗三十首，又选宋人六言诗七十篇，且刘克庄诗集中也有很多六言诗，可见其对六言诗是非常看重的。

由上述来看，闽地文人对唐人绝句的看法与整个宋代诗坛是同步的。但闽地诗学较之中原与江浙地区相对落后，其编选唐诗亦处于启蒙阶段，故重绝句。至于福建地区唐绝句选本多不重视李杜及韩愈等大家，其原因，大约正如吴可《藏海诗话》所言：“有大才，作小诗辄不工，退之是也。子苍然之。刘禹锡柳子厚小诗极妙，子美不甚留意绝句。子苍亦然之。”[96]

（二）对唐人古体诗及律诗的接受

宋代闽地唐诗选本颇不留意唐人律诗，唯旧题刘克庄《分门纂类唐宋时贤千家诗选》所选五七言律诗近百首，其中杜甫律诗就有21首，又有杨巨源5首、岑参4首，孟浩然3首，韩愈3首，薛能3首，姚合3首，其余如王维、白居易、贾岛、李商隐、许浑、方幹、王建、刘长卿等人皆在两首或两首以下。

93（宋）魏庆之《诗人玉屑》卷十九，中华书局2007年版，第603页。

94（宋）洪迈《容斋三笔》卷十五，上海古籍出版社1978年版，第596页。

95（宋）叶寘撰，孔凡礼点校《爱日斋丛钞》卷三，中华书局2010年版，第65页。

96（宋）吴可《藏海诗话》，丁福保《历代诗话续编》本，中华书局1983年版，第337页。

闽地理学家的唐诗选本对古体诗尤为重视，体现了理学家的唐诗学观。理学家选唐诗有林之奇《观澜文集》与真德秀《文章正宗》。林之奇《观澜文集》选杜甫诗11首中8首为古体诗。另外，释贯休九首、白居易四首皆为古体，所选其他诗人作品数量虽少，也多为古体诗，如刘禹锡《武昌老人说笛歌》、韩愈《石鼓歌》、陆龟蒙《江湖散人歌》、李峤《汾阳行》、李白《蜀道难》、元稹《连昌宫词》、杜牧《杜秋娘诗并序》、卢仝《月蚀诗》、李贺《高轩过》、郑愚《津阳门诗并序》等均为古体诗。由此来看，《观澜文集》所选偏重古体诗而轻视律诗，而尤重歌行体。从林之奇的诗歌作品来看，林之奇本人也致力于古体诗歌的创作。对于这一现象，《观澜文集》引江西诗僧惠洪语云："律诗拘于声律，古诗拘于语句，以是词不能达。夫谓之行者，达其词而已，如古文而有韵耳。自唐子昂一变江左之体，而歌行暴于世。行者，词之遣无所留碍，如云行水流，曲折溶泄，不为声律语句之所拘，但于古诗句法中得增辞语耳。"认为歌行体"不为声律语句之所拘"，更适于表达诗歌主旨。而"夫谓之行者，达其词而已，如古文而有韵耳"，古文而有韵其实不过是有韵的散文罢了，其诗学观点无疑对江西诗派的继承，主张诗歌的散文化。不过，宋代理学家从林之奇到朱熹到真德秀基本上都轻视律诗而更重古体诗，也是轻视诗歌技巧的一种体现。虽然三家对古体诗及律诗的评价基本相同，但出发点却大为不同，朱熹对于律诗的排斥恰与林之奇相反，是基于反对江西诗派嵌事、下难字而言的。

福建另外一位著名理学家真德秀的《文章正宗》在诗歌的选择上遵守的基本原则是"其体本乎古，其指近乎经"，"其体近乎古"

是就诗歌体裁而言的。是书编选陈子昂（13首）、李白（54首）、杜甫（125首）、韦应物（91首）、柳宗元（20首）、韩愈（30首）六家诗歌。从数量上来看，以杜甫、韦应物为最多，这一倾向也正是南宋福建理学家的共同特征。真德秀《文章正宗》序《诗歌》云："朱文公尝言：'古今之诗凡三变：盖自《书传》所记，虞、夏以来，下及汉、魏，自为一等。自晋、宋间颜、谢以后，下及唐初，自为一等。自沈、宋以后，定著律诗，下及今日，又为一等。'然自唐初以前，其为诗者固有高下，而法犹未变；至律诗出，而后诗之古法始为大变矣。故尝欲抄取经史诸书所载韵语，下及《文选》古诗，以尽乎郭景纯、陶渊明之作，自为一编，而附于《三百篇》、《楚辞》之后，以为诗之根本准则。又于其下，二等之中，择其近于古者各为一编，以为之羽翼舆卫，其不合者则悉去之，不使其接于胸次，要使方寸之中，无一字世俗语言意思，则其为诗，不期于高远而自高远矣。今惟虞、夏二歌与三百五篇不录外，自余皆以文公之言为准，而拔其尤者，列之此篇。律诗虽工亦不得与。"朱熹将诗歌分为三等，先秦汉魏为第一等，晋宋至初唐为第二等，而沈宋之后的律诗为第三等。真德秀自言其选诗原则以朱熹之言为准则，因此重视古体诗，而认为律诗出而作诗古法大变，由此轻视律诗，虽工而不选。真德秀并言此选诗之法以明义理为主旨，能表现性情之正者，能使人忘宠辱、去鄙吝、得自得之趣者皆选之，则其唐诗学观念与朱熹是一脉相承的。

李方子编《清源文集》为郡邑类诗文总集，其编选宗旨与真德秀的诗歌主张也完全一致。真德秀序此书云："李君既承命，则退而网罗收拾，得诗赋杂文凡七百余篇，合为四十卷……其纂辑之例，则或以理，或以事，或以词调，而以理若事者居什之七，大抵主于关教化、存典法，否则词虽工弗录焉。”[97]是书收录诗赋杂文七百篇，而去取遵循严格标准，大致符合理学家的诗学趣味。主要以关乎教化、典法之诗文为主，而不合乎这一标准的，词虽工而弗录，则是书虽为总集，实质上却成了理学家倡道与宣教的工具。

除上述外，根据文献材料，尚有编选唐诗集者，书名已难考知，如陈有声[98]曾编选诗赋。“尉上高，岁丰讼简，吏民安之。邑士罕寻声律，有声选诗赋百余篇，教以体裁，遂甲三邑”[99]。陈有声所诗赋有百余篇，疑有唐诗在内。又有黄仲元曾“抄拾唐宋名人之文凡二百四十二家。文学为时推重”[100]。其诗学倾向与其他理学家类似，“学诗必三百篇、陶、韦、柳州”[101]。推崇陶渊明、韦应物、柳宗元等人。

第四节　《海录碎事》及《方舆胜览》等类书所体现的唐诗文学审美观

南宋时期，福建地区在文化上的一个重要特征是文人有意识编纂各种类书，其目的各有不同，有供场屋采掇之用者，如林駉《源流至论》；有大型民间日用类书，如陈元靓编《新编纂图增类群书

97（宋）真德秀《西山文集》卷二十七，《景印文渊阁四库全书》本，台湾商务印书馆1986年版。

98 陈有声，字广宗，长乐人。嘉定元年（1208）进士。

99（明）何乔远《闽书》卷七十七，福建人民出版社1994年版，第2311页。

100（明）郑岳《莆阳文献》列传二十九，万历四十四年黄起龙刊本，第270页。

101 同上。

类要事林广记》等等。类书虽不专为诗歌创作而作，但其间多记唐诗，同时，其所选诗歌也颇能反映编纂者的诗学观念。

一、叶廷珪《海录碎事》及其他类书对唐人诗歌的接受

闽地所编类书在收录唐人诗歌时绝大部分以杜甫诗为主。比如陈元靓编《新编纂图增类群书类要事林广记》是一部百科全书式的大型民间日用类书。征引文献甚夥，包括史书、笔记、小说、诗文、辞赋等等。其中，诗歌部分所占比例并不大，但也包含了从诗经到汉魏六朝到宋代人的诗歌。唐人以引杜甫诗句为主，如前集节序类，引杜甫"愁日愁随一线长"及"伏腊涕涟涟"句。宋人则以引苏轼诗句为主。与多征引《诗经》相应，以杜甫及苏轼为核心，表现了作者对二人作为"集大成者"的认同，而从另一个角度来说，《事林广记》作为民间日用类书，其受众群体自然是下层百姓，可见杜甫诗及苏轼诗歌的接受范围之广。

另外，毛直方编《诗学大成》也有同样的诗学倾向。是书于元代由林桢增补而成《联新事备诗学大成》三十卷。全书共三十二门八百一十九子目，所征引者皆宋前名人诗文、辞赋及群书典籍，亦偶有元人诗出现，当为林桢补入。据《续修四库全书》本《诗学大成》，是书体例为每条之下所引诗以"起"、"联"、"结"形式出现，"起"是专门针对本条目而收录的诗歌首句，如所引"东风渐急夕阳斜，一树夭桃数日花"为来鹄《惜花》诗首句；"联"则诗歌中颔联与颈联部分，如所引"野润烟光薄，沙暄日色迟"为杜甫《后游》诗颔联；"结"则为诗歌最末两句，如所引"总把春山扫眉黛，不知供得几多愁"为李商隐《代赠》（其二）结句。又有"散对"、

"古体"、"事类","散对"多为两字或三字对,如"走石"对"扬沙"、"蔽江海"对"荡乾坤"。"古体"即古体诗句。"事类"则注明所引文献出处。其中"起"、"联"、"结"、"散对"、"古体"下引诗并不注明作者出处。是书所引诗与其他类书相似,多引《诗经》、陶渊明、谢灵运、杜甫、苏轼诗歌。而对于唐代诗人来说,所征引者有陈子昂、王勃、岑参、王维、崔颢、常建、李白、杜甫、元结、刘禹锡、柳宗元、白居易、韩愈、韦应物、武元衡、戎昱、王建、朱庆余、杜牧、李贺、李商隐、李德裕、许浑、齐己、姚合、陆龟蒙、罗隐、薛能、韩偓、罗邺、方幹、司空曙、皮日休、聂夷中、杜荀鹤等等。而尤以杜甫为最多,其次为李白、韩愈,可见其着眼点仍在唐诗大家,尽管林桢有所增补,但仍能推知毛直方的诗学倾向。

又有林駉撰《源流至论前集》十卷,《后集》十卷,《续集》十卷,《别集》十卷,其中内容有专论唐诗者。此书将经、史及典章制度分门别类,专为科举设置。考查此本与唐诗并非绝无关系,如前集卷二专论杜诗;后集卷六《文行》论唐代诸家诗人;别集卷四亦论历代人才包括唐代诗人;后集卷九则专有《论诗》,这部分内容涉及宋人对唐诗作者及作品的评价。是书涉及对唐人诗评论者如:前集卷二,"白乐天《海图屏风》之作前辈窥见其心之不忍用兵",下注:"东坡读白乐天《海图屏风诗》,谓乐天心不忍用兵。"又"刘禹锡《三阁诗》四章,识者谓可以配《黍离》",下注:"山谷读刘禹锡《三阁诗》曰:'此诗可以配《黍离》。'"其自评唐诗人云:"韩昌黎诗豪矣,未必熟;李太白诗深矣,未必畅。"但仍以评论杜诗为最多,如"《诗史》:杨大年不喜杜子美诗,谓之村夫子，有乡人以子美诗强，大年不服，因曰：‘公试为我续“江汉思归客”一句’，大年以为属对，乡人曰‘乾坤一腐儒’，大年似少屈”；“《贡父诗话》：欧公平生不甚爱杜诗，而谓韩吏部绝伦，又欧公与客得杜诗，有‘身轻一鸟’之句，欧公与客思足其句，或曰‘下’；或曰‘落’，及得全句，乃‘过’字，欧公深叹之”；“黄山谷称子美诗如灵丹一粒，点铁成金”；东坡谓子美诗集大成等等。其自论杜甫诗则曰：“杜甫流落剑南，放散沅湘，往来夔陕之间，奔走寇乱之际，饮食言笑，欢愉叹戚，无一息而忘夫君，《北征》之篇盖仓卒问家室而作也，使或者处之对童稚语妻子，他不暇顾，而终篇谆复惟及国事。山谷喜之，谓退之《南山》不必作，《登慈恩寺塔》此正陪诸公游遨而作也，固宜笑谈戏谑，傲视八极，以乐其心，而措意立辞意在言外。荆公谓其讥天宝时事，则其忧国之意果何如哉?《杜鹃》之诗忠爱之念天地实临;《北征》之诗，忠毅之色，秋霜之严，与《柏舟》、《考槃》之诗异辞同体，岂可以后之诗论耶!”《论诗》篇末云：“噫！聂夷中四月卖丝五月卖谷之咏，或犹以周诗许之，况晋之渊明、唐之工部、我朝之杨、欧、坡、谷四公，其有补于风教也不少，君子安得不进于三百篇之列也。”则其诗学力主教化之说，推崇陶渊明、杜甫、苏、黄，从这一点来看，则编者又带有一点理学家的痕迹。

在诸家推崇杜诗的同时，叶廷珪却能独树一帜，对杜诗不甚重视。叶廷珪“好为诗，与吏部员外郎宋乔年以诗相善。乔年议论少许可，独喜称廷珪诗，在泉中与傅自得一见如平生，会即谈诗。一日诵其所作《郡斋罗汉室》示自得，末句云：‘几多雁鹭行间吏，衙退频来礼释迦。’自得谓廷珪：‘予每读韦苏州诗“今朝郡斋间，欲问楞迦字”，未尝不废卷太息，想像苏州之风流蕴藉，而知其当时之政。泉故剧郡，公使吏辈优游如此，此可观公。’廷珪欣然以为会心之友”[102]。叶廷珪并没有留下什么专门的诗论，但其编纂的类书《海录碎事》却特别能够体现其诗学倾向。是书有绍兴十九年（1149）叶廷珪序，云：“每闻士大夫家有异书无不借，借无不读，读无不终篇而后止。尝恨无赀，不能尽得写，间作数十大册，择其可用者手抄之，名曰《海录》；其文多成片段者，为《海录杂事》；其细碎如竹头木屑者，为《海录碎事》；其未知故事所出者，为《海录未见事》；其事物兴造之原，为《海录事始》；其诗人佳句曾经前辈所称道者，为《海录警句图》，其有事迹著见作诗之由，为《海录本事诗》。独《碎事》文字最多，初谓之《一四录》，言其自一字至四字有可取者，皆录之，后改为《碎事》。”[103]从此序文中可知，除《海录碎事》之外，叶廷珪还编有《海录杂事》、《海录未见事》、《海录事始》、《海录警句》及《海录本事诗》，惜均未流传。其中《海录警句》为收集诗人佳句者，也是诗歌总集，与唐人诗歌相关。叶氏在读书过程中随记随录，积数十年而成，且说明所录文字“多新奇事，未经前人文字中用”。因其为随笔记录，由此是书所录唐诗较其他类书编者更能体现其诗学倾向。李之亮在点校是书时也说：“诗赋方面，各门所收，几乎毫无例外地给予《文选》一席之地，足见叶氏对《文选》之钟爱异乎寻常。此外，唐李白、李贺、李德裕，宋王珪、林逋之诗作采录亦多，而于杜甫、白

102（明）何乔远《闽书》卷九十四，福建人民出版社 1995 年版，第 2829 页。
103（宋）叶廷珪著，李之亮校点《海录碎事》，中华书局 2002 年版，第 1 页。

居易、柳宗元、苏轼、欧阳修、王安石等诗文则所取无几，甚至不录。这绝非叶氏罕睹其书或偶然的疏漏，只是出于他的偏爱，客观上反映出他的文学审美态度。”[104] 此书收录唐诗以李白、李贺、杜牧、李商隐为多，而对于杜甫、韩愈、白居易、柳宗元等人的诗歌无甚采录。叶廷珪生活于两宋之交，这一时期，整个宋代诗坛以崇尚杜甫、韩愈为主。即便是福建地区，在朱熹、严羽等人之前，大多以尊尚杜甫为主，而对李白诗不大留意，至多李杜并称。叶氏一反诗坛的主潮流，独以李白、李贺为宗，不但可贵，也让人耳目一新。从李白及李贺的诗歌创作来看，二人七律绝少，而更多的是古体诗，与杜甫致力于近体诗的创作截然相反，同时，叶廷珪《海录碎事》多选取《选》诗，这样就可以推断，叶廷珪对古体诗歌偏爱有加。叶廷珪《海录碎事》卷十八及卷十九对李白及李贺有类似记载：“唐人以李白为天才绝，白乐天人才绝，李贺鬼才绝。”相较而言，天才绝当胜人才绝。又云：“世传杜甫诗天才也，李白诗仙才也，李贺诗鬼才也。”这里又说杜甫为天才，李白却为仙才，天才与仙才，孰为优孰为劣，无需多言。

二、祝穆《古今事文类聚》及《方舆胜览》所体现的唐诗学观

祝穆所著有《事文类聚》及《方舆胜览》诸书[105]。祝穆《事文类聚》自序云：“凡观古人嘉言粹行，大篇短章，始固拳拳服膺，久则惘然不复可忆，未几悔悟，随即疏记积以累年，遂成巨帙，第丛穰猥杂，每以散无统纪病之，因考欧阳询、徐坚所著类书，采摭

104 （宋）叶廷珪著，李之亮校点《海录碎事》，中华书局 2002 年版，第 2 页。

105 祝穆（？—1255 年），字伯和，又字和甫，晚年自号“樟隐老人”，建阳人。

事实及诗文合而成编，颇有条理，暇日仿其遗意，诠次旧稿，自羲农以至我宋各循世代之次，纪事而必提其要，纂文而必拔其尤，编成辄以《古今事文类聚》名之。”遂随读随记，久而成此书。此书涉及不少唐代诗歌，其间亦有诗话。由于此书是作者随读随记而成，且主要选择的是“古人嘉言粹行”，因此，对唐诗的选择是有意识的。另外，需要指出的是，《方舆胜览》名为地记，实则类书，四库馆臣云：“而诗、赋、序、记，所载独备。盖为登临题咏而设，不为考证而设。名为地记，实则类书也。然采摭颇富，虽无裨于掌故，而有益于文章。”[106]确为的论。《方舆胜览》收录大量唐人诗歌作品，计有一百一十三家。童养年先生《全唐诗续补遗》及陈尚君先生《全唐诗补编》即从是书中摭拾材料。

《古今事文类聚》（仅就《前集》六十卷）与《方舆胜览》所记唐人诗歌对比来看：《古今事文类聚》所选诗歌数量（包括古体诗、律诗及诗句）较多者依次为：杜甫 138 首、韩愈 61 首、李白 47 首、白居易 41 首、刘禹锡 26 首、张籍 13 首、李贺 13 首、郑谷 14 首、杜荀鹤 12 首、孟郊 11 首、杜牧 10 首、韦应物 10 首、王建 10 首、罗隐 9 首、贾岛 7 首。

《方舆胜览》所选诗歌数量依次为：杜甫 119 首、李白 86 首、白居易 67 首、杜牧 34 首、刘禹锡 31 首、韩愈 30 首、罗隐 17 首、方幹 13 首、张祜 13 首、郑谷 9 首、张籍 9 首、李商隐 8 首、杜荀鹤 8 首、韦应物 8 首、刘长卿 8 首。

而从两书引诗情况来看，祝穆所尤为重视者为杜甫、李白、韩

106（清）永瑢等《四库全书总目》卷六十八，中华书局 1965 年版，第 596 页。

愈及白居易。对初唐及盛唐其他诗人不大重视，如《事文类聚》所引初唐四杰仅有骆宾王一人，《方舆胜览》中四杰也仅引用了卢纶及杨炯之诗。对于盛唐来说，作为唐诗名家的王维（二书合计 9 首）、孟浩然（二书合计 7 首）及岑参（二书合计 9 首）、高适（二书合计 4 首）等人的诗歌引用数量极少，尚不如晚唐郑谷（二书合计 23 首）、杜荀鹤（二书合计 20 首）、方幹（二书合计 19 首）、罗隐（二书合计 26 首）这类小作家诗人。除李杜及元和大家之外，二书所引晚唐诗人数量及诗歌作品数量为最多。这说明祝穆在唐诗学观上仍然因循宋人诗学晚唐的思想。作为朱熹的弟子，很显然，祝穆对朱熹所推崇的陈子昂及其认为有“萧散之趣”的王、孟、韦、柳诸家并不甚在意，而这与两书体例内容的限制并没有多大关系。从体裁上来说，是书所引律诗远超古体诗，这又与当时理学家的观念不同。这些都表明祝穆在诗学观念上的新异性。特别需要提出的是，包括祝穆在内的所有宋代闽地的文人在编选唐诗的时候基本上都会涉及郑谷及与其诗风类似的唐诗作者，实际上，类书的编选更多地承担了家塾教学的功用。欧阳修即云：“郑谷诗名盛于唐末。号《云台编》，而世俗但称其官为‘郑都官诗’。其诗极有意思，亦多佳句；但其格不甚高。以其晓易，人家多以教小儿。”[107]

这里需要提出的是，《方舆胜览》作为地志之书，祝穆似乎特意引用了唐代福建诗人的诗歌，包括：周朴一首、翁承赞一首、黄滔二首、欧阳詹二首。这与仅引一首诗的大诗人陈子昂及王维对比来说，显得非常醒目，更何况是在唐代闽地诗人及作品极少的情况

107 （宋）欧阳修《六一诗话》，人民文学出版社 1962 年版，第 7 页。

下，很显然是祝穆有意为之，或出于地域意识或出于尊崇乡贤，但无论如何，这对于是书的闽地受众者而言，无疑是一个莫大的激励与安慰。

小结：相较于其他地域来说，宋代闽地的唐诗文献学最为发达。其一，作为宋代三大刻书中心，闽地对唐人诗集的刊刻数量仅次于浙江地区。同时，闽地对唐人别集的刊刻主要集中于杜诗及韩愈集。实际上，对唐人总集及其他著作的刊刻也不在少数。例如：刘克庄编选《唐五七言绝句》南宋刊行于莆田、建阳。旧题刘克庄《分门纂类唐宋时贤千家诗选》在编选之初就已经在建阳、麻沙一带进行刊刻。柯梦得《唐绝句选》曾刊刻于莆田县学。陈宓《复斋先生龙图陈公文集》卷十《跋柯东海集唐人绝句》："某之友柯东海嗜诗，至老不衰，所集唐人绝句百余首，每得一首，行吟卧讽至于旬月，乃粘之屋壁，其用志之深故其所得之艰也。如此读者当熟复研味，庶几有得，暇日欲假唐诗往往无有，因刻之县学，与有志者共之。柯君有《抱瓮集》行于世，其格律贯穿诸家，而其得意处唯诗人为能知之。"[108]蔡正孙《精选唐宋千家联珠诗格》成书之际，蔡正孙"命其子弥高鸠工而寿诸梓，欲以公天下之斯文也"。是为家刻。

其二，对唐人别集的整理也较其他地域更为发达，并且出现了能够代表整个宋代校勘、整理唐诗文献最高水平的著作。比如方崧

108（宋）陈宓《复斋先生龙图陈公文集》，《续修四库全书》本，第1319册，上海古籍出版社2002年版，第369页。

卿及朱熹对韩愈集的校勘整理可以说代表了整个宋代韩集校勘学的成就。在对唐人集的注释上，闽地魏仲举《新刊五百家注音辨昌黎先生文集》代表了宋人笺注韩愈集的最高成就。蔡梦弼《杜工部草堂诗笺》是杜诗学史上占有重要地位的一部著作。

其三，闽地的唐诗选本也表现出明显的地域特点。其他地域如王安石《唐百家诗选》、洪迈《万首唐人绝句》、赵师秀《二妙集》、周弼《三体唐诗》等，大致体现当时文学潮流，如赵师秀《二妙集》专取贾岛、姚合诗正是其诗学晚唐的范本。闽地则着重于对唐人绝句的编选，绝句创作难度较大，恰恰在客观上反映了闽地文人“以才学为诗”的倾向。

其四，类书一般被认为是可供检索的资料性工具书。而在闽地所编类书当中，叶廷珪《海录碎事》却在排比事类的过程中以自身的诗学审美观念对材料进行取舍，不容忽视。除此之外，祝穆有《古今事文类聚》及《方舆胜览》，两者虽均为类书，但将二者对比来看，也能梳理出祝穆的唐诗学倾向。因此，除了文献材料的保存价值，类书在一定程度上也体现了编纂者的诗学态度。

第四章　严羽的《沧浪诗话》与评点《李太白诗集》研究

明胡应麟云："国初吴诗派昉高季迪，越诗派昉刘伯温，闽诗派昉林子羽，岭南诗派昉于孙蕡仲衍，江右诗派昉于刘崧子高。五家才力，咸足雄据一方，先驱当代。"[1]指出闽中诗派是明初五大创作群体之一。闽中诗派以林鸿为首，诗学标举盛唐。高棅的《唐诗品汇·凡例》载林鸿诗学观云："先辈博陵林鸿尝与余论诗，上自苏、李，下迄六代：汉魏骨气虽雄而菁华不足，晋祖玄虚，宋尚条畅，齐梁以下，但务春华，殊欠秋实。唯李唐作者，可谓大成。然贞观尚习故陋，神龙渐变常调，开元、天宝间，神秀声律粲然大备，故学者当以是楷式。"[2]在诗学史上，闽中诗派除了推举盛唐，还将唐诗的流衍分成初、盛、中、晚四个时期："有唐三百年诗……略而言之则有初唐、盛唐、中唐、晚唐之不同。"[3]《唐诗品汇·凡例》言："大略以初唐为正始，盛唐为正宗、大家、名家、羽翼，中唐为接武，晚唐为正变、余响，方外异人等诗为傍

1　（明）胡应麟《诗薮·续编》卷一，中华书局 1958 年版，第 327 页。

2　（明）高棅《唐诗品汇》，上海古籍出版社 1988 年版，第 14 页。

3　（明）高棅《唐诗品汇·总叙》，上海古籍出版社 1988 年版，第 8 页。

流。”[4]《唐诗品汇》与《唐诗正声》则是为贯彻闽中诗派的诗学思想编选而成的，是闽中唐诗学的范本。可以说，明代闽中诗派的出现是闽中新诗学传统形成的标志，而闽中唐诗学的理论由宋代严羽《沧浪诗话》及其评点《李太白诗集》奠基，元代踵武，至于明高棅才形成更为完备的体系。

第一节　严羽《沧浪诗话》与明代闽中诗派的形成

诗学标举盛唐以及对唐诗的分期是论者关注严羽《沧浪诗话》的焦点。对于唐诗的分期，严格说来，严羽并不能被称为是首创者，南宋时期闽中对于这个问题的探讨已经展开。首先，朱熹有一段话颇可留意："古今之诗，凡有三变。盖自书传所记，虞夏以来，下及魏晋，自为一等。自晋宋间颜、谢以后，下及唐初，自为一等。自沈、宋以后，定著律诗，下及今日，又为一等。"[5]这段话将古今诗歌分为三等，但是这里透出一个讯息，朱子在这里将

---

4 （明）高棅《唐诗品汇》，上海古籍出版社1988年版，第14页。

5 （宋）朱熹《朱文公文集》卷六十四《答巩仲至》，《四部丛刊》本，商务印书馆。按，关于唐诗分期的研究，学术界多引用元王构《修辞鉴衡》："诗自河梁之后，诗之变，至唐而止。元和之诗极盛。诗有盛唐、中唐、晚唐。五代陋矣。"在以往的学术研究中，这段话一直被认为是北宋时期闽人杨时所说，并以此来证明至晚在北宋前期已有盛唐、中唐、晚唐的说法。持上述观点的如：陈伯海《唐诗学史稿》，陈伯海先生特别指出杨时这段话对严羽及高棅的影响，强调其重要性。另外，岳麓书社出版的王大鹏《中国历代诗话选》此条收入"杨时诗话"。除此之外，李定广《论"晚唐体"》及其《"文体三变说"：中国文学史的基本论述模式》引用本条材料时，也认为出自杨时语录。这里需要特别辨明的是，通过对《龟山先生语录》、《修辞鉴衡》、《对床夜语》、《唐诗三体家法序》等的考察及其他材料的分析，这段话实际上出自南宋周弼而非杨时。详见张艳辉《杨时"三唐说"辩误》。故本文以南宋闽地为中心进行论述。

沈、宋之前的诗从整个唐宋阶段中剥离出来定为初唐。这或可成为某种启示。而与严羽同时的莆田刘克庄在《中兴五七言绝句》中亦云："客曰：'昔人有言，唐文三变，诗亦然，故有盛唐、中唐、晚唐之体。晚唐且不可废，奈何详汴都而略江左也！'余矍然起，谢曰：'君言有理。'"[6]这个"客"就把唐诗分为盛、中、晚三期，并得到了刘克庄的赞同。刘克庄《后村诗话》又有："唐人诗与李、杜同时者，有岑参、高适、王维，后李、杜者，有韦、柳，中间有卢纶、李益、两皇甫、五窦，最后有姚、贾诸人，学者学此足矣。长庆体太易，不必学。"[7]又言："高、岑二公诗，气魄力量，音调节奏，生逢开元承平之际，与李、杜二公更唱迭吟，所谓治世之音也。"[8]这两段话虽未明言唐诗分期，但大致可以看出，李、杜、岑参、高适、王维为同一时期，生逢开元承平之际也就意味着为盛唐时期。而韦、柳、卢纶、李益、两皇甫、五窦为中唐时期，晚唐则为姚、贾诸人。

作为朱熹的再传弟子[9]，邵武严羽同样将古今诗歌分为三等："论诗如论禅：汉、魏、晋与盛唐之诗，则第一义也；大历以还之诗，则小乘禅也，已落入第二义矣；晚唐之诗，则声闻、辟支果也。"[10]强调盛唐与中晚唐的区别。尤可注意的是，严羽将唐诗分为五期："唐初体（唐初犹袭陈、隋之体）、盛唐体（景云以后，开元、天宝诸公之诗）、大历体（大历十才子之诗）、元

6 （宋）刘克庄《后村先生大全集》卷九四，《四部丛刊》本，第 119 页。

7 （宋）刘克庄《后村诗话》前集卷一，中华书局 1983 年版，第 20 页。

8 （宋）刘克庄《后村诗话》新集卷三，中华书局 1983 年版，第 186 页。

9 根据清朱霞《严羽传》，严羽曾受学于包克堂，即包扬。包扬曾受学于朱熹、陆九渊。

10 （宋）严羽著，郭绍虞校释《沧浪诗话校释》，人民文学出版社 1961 年版，第 11—12 页。

和体（元白诸公）、晚唐体。”[11] 在严羽的五唐分期中，沈、宋之前定为初唐：“次取沈、宋、王、杨、卢、骆、陈拾遗之诗而熟参之，次取开元、天宝诸家之诗而熟参之，次取李、杜二公之诗而熟参之，又取大历十才子之诗而熟参之，又取元和之诗而熟参之，又尽取晚唐诸家之诗而熟参之。”[12] 初盛唐的区分以沈、宋为界，这又显然与朱子的说法不谋而合或者说受到了朱子的启发。

严羽《沧浪诗话》论诗标举盛唐，开篇《诗辨》便提出：“夫学者以识为主：入门须正，立志须高；以汉魏晋盛唐为师，不作开元天宝以下人物。”[13] 又云：“先须熟读《楚辞》，朝夕讽咏，以为之本；及读《古诗十九首》、乐府四篇、李陵、苏武、汉、魏五言，皆须熟读，即以李、杜二集枕藉观之，如今人之治经，然后博取盛唐名家，酝酿胸中，久之自然悟入。虽学之不至，亦不失正路。”[14] 在闽中作者当中独标一帜，认为作诗当以盛唐为师。对于这一理论，《诗辨》又进一步说：“夫诗有别材，非关书也；诗有别趣，非关理也。然非多读书，多穷理，则不能极其至。所谓不涉理路，不落言荃者，上也。诗者，吟咏情性也。盛唐诸人惟在兴趣，羚羊挂角，无迹可求。故其妙处透彻玲珑，不可凑泊，如空中之音，相中之色，水中之月，镜中之象，言有尽而意无穷。”[15] 点明“兴趣”是盛唐诗的特点。又云：“推原汉魏以来，而截然谓当以盛唐

11 （宋）严羽著，郭绍虞校释《沧浪诗话校释》，人民文学出版社 1961 年版，第 53 页。

12 同上书，第 12 页。

13 同上书，第 1 页。

14 同上。

15 同上书，第 26 页。

为法，虽获罪于世之君子，不辞也。”[16]明确主张作诗应“以盛唐为法”，严羽此论后被明闽中诗派奉为圭臬。严羽评论盛唐诸家之诗云：“盛唐诸公之诗，如颜鲁公书，既笔力雄壮，又气象浑厚。”[17]评李杜诗云：“少陵诗法如孙、吴，太白诗法如李广。少陵如节制之师。”[18]又云：“李、杜数公，如金鳷擘海，香象渡河，下视郊、岛辈，直虫吟草间耳。”[19]评高适、岑参诗云：“高岑之诗悲壮，读之使人感慨；孟郊之诗刻苦，读之使人不欢。”[20]评孟浩然诗，严羽一反其他诗家议论，以为：“孟浩然之诗，讽咏之久，有金石宫商之声。”[21]

严羽的理论形成后即形成一股区域性潮流，受到同时同邑人的尊崇：“(严羽)子凤山，凤山子子野、半山，邑人上官阆风、吴潜夫、朱力庵、吴半山、黄则山，盛传宗派，殆与黄山谷江西诗派无异。”[22]其后，建安魏庆之在他的《诗人玉屑》中大量引用《沧浪诗话》，如卷一《诗辨》全部引用《沧浪诗话》，他如《诗法》、《诗体》等亦有引用，这在客观上促进了严羽《沧浪诗话》的传播与接受。除此之外，魏庆之的《诗人玉屑》从编排体例上来看，其诗学观念与严羽是一致的，推崇盛唐诗歌。建安黄昇《玉林诗话》对严羽诗论亦有提及。

16（宋）严羽著，郭绍虞校释《沧浪诗话校释》，人民文学出版社 1961 年版，第 27 页。
17 同上书，第 253 页。
18 同上书，第 170 页。
19 同上书，第 177 页。
20 同上书，第 181 页。
21 同上书，第 195 页。
22（明）何乔远《闽书》卷一百三十，福建人民出版社 1995 年版，第 3863 页。

同时，邵武黄公绍《沧浪吟卷》作序称："吾樵名诗家众矣，近世称二杜三严。余幼时，见东乡诸儒藏严诗多甚，恨不及传。今南叔李君示余所录《沧浪吟卷》，盖仅有之者，俾余序其篇首。"[23] 这段话透露的讯息是："东乡诸儒藏严诗多甚。"说明严羽的诗在当时已经跨越邵武地区流衍至江西，"多甚"二字隐然有严氏诗学大昌于江西东乡之势。黄公绍《沧浪吟卷序》又云："（严氏）为诗宗盛唐，自《风》、《骚》而下，讲究精到，石屏戴复古深所推敬。"[24] 江湖著名诗人戴复古极力推崇严羽，使严羽的诗学主张得到广泛传播。浙江范晞文《对床夜语》亦直接引用严羽"妙悟"等说，并在诗歌创作上受到严羽的影响。与严羽同时稍晚，浙江史弥宁《诗禅》云："诗家活法类禅机，悟处工夫谁得知。寻著这些关棙子，国风雅颂不难追。"持论以妙悟为宗，近似严羽的"妙悟"之说。这说明严羽的影响已经在南宋时期冲破闽中地区而渐及全国。

严羽"诗法盛唐"的理论由宋代延及元代闽中诗人，这里以元杨载及黄清老为例进行讨论。

杨载，建州浦城人，元诗四大家之一。"于诗尤有法，尝语学者曰'诗当取材于汉魏，而音节则以唐为宗'"[25]。可见杨载论诗，也以盛唐为宗。其诗法著作《诗法家数》也表明崇盛唐诗的态度："今之学者，倘有志乎诗，须先将汉、魏、盛唐诸诗，日夕沈潜讽咏，熟其词，究其旨，则又访诸善诗之士，以讲明之……苟为不然，我见其能诗者鲜矣！是犹孩提之童，未能行者而欲行，鲜不仆

23（宋）严羽著，郭绍虞校释《沧浪诗话校释》，人民文学出版社 1961 年版，第 266 页。
24 同上。
25（明）宋濂《元史》卷一百九十《杨载传》，中华书局 1976 年版，第 4341 页。

也。余于诗之一事，用工凡二十余年，乃能会诸法，而得其一二，然于盛唐大家数，抑亦未敢望其有所似焉。”[26]日夕讽咏“汉、魏、盛唐诸诗”之说与严羽一致。由此看来，杨载作诗以盛唐诸家为楷式。

黄清老，邵武人。苏天爵《儒学提举黄公墓碑铭并序》：“邑之儒先严斗严者，至元季年有诏徵之，不起，公师事之，斗严曰：‘吾昔受学于严沧浪，今得子相从，吾无恨矣。’”[27]可知黄清老为严羽的再传弟子，也就是说黄氏在诗论上必然或多或少的受到严羽的影响，而张以宁的一段话恰好能够证明这个推断，张以宁《黄子肃诗集序》云：“逮于我朝盛际，若樵水黄先生，噫，其志于悟之妙者乎！盖先生之于诗，天禀卓而涵之于静，师授高而益之以超。由李氏而入，变为一家。其论具《答王著作书》。及裒严氏诗法，其自得之髓，则必欲蜕出垢氛，融去渣滓，玲珑莹彻，缥缈飞动，如水之月，镜之花，如羚羊之挂角，不可以成象见，不可以定迹求，非是莫取也。”[28]从这段话可以看出，黄清老继承并发扬了严羽“妙悟”之说，并在创作中模仿李白而自成一家。杨载与黄清老的诗学主张为闽中诗派的形成做好了理论上的铺垫。

同时，《沧浪吟卷》在元代的刻本也能说明一些问题。《艺芸书舍宋元本书目·元版书目》著录有《沧浪吟》三卷；中国台湾《“中央”图书馆善本书目》著录《沧浪严先生吟卷》三卷，二册，

26（元）杨载《诗法家数》，清何文焕《历代诗话》本，中华书局1981年版，第726—727页。

27（元）苏天爵著，陈高华、孟繁清点校《滋溪文稿》卷十三，中华书局1997年版，第209—210页。

28（明）张以宁《黄子肃诗集序》，《翠屏集》卷三，明成化刻本，第8页。

宋严羽撰，元陈士元编，为元前至元庚寅（二十七年）刊本。由《沧浪吟卷》的刊刻可以看出严羽诗学的区域性流传。《沧浪吟卷》据元刻本题署“樵川陈士元旸谷编次，进士黄清老子肃校正”，这里关节到一个人物，即陈士元。

陈士元，据嘉靖《邵武府志》云：“邵武人，与黄镇成同时，以文为友，隐居不仕。所著有《武阳志略》一卷、《武阳耆旧诗宗》一卷行世，皆辞藻可观，学者号为旸谷先生。”除了编次《沧浪吟卷》，陈士元还著有《武阳志略》及《武阳耆旧诗宗》，可见，陈士元一直致力于当地文献，并有意发扬乡贤文学。从邵武黄镇成的《武阳耆旧诗宗序》我们可以窥见此书大略：

> 《宗唐诗》者，武阳耆旧之所作也。诗以唐为宗，诗至唐而备也。盖自唐虞《赓歌》为雅颂之正，至《五子之歌》有风人之旨，《三百篇》源流在是；下至楚骚、汉魏，而流于六朝，至唐复起，开元、天宝之间极盛矣。一本温柔敦厚，雄浑悲壮，而忠臣孝子之情、伤今怀古之意，隐然见于言外，可以讽诵而得之矣。宋诸大家，务自出机轴，而以辨博迫切为诗，去《风》、《雅》、《颂》反远矣。及其弊也，复有一类衰陋破碎之辞，相尚为奇，岂不为诗之厄哉！吾乡自沧浪严氏奋臂特起，折衷古今，凡所论辨，有前辈所未及者，一时同志之士，更唱迭和，以唐为宗，而诗道复昌矣。是时家各有集，惜行世未久，海田换代，六丁取将。旸谷陈君士元，网罗放失，得数十家，大惧湮没，俾镇成芟取十一，刊刻传远，一以见一代诗宗之盛，一以见吾邦文物之懿。陈君是心，可不谓贤者！我朝文治复古，诸名家杰作，齐

驱盛唐，是编之行，适其逢也，敢述卷端。[29]

由是可知，《武阳耆旧诗宗》裒集邵武地区自严羽以来数十家诗人的作品刊行，诸家作品并倡盛唐。至于“我朝文治复古，诸名家杰作，齐驱盛唐，是编之行，适其逢也”，这是否意味着闽中诗家取法盛唐已然形成一种可以和有元一代之诗相颉颃的风潮呢？

此外，据清孙星衍《平津馆鉴藏记》，元代建安叶氏广勤堂刊有杨士弘《唐音》，此书《正音》部分收“唐初、盛唐诗”、“中唐诗”、“晚唐诗”，唐诗分期恰恰上承严羽《沧浪诗话》五分法，而下启《唐诗品汇》初唐、盛唐、中唐、晚唐的四分法。《正音》卷首小序又表明其“专取乎盛唐”的观点。闽中十子之一王偁云：“及至近代襄城杨伯谦《唐音》之选，始有以审其始终正变之音，以备述乎众体之制，可以扫前人之陋识矣。”高棅《唐诗品汇·总叙》亦称：“《唐音》集颇能别体制之始终，审音律之正变，可谓得唐人之三尺。”可见明闽中诗派颇受其影响。

明初在闽中诗派形成之前，古田张以宁及崇安二蓝、龙溪林弼在诗歌创作上仍然不离唐人矩矱。可以说，明初整个福建诗坛均以唐诗为法，如果说严羽等人从理论上开启了闽中诗派，那么张以宁等人在创作上直接引逗出闽中诗派。

张以宁的诗歌创作“格兼唐宋”，其《峨眉亭》：“秋色淮上来，苍然满云汀。安得十五弦，弹与蛟龙听？”有唐诗韵味。陈琏《翠屏集序》云：“其五七言古诗及近体诸诗沉郁雄健者，可

29（清）李清馥，《闽中理学渊源考》卷三十九，《景印文渊阁四库全书》本。

追汉魏，清婉俊逸者，足配盛唐。盖可谓善学古人者也。”[30]而《明三十家诗选》云：“《翠屏》一集咀含英华，当为闽诗一代开先，二蓝、十子，皆在下风。”[31]认为张以宁为闽诗的开先，二蓝、十子皆不及。

崇安二蓝，指的是蓝仁、蓝智兄弟，较十子稍早。朱彝尊云：“二蓝学文于武夷杜清碧，学诗于四明任松卿，其体格专法唐人，间入中晚，盖十子之先，闽中诗派，实其昆友倡之。”[32]指出二蓝为闽中诗派的先声，其诗虽然专法唐人，其诗格调仍在中晚唐。兹举两诗为例：蓝仁《西山暮归》：“凉叶坠微风，秋山正萧爽。天寒独鸟归，日夕白蛩响。偶从桂树招，遂有桃源想。石磴阒无人，山猿自来往。”蓝智《姑苏怀古》：“辇路草生空走鹿，女墙月落更啼乌。可怜犹自矜红粉，十里荷花绕太湖。”蓝仁诗近于王维，蓝智诗近刘禹锡。实际上二蓝在诗歌创作中一直追摹盛唐，“陈延器云：蓝山诗力追盛唐，规圆矩方，靡不合度”。又张昶《蓝涧集》云：“崇安蓝明之长于诗，古仿佛魏晋，律似盛唐。”[33]

另有《闽中录》称林弼：“闽中诗派摹唐音者，皆称十子，实则唐臣及二蓝导其先也。”[34]也说明闽中十子的渊源。尽管如此，诗评家并没有重视二蓝及林弼，究其原因，无非是这些诗人在创作上的成就并不显得那么耀眼。然而不可否认的是，正是这些诗人形成的学唐风气影响到了闽中诗派的形成。

30（明）张以宁,《翠屏集》, 影印文渊阁《四库全书》本。

31（清）陈田,《明诗纪事》甲籤卷三引，上海古籍出版社 1993 年版，第 104 页。

32（清）朱彝尊,《明诗综》卷一一，康熙四十四年六峰阁刊本。

33（清）陈田,《明诗纪事》甲籤卷三引，上海古籍出版社 1993 年版，第 328 页。

34 沈瑜庆、陈衍《民国福建通志・艺文志》卷六十一引，第 37 册，第 22页。

明代闽中诗派的出现标志着闽地诗学地域特征的形成，《明史·文苑传》云："闽中诗文，自林鸿、高棅后，阅百余年，善夫继之。迨万历中年，曹学佺、徐𤇍辈继起，谢肇淛、邓原岳和之，风雅复振焉。"[35] 自林鸿、高棅到万历年间，闽中诗人继起，这些诗人在诗学上也都以盛唐为宗。以邓原岳而言，他所编集的《闽中正声》，"以高廷礼《唐诗正声》为宗，大率取明诗之声调圆稳，格律整齐者，几以嗣响唐音，而汰除近世叫嚣跳踉之习"[36]。谢肇淛也为"近日闽派之眉目也"[37]。然而，闽中诗派形成的意义并不局限于此，更在于其开启了有明一代的整体宗尚盛唐，谢肇淛说："明诗所以知宗夫唐者，高廷礼之功也。"[38] 四库馆臣论《唐诗品汇》亦云："《明史·文苑传》谓，终明之世，馆阁以此书为宗。厥后李梦阳、何景明等摹拟盛唐，名为崛起，其胚胎实兆于此。"[39] 至于清代，盛唐诗法仍延续不衰，如清许印芳《沧浪诗话跋》云："我朝王文简公取严氏喻禅宗旨，选定《唐贤三昧集》，其所为诗，亦拘守唐格，不知通变，为后世所讥。是皆严氏分唐界宋之说，先入为主，有以误之也。"[40] 对于闽中地区而言，侯官陈寿祺等人力诋严羽诗论，然而也并没有创新，不过是走上了仿宋的另外一种复古道路。

标举以盛唐为法的严羽，其诗歌创作与立论亦实难相配。《四

35（清）张廷玉等《明史》卷二百八十六《文苑传》，中华书局 1974 年版。

36（清）钱谦益《列朝诗集小传》丁集下，上海古籍出版社 1959 年版，第 649 页。

37 同上书，第 648 页。

38（明）谢肇淛《小草斋诗话》卷二，张健辑校《珍本明诗话五种》，北京大学出版社 2008 年版，第 370 页。

39（清）永瑢等《四库全书总目》卷一八九，中华书局 1965 年版，第 1713 页。

40（宋）严羽著，郭绍虞校释《沧浪诗话校释》，人民文学出版社 1961 年版，第 274 页。

库全书总目》说严羽诗："五言如'一径入松雪，数峰生暮寒'。七言如'空林木落长疑雨，别浦风多欲上潮'、'洞庭旅雁春归尽，瓜步寒潮夜落迟'。皆志在天宝以前，而格实不能超大历之上。"[41]说明其在实际的诗歌创作上落入中唐一格，而实难与盛唐匹配。李东阳《怀麓堂诗话》则一针见血地指出这一症结的原因所在："顾其所自为作，徒得唐人体面，而亦少超拔警策之处。予尝谓识得十分，只做得八九分，其一二分乃拘于才力，其沧浪之谓乎？"[42]拘于才力是宋后诗人模拟唐诗而不到的一个重要原因。虽拘守盛唐，却只得中唐面目，因此在严羽之后，尽管理论与创作都在不断的完善，却在创作上少独创而多模拟，致有"唐摹晋帖"之讥。

元诗四大家之一杨载的诗歌，以《诗薮》评论最为中肯周到，如论其五言律诗在"大历、元和间"。其他诗作如"'风雨五更鸡乱叫，关河千里雁相呼'、'窗间夜雨销银烛，城上春云动彩旗'（略）皆句格庄严，辞藻瑰丽，上接大历、元和之轨，下开正德、嘉靖之途"。[43]又："'四面青山拥翠微，楼台相向辟天扉。夜阑每作游仙梦，月满琼田万鹤飞。'（略）皆元绝妙境，第高者不过中唐，平者多沿晚宋耳。"[44]无不说明其诗歌创作取法盛唐而落中唐的结果。

元邵武黄镇成在诗歌创作上仍然以模拟盛唐诗为主，周亮工《邵武本沧浪先生吟卷》："抑载检囊籍，得元人黄元镇《秋声集》

41（清）永瑢等《四库全书总目》卷一六三，中华书局1965年版，第1400页。

42（明）李东阳著，李庆立校释《怀麓堂诗话校释》，人民文学出版社2009年版，第27页。

43（明）胡应麟《诗薮·外编》卷六，中华书局1958年版，第225—226页。

44 同上书，第228页。

四卷。其五言之妙，远追陶谢，近体亦在高岑王孟之间，殊无当时陋习，余深赏之。元镇亦樵人，似尝探星宿于严氏者。”[45] 一方面指出其创作类似盛唐之王孟高岑，另一方面也指出严羽的诗论对黄氏的影响。检点黄镇成的《秋声集》，其中不乏唐诗风味者，如《章袁岭》诗：“花竹一家巢绝顶，烟尘九点认齐州。欲寻王子营丹处，玉宇高寒不可留。”再如《送宪幕陈时中分题得平章河》诗：“海国犹传利泽功，沧溟缥缈百蛮通。潮来估客船归市，月上人家水浸空。析木星辰三岛外，榑桑宫殿五云东。河梁此日重携手，目送灵槎万里风。”而这类作品在黄镇成的诗集中并不占主流，“今观其集，大抵边幅稍狭，气味稍薄，盖限于才弱之故”。[46] 再一次指出造成诗格狭小，气味稍薄的原因是“才弱”。

闽中诗派在创作上遵循其师法盛唐的主张，但是其诗歌作品中所显露出来的不足与其闽中前辈是一致的。钱谦益一针见血地指出其症结所在：“膳部（林鸿）之学唐诗，摹其色象，按其音节，庶几似之矣。其所以不及唐人者，正以其摹仿形似，不知由悟以入也。”[47] 闽中诗派学唐而不至，是因其不知“由悟以入”。然闽中诗派的这种做法一直被继承下去，“考闽中诗派，多以十子为宗，厥后辗转流传，渐成窠臼，其初已有唐摹晋帖之评，其后遂至有诗必律，有律必七言；而‘晋安’一派，乃至为世所诟厉”[48]。到晋安一派，诗学盛唐而不到，已为世所诟病。

45（宋）严羽著，郭绍虞校释《沧浪诗话校释》，人民文学出版社 1961 年版，第 270 页。

46（清）永瑢等《四库全书总目》卷一六七，中华书局 1965 年版，第 1445 页。

47（清）钱谦益《列朝诗集小传·乙集·高典籍棅》，上海古籍出版社 1983 年版，第 180 页。

48（清）永瑢等《四库全书总目》卷一八九，中华书局 1965 年版，第 1714 页。

闽中诗人为了形成自身的诗学传统做了很大努力，但是终究无可挽回诗道的衰落，也正是从严羽开始，诗歌逐渐步入简单模拟的道路。闽中诗派的出现更是开启了有明一代的整体模拟，四库馆臣云："《明史·文苑传》谓，终明之世，馆阁以此书为宗。厥后李梦阳、何景明等摹拟盛唐，名为崛起，其胚胎实兆于此。"[49]至于清代，盛唐诗法仍延续不衰，如清许印芳《沧浪诗话跋》云："我朝王文简公取严氏喻禅宗旨，选定《唐贤三昧集》，其所为诗，亦拘守唐格，不知通变，为后世所讥。是皆严氏分唐界宋之说，先入为主，有以误之也。"[50]对于闽中地区而言，侯官陈寿祺等人力诋严羽诗论，然而也并没有创新，不过是走上了仿宋的另外一种复古道路。

第二节　宋代闽地唐诗评点本：评点《李太白诗集》

——兼论严羽的李白诗学批评

评点是文学批评的形式之一，宋代评点著作大致起于吕祖谦的《古文关键》，另外还有楼昉的《崇古文诀》、谢枋得《文章规范》等。实际上，评点这一文学批评样式在兴起之初与科举有着紧密的联系，其目的都在指导士子学习时文之法，以应对科举考试。南宋后期，出现了对诗歌进行评点的著作，诗歌评点除了本身具有的鉴赏功用之外，也有指导后学的作用，如刘辰翁《须溪批点选注杜工部诗》，批注杜诗自此始。实际上，在刘辰翁之前，闽地严羽已经

49（清）永瑢等《四库全书总目》卷一八九，中华书局 1965 年版，第 1713 页。

50（宋）严羽著，郭绍虞校释，《沧浪诗话校释》，人民文学出版社 1961 年版，第 274 页。

有评点《李太白诗集》二十二卷[51]，是宋代闽地唯一的唐诗评点著作，同时也开创了评点李白诗集的先河。清王琦《跋李太白全集》云："李诗全集之有评，自沧浪严氏始也。世人多尊尚之。然求其批郤导窾，指肯綮以示人者，十不得一二。"[52]肯定其开创之功，但又认为其批点李白诗歌不得关键。如果把评点本独立来看，确如王琦所言。但实际上，此评点本当与《沧浪诗话》相结合来进行分析，则可以看出严羽更为全面的李白诗论。可以说《沧浪诗话》是概括性、指导性的理论著作，那么评点《李太白诗集》就是其理论的例证，二者互为表里，相为辅翼。

严羽《沧浪诗话》于李杜最为推崇，《沧浪诗话·诗评》云："论诗以李杜为准，挟天子以令诸侯也。"[53]《沧浪诗话·诗辨》又言："诗之极致有一，曰入神。诗而入神，至矣，尽矣，蔑以加矣！惟李杜得之。他人得之盖寡也。"[54]入神是对李杜诗歌的最高评价，并以为论诗当以李杜为准则。这大概也是严羽评点李白诗歌的缘由。从严羽对李白诗歌的评语来看，基本上遵循了《沧浪诗话》理论体系。

一、言有尽而意无穷

言有尽而意无穷是指诗思深远而有余意，《沧浪诗话·诗辨》

---

51 按，今人陈定玉辑校《严羽集》收录严羽评点《李太白诗集》，中州古籍出版社 1997 年版，本节所涉严羽对李白诗的评语皆本此书，不另出注。另外，吴文治主编《宋诗话全编》中"严羽诗话"也部分收入评点内容。

52（清）王琦辑注《李太白全集》，中华书局 1977 年版，第 1688 页。

53（宋）严羽著，郭绍虞校释《沧浪诗话校释》，人民文学出版社 1961 年版，第 168 页。

54 同上书，第 8 页。

称："诗者，吟咏情性也。盛唐诸人惟在兴趣，羚羊挂角，无迹可求。故其妙处透彻玲珑，不可凑泊，如空中之音，相中之色，水中之月，镜中之象，言有尽而意无穷。"[55]严羽论诗主张含蓄、蕴藉之旨。严羽以为李白有很多诗歌合乎此标准。其评《蜀道难》云："一结言尽意无尽。"此诗结语即"锦城虽云乐，不如早还家"。宋人多以此诗为讽严武、忧房、杜二公之作。有许多不便说不能说的言辞尽纳入此句之中，因此说言尽意无尽。又如评《横江词其五》云："其意言内已尽，而言外更无尽。"按，原诗为："横江馆前津吏迎，向余东指海云生。郎今欲渡缘何事，如此风波不可行。"从表面来看，此诗写的是诗人欲渡江，江津老吏却说不可行。但是细味"如此风波"之句，则可见其又有对政治局势的隐喻之意，故而有言外之味，弦外之响，也正是言有尽而意无穷的典型。他如《效古二首·自古有秀色》，以西施、东施、尹婕妤、邢夫人及无盐女对比人之有色无德、有德无色，寄寓人世感慨，因此严羽评："叹世之意见于言外，真得古人之情。"《怨情（美人卷珠帘）》严羽评："写怨情，已满口说出，却有许多说不出，使人无处下口通问。如此幽深。"辞意婉曲深致，耐人寻味。再如《玉阶怨》严羽评："赋怨之深，只二十字，可当二千言。"《陈情赠友人》严羽评："是寻常事，知其趣者，意味觉永。"都是指诗思意味渊永而言。

除此而外，严羽又特别注意李白诗歌中下字用语的不尽之意。《沧浪诗话·诗法》又称："语忌直，意忌浅，脉忌露，味忌短，音

55（宋）严羽著，郭绍虞校释《沧浪诗话校释》，人民文学出版社 1961 年版，第 26 页。

韵忌散缓，亦忌迫促。”[56] 具体到诗歌创作本身，则下语忌直贵曲，意忌浅贵深。比如《古风（玄风变太古）》一诗中“绿酒哂丹液，青娥凋素颜”句，严羽评：“恋此却彼，惟‘哂’字写得尽情又含蕴，他字不能代也。”下字含蓄。《望终南山寄紫阁隐者》严羽评：“陆士衡诗‘秀色若可餐’，不如此‘秀色’二句味不尽。”秀色二句即指：“秀色难为名，苍翠日在眼。”言终南山难以秀色为名，下语亦有不尽意味。

自诗、骚以来，诗家论诗每每专重诗外托物比兴之旨。清沈德潜《说诗晬语》详论诗之比兴云：“事难显陈，理难言罄，每托物连类以形之。郁情欲舒，天机随触，每借物引怀以抒之。比兴互陈，反覆唱叹，而中藏之欢愉惨戚，隐跃欲传，其言浅，其情深也。倘质直敷陈，绝无蕴蓄，以无情之语而欲动人之情，难矣。”[57] 托物咏怀，言浅情深。明李东阳《怀麓堂诗话》亦云：“所谓比与兴者，皆托物寓情而为之者也。盖正言直述，则易于穷尽，而难于感发。惟有所寓托，形容摹写，反复讽咏，以俟人之自得，言有尽而意无穷，则神爽飞动，手舞足蹈而不自觉，此诗之所以贵情思而轻事实也。”[58] 则所谓比兴，为托物寓情。正言直述容易使诗意穷尽，而无余味，则感人也浅。诗歌有所寄托，隐寓其意，才能使读者反复吟味，也正是言有尽而意无穷的意思。李白诗歌中多用比兴，这一点严羽也在反复强调。如《秋日炼药院镊白发赠元六兄林宗》开篇云：“木落识岁秋，瓶冰知天寒。桂枝日已绿，拂雪凌云端。”木

56（宋）严羽著，郭绍虞校释《沧浪诗话校释》，人民文学出版社 1961 年版，第 122 页。
57（清）沈德潜著，霍松林校注《说诗晬语》卷上，人民文学出版社 1979 年版，第 186 页。
58（明）李东阳著，李庆立校释《怀麓堂诗话校释》，人民文学出版社 2009 年版，第 80 页。

落句为化用《淮南子》语："见一叶落而知岁之将暮，睹瓶中之冰而知天下之寒。"蕴含已见先机之意。下句桂枝则喻意才德之士，即元丹丘。桂枝凌云，寄寓元丹丘青云得路之意。严羽评："起手亦赋、亦兴、亦比。"可谓知言。李白《杨叛儿》诗不用童谣本事，而以之歌咏男女爱情。其中"乌啼隐杨花，君醉留妾家"句以乌啼起兴，乌啼隐于杨花喻男子留住女子家。故严羽评"'乌啼'二句，赋比兴俱现"。他如《拟古十二首（月色不可扫）》诗，严羽评："兴情皆从《三百篇》来。"从本诗开篇"月色不可扫，客愁不可道"来看，仍然是以月色起兴，以满地月色不可扫去喻游子之愁难以言传，所谓从《三百篇》来，仍然是就其比兴之旨而言的。其他例子还有，如《忆旧游寄谯郡元参军》一诗，严羽评："'莎草绿'见波色连郊，是赋。然亦可即指波，是比中比，惟人所会。"诗用比兴，能够造成含蓄不尽的效果，这与严羽《沧浪诗话》中所提倡的语贵含蓄是互为印证的。

二、词理、意兴

严羽《沧浪诗话·诗评》云："诗有词理意兴。南朝人尚词而病于理；本朝人尚理而病于意兴；唐人尚意兴而理在其中；汉魏之诗，词理意兴，无迹可求。"[59]可见严羽论诗主张词理、意兴的有机统一。其中，意指性情，兴指兴象、意象，也就是情与景（或言情境）之间的关系。在情与景的处理上，要做到景中情，情中景，二者循环相生，才能变化无穷。

59（宋）严羽著，郭绍虞校释《沧浪诗话校释》，人民文学出版社 1961 年版，第 148 页。

严羽充分认识到了李白诗歌中的情景妙合之处。比如其评《下寻阳城泛彭蠡寄黄判官》云:“情在景中，景在眼中，无须多词。”是就整首诗情景交融而言的。再如《寄东鲁二稚子》中“楼东一株桃，枝叶拂青烟。”以桃株的繁茂映带诗人离家之久，景中含情，严羽亦评云:“是家常寄书语，有情景映带，书愁亦逸。”对于李白诗中所下字句的情景交融严羽亦多有提及，比如《寻鲁城北范居士失道落苍耳中见范置酒摘苍耳作》一诗，严羽评:“起四句取境远，取情近，兴致应如此。”此诗起四句为:“雁度秋色远，日静无云时。客心不自得，浩漫将何之。”以雁度秋色之远景衬托客心的茫然无措，情景相生。对于《塞下曲(白马黄金塞)》诗中“萤飞秋窗满，月度霜闺迟”句，严羽注意到了其下字之法，评:“‘满’字，‘迟’字，景中见情。”严羽对李白诗歌中情境的评点比比皆是，如评《赠别从甥高五》云:“情境真，便是好诗。意境杳然。”评《赠秋浦柳少府》云:“好情境，对之可以忘愁忘老，那得不淹留。”评《送张舍人之江东》云:“三、四情境旷邈，可望可思。”评《饯校书叔云》云:“结意最幽，收尽许多情境。”都是对李白诗中意兴进行的具体阐发。

严羽特别反对宋人的以议论为诗，他提出:“诗有别趣，非关理也。”[60]又说:“本朝人尚理而病于意兴。”[61]对诗歌中说理持一定的批判态度。但是，这并不意味着严羽彻底反对诗歌中说理，他又指出:“然非多读书，多穷理，则不能极其至。”[62]也就是说，能够达

60(宋)严羽著，郭绍虞校释《沧浪诗话校释》，人民文学出版社 1961 年版，第 26 页。

61 同上书，第 148 页。

62 同上书，第 26 页。

到“极其至”的诗歌创作必然要以“多穷理”为前提，很显然，严羽在诗论上仍然受到理学思想的影响，有其时代印记。在如何处理理与意兴二者关系的问题上，严羽又指出：“所谓不涉理路，不落言筌者，上也。”[63] 也就是说，“入神”的诗歌创作必须使理与意兴调和起来，做到不涉理路而又能够做到“尚意兴而理在其中”[64]。

严羽以为李白诗歌能够达到理与情境完美结合的状态。李白《梦游天姥吟留别》，中“世间行乐亦如此，古来万事东流水”，将个人的失意感慨蕴含于广阔深沉的“东流水”意境中，诗境超逸如此，而与宋人徒然说理之诗完全不同，因此严羽评价此二句云：“‘世间’云云甚达甚警策，然自是唐人语，无宋气。”无宋气，当然指的是宋人以议论为诗的弊病。又如《中山孺子妾歌》，先以孺子妾与李夫人相比，发而为议论之语：“一贵复一贱，关天岂由身。”但紧接下来笔势转折为“芙蓉老秋霜，团扇羞网尘。戚姬髡翦入春市，万古共悲辛”，用形象化的语言说明上层社会的女子或落得美人迟暮的终局，或如戚夫人落得髡钳赭衣为舂的下场。全诗以女子的不同境遇喻指宦场的阴晴无定，故而情辞胜理。严羽评此诗云：“情中说理，无理气。”再如《寻阳紫极宫感秋作》，严羽评：“无说理之病。”情依乎理，理蕴于情，合乎严羽对理与意兴相融的要求。

三、雄浑悲壮、本色当行

严羽论盛唐诗风云：“又谓：盛唐之诗，雄深雅健。仆谓此四字，但可评文，于诗则用‘健’字不得。不若《诗辨》雄浑悲壮之

63（宋）严羽著，郭绍虞校释《沧浪诗话校释》，人民文学出版社 1961 年版，第 26 页。

64 同上书，第 148 页。

语，为得诗之体也。”[65]又云：“盛唐诸公之诗，如颜鲁公书，既笔力雄壮，又气象浑厚，其不同如此。”[66]以笔力雄壮、气象浑厚来解释“雄浑悲壮”的内涵。在严羽看来，盛唐诗当以李杜为旗帜。因此，在评点李白诗的时候，常常用到气象、雄浑、雄快、雄壮等词。如评《登新平楼》：“‘天长落日远，水净寒波流’，太白多有此悠涵气象。”评《寻阳紫极宫感秋作》中“回薄万古心，揽之不盈掬”句“得雄浑之气”。评《题东溪公幽居》：“犹存浑气。”评《古风（秦王扫六合）》：“雄快。”评《幽州胡马客歌》：“风流雄快。”评《白马篇》：“何其雄丽。”评《送王屋山人魏万还王屋》“涛卷海门石，云横天际山”句：“自然雄旷。”

关于诗歌的气象浑厚，严羽以难以句摘来判断，《沧浪诗话·诗评》云：“汉魏古诗，气象混沌，难以句摘。”[67]又云：“建安之作，全在气象，不可寻枝摘叶。”诗歌作品的气韵需要首尾一贯方能达到气象浑厚，而章截句摘者，已落入晚唐一脉。具体到李白的诗歌创作，严羽《沧浪诗话·诗评》说：“太白天材豪逸，语多卒然而成者。”[68]言太白作诗大多一气卷掣而下，浑然天成，正难以句摘。如评《赠新平少年》云：“太白诗多匠心，冲口似不由推敲，能使推敲者见之而丑。”再如《将进酒》一诗，严羽评：“一往豪情，使人不能字句赏摘。盖他人作诗用笔想，太白但用胸口一喷，即是其所长。”胸口一喷，可想见其豪逸，一往豪情，正见其气象塞于天地间矣。

65（宋）严羽著，郭绍虞校释《沧浪诗话校释·附录·答吴景仙书》，人民文学出版社1961年版，第252页。

66 同上书，第253页。

67（宋）严羽著，郭绍虞校释《沧浪诗话校释》，人民文学出版社1961年版，第151页。

68 同上书，第173页。

至于“悲壮”，严羽常以萧条、壮丽做排比，如评《上皇西巡南京歌十首（剑阁重关蜀北门）》云：“每首皆于萧条奔寄中作壮丽语，是为得体。”《塞上曲》：“萧条清万里，瀚海寂无波”句下评：“‘萧条’语，偏宏壮。”又评《秋日炼药院镊白发赠元六兄林宗》云：“‘秋颜’二句写萧飒而有壮气。”虽言萧条，而诗之气格却颇为宏壮。再如评《游敬亭寄崔侍御》：“每从萧索后得豪。”评《独漉篇》云：“因愁发雄，雄愈奋。”评《关山月》“由来征战地，不见有人还”句云：“极惨极旷。”都是就其诗歌中“悲壮”的风格而言的。

除了盛唐诗中“雄浑悲壮”的主体风格之外，李白在其诗歌作品中还显示出其独特的风格。严羽在《沧浪诗话》中说李白诗“飘逸”，为“天仙之词”[69]，因此评点李白诗歌多用“清逸”、“旷澹”等词形容其诗风。如评《月夜江行寄崔员外宗之》云：“起旷澹。”评《赠卢司户》云：“起二句清绝，安得如此画手。”评《与夏十二登岳阳楼》云：“此只一味清逸。”评《寻高凤石门山中元丹丘》云：“笔具清洒之气。”如此等等。严羽多李白的才性特为推崇，其评李白《鲁中送二从弟赴举之西京》云：“‘平衢骋高足，逸翰凌长风’，白才真如此，可以自赠。”韵度飘逸若此，果然是清狂谪仙。

太白天才绝出，人多以其“清水出芙蓉，天然去雕饰”之句评说其诗歌风格。严羽云：“须是本色，须是当行。”[70]陶明濬《诗说杂记》云：“本色者，所以保全天趣者也。故夷光之姿必不肯污以脂

69（宋）严羽著，郭绍虞校释《沧浪诗话校释·诗评》，人民文学出版社 1961 年版，第 178 页。

70（宋）严羽著，郭绍虞校释《沧浪诗话校释·诗法》，人民文学出版社 1961 年版，第 111 页。

粉；蓝田之玉，又何须饰以丹漆，此本色之所以可贵也。当行者，谓凡作一诗，所用之典，所使之字，无不恰如题分。”[71] 这种自然之致就是严羽所说的本色当行。当然，严羽在评点李白诗歌的时候也注意到了这一点，评李白《当涂赵炎少府粉图山水歌》云：“通篇皆赋题目，只此是达胸情，始知作诗贵本色，不贵着色。”贵本色，不贵着色也就是陶明濬所阐发的含义所在。再如评《僧伽歌》“心如世上青莲色”句云：“本色语，清超之极。”又如评《同族侄评事黯游昌禅师山池二首・远公爱康乐》云：“不本色不佳，太本色亦厌，如此乃免二病。”评《送崔氏昆季之金陵》云：“‘二崔’云云，真情，不必造作。”不造作就是不刻意的意思。其他如评《寻雍尊师隐居》云：“不必深，不必琢，但觉其应尔。”觉其应尔即其本色如此，无需雕琢。又如评《塞下曲（塞虏乘秋下）》云：“中四句皆是前料，无斧凿声，又成一构。”评《劳劳亭》云：“情深思巧，不费些子力，又非浅口所能学。”不斧凿也好，不费力也好，都是就其诗句的不假雕琢、自然成文而言的。这类评语不在少数，也表明严羽以李白诗歌来反证其诗歌理论的倾向性。

四、太白诗法

严羽说：“少陵诗法如孙吴，太白诗法如李广。少陵如节制之师。”[72] 所谓节制之师，乃谓老杜诗歌严整而有法度可循。陈俊卿

---

71 陶明濬《诗说杂记》卷七，转引自郭绍虞《沧浪诗话校释》，人民文学出版社 1961 年版，第 111—112 页。

72（宋）严羽著，郭绍虞校释《沧浪诗话・诗评》，人民文学出版社 1961 年版，第 170 页。

《碧溪诗话·序》也说："杜子美诗人冠冕，后世莫及。以其句法森严，而流落困踬之中，未尝一日忘朝廷也。"[73] 据《史记·李将军列传》，李广将兵无部伍行阵，治兵极为简易。无部伍行陈是与严整有法相对而言的。在这里，严羽说太白诗法如李广，很显然是指其诗法的变化多端。其评《峨眉山月歌送蜀僧晏入中京》云："巧如蚕，活如龙，回身作茧，嘘气成云，不由造得。是歌须看其主、伴变幻。题立'峨眉'作主，而以'巴东'、'三峡'、'沧海'、'黄鹤楼'、'长安陌'与'秦川'、'吴越'伴之，帝都又是主中主；题用'月'作主，而以'风'、'云'作伴，'我'与'君'又是主中主。回环散见，映带生辉，真有月印千江之妙，非拟议所能学。"就是就其诗法的变化而言的。以下就严羽对李白诗法包括下字、用典及句法的评点展开论述。

（一）下字

严羽云："下字贵响，造语贵圆。"[74] 指出诗歌创作中下字应有力度。李白诗歌下字正合此要求。严羽评李白《山人劝酒》诗云："'歘起'二字有大海回澜之力。"评《献从叔当涂宰阳冰》云："'精'、'气'字佳，'精'字更难下。'激昂'与'协'字俱有力，有身分。"此等力量，他人难及。评《白纻辞》云："'歌吹'着'濛'字，不独曛色回翔，亦觉音响润泽。"评《月夜听卢子顺弹琴》云："一毫不做，而'夜'字安，顿觉异。"此为一字之法。评《秋日炼药院镊白发赠元六兄林宗》云："以'岂'、'初'二虚字见

73（宋）黄彻《碧溪诗话·序》，人民文学出版社 1986 年版，第 1 页。

74（宋）严羽著，郭绍虞校释《沧浪诗话校释·诗评》，人民文学出版社 1961 年版，第 118 页。

卷舒。”此为下虚字之法。

在下字上，严羽又提出：“《十九首》：‘青青河畔草，郁郁园中柳。盈盈楼上女，皎皎当窗牖。娥娥红粉妆，纤纤出素手。’一连六句，皆用叠字，今人必以为句法重复之甚。古诗正不当以此论之也。”[75]颇为关注叠字在诗歌中的运用。并指出宋人以连用叠字为重复是错误的观念，《古诗十九首》正有此法。实际上，这种叠字并不始于《古诗十九首》，而是起于《诗经·卫风·硕人》：“河水洋洋，北流活活。施罛濊濊，鳣鲔发发，葭菼揭揭，庶姜孽孽。”严羽对李白诗歌中的叠字运用亦有诸多评论。如评《秋浦歌》中“千千石楠树，万万女贞林。山山白鹭满，涧涧白猿吟”句云：“‘山山’、‘涧涧’可学，‘千千’、‘万万’不可学。”《飞龙引》：“骑龙攀天造天关。造天关，闻天语，长云河车载玉女。载玉女，过紫皇，紫皇乃赐白兔所捣之药方，后天而老凋三光。”其中如天关、玉女、紫皇都做重复，严羽评：“多叠语，如儿谣。”指出这种叠语犹如童谣。李白《上三峡》诗也运用了这种叠字之法：“三朝上黄牛，三暮行太迟。三朝又三暮，不觉鬓成丝。”以三朝、三暮做叠，严羽评：“从谣音再叠，情似《阳关》。”《阳关》即《阳关三叠》，三叠即每句再唱，而第一句不叠，故谓之三叠。李白此诗此法造成一种声情无尽的效果。单字做叠在李白诗歌中尤其多见，如《山人劝酒》中：“苍苍云松，落落绮皓。”严羽评：“人境俱不夺，喝起好，叠字更好。”他如《梦游天姥吟留别》，严羽评：“有意味

75（宋）严羽著，郭绍虞校释《沧浪诗话校释·诗评》，人民文学出版社1961年版，第200页。

在‘青青’、‘澹澹’作叠。”《望黄鹤山》：“东望黄鹤山，雄雄半空出。”严羽评：“叠一‘雄’字，倍觉轩翥。”

（二）句法、章法

对于诗歌中的句法，严羽说：“对句好可得，结句好难得，发句好尤难得。”[76]此句发论着重在于律诗，但是在评点李白诗歌之时，无论是古体还是近体，严羽尤其注意李白诗歌的起句、结句。如评《古朗月行》：“起手点趣。”评《梁甫吟》：“起手此一呼，下二应。”评《对酒忆贺监二首·狂客归四明》：“起句只一颠倒，有风雅之格。”评《拟古十二首·涉江弄秋水》：“只须起四句，成古乐府。”评《劳劳亭》：“起句一口吸尽。”评《月下独酌四首·天若不爱酒》：“起四句极豪率，却极雅蕴。”评《鹦鹉洲怀祢衡》：“起二句好眼孔、好识力，能不遂常见。”评《饯校书叔云》：“今昔无限情态，尽此起手四句。”都着眼于发句，而从严羽的评语来看，李白诗歌的起句之法又各个不同。对于诗中句法，严羽也多有评论，如评《白头吟》：“东流、落花句与上宁同、不忍句相呼应。欢则愿死聚，怨则愿生离，皆钟情语。”指出“东流不作西归水，落花辞条羞故林”句与“宁同万死碎绮翼，不忍云间两分张”句相互呼应。又如评《上皇西巡南京歌十首·剑阁重关蜀北门》：“以中一句对上二句，以下一句收三句，是一法。”评《临江王节士歌》：“本《骚》‘洞庭始波木叶下’来，一变为此，再变为‘洞庭始波木叶微’说，增趣转多，初味欲散，醍醐酥酪当细辨之。”评

76（宋）严羽著，郭绍虞校释《沧浪诗话校释·诗法》，人民文学出版社 1961 年版，第 112 页。

《送麴十少府》："颔联写云水卷舒之状，必须敛折二字方合，他字不能待也。当知句中自有正法眼，只求其是，好新作怪皆为野狐。""正法眼"恰指李白诗歌句法要诀。在诗歌中，起句与结句最难，结句要以不著迹为佳，或说言有尽而意无穷，明谢榛《四溟诗话》云："结句当如撞钟，清音有余。"[77] 清音有余即所谓不尽之意。严羽评李白《蜀道难》："一结言尽意无尽。"《鞠歌行》："结末谓举世不足与目遇也，寄慨超远。"《梁甫吟》云："看结句更知用意之妙。"评《游谢氏山亭》："起语情甚别。末四句亦堪作绝。"评《送郄昂谪巴中》："此等落句，从天风吹来，飘忽不自觉，乃入玄中。"要言之，句法字法，当一一从诗人胸中流出方能警策新奇，李白诗恰恰如此。

李白诗歌在章法上也多有变化。严羽评《口号赠徵君鸿》云："将头作尾，亦复无首无尾。此格甚异，若以为犯，必非知诗者。"此诗以陶渊明、梁鸿起句，以杨伯起做结，均用来说明李白赞美隐居高士的情怀，因此严羽说无首无尾。他如评《送裴十八图南归嵩山》："此格如常山蛇，首尾与中皆相应。"陈善《扪虱新话》解释了何为常山蛇势："桓温见《八阵图》曰：'此常山蛇势也。击其首则尾应，击其尾则首应，击其中则首尾俱应。'予谓此非特兵法，亦文章法也。文章亦要宛转回复，首尾俱应，乃为尽善。"[78] 严羽即以此论李白诗歌章法。他如评《五松山送殷淑》："篇章秀特，不作顺流而下。于已法中亦稍异。"评《赠汪伦》：

77（明）谢榛《四溟诗话》卷一，人民文学出版社1961年版，第30页。

78（宋）陈善《扪虱新话》下集卷二，《丛书集成初编》本，商务印书馆1939年版，第64页。

“才子神童出口成诗者多如此，前夷后劲。”可见李白诗歌章法不循故旧而多变化。

（三）使事

宋代诗人以才学为诗的表现之一即在诗歌中大量用典，并以“无一字无来处”标榜。严羽对这种极端现象提出批评，云：“近代诸公乃作奇特解会，遂以文字为诗，以才学为诗，以议论为诗。夫岂不工，终非古人之诗也，盖于一唱三叹之音，有所歉焉。且其作多务使事，不问兴致；用字必有来历，押韵必有出处，读之反覆终篇，不知着到何在。”[79]一味在诗歌中用典而不问兴致如何，最终会使诗歌“不知着到何处”。对此，严羽又提出：“押韵不必有出处，用字不必拘来历。”[80]严羽评点李白诗歌反复论证此观点，如评《胡无人》诗“天兵照雪下玉关，虏箭如沙射金甲”句云：“若言‘雪照天兵’便寻常，正不必引释出处，一有来历反无味矣。”“雪照天兵”为常格，而李白偏说“天兵照雪”，使其诗句别具一种英爽之气，因此，严羽以为大可不必寻找出处，一有来历反觉此句无味，洵为知言。其他再如评《古风（大雅久不作）》云：“‘秋旻’有眼，若读《尔雅》太熟，但认作有来历，非知诗者矣。”评《春日行》云：“‘弦将手语’四字无所本，不嫌造，此真天才。”评《凤台曲》诗“人吹彩箫去，天借绿云迎”句云：“‘借’字不必有来历，然不觉其尖凿，所以为佳。”“借”字之奇，确实不必寻来处。

79（宋）严羽著，郭绍虞校释《沧浪诗话校释·诗辩》，人民文学出版社 1961 年版，第 26 页。

80（宋）严羽著，郭绍虞校释《沧浪诗话校释·诗法》，人民文学出版社 1961 年版，第 116 页。

“用字不必拘来历”并不意味着严羽反对在诗歌中用典。正如宋叶梦得《石林诗话》所说：“诗之用事，不可牵强，必至于不得不用而后用之，则事辞为一，莫见其安排斗凑之迹。”[81] 严羽也赞扬诗歌中的精准用事，以及能与作者情性相应和的典故。李白《古风（抱玉入楚国）》诗云：“抱玉入楚国，见疑古所闻。良宝终见弃，徒劳三献君。”李白用卞和向楚君三次献璧而良宝终见弃之事，抒发怀才不遇、忠臣遭谤的感慨，用事与诗旨泯然相契，故此严羽评此诗云：“和玉以即剖为幸，白更深将来之嗟；卞止足痛，李倍伤心。用事如此，方有论、有情、有识。”他如评《月下独酌四首·天若不爱酒》云：“有来历，又不必有学问政是佳境。”评《拟古·月色不可扫》云：“一结用费长房事，乃入浑冥。”评《赠裴司马》：“用裴书则事，如此酝藉。”都是用典之善者。再如评《送贺宾客归越》：“山阴道士如相见，应写《黄庭》换白鹅。”“但取‘黄’、‘白’相应耳。即谓羲之写《道德》，贺写《黄庭》，亦可不必检点用事之误。”关于太白此诗用事，蔡絛《西清诗话》曾专门指出其用事之误。严羽在这里显然是对此而发的议论，不必检点用事之误，正是“不必拘来历”。

清代王琦《跋李太白全集》云：“李诗全集有评，自沧浪严氏始也。世人多尊尚之。”[82] 从严羽评点《李太白》的评语来看，基本上遵循了《沧浪诗话》的理论系统；二者共同构建了严羽的李白诗学批评系统。

81（宋）叶梦得撰，逯铭昕校注《石林诗话校注》卷上，人民文学出版社 2012 年版。

82（清）王琦辑注《李太白全集》，中华书局 1977 年版，第 1688 页。

小结：学界普遍认为，福建地区的诗歌特点是在明代确立的，但明代闽中诗派的形成乃至晋安风流的出现，溯其渊源，仍要回到宋代。邵武严羽《沧浪诗话》标举盛唐，其诗学观经元至明，影响了闽中诗派的形成，并进一步影响了全国的唐诗学。

严羽评点《李太白诗集》是比江西刘辰翁更早评点唐人诗歌的著作，较其他地域更早，同时也也开创了评点李白诗集的先河。其意义远在李白诗学史的研究之上。

第五章　宋代闽地书法、碑刻等对唐诗文献的保存

第一节　宋代闽地书法作品与唐诗

书画同源，古人多以为书画的功用与典籍等同，张彦远就说："夫画者，成教化、助人伦、穷神变、测幽微，与六籍同功，四时并运，发于天然，非由述作。古圣先王受命应箓，则有龟字效灵、龙图呈宝。自巢燧以来，皆有此瑞，迹映乎瑶牒，事传乎金册。庖牺氏发于荣河中，典籍、图画萌矣；轩辕氏得于温洛中，史皇、苍颉状焉。奎有芒角，下主辞章；颉有四目，仰观垂象。因俪乌龟之迹，遂定书字之形。造化不能藏其秘，故天雨粟；灵怪不能遁其形，故鬼夜哭。是时也，书画同体而未分，象制肇创而犹略，无以传其意，故有书；无以见其形，故有画。天地圣人之意也。"[1]其后的书画家多秉承此意而加以申述，来说明书画的重要性，如吴骞《闽中书画录序》云："昔人以立德立功立言为三不朽，继是而足垂于无穷传诸不朽者，其惟书画乎？盖自鸟迹肇兴苍雅刻籀以

1　（唐）张彦远撰，冈村繁译注《历代名画记》卷一，上海古籍出版社 2002 年版，第 1—4 页。

还书契尚已，而史皇作图写物规形穷神极变，于以辅教化助人伦，画之与书实相倚毗，是以古先哲王洎名流胜士无不重之。”认为书画是辅教化助人伦的重要手段，书画家们强调在书画中表现与政治教化相关的内容，使其成为“载道”的有力工具，这一点已经在宋代书画家那里表现得尤其突出。同时，世之溺于书画以为雅好，自古而然，对于名家作品，人皆争宝之，李纲云：“东坡居儋耳三年与士子游墨迹甚多，余至海南寻访已皆为好事者取去，靡有存者，甚哉，好恶之移人也。”[2]再如蔡襄的书法作品，“其残章断简人珍藏之”。[3]可见，书法作品又有强烈的“移人”功用。书法作品“载道”与“移人”的双重效能使其成为唐诗传播与接受的重要途径之一，这包括唐人遗留的书法作品以及宋代名家的书法作品。本部分所录为涉及唐诗的闽人书法作品及闽人所收藏的书法作品。

唐五代时，欧阳詹、陈嘏、林蕴、林杰、林鼎俱工书法，但闽地书画之盛仍始于宋代，这一时期，据清黄锡蕃《闽中书画录》，书画家计有 216 人，而仍恐有遗漏。著名者有：杨亿、李无惑、蔡襄、陈襄、吕惠卿、苏颂、黄伯思、蔡京、李纲、蔡卞、章惇、李纲、陈宓、真德秀、刘克庄、郑思肖等等。闽地书法作品也颇能体现书法家的诗学倾向。

由文献资料，闽地书法作品的特点及与唐诗的关系主要表现

---

2 （宋）李纲《梁溪集》卷一百六十三，《景印文渊阁四库全书》本，台湾商务印书馆1986年版。

3 （宋）黄岩孙《宝祐仙溪志》卷四《宋人物》，《宋元方志丛刊》第8册，中华书局1990年版，第8315页。

为以下几点：一是书法是以艺术化的形式来涵养与传播政治教化，表现为喜书杜诗。在理学化了的宋代，杜诗的被接受在某种意义上是强化忠君爱国的意识，这不单表现为文学上的千家注杜，同时表现在其他领域的各个方面。无论是闽地书法家还是闽地收藏的书法，都有以杜诗为内容的作品。如李纲书写杜诗就有明确的政治目的。李纲，字伯纪，号梁溪。邵武人，政和二年（1112）进士。累官至尚书右仆射兼中书侍郎。《书史会要》称其："工笔札，其迹杂见《凤墅续法帖》中。"[4]李纲所书唐人诗歌所知者唯杜诗一首，其《书杜子美〈魏将军歌〉赠王周士》自云："余趣宁江谪所取道湘潭，王周士出高丽纸求书，时金人再侵将半年未解，余闻召命将纠义旅以援王室，万一不捷当遂以死报国矣，周士未果行而许为之继，因书杜子美此篇，遗之以激其气云。"[5]时值金军入侵，李纲书写杜甫《魏将军歌》以砥砺将士为天子宿卫，具有较强的功利化色彩。与此类似，朱熹书写杜诗也有明显的目的性，嘉靖《建宁府志》卷十八记载："刘炳，字韬仲，建阳人，与兄爚从朱熹讲学于寒泉精舍，时熹编集《程氏遗书》方成，炳兄弟研穷诵读，晨夜不怠，熹尝大书杜甫'诸葛大名垂宇宙'一诗属望之。"[6]可知朱熹曾书写杜诗以激励刘炳兄弟。按，朱熹不以书名，但实际上，其书法亦为人称道，前人谓朱熹书法颇类苏轼。王鏊《跋充道所藏朱文公书》云："观晦翁书笔势迅疾，曾无意于求

4 （明）陶宗仪《书史会要》，上海书店 1984 年版，第 295 页。

5 （宋）李纲《梁溪集》卷一百六十二，《景印文渊阁四库全书》本，台湾商务印书馆 1986 年版。

6 （明）嘉靖《建宁府志》，天一藏阁明代方志选刊，上海古籍书店 1964 年版，第 510 页。

工也，而寻其点画波磔无一不合书家矩获，岂亦所谓动容周旋中礼者耶。”[7]

扩大到整个宋代，书写杜诗上从皇帝下至大臣，几乎成为一种风尚，如，高宗皇帝御书：“右高宗皇帝御书：唐韶州刺史韦迢寄剑南节度参谋检校尚书工部员外郎杜甫一诗；甫答迢一诗；社日一诗，凡三篇。”[8] 光宗皇帝也有杜甫诗联御书。众所周知，赵氏皇帝多擅书画，因此，其书法作品更能引起文人的仿效。闽地书法家蔡京、蔡卞对杜诗也情有独钟。按，蔡京，字符长，仙游人。熙宁三年（1070）进士。徽宗时拜尚书左丞、右仆射，大观中拜太师，政和年间封鲁国公。蔡卞，字符度，蔡京弟。与蔡京同年进士，绍圣中拜尚书左丞，徽宗时加观文殿学士检校少保，谥文正。二人俱工书法，撰有《宣和书谱》二十卷。《四库全书总目》云《宣和书谱》“不著撰人名氏”，但同时又说：“记宋徽宗时内府所藏诸帖，盖与《画谱》同时作也。首列帝王诸书为一卷，次列篆隶为一卷，次列正书四卷，次列行书六卷，次列草书七卷，末列分书一卷，而制诰附焉。宋人之书，终于蔡京、蔡卞、米芾，殆即三人所定欤?”[9] 疑即蔡京、蔡卞、米芾所作。而民国陈衍《福建通志·艺文志》则径直将是书定为仙游蔡京及蔡卞所撰，本文姑从其说。《宣和书谱》十二卷云：“京从兄襄深悟厥旨，其书为本朝第一。而京独神会心契，得之于心，应之于手，可与方驾。议者谓飘逸过之，至于断纸

7 （明）王鏊《震泽集》卷三十五，《景印文渊阁四库全书》本，台湾商务印书馆 1986 年版。

8 （宋）岳珂《宝真斋法书赞》卷二，《丛书集成初编》本，商务印书馆，第 22 页。

9 （清）永瑢等《四库全书总目》卷一百十二，中华书局 1965 年版，第 959 页。

余墨，人争宝焉。喜写纨扇，得者不减王羲之之六角葵扇也。其为世之所重如此。所得惟行书为多。”又《宣和书谱》卷十二云：“蔡卞字符度，莆田人也。少与其兄京游太学，驰声一时。同年及进士第，王安石见而奇之，妻以女，使从己学。得安石学术议论为多，自以王氏学擅一时，时流归之。自少喜学书，初为颜行，笔势飘逸，但圆熟未至，故圭角稍露，其后自成一家。亦长于大字，厚重结密，如其为人。初安石镇金陵，作《精义堂记》，令卞书以进，由是神考知其明。自尔进用，多文字职，至晚年高位犹不倦书写。稍亲厚者必自书简牍，笔墨亦稍变，殊不类往时也。然多喜作行书字。”二蔡书法内容钟情杜诗，蔡京书法有杜甫《魏将军歌》、《饮中八仙歌》、《骢马行》、《古柏行》、《丹青引》、《送孔巢父诗》、《曹霸画马诗》、《洗兵马诗》八首；蔡卞所作书法有杜甫《骢马行》，均藏内府。

关于蔡京书写杜诗，蔡絛《铁围山丛谈》卷四也有记载，云：“公（蔡京）在北门，有执役亲事官二人，事公甚恪，因各置白围扇为公扇凉者。公心喜之，皆为书少陵诗一联，而二卒大愠。见不数日，忽衣戴新楚，喜气充宅，以亲王持二万钱取之矣，愿益书此。公笑而不答。亲王，时乃太上皇也。后宣和初，曲燕在保和殿，上语及是，顾谓公：‘昔二扇者，朕今尚藏诸御府也。’”[10]蔡京、蔡卞书写杜诗自然与政治教化无关，二人书写杜诗却能够体现当时的文学思潮。同时，《宣和书谱》中记载了大量的唐人书法作品，也有一定的保存唐诗文献的作用。

10（宋）蔡絛《铁围山丛谈》，中华书局 1983 年版，第 76—77 页。

除此之外，朱熹《朱文公文集》卷八十四《跋蔡端明写老杜前出塞诗》云："蔡公大字盖多见之，其行笔结体往往不同，岂以年岁有蚤晚功力有浅深故耶？岩壑老人多见法书笔法高妙，独称此为劲健奇作，当非虚语。庆元三年十月戊寅朱熹。"[11]蔡端明即蔡襄。蔡襄，字君谟，仙游人。天圣八年（1030）进士。庆历三年（1043）知谏院，英宗时拜端明殿学士知杭州赠吏部侍郎。《宋史》本传云："襄工于书，为当时第一，仁宗尤爱之。"[12]苏轼评其书法云："欧阳文忠公论书云：'蔡君谟独步当世。'此为至言，君谟行书第一，小楷第二，草书第三。就其所长而求其所短，大字为少疏也。天资既高，又辅以笃学，其独步当世，宜哉。"[13]

二是借书法作品表现作者对唐诗的个人偏好。如杨亿书法作品。杨亿，字大年，建州浦城人。景德三年（1006）为翰林学士。《宋史》本传称："亿天性颖悟，自幼及终不离翰墨。文格雄健，才思敏捷，略不凝滞，对客谈笑，挥翰不辍。精密有规裁，善细字起草，一幅数千言，不加点窜，当时学者，翕然宗之。"[14]杨亿是北宋初年西昆体的代表作家之一，不但其诗歌风格模拟李商隐，对李商隐的诗歌也是极力搜求，其书法作品内容多为李商隐诗歌，与其诗学宗尚完全一致。刘宰《跋杨文公书李义山诗刻后》云："文公书李义山诗数十篇，盖当时习尚如此，与坡谷诸贤喜书杜少陵诗

11（宋）朱熹《朱文公文集》卷八十四，《四部丛刊》本，商务印书馆。

12（元）脱脱《宋史》卷三百二十《蔡襄传》，中华书局 1977 年版，第 10400 页。

13（宋）胡仔纂集，廖德明校点《苕溪渔隐丛话》后集卷三十二，人民文学出版社 1962 年版，第 239—240 页。

14（元）脱脱《宋史》卷三百五《杨亿传》，中华书局 1977 年版，第 10083 页。

不异。”[15] 真德秀《跋杨文公书玉溪生诗》亦云：“此吾乡文公书也。国朝南方人物之盛，自浦城始，浦城人物之盛，自文庄公及公始。当咸平、景德间，公之文章擅天下，然使其所立独以词翰名，则亦不过与骚人墨客角逐争后先尔。惟其清忠大节，凛凛弗渝，不义富贵视犹涕唾，此所以屹然为世之郛郭也欤！某蓬藋之居距公故第不数里，盖尝徘徊终日，想公遗风而不得见。今乃从公之孙零陵史君获观其真迹，斯亦幸矣！”[16] 这里杨文公即指杨亿，文庄则指杨徽之。魏了翁《跋杨文公真迹》亦云：“公博极群书，自经史百氏以及于倚马急就之文，稗官虞初之说，旁行敷落之义，靡不该贯。今于公之裔孙绍云见公手抄唐人诗及遗教经，益知公所以用力于文者盖若此。”[17] 杨亿手抄唐人诗亦当为李商隐诗。

再如朱熹，针对当时诗坛的模拟风气书写李白诗，由此肯定李白的诗歌成就。其《题李太白诗》云：“‘世道日交丧，浇风变淳原。不求桂树枝，反栖恶木根。所以桃李树，吐华竟不言。大运有兴没，群动若飞奔。归来广成子，去入无穷门。’林光之携陈光泽所藏广成子画像来看，偶记太白此诗，因写以示之今人舍命作诗开口便说李杜，以此观之，何曾梦见他脚板耶。”[18] “何曾梦见他脚板”，一方面肯定李白的诗歌作品，在另一方面，又对那些诗学李

15（宋）刘宰《漫塘集》卷二十四，《景印文渊阁四库全书》本，台湾商务印书馆 1986 年版。

16（宋）真德秀《西山文集》卷三十四，《景印文渊阁四库全书》本，台湾商务印书馆 1986 年版。

17（宋）魏了翁《鹤山集》卷六十三，《景印文渊阁四库全书》本，台湾商务印书馆 1986 年版。

18（宋）朱熹《朱文公文集》卷八十四，《四部丛刊》本，商务印书馆。

杜而不到者进行批评。除此之外，刘克庄云："顷见考亭尝以行草书《九日齐山》之章，乃知文公亦爱其才。"[19]《九日齐山》为晚唐杜牧诗，以此可见朱熹对唐代诗人的态度。

又，刘涛字普公，刘昌言孙，南安人。工诗及草书，徽宗时人。刘涛在后世书史中不见记载，唯万历《重修泉州府志》卷十六云："徽庙召入禁中，值天大雪，令草书雪诗，涛书郑谷诗'乱飘僧舍茶烟湿'四句，上见其首书'乱'字不怿，因问：'卿字孰师？'对曰：'臣无师。'不称旨而退。晚年困踬读书灵泉院，自号灵泉山人。"[20]按，晁说之《晁氏客语》云："上书郑谷《雪》诗为扇，赐禁近，'乱飘僧舍茶烟湿'，改云'轻飘僧舍茶烟湿'，云禁中讳'危'、'乱'、'倾'、'覆'字，宫中皆不敢道着。"[21]当为刘涛事注脚。尽管刘涛并非著名诗人，但是其书写郑谷诗却反映了当时诗坛对晚唐诗的关注。

蔡襄所书柳宗元《吐谷浑词》、刘禹锡《石头城》、李白《清平调》二首及杜牧诗也能体现其个人对唐诗的偏好。欧阳修《文忠集》卷十七评："蔡忠惠书《洛阳桥记》与《吐谷浑词》，皆大书之冠冕也。"[22]又有袁说友《东塘集》卷十九《跋蔡君谟书柳子厚诗大字》："君谟大字真迹流落人间者仅见此尔。闻公之曾孙文昌公尝见之，自谓家藏未有也。"[23]由此来看，欧阳修与袁说友所评当为蔡

19（宋）刘克庄《后村诗话》新集卷五，中华书局 1983 年版，第 233 页。
20（明）万历《重修泉州府志》，台湾学生书局 1987 年版，第 1266 页。
21（宋）晁说之《晁氏客语》，宋左圭百川学海本，第十一册丙集四，1921 年版，第 1642 页。
22（宋）欧阳修《文忠集》卷十七，《景印文渊阁四库全书》本，台湾商务印书馆 1986 年版。
23（宋）袁说友《东塘集》卷十九，《景印文渊阁四库全书》本，台湾商务印书馆 1986 年版。

襄所书柳宗元《吐谷浑词》大字。刘克庄《跋东园方氏帖》下有《蔡端明书唐人诗帖》："右蔡公书唐人四绝句，刘禹锡一，李白二，杜牧一。后题：庆历五年季冬廿有九日，甘棠院饮散，偶作新字。是岁公年三十五，以右正言直史馆，知福州，初疑甘棠院在何处，而岁除前一日觞客结字其间后访知院在郡圃会稽亭之后，公集中别有《饮甘棠院三诗》，则在郡圃无疑矣。此一轴大字极端劲秀丽，不减《洛桥记》、《冲虚观》，诗在《普照会饮帖》之上。刘诗二十八字，浓墨淋漓，固作大字常法。及李诗则笔渐瘦墨渐淡，至牧诗愈瘦愈淡。然间架位置端劲秀丽，与浓墨淋漓者不少异。在书家惟公能之，故公自云盖前人未有，又云：珍哉此字。墨林君家藏蔡字多矣，小楷以《茶录》云冠，真草以千文为冠，大字以此帖为冠。内'淮水东边旧时月'今作'唯有淮东旧时月'，'云想衣裳花想容'今'云'作'叶'，'解释东风无限恨'脱'恨'字，往往饮后口熟手误尔。"[24] 此为庆历五年（1045）蔡襄所书，根据刘克庄的跋语可知其内容为刘禹锡《石头城》"山围故国周遭在"；李白《清平调》"云想衣裳花想容"及"名花倾国两相欢"二首，独杜牧诗题不详。

其三，多家藏作品，包括家藏先祖作品和先祖遗留或收藏的作品。

收藏唐人书法作品在客观上也是对唐诗文献的保存，比如韩奕家藏韩偓手写诗百首。韩奕为韩偓四世孙，泉州南安人。沈括《梦溪笔谈》卷十七："唐韩偓为诗极清丽，有手写诗百余篇，在其四

24（宋）刘克庄《后村题跋》，《丛书集成初编》本，商务印书馆，第187—189页。

世孙奕处。偓天复中避地泉州之南安县，子孙遂家焉。庆历中，予过南安，见奕出其手集，字极淳劲可爱。后数年，奕诣阙献之，以忠臣之后，得司士参军，终于殿中丞。又予在京师，见偓《送巩光上人》诗，亦墨迹也，与此无异。”[25]刘克庄亦云：“奕家有致光手写诗百首，刻于温陵，以碑本与墨林方氏所藏甲戌祭文并观，偏旁点画无豪芒差，其为致光真迹无疑。”

黄伯思《东观余论》卷下《跋杨少师诗后》云：“少师此诗本题于西都长寿寺华严院东壁，仆近岁官洛，因览宋次道《三川官下记》知之，亟往观焉，墨踪石本皆不复存，院僧云：‘三十年前，有士人寓是院数岁，及徙居他郡，壁与石亦弗之见。’岂非好事者负之而趋乎？今忽得此本，殊可欣也”[26]按，杨少师即晚唐杨凝式。又《跋杨少师书迹年谱后》云：“政和七年二月十七日因观景度诸帖，聊次其岁月先后及记其书迹所在，以备考证。”[27]则无论是韩偓诗还是杨凝式诗，皆由此得以保存。

还有一种情况是，家藏宋人所书写唐人诗作品，如陈俊卿之孙陈世功家藏。按，陈俊卿，字应求，兴化人。绍兴八年，登进士第。乾道三年（1167），拜同知枢密院事兼参知政事。升尚书左仆射，同中书门下平章事。赠太保，赐谥正献。其孙家藏有宋孝宗所书写韦应物诗十二首，刘克庄《恭跋阜陵御书韦诗》云：“右韦苏州五言古体十二首，乾道天子亲洒翰墨以赐古相陈正献公者，后八十有四年，正献孙增出以示臣，奎画既妙，韦诗绝佳，希世之

25（宋）沈括《梦溪笔谈》卷十七，《丛书集成初编》本，商务印书馆，第 110 页。

26（宋）黄伯思《宋本东观余论》，中华书局 1988 年版，第 255 页。

27 同上书，第 296—297 页。

宝也。”[28] 按，阜陵及乾道天子即宋孝宗。又有宋高宗御笔韩翃《寒食》诗，刘克庄《恭跋思陵书韩翃诗》：“春城飞花之句，不独德宗喜之，我光尧亦喜之，使翃生于炎绍，亦必为词臣矣。光尧御书便面满天下，此乃乡衮陈魏公家藏，可宝也。”[29] 按，光尧指宋高宗，高宗尊号为“光尧寿圣太上皇帝”。陈魏公即陈俊卿，以少师魏国公致仕。还有藏有李煜所书李白诗数首，陈鹄记其事云：“蔡絛《西清诗话》载江南李后主《临江仙》云：‘围城中书。’其尾不全。以余考之，殆不然。余家藏李后主《七佛戒经》及《杂书》二本，皆作梵叶，中有《临江仙》，涂注数字，未尝不全。其后则书李太白诗数章，似乎日学书也。本江南中书舍人王克正家物，后归陈魏公之孙世功君懋。”[30]

以藏书画作品甚富著称者当以莆田方氏家族为首，其所藏书法作品也多与唐诗有关。如刘克庄《跋苏、黄、小米帖》云：“吾里收书画家有数，昔惟城南蔡氏、万卷楼方氏、后有藏六堂李氏、云庄方氏。然尤物在天地间，聚散来去不常。藏六堂、云庄之所收者，往往城南、万卷楼旧物也。俯仰未三十年，眼中所见书画凡几易主。昔藏百千轴者今或无片纸，而锦囊牙签萃见于墨林方氏、上塘郑氏、寿峰方氏，则又皆藏六、云庄之散逸流落者也。墨林、寿峰皆万卷楼之族，书画入族人手，犹子孙也。”[31] 仅莆田就有数家收藏书画，墨林方氏诸家所藏书画刘克庄曾有记载。

28（宋）刘克庄《后村先生大全集》卷一百八，四部丛刊本，商务印书馆。

29 同上。

30（宋）陈鹄《耆旧续闻》卷三，中华书局 2002 年版，第 315 页。

31（宋）刘克庄《后村先生大全集》卷一百五，《四部丛刊》本，商务印书馆。

另外，方审权（1180—1264），字立之，莆田人，著有《听蛙集》，积书甚富，与刘克庄友善，藏有苏舜元所书杜诗。刘克庄《跋听蛙方氏帖·苏翁二帖》："二苏草圣独步本朝，裕陵绝重才翁书，得子美书辄弃去，书家谓才翁笔简，惟简故妙，听蛙方氏所藏二帖，前一幅真才翁笔，后一幅录杜诗者稍断裂，以为才翁耶笔意欠简，以为君谟耶字法差纵，莫能定其为何人书也。然君家自河东转运公宝藏，至君凡四世，自熙宁甲寅至今将三甲子，可谓之故家旧物矣。"[32] 按，才翁即苏舜元，苏舜钦兄。官至尚书度支员外郎，宋代书法家。

再如方子容。方子容，字南圭，莆田人。为惠州太守时适东坡谪居于此，雅相友善，东坡集中有《和方南圭寄迓周文之三首》。其所收多有苏轼书法作品，刘克庄云："坡公贬惠州，南圭为守，相处甚欢。方氏书画多经坡公题品，或为书佛经，或为书史诗，往还简帖尤多。其家旧有万卷楼，所收坡公遗墨至四百余纸，后羽化略尽，墨林仅有写《心经》及《左传》三数，手简十四幅而已。"[33] 方氏所藏书法作品，可考知者唯刘克庄所跋《跋墨林方氏帖》诸作，均为苏轼所书唐诗，有：

> 苏轼《书杜诗帖》："公自绍兴以后，诗文未尝有贬谪之叹，己卯元符二年也，公在昌化，南迁七年矣，所书子美'天寒翠袖薄，日暮倚修竹'之句，可谓哀而不怨，婉而成章矣。"

32（宋）刘克庄《后村先生大全集》卷一百二，《四部丛刊》本，商务印书馆。

33（宋）刘克庄《后村先生大全集》卷一百三，《四部丛刊》本，商务印书馆。

苏轼《书刘梦得〈竹枝歌〉帖》:“公自跋云书梦得数诗，今仅存二首，前幅似为人截去，‘巫峡苍苍烟雨时’,‘时’误为‘枝’。”

苏轼《书晚唐诗》:“余评此诗在张籍王建之下，望卢仝刘叉尚隔几水，坡公取其自在，前辈论文气象门阔如此。”[34]

据刘克庄跋语可知方氏藏有苏轼所书杜甫《佳人》诗、刘禹锡《竹枝词》以及晚唐人诗歌。这不仅丰富了方氏藏书的内容，也为唐诗的传播提供了一种有效路径。

第二节　宋代闽地碑刻等对唐诗文献的保存

“古之人之欲存乎久远者，必托于金石而后传”[35]。因此，金石文字是重要的文献资料。金石资料在宋代尤为人所关注，先后出现欧阳修《集古录》、赵明诚《金石录》、翟耆年《籀史》、洪适《隶释》、曾宏父《石刻铺叙》、陈思《宝刻丛编》、王象之《舆地碑记目》等著作。

人们首先注意到了金石文字的史料价值，欧阳修在其《集古录序》中就提到：“上自周穆王以来，下更秦、汉、隋、唐、五代，外至四海九州，名山大泽，穷崖绝谷，荒林破冢，神仙鬼物，诡怪所传，莫不皆有，以为《集古录》。以谓转写失真，故因其石本，

34（宋）刘克庄《后村先生大全集》卷一百三,《四部丛刊》本，商务印书馆。按，以上四条皆出自此。

35（宋）欧阳修《集古录跋尾》,《历代碑志丛书》第一册，江苏古籍出版社 1998 年版，第 16 页。

轴而藏之。有卷帙次第，而无时世之先后。盖其取多而未已，故随其所得而录之。又以谓聚多而终必散，乃撮其大要，别为录目，因并载夫可与史传正其阙谬者，以传后学，庶益于多闻。”[36] 指出金石文字可正史传之阙谬。李清照《金石录后序》亦云：“凡见于金石刻者二千卷，皆是正讹谬，去取褒贬，上足以合圣人之道，下足以订史氏之失者皆载之，可谓多矣。”[37] 以为金石文字可订史氏之失，与欧阳修的观点大致相同。

事实上，金石文字除了史料价值之外，还有一定的文学价值，很多诗歌藉由碑刻得以保存。另外，碑刻诗文或由名家书写，或内容为名家作品，或为文人士子偶然所题，最为原始材料，与古人法书特重真迹相应，引人拓印摹写，使诗文内容的传播成为可能。对于福建地区而言，唐时文化发展尚处于萌芽状态，本身出产文人不多；同时，唐代文人游宦所历，多及江浙、齐鲁与川陕等地，而很少到达福建地区，因此，题诸金石的诗文相对上述地区来说显得少之又少，不过，仍有遗诗可述。本部分以金、石分类而述。

一、金

吴田山墓铜牌篆文

“佳城今已开，虽开不葬埋。漆灯犹未灭，留待沈彬来。”此诗《全唐诗》题为《沈彬圹篆》。按：“泉州郡志云：‘昔有沈部公者，

36（宋）欧阳修撰，洪本健校笺《欧阳修诗文集校笺》，上海古籍出版社 2009 年版，第 1061 页。

37（宋）李清照撰，徐培均笺注《李清照集笺注》，上海古籍出版社 2002 年版，第 309 页。

名彬，尝自指葬穴以示家人，后开圹见有漆灯，以石为台，中有铜牌篆文云云。’”[38]

二、石

永福诗刻

张世南《游宦纪闻》卷三：“永福创自唐代宗时，割福、泉、建三州之地，因年号曰永泰，后避哲宗陵寝讳，改名永福。在唐新创县后，有邑宰潘君满解，遗爱在民，攀卧祖饯，留连累日。其夫人王氏先已解舟，泊五里汰王滩下，俟久不至。月夜登岸书一绝于石壁云：‘何事潘郎恋别筵？欢心未断妾心悬。汰王滩下相思处，猿叫山山月满船。’末署太原王氏书。诗迹已漫灭，独‘太原’二字入石，至今尚存。字方五六寸许，邑人因以名其滩。政和陈武佑，虑岁久诗亡，大书，系以记文，镌之字右方。自唐及今，流潦巨浸之所漂啮，震风凌雨之所涤荡，不知其几而墨色烂然如新。一妇人望夫之切，精神入石，终古不变如此。则知至诚之道，感鬼神、裂金石者，讵不信然。旧《闽中记》作‘汰王滩’，陈武佑刻石，却作‘太原滩’，今滩旁之地，名大王入石，字之左，不复可容字矣，恐末系太原王氏书为正。”[39] 王象之《舆地碑记目》卷三亦有简略记载，《全唐诗》亦据以收入。

漳州晋亭碑诗刻

漳州有晋亭碑，唐人张登题诗。《舆地碑记目》记载张登诗只

38 陈衍《民国福建通志》，《石刻史料新编》第3辑，第16册，台湾新丰出版公司1982年版，第346页。

39（宋）张世南《游宦纪闻》，中华书局1981年版，第28—29页。

有“潇洒”两字。[40]《全唐诗》据《漳州名胜志》辑为：“孤高齐帝石，萧洒晋亭峰。”

漳泉分地神篆

全诗为：“漳泉两州，分地太平。永安龙溪，山高气清。千年不惑，万古作程。”《全唐诗》收入。

《太平广记》卷第三百九十三云：“唐开元中漳泉二州分疆界不均，互讼于台，制使不能断，迨数年，词理纷乱，终之莫决，于是州官焚香告于天地山川，以祈神应，俄雷雨大至，霹雳一声，崖壁中裂，所竞之地拓为一径，高千丈，深仅五里，因为官道。壁中有古篆六行二十四字，皆广数尺，虽约此为界，人终莫识，贞元初，流人李协辨之曰：‘漳泉两州，分地太平。永安龙溪，山高气清。千年不惑，万古作程。’所云永安龙溪者，两郡界首乡名也。”[41]

兴化刻石诗

兴华吴塘山有石刻，诗曰：“去国投兹土，编茅隐旧踪。年年秋水上，独对数株松。”乾宁三年（896）吴公题。《全闽诗话》云：“乾宁石刻在吴塘山，唐末有吴公者，弃官隐于此山，故山川村落皆以‘吴’名。元时有人淘井得石，有诗字隐隐可辨，诗云……字大径寸，笔力遒劲，末小书‘乾宁三年秋吴’，余数字，漫灭不可识。”[42]《全唐诗》题下小注亦云：“吴塘山，田园幽旷，林木苍翠，唐末有吴公者，弃官隐此。石上刻有诗，后书乾宁三年秋。”所记与《全闽诗话》大致相同。

40（宋）王象之《舆地碑记目》卷四，《丛书集成初编》本，商务印书馆，第 78 页。

41（宋）李昉等编《太平广记》，中华书局 1961 年版，第 3139 页。

42（清）郑方坤《全闽诗话》卷一，福建人民出版社 2006 年版，第 26 页。

宁德罗隐题诗石

明何乔远《闽书》卷三十一云："在（宁德县）四都溪边，旧有罗隐题迹，今尚存'添砚沼'三字。"[43]

龙溪刻石诗

据民国陈衍《福建通志·金石志》，龙溪刻石诗为慕容韦《揭鸿塞诗》(《全唐诗》题下注"在龙溪")："闽越曾为塞，将军旧置营。我歌空感慨，西北望神京。"[44] 按：慕容韦，唐人，生平事迹无考。此诗《全唐诗》作《度揭鸿岭》。

莆田石刻《辋川图并诗》

"《莆阳金石初编》云：'按原石旁勒一三字，知为辋川第三图，分上下截，有界。画痕上截刻右丞《北垞》、《欹湖》、《临湖亭》、《柳浪》四诗，各缀裴迪和诗。下截图山水中为北垞书堂，青峦碧嶂，曲磴回栏，极见工致，一叟拄杖徘徊于长林之下，似即右丞翁。临湖亭在其右，去亭数武作垂柳数株，婆娑摇映，诗中所称柳浪是也。林木萧森，湖光荡漾，恍置身于华冈辋水间。又按右丞作是图传两本，一用高纸，一用矮纸，今所传者高不及尺，殆矮纸本。此石其摹高纸本也。然金石之学于画本殊稀，况出自右丞更非易觏。惜乎出土三年即碎于火，成毁有数，信然。'石出诸祖宋将仕郎伟甫公墓内，故定为宋刻。"[45] 从这个记载来看，石上图诗并茂，除了王维的四首诗之外，还有裴迪和诗。

43（明）何乔远《闽书》卷三十一《方域志》，福建人民出版社 1994 年版，第 769 页。

44（民国）陈衍《福建通志·金石志》，《石刻史料新编》第 3 辑第 16 册，台湾新丰出版公司 1982 年版，第 390 页。

45（民国）陈衍《福建通志·金石志》，《石刻史料新编》第 3 辑第 16 册，台湾新丰出版公司 1982 年版，第 601 页。

莆田石刻

莆田石敢当唐时诗刻，《全唐诗》据以补入。《莆阳比事》卷七云：“张纬，庆历甲申以秘书丞宰莆田，再新县中堂治地得石，铭文曰：‘石敢当，镇百鬼，压灾殃。官吏福，百姓康。风教盛，礼乐张。’唐大历五年四月十日，县令郑押。得铭之日，乃皇宋庆历五年四月十日也。自唐距今几三百年，物之显伏固有时，至于年号月日吻若符契，异哉。”[46]

福清碑刻

福清碑刻有元结诗一首：“万卷千编总不真，虚将文字役精神。俱胝只念三行咒，自得名超一世人。”清乾隆《福州府志》载：“元结赠俱胝，镌在福清灵石蟠桃坞。”[47]

福州《球场山亭记》碑

中唐元和八年（813）所刻。“唐《球场山亭二十咏并序》，唐福州刺史裴次元作，大中十年刻”。[48] 关于球场山亭之事，《淳熙三山志》略有记载，云：“唐元和八年，刺史裴次元于其南辟为球场，即山为亭，作诗题于其壁，自为《序》，大略云：‘场北有山，维石岩岩。峰峦巉峭耸其左，林壑幽邃在其右。是用启涤高深，必尽其趣；建创亭宇，咸适其宜。勒为二十咏，有望京山、观海亭、双松岭、登山路、天泉池、玩琴台、筋竹岩、枇杷川、秋芦冈、桃李坞、芳茗原、山阴亭、含清洞、红蕉坪、越壑桥、独秀峰、筼筜

46（宋）李俊甫《莆阳比事》卷七，宛委别藏本，江苏古籍出版社 1988 年版，第 291 页。

47（清）徐景熹《乾隆福州府志》卷七十三《碑碣》，海风出版社 2007 年版。

48（宋）陈思《宝刻丛编》卷十九，《历代碑志丛书》第一册，江苏古籍出版社 1998 年版，第 644 页。

坳、八角亭、盘石椒、白土谷诗各一章，章六句。’内《望京山》云：‘积高依郡城，迥拔凌霄汉。’盖始以‘望京’名之也。时观察推官冯审为《记》，刻石，大略言次元‘报政之暇，燕游城之东偏，曰左衙营，遂命开治。化硗确为坦夷，去荆棘于丛薄，以为球场。其北乃连接山麓，翳荟荒榛。公日一往或再往焉，扪萝蹑石，不惮危峭。转石而峰峦出，浚坳而池塘见。为潭、为洞、为岛、为沼，窈窕深邃，安可殚极，凡二十有九，所声于歌咏者二十篇’。盖又有涟漪亭、东阳坡、分路桥、干冈岑、木瓜亭、石堤桥、海榴亭、松筠陌、夜合亭未为诗也。至大中十年，亭壁之诗已无存者。刺史杨发访于邑客，得其本，为镵诸碑阴而识之。其后，碑石埋沍。”[49]

由此段可知，元和八年由裴次元在球场山亭壁上题有序和诗，而到了大中十年，亭壁之诗已无存者，于是从“邑客”手中得其本，复刻诸碑阴。则陈思《宝刻丛编》所云“大中十年刻”，所指应为杨发的复刻。由于后世碑文漫漶，二十咏难见全貌，只知每首六句，为古体诗。不过仍然可以从本段的叙述辑出两句诗，即《望京山》：“积高依郡城，迥拔凌霄汉。”又根据《淳熙三山志》卷一：“唐裴次元作《天泉池》诗题其山亭云：“游鳞息枯池，广之使涵泳。疏凿得蒙泉，澄明睹秦镜。”则可辑出《天泉池》的四句，余二句不可考。

另外，今人陈叔侗《福州中唐文献孑遗——元和八年〈球场山亭记〉残碑考辨》(《福建史志》1992 年第 5 期）一文根据残碑考证

49（宋）梁克家《淳熙三山志》卷一《地理类》,《宋元方志丛刊》本，中华书局 1990 年版，第 7792 页。

出其中五首诗的内容，姑录于下：

双松岭

郁郁后凋容，亭亭信双美。风过寒雨声，
岁深鳞甲起。得地高岭旁，干云势何已。

筋竹岩

檀峦抱贞心，耸干幽岩侧。既□如玉姿，
更表凌霜色。他时结□成，鸣凤来栖息。

芳茗原

族茂满东原，敷荣看膴膴。采□得菁英，
芬馨涤烦暑。何用访□山，岂劳游顾渚。

越壑桥

成梁度层岑，架空临绝壑。雨□见云横，
天清想虹落。每上意□飘，下看烟漠漠。

盘石椒

萦叠倚山颜，履危登岸崿。上□红艳枝，
下蹑苍苔迹。坐久好□来。落英纷幂幂。

沙县壁间韩偓题诗

宋王象之《舆地碑记目》卷四记载“南剑州碑记”有：“天王院留题：在沙县壁间，有唐韩偓题诗。”[50] 诗题及内容已不可考。不过，韩偓在晚唐时期流寓闽地，其题咏自然为人所重。

50（宋）王象之《舆地碑记目》，《丛书集成初编》本，商务印书馆，第79页。

方崧卿所刊《集古录》

方崧卿曾刊刻欧阳修《集古录跋尾》六卷《拾遗》一卷。《郡斋读书附志》卷下云："右周益公跋，方崧卿所刊，虽非石刻，亦真迹也。故附于法帖之后。"[51]

小结：对唐诗的书写非常直观地体现了书法与诗歌之间的关系，藉由书法的形式达到对唐诗的传播，同时，书法家对自己书写的唐诗作品也有所寄寓。除此之外，还有两种形式值得注意。一种是借书法论诗歌，比如严羽在《答吴景仙书》中说："盛唐诸公之诗，如颜鲁公书，既笔力雄壮，又气象浑厚。"[52]就是以书法喻诗。第二是在诗歌中论书法，即以书法与诗法的相通为论，宋代苏轼、黄庭坚等人有不少论书诗。闽地如蔡襄、李纲等人也都有此类作品。书法与诗法之间的关系及相互影响仍需进一步研究。

宋代闽地藉由金石遗留下来的唐人诗歌并不多，一则福建在唐代属于经济、文化均不发达的边远地区，本地诗人极少；再则唐代诗人足迹较少到达福建，因此遗留的诗歌作品也远少于较其他地区。在某种程度上说，金石属于被动接受的唐诗材料，不过，尽管如此，这些遗迹仍能对重视文物的文人产生一定的影响。对唐诗文献的保存、辑补亦有一定作用。

51（宋）晁公武撰，孙猛校证《郡斋读书志校证》，上海古籍出版社2011年版，第1225页。

52（宋）严羽著，郭绍虞校释《沧浪诗话校释》，人民文学出版社1961年版，第253页。

第六章　宋代闽地私家藏书对唐诗文献的保存

“唐以前，凡书籍皆写本，未有模印之法，人以藏书为贵。书不多有，而藏者精于雠对，故往往皆有善本。学者以传录之艰，故其诵读亦精详。五代时，冯道奏请始官镂《六经》板印行。国朝淳化中，复以《史记》、前后《汉》付有司摹印，自是书籍刊镂者益多，士大夫不复以藏书为意。学者易于得书，其诵读亦因灭裂，然板本初不是正，不无讹误。世既一以板本为正，而藏本日亡，其讹谬者遂不可正，甚可惜也”[1]。在刻本尚未出现的时候，人以藏书为贵。而五代之后，书籍刊本渐盛，藏书之风随之衰退。叶梦得却认为刻本不能替代写本，写本的消亡甚为可惜。在刻本流行的时期，写本尤为可贵。

由于宋代雕版印刷的逐步盛行，或出于珍藏秘本，或出于教育子孙的原因，宋代藏书事业日益发达。周密《齐东野语》卷十二称：“宋室承平时，如南都戚氏、历阳沈氏、庐山李氏、九江陈氏、鄱阳吴氏、王文康、李文正、宋宣献、晁以道、刘壮舆，皆号藏书之富，靡不厄于兵火。”[2] 从地域来看，宋代藏书以江西、四川、浙

1 （宋）叶梦得《石林燕语》卷八，中华书局 1984 年版，第 116 页。

2 （宋）周密《齐东野语》，中华书局 1983 年版，第 217 页。

江、福建为最，尤其是南宋时期，藏书家以福建为最盛，福建又以莆田为盛。陈振孙《直斋书录解题》卷八解释了这一现象，云："闽中不经兵火，故家文籍多完具。"[3]从文学文献的角度来说，藏书的功用自然是极为重要的，周密《癸辛杂识》后集记载贾似道、廖莹中刻书时"其所援引，多奇书"[4]。所谓奇书，就是不多见的秘本，廖莹中本人就是一个藏书家。

事实上，福建地区的藏书由多个部分组成，除私家藏书外，尚有书院藏书、学校藏书、寺院藏书、道观藏书等。宋代各级学校为教育生徒，多有藏书，如建阳县学，朱熹《建阳县学藏书记》云："建阳板本书籍行四方者，无远不至，而学于县之学者，乃以无书可读为恨，今知县事会稽姚侯耆寅始斥掌事者之余金，鬻书于市，上自六经下及训传史记子集，凡若干卷以充入之，而世儒所诵科举之业者，一无得与于其间。"叙述建阳县学藏书，包括上自六经下到训传史记子集的各种书籍，可见藏书之富。再如，薛舜庸"增邑庠廪饩，建阁藏书，以惠生徒"。[5]至于宋代书院藏书，已多有学者瞩目，并有一系列研究成果，因这部分内容非本文重点，故仅举一例说明，如邓洪波《宋代书院藏书研究》[6]介绍宋代藏书事业的兴起及特点。由于资料有限，因此不能确切考知书院及学校所藏唐诗版本。本部分仅以私家藏书来说明宋代闽地的唐诗接受概况。

3 （宋）陈振孙著，徐小蛮、顾美华点校《直斋书录解题》，上海古籍出版社 1987 年版，第 235 页。

4 （宋）周密《癸辛杂识》，中华书局 1988 年版，第 84 页。

5 （明）何乔远《闽书》卷九十，福建人民出版社 1995 版。第 2720 页。

6 邓洪波《宋代书院藏书研究》，《高校图书馆工作》2003 年第 5 期，第 45—50 页。

第一节　宋代闽地藏书家考略

宋代藏书及藏书家历来为人所重，此领域的相关研究成果众多。关于藏书史的研究，重要的有：清代叶昌炽《藏书纪事诗》[7]；今人焦树安《中国藏书史话》[8]及傅璇琮《中国藏书通史》[9]。涉及福建地域的有李晓花《宋代福建私家藏书考略》[10]。而对于宋代藏书家的研究，则有潘美月《宋代藏书家考》[11]搜集宋代藏书家126人；方建新《宋代私家藏书补录》[12]及《宋代私家藏书再补录》[13]在前人的基础上，又补录宋代藏书家160人。除此之外，尚有林平的《宋代私人藏书家补遗》[14]等研究成果，不一一列举。而涉及对某一地域藏书家的介绍的则当推吴晗《浙江藏书家史略》[15]，收录历代浙江地区的藏书家。关于福建藏书家，有王长英、黄兆郸编写的《福建藏书家传略》[16]，收录福建自六朝至当代藏书家400多位，基本上着重于对著名藏书家的介绍。尽管不断有人在对藏书家进行整理和补遗工作，但对于宋代福建藏书家的统计仍有不少遗漏。本文收录宋代福建藏书家，并对前人的研究成果有所补遗。

---

7 （清）叶昌炽《藏书纪事诗》，上海古籍出版社1989年版。

8 焦树安《中国藏书史话》，商务印书馆1997年版。

9 傅璇琮《中国藏书通史》，宁波出版社2001年版。

10 李晓花《宋代福建私家藏书考略》，福建师范大学硕士学位论文2007年。

11 潘美月《宋代藏书家考》，学海出版社1980年版。

12 方建新《宋代私家藏书补录》，《文献》1988年第1期。

13 方建新《宋代私家藏书再补录》，《文献》1988年第2期。

14 林平《宋代私人藏书家补遗》，《四川图书馆学报》1990年第1期。

15 吴晗《浙江藏书家史略》，中华书局1981年版。

16 王长英、黄兆郸《福建藏书家传略》，福建教育出版社1997年版。

杨徽之（921—1000）字仲猷，浦城人。后周显德二年（955）进士，宋真宗时官至翰林学士。卒年八十，赠兵部尚书。其所藏书均归其外孙宋绶。《宋史·宋绶传》卷二百九十一："绶字公垂，赵州平棘人。父皋，尚书度支员外郎、直集贤院。绶幼聪警，额有奇骨，为外祖杨徽之所器爱。徽之无子，家藏书悉与绶……家藏书万余卷，亲自校雠，博通经史百家，其笔札尤精妙。"[17] 宋绶子敏求，字次道，龙图阁直学士，卒年赠礼部侍郎。"敏求家藏书三万卷，皆略诵习。熟于朝廷典故，士大夫疑议，必就正焉。"[18] 宋敏求收集唐人诗集最多，徐度《却扫编》卷中云："诗人之盛莫如唐，故今唐人之诗集行于世者无虑数百家，宋次道龙图所藏最备，尝以示王介甫，且俾择其尤者。公既为择之，因书其后曰：'废日力于斯良可叹也，然欲知唐人之诗者，只此足矣。'其后此书盛行于世，《唐百家诗选》是也。"[19] 由此可大致推知杨徽之所藏书与唐诗之关系。

张伯玉（1003—约1070），字公达，建安人。天圣二年（1024）进士，嘉祐中为御史，后出知太平府，有六经阁。"时曾巩为司户，伯玉一日语之曰：'吾方作六经阁，子为我记之。'巩数呈稿，终不合意，乃自为之，其首云'六经阁者，诸子百家皆在焉，不书，尊经也'"[20]。

杨纮，字望之，建州浦城人。杨亿从子。以荫入仕，赐进士出身。官至荆南、江东转运使。拜太常少卿。"聚书数万卷，手抄事

17（元）脱脱等《宋史》卷二百九十一《宋绶传》，中华书局1977年版，第9732—9737页。

18（元）脱脱等《宋史》卷二百九十一《宋绶传》，中华书局1977年版，第9737页。

19（宋）徐度《却扫编》，《丛书集成初编》本，商务印书馆，第105页。

20（明）嘉靖《建宁府志》卷十八，天一阁藏明代方志选刊，上海古籍书店1981年版。

实，名《窥豹篇》”[21]。

黄晞（？—1057），字景微，建安人。《宋史·隐逸传》云：“少通经，聚书数千卷。自号聱隅子，著《歀歔琐微论》十卷。”[22]又司马光《涑水记闻》云：“黄晞好读书，客游京师，数十年不归。家贫，谒索以为生，衣不蔽体，得钱辄买书，所费殆数百缗。自号聱隅子。石守道为直讲，闻其名，使诸生如古礼，执羔雁束帛，就里中聘之，以补学职，晞固辞不就。故欧阳永叔《哭徂徕先生》诗云‘羔羊聘黄晞，晞惊走邻家’是也。著书甚多，至和中卒。一子，甚愚鲁，所聚及自著书皆散无存。”[23]

方峻，字景通，天圣八年（1030）进士，为建安县主簿，景祐初，试秘书郎，福州司理，嘉祐中请老。其家有白杜万卷藏书楼。

苏颂（1020—1101），字子容，泉州南安人。元祐七年，拜右仆射兼中书门下侍郎，后罢为观文殿大学士、集禧观使，继出知扬州。绍圣四年，拜太子少师致仕。苏氏家族历有藏书，苏颂孙苏象先所著《苏魏公谭训》卷二云：“高祖至孝，母代国夫人张氏乃泉南之甲族。家富于财，归吾宗时衣帐奴十人、婢十人、书十厨，他物称是。”[24]陪嫁之书就有十橱之多。“神宗问祖父：‘卿家必有异书，何故父子皆以博学知名？’祖父对曰：‘臣家传朴学，唯知记诵而已。’上曰：‘此尤难也。’祖父云：‘吾收书已数万卷，自小官

21（元）脱脱等《宋史》卷三百五《杨纮传》，中华书局1977年版，第10085页。

22（元）脱脱等《宋史》卷四百五十八《黄晞传》，中华书局1977年版，第13441页。

23（宋）司马光《涑水纪闻》，中华书局1989年版，第183页。

24（宋）苏颂《苏魏公文集》，中华书局1988年版，第1130页。

时得之甚艰。又皆亲校手题，使门阀不坠，则此文当益广，不然，耗散可待。’”[25]

吴秘，字君谟，瓯宁人。景祐元年（1034）进士。为侍御史兼知谏院，以言事出知濠州，提点京东刑狱，后除同安守。《宋史》卷二百四记有吴秘《家藏书目》二卷。

方子容，字南圭，莆田人。宋仁宗皇祐五年（1053）登进士第，出知惠州。刘克庄云："坡公贬惠州，南圭为守，相处甚欢。方氏书画多经坡公题品，或为书佛经，或为书史诗，往还简帖尤多。其家旧有万卷楼，所收坡公遗墨至四百余纸，后羽化略尽，墨林仅有写《心经》及《左传》三数，手简十四幅而已。"[26]

林伸，字伸之，莆田人，嘉祐二年（1057）进士，熙宁八年为永静幕官，终朝奉郎："兄弟七人，其贫不能自给者三，犹子女不啻三十余，伸捐俸入为三房，毕婚嫁。族党窘乏者，悉周之。或曰：'盍为子孙计？'伸曰：'吾蓄书数千卷，苟有贤子孙足矣；不贤多财，适为累耳。'"[27]

傅楫（1042—1102），字符通，兴化军仙游人。治平四年（1067）进士，调扬州司户参军，摄天长令。徽宗即位，召为司封员外郎，历监察御史、国子司业、起居郎，拜中书舍人。以龙图待制知亳州。卒，年六十一。"天资简淡，于世事无一可关心者，专用经史自娱，聚书至万卷"[28]。

25（宋）苏颂《苏魏公文集》，中华书局 1988 年版，第 1135 页。

26（宋）刘克庄《后村先生大全集》卷一百三，《四部丛刊》本，商务印书馆。

27（宋）李俊甫《莆阳比事》卷六，宛委别藏本，江苏古籍出版社 1988 年版，第 244 页。

28（宋）汪藻《浮溪集》卷二十六《朝请郎龙图阁待制知亳州赠少师傅公墓志铭》，《丛书集成初编》本，商务印书馆，第 311 页。

曾旼，字彦和，龙溪人。熙宁六年（1073）进士，监润州仓曹，尝纂《润州类集》。王应麟《玉海》卷四十三《绍兴校御府书籍》："二年四月乙亥初，命馆职校御府书籍。先是，秘书少监王昴言：本省御府书籍四百九十二种，今又有曾旼家藏书二千六百七十八卷。"[29]清王士禛《香祖笔记》卷十一亦称："藏书之富，有宋宣献、毕文简、王原叔、钱穆父、王仲及、荆南田氏、历阳沈氏、谯郡祁氏、曾旼彦和、贺铸方回。"[30]

石元教，石赓子，同安人。"为泉州长史，悉赀市书。其后六子皆入仕，为甲族"。[31]

余深（约1050—1130），字原仲，罗源人。元丰五年（1082）进士及第。为太常博士、著作佐郎，改司封员外郎，拜监察御史、殿中侍御史，试辟雍司业。累官御史中丞兼侍读。大观二年，以吏部尚书拜尚书左丞。三年，转中书侍郎；四年，转门下侍郎。蔡京致仕，乃以资政殿学士知青州。靖康初，加恩特进、观文殿大学士。有藏书之所称"环玉馆"，"在县西里许。宋丞相余深建，为聚书之所，周环皆水，故名"[32]。

章綡（1052—1125），字子京，一字子上，浦城人。章楶子。绍圣甲戌（1094）进士。历陕西转运判官，入为户部员外郎。后为秘书省校书郎，提点两浙刑狱，以龙图阁直学士知越州。金人破蔚川，落职送吏部，会赦恩，上书告老致仕。宋孙觌云其："即舍旁

29（宋）王应麟《玉海》，江苏古籍出版社、上海书店出版社1987年版，第817页。

30（清）王士禛《香祖笔记》，上海古籍出版社1982年版，第226页。

31（明）何乔远《闽书》卷九十《缙绅》，福建人民出版社1994年版，第2718页。

32（明）王应山《闽都记》，海风出版社2001年版，第278页。

营一堂号‘美荫’，聚书万卷，凡国子中秘所有皆具，集古今石刻千卷。”[33]

黄伯思（1079—1118）字长睿，自号云林子，别字霄宾。邵武人。天资警敏，手未尝释卷。李纲《左朝奉郎行秘书省秘书郎赠左朝请郎黄公墓志铭》：“家无余赀，盈箧笥者，书籍而已……所至虽假室暂寓，必求明窗静几，图史满前，欣然处其间。上自六经，下至诸子百家，历代兵氏之书，无不精诣。”[34]

章甫，字端叔，浦城人。熙宁三年（1070）进士，调临川尉，哲宗继位，累迁至太府丞，召对称旨，除府界提举常平等事。崇宁初，知泰州，乞祠，卒。“读书万卷，增校精至，有文集二十卷、《孟子解义》十四卷”[35]。

胡安国（1074—1138），字康侯。建宁崇安人，绍圣四年进士，高宗时以张浚荐，除中书舍人兼侍讲。累官给事中，谥文定。学者称武夷先生。“子寅，少桀黠难制，父闭之空阁，其上有杂木，寅尽刻为人形。安国曰：‘当有以移其心。’别置书数千卷于其上，年余，寅悉成诵，不遗一卷”[36]。

吴与，字可权，漳州人。元丰五年（1082）进士，初为四会令，改余干令，累迁奉议郎通判潮州，终广东提刑。“历官凡七任，悉以俸余收书，所藏至二万卷，宋世海内藏书郑夹漈推重者四家，

33（宋）孙觌《鸿庆居士集》卷三十三《章公墓志铭》,《景印文渊阁四库全书》本，台湾商务印书馆 1986 年版。

34（宋）李纲《梁溪集》卷一百六十八,《景印文渊阁四库全书》本，台湾商务印书馆 1986 年版。

35（明）何乔远《闽书》卷九十九，福建人民出版社 1995 年版，第 2974 页。

36（元）脱脱等《宋史》卷四三五《胡安国传》，中华书局 1977 年版，第 12916 页。

而首漳吴”[37]。又编有《漳浦吴氏藏书目》四卷。

陈可大，字齐贤，仙游人。政和二年（1112）进士，积官至朝散大夫，累赠中大夫。“后知肇庆府，民不忍欺，相与绘其像祠之，归，囊无余赀，惟衣衾书籍而已”[38]。

朱倬（1086—1163）字汉章，闽县人。宣和五年（1123）进士。绍兴三十一（1161）年，官拜尚书右仆射。孝宗即位，除资政殿学士。“家藏书数万卷，皆手自校雠”[39]。

魏颖，建阳人，魏大名祖父。《斐然集》卷二六《处士魏君墓志铭》称：“（大名）大父颖，预累计偕，辞赋有能称，藏书甚富，湛浸简帙。”[40]

魏大名（1092—1148），字国宾，建阳人。读书博通而不事科举文，《斐然集》卷二六《处士魏君墓志铭》云：“贼平，人返业，争营生理，君独益务收书教子……故庐有书楼水阁，竹木蔽亏，十亩荷池，映带左右。承平之际，日与亲朋觞咏其中。”[41]

林霆，字时隐，莆田人。擢政和进士第。精通象数之学。“家聚图书数千卷，皆自校雠，告子孙曰‘吾为汝曹获良产矣’”[42]。

陈长方（1108—1148）字齐之，闽县人。绍兴戊午（1138）进士，调太平州芜湖尉，授江阴军学教。少孤，奉母客于吴。杜门安

37（明）何乔远《闽书》卷一百十九《缙绅》，福建人民出版社 1995 年版，第 3572 页。

38（明）郑岳辑《莆阳文献》列传十九，万历四十四年黄起龙刊本，第 235 页。

39（宋）魏了翁《鹤山先生大全文集》卷七四《朱公神道碑》，《景印文渊阁四库全书》本，台湾商务印书馆 1986 年版。

40（宋）胡寅撰、容肇祖点校《斐然集》，中华书局 1998 年版，第 599 页。

41 同上。

42（宋）李俊甫《莆阳比事》卷六，宛委别藏本，江苏古籍出版社 1988 年版，第 252—253 页。

贫。刻意学问，榜所居曰“唯室”，学者称唯室先生。“家贫不能置书，假借手抄几数千卷”[43]。

方略，字作谋，莆田人。大观中由崇德尉召除删定官，累迁修书局。官至广东转运副使。“宦达后，所至专访文籍，民间有奇书必捐金帛求之。家藏书至一千二百笥，作万卷楼储之”[44]。

李持正，字季秉，莆田人。政和五年（1115）进士，历知德庆、南剑、潮阳三郡。后知永春县转承议郎，通判泰州。“家有依农亭，内辟一书室，朱文公书‘敬义斋’三大字以扁之”[45]。

方渐，莆田人，政和八年（1118）进士，绍兴中通判韶州，积官至朝散郎。“平生清白无十金之产，所至以书自随。积至数千卷，皆手自窜定。就寝不解衣，林光朝质之，答曰：‘解衣拥衾，会有所检讨，则怀安就寝矣。’为小阁三间，以藏其书，榜曰富文。郑樵尝就读其书”[46]。

郑樵（1104—1162），字渔仲，兴化军莆田人。好著书，不为文章，自负不下刘向、扬雄。居夹漈山，谢绝人事。久之，乃游名山大川，搜奇访古，遇藏书家，必借留读尽乃去，每与当代藏书家往还。郑樵藏书甚富，《澹生堂藏书约》记其收书八法云：“郑渔仲论求书之道有八：一即类以求，二旁类以求，三因地以求，四因家以求，五曰求之公，六曰求之私，七因人以求，八因代以求。可

43（宋）陈长方《唯室集》卷五附录胡百能《陈唯室先生行状》，《景印文渊阁四库全书》本，台湾商务印书馆 1986 年版。

44（宋）李俊甫《莆阳比事》卷六，宛委别藏本，江苏古籍出版社 1988 年版，第 252 页。

45（明）郑岳辑《莆阳文献》列传十五，万历四十四年黄起龙刊本，第 221 页。

46（明）郑岳辑《莆阳文献》列传十二，万历四十四年黄起龙刊本，第 210 页。

谓典籍中之经济矣！”[47] 陈振孙《直斋书录解题》卷八云：“《群书会记》二十六卷，郑樵撰。大略记世间所有之书，非必其家皆有之也。”[48] 又：“《夹漈书目》一卷，《图书志》一卷，郑樵记其平生所自著之书。”[49]

余良弼，字岩起，顺昌人。建炎二年（1128）进士。历枢密院计议官，通判漳、泉二州。知静江府，经略广西，除直秘阁致仕。“聚书几万卷，自为序，以教子孙”[50]。

林一鸣，字闻卿，莆田人。荫补官，累迁枢密检详诸司文字，卒官至朝请大夫。仙游人。“所及官满之日，惟有书数担而已”[51]。

赵谊，赵悰子，晋江人。《闽书》卷八十二记载其：“好学能文，聚书万卷，终知富阳县。”[52]

朱元飞，字彦实。仙游人，官至福州通判。《宝祐仙溪志》卷四记载：“仕官三十年不营一金产，所得奉给即买书籍，每部各三本分遗三子为书藏之，所居之地有穹石堂、林萍斋，诸公留题其上，有归乐堂，朱文公为之记。”[53]

方秉白，字直甫，号草堂，莆田人。“孝宗朝，宪臣以孝廉荐，

47（明）祁承㸁《澹生堂藏书约》，古典文学出版社 1957 年版，第 17 页。

48（宋）陈振孙著，徐小蛮、顾美华点校《直斋书录解题》卷八，上海古籍出版社 1987 年版，第 234 页。

49 同上书，第 235 页。

50（明）何乔远《闽书》卷一百三，福建人民出版社 1995 年版，第 3103 页。

51（明）郑岳辑《莆阳文献》列传十九，万历四十四年黄起龙刊本，第 235 页。

52（明）何乔远《闽书》，福建人民出版社 1994 年版，第 2482 页。

53（宋）黄岩孙《宝祐仙溪志》，《宋元方志丛刊》第 8 册，中华书局 1990 年版，第 8320 页。

不起，传家惟书数橱而已”[54]。

郑安正，耕老父，莆田人。“少负才学，笃志训诸子，尝筑书堂，率闾里子弟讲学，一时名士多从之”[55]。

方于宝，莆田人。绍兴十六（1146）年，应诏进《风骚大全集》一百卷，补迪功郎。“家有三余斋，聚书数万卷”[56]。

方崧卿（1135—1194），字季申，廷实从子，莆田人。擢隆兴初进士，知信州、上饶县。秩满知南安军，移知吉州。所得赐禄半为抄书之费，“筑丛书堂，聚书四万卷，手自雠校”[57]。

方万，字盈之，莆田人。绍兴三十年（1161）进士，据其孙方大琮《铁庵集》卷三十三《辞祖南瀞和剂坟》：“长者之后，以诗书发身自大父始，以大父之学识该博，三十九乃登科，仅年余不克享。”则可推断其生卒年大约为1132至1162年。因曾监和剂局，故方大琮称其为和剂公。方万有斗车楼、一经堂，皆为藏书之所，方大琮云其：“辟金凤斋以教子；架斗车楼以藏书；创一经阁以垂训。”[58]又云：“吾大父和剂公以一经名堂，实藏书万卷。”[59]

方阜鸣（1157—1228），字子默，父秉白，莆田人。嘉定元年（1208）进士。官佥书平海军节度判官厅公事，兼南外宗薄，复佥

54（明）郑岳辑《莆阳文献》列传三十九，万历四十四年黄起龙刊本，第300页。

55 同上书，第268页。

56（宋）李俊甫《莆阳比事》卷六，宛委别藏本，江苏古籍出版社1988年版，第253页。

57（宋）周必大《文忠集》卷七十一《京西转运判官方君崧卿墓志铭》，《景印文渊阁四库全书》本，台湾商务印书馆1986年版。

58（宋）方大琮《铁庵集》卷三十五《判院方公孺人郑氏圹志》，《景印文渊阁四库全书》本，台湾商务印书馆1986年版。

59（宋）方大琮《铁庵集》卷三十二《方氏仕谱志》，《景印文渊阁四库全书》本，台湾商务印书馆1986年版。

书镇南军节度判官厅公事。“余为建阳令，废学久矣。君自江右归，方留钱千万市坊书”[60]。

方其义（1157—1230），字同甫，莆田人。曾由乡试入太学，后授特奏名，性喜聚书。刘克庄《琼州户录方君墓志铭》载其：“无产十金，有书千轴。”[61]

谢穆，其子谢洪为绍兴三十年（1160）进士，莆田人。谢穆“少倜傥有大志，尝市书瓯越，建经史阁藏之。列尽汉晋间隐君子，自图形其间，号鳌轩主人。力学教子，人目之为书笥”[62]。

刘弥邵（1165—1246），字寿翁，号习静。莆田人。“家贫，有书数橱，弥邵慨念先泽，卧起其间，不为举子业。惟以学古为心，自六经以下莫不抄纂”[63]。

石起宗，字似之，其先同安人，徙晋江。乾道五年（1169）进士，为尚书吏部员外郎，善书画，备数家体。工诗赋，好学不倦，“余俸悉市书，尝言‘藏书数千卷，胜买万顷良田’”[64]。

刘学箕，学箕字习之，崇安人。刘韐之曾孙，刘子翚之孙。约生活于宋光宗时期，闲居不仕，自号种春子，又号方是闲居士。其诗题有“余少日不能持养志气，所暴多失，迩来方喜问学之有益也，近筑小楼藏书，楼之下建堂名曰‘养浩’七客落成以‘善养吾

60 （宋）刘克庄《后村先生大全集》卷一四八《方子默墓志铭》,《四部丛刊》本，商务印书馆。

61 （宋）刘克庄《后村先生大全集》卷一六一《琼州户录方君墓志铭》,《四部丛刊》本，商务印书馆。

62 （明）郑岳辑《莆阳文献》列传二十二,万历四十四年黄起龙刊本，第 243 页。

63 同上书，第 262 页。

64 （明）何乔远《闽书》卷九十，福建人民出版社 1994 年版，第 2719 页。

浩然之气’分韵得气字”。

方审权（1180—1264），字立之，号听蛙，莆田人。数百年文献故家，号小金紫公，峤四世孙。少抱奇志，从伯父镐仕湖，及归，慨然罢举。“家有善和之书、东冈之陂汾曲田，君曰：‘吾读此耕此，足了一生矣。’博古通今，父子皆能诗。有《真窖》、《听蛙》二集”。[65]

傅诚，字至叔，自号雪涧闲翁，仙游人。宋淳熙八年（1181）登进士第，累迁太常博士。生平自读书外，无他嗜好，曾从朱熹游。“性甘清贫，俸入不置产业，悉以置书”[66]。

李丑父（1194—1267），字艮翁，莆阳人。端平二年（1235）进士。家中藏书甚富。刘克庄《朝中措·艮翁生日》：“此翁岁晚，有书充栋，有酒盈樽。”[67]

吴叔告（1194—1266），字君谋，莆阳人。理宗端平二年（1235）状元。筑“叔告书楼”。

方采（1197—1256），字采伯，莆田人。为人萧散博雅，“于器自先秦至历代古物、于书自南北金石至竹帛奇迹、于画自顾陆至唐宋诸名手皆究极端绪，鉴定品目，不差毫发。他人藏者，率真赝妍丑参半，君所蓄匜、洗、錞、罍、章草、行楷、丹青、绢素，物物精妙，皆可宝惜，手自记录，付怀曰：‘世守之。’其笃好如此。尝汇累朝宸翰及名臣遗墨十卷号《墨林帖》，未刊者末二卷”[68]。

65（宋）刘克庄《后村先生大全集》卷一六一《方隐君墓志铭》，《四部丛刊》本，商务印书馆。

66（明）郑岳《莆阳文献》列传二十二，万历四十四年黄起龙刊本，第203页。

67《全宋词》，中华书局1998年版，第2645页。

68（宋）刘克庄《后村先生大全集》卷一百五十七，《四部丛刊》本，商务印书馆。

刘克永（1207—1262）字子修，莆田人，克庄弟。“既入小学，诵诗能了其义。长益勤苦，即所居西偏辟小斋，空无他物，拥书如山，卧起枕籍之间。然郡试辄不利，因慨然废举，退而求志。有诗集名《刻楮集》”[69]。

余崇龟，字景望，宋兴化军仙游县人。《道光重纂福建通志》：“崇龟家藏书万卷，出入经史，贯串古今，扁其堂曰‘静胜’。”[70]

余日华，字君实，余崇龟子，嘉泰二年（1201）进士。莆田人。“平生嗜读书，尤工文翰，所居有撷英阁，藏书万卷，杂以法书名画，日坐其间翻阅吟咏，以自娱乐云”[71]。

郑可复，字彦修。仙游人，嘉定七年（1214）登进士第。调婺州东阳县尉，后授婺州教授。再调福州教授，知潮阳县通判循州，官至朝奉郎。“公性俭朴，嗜书，老不释卷，捐金构书如恐失之，晚年家藏几数千卷，手自编录，以韵类之目曰《百八集》，书未及竟而卒”[72]。

林駉，字德颂，宁德人。嘉定九年（1216）乡荐。“博极群书，九经注释暗记成诵，虽山经、地志、稗官、小说、释老二氏之书无所不窥，尤习当代典故”[73]。

黄绩，字德远。莆田人。弃举子业。“与同门友筑东湖书堂于

69（宋）刘克庄《后村先生大全集》卷一六〇《六二弟墓志铭》,《四部丛刊》本，商务印书馆。

70《道光重纂福建通志》卷七十一，中国地方志集成本，江苏古籍出版社。

71（明）郑岳《莆阳文献》列传三十四,万历四十四年黄起龙刊本，第 290 页。

72（宋）黄岩孙《宝祐仙溪志》卷四,《宋元方志丛刊》第 8 册，中华书局 1990 年版，第 8330 页。

73（明）万历《福宁州志》卷十二，书目文献出版社 1990 版，第 263 页。

望仙门外东畔”[74]。

郑寅，字子敬，侨之子，莆田人。寅博文强记，以父任补官，知吉州，端平初，召为左司郎中兼权枢院副都承旨。后出知漳州，卒。陈振孙《直斋书录解题》卷五云：“《中兴纶言集》二十八卷，左司郎中莆田郑寅编。……藏书数万卷，于本朝典故尤熟。”[75]郑寅曾将自己藏书编目，《直斋书录解题》卷八云：“《郑氏书目》七卷，莆田郑寅子敬以所藏书为七录，曰经，曰史，曰子，曰艺，曰方技，曰文，曰类。”[76]《澹生堂藏书约》云：“邯郸李献臣所藏图籍五十六类，一千八百三十六部，一万三千三百八十六卷。而艺术、道书及书画之目不存焉。莆田郑子敬所藏，仍用七录，而卷帙不减于李。”[77]可见其藏书之富。郑寅又撰有《郑氏书目》七卷。

黄仲元（1231—1312），字善甫，更名黄渊，号韵乡，又号四如，人称四如先生，黄绩长子。莆田人。咸淳七年（1271）进士。时值宋元鼎革之际，授国子监主簿，未到任。宋亡不仕。《闽书》卷一百六：“仲元读书万卷，其为文，文质相参，奇不可句。”[78]

陈嘉言，福州人，曾任光州司户，咸淳间人，宋元鼎革之际隐居凤冠山，《榕城考古略》卷下：“积书数万卷，人称书隐先生”[79]。

叶庭珪，字嗣忠。“少嗜书，贫无可读。其曾祖以差役至京，

74（明）郑岳《莆阳文献》列传三十四，万历四十四年黄起龙刊本，第270页。

75（宋）陈振孙著，徐小蛮、顾美华点校《直斋书录解题》，上海古籍出版社1987年版，第134页。

76 同上书，第237页。

77（明）祁承㸁《澹生堂藏书约》，古典文学出版社1957年版，第15页。

78（明）何乔远《闽书》，福建人民出版社1995年版，第3203页。

79（清）林枫《榕城考古略》，海风出版社2001年版，第85页。

倾囊市归，因得尽读之”[80]。

林洪，泉州人。其《山家清事》云其有“阁名尊经，藏古今书，中屏书‘尧舜之道孝弟而已矣，夫子之道忠恕而已矣’字”[81]。

莆田李氏，据陈振孙《直斋书录解题》，莆田李氏有《藏书六堂书目》一卷，又，陈振孙所记《武元衡集》、《集选目录》、《晋阳事迹杂记》等均为从莆田李氏借录。

莆田刘氏，陈振孙《直斋书录解题》卷五：“《后魏国典》三十卷，唐太常少卿元行冲撰。行冲以系出拓跋乃撰魏典三十篇，文约事详，学者尚之。此本从莆田刘氏借录。”[82]

第二节　宋代福建私家藏书与唐诗文献

以上可知宋代闽地藏书之盛，据文献材料，宋代福建家藏书与唐诗相关者录于下，可概知私家藏书与唐诗的接受情况。

陈从易（966—1031），字简夫，晋江人，端拱二年（989）进士。初调彭州军事推官。后召为秘书省著作佐郎，预修册府元龟，迁监察御史。寻知广州，后仁宗擢知制诰，除龙图阁直学士。所著有《泉山集》、《中书制稿》、《西清奏议》。所藏有杜诗集。“陈舍人从易当时文方盛之际，独以醇儒古学见称，其诗多类白乐天。盖自杨、刘唱和，《西昆集》行，后进学者争效之，风雅一变，谓‘西

80（明）何乔远《闽书》卷九十四，福建人民出版社 1995 年版，第 2829 页。

81（明）陶宗仪《说郛》卷二十二，涵芬楼本，中国书店 1986 年版。

82（宋）陈振孙著，徐小蛮、顾美华点校《直斋书录解题》，上海古籍出版社 1987 年版，第 143 页。

昆体’。由是唐贤诸诗集几废而不行。陈公时偶得《杜集》旧本，文多脱误，至《送蔡都尉》诗云‘身轻一鸟’，其下脱一字。陈公因与数客各用一字补之。或云‘疾’，或云‘落’，或云‘起’，或云‘下’，莫能定。其后得一善本，乃是‘身轻一鸟过’。陈公叹服，以为‘虽一字，诸君亦不能到也’”[83]。以杜诗善本校勘旧本。

杨亿（974—1020），字大年，建州浦城人。沈括《梦溪笔谈》卷十四：“杨大年因奏事论及《比红儿诗》，大年不能对，甚以为恨。遍访《比红儿诗》，终不可得。忽一日，见鬻故书者有一小编，偶取视之，乃《比红儿诗》也。自此士大夫始多传之。《比红儿诗》乃罗虬所为，凡百篇。盖当时但传其诗不载名氏，大年亦偶忘《摭言》所载。”[84]又《河南邵氏闻见后录》卷一七云：“真宗尝问杨大年见《比红儿诗》否，大年失对，每语子孙为恨，后诸孙有得于相国寺庭杂卖故书中者。”[85]可见其收有罗虬诗集。

又《事实类苑》言及杨亿搜求李商隐诗歌时云：“公尝言，至道中偶得玉溪生诗百余篇，意甚爱之，而未得其深趣。咸平景德间，因演纶之暇，遍寻前代名公诗籍，观富于才调，兼极雅丽，包蕴密致，演绎平畅，味有穷而久愈出，旨弥淡而酌不竭，曲尽万变之态，精索推言之要，使学者少窥其一班，略得其余光，若涤肠而换骨矣。由是孜孜求访，凡得五七言、长短韵、歌行、杂言共五百八十二首。唐末浙右多得其本，故钱邓帅若水，尝留意捃拾才

83（宋）欧阳修《六一诗话》，人民文学出版社 1962 年版，第 7—8 页。

84（宋）沈括《梦溪笔谈》，《丛书集成初编》本，商务印书馆，第 95 页。

85（宋）邵博《河南邵氏闻见后录》，《丛书集成初编》本，商务印书馆 1936 年版，第 109 页。

得四百余首，钱君举其《贾谊》两句云：‘可怜夜半虚前席，不问苍生问鬼神。’钱云其措辞如此，后人何以企及。余闻其所云，遂爱其诗弥笃，乃专缉缀。鹿门先生唐彦谦慕玉溪得其清峭感怆，盖圣人之一体也，然警拔之句亦多。予数年类集购求，得薛廷珪所作序凡百八十二首，世俗见予爱慕二君诗什，夸传于书林文苑，浅学之徒相非者甚众，噫！大声不入于俚耳，岂足论哉。”[86]搜求李商隐诗集正是因其宗尚李商隐诗歌。

韩奕藏韩偓集，沈括《梦溪笔谈》卷十七：“唐韩偓为诗极清丽，有手写诗百余篇，在其四世孙奕处。偓天复中避地泉州之南安县，子孙遂家焉。庆历中，余过南安，见奕出其手集，字极淳劲可爱。后数年，奕诣阙献之，以忠臣之后，得司士参军，终于殿中丞。又余在京师，见偓《送巩光上人》诗，亦墨迹也，与此无异。”[87]韩奕为韩偓四世孙，则其收藏韩偓诗集也是理所当然的事。

方惟深（1040—1122），字子通，莆田人。崇宁五年（1106）特奏名，授兴化军助教。严羽《沧浪诗话·考证》云：“予尝见《方子通墓志》：‘唐诗有八百家，子通所藏有五百家。’今则世不见有，惜哉！”[88]由此可见方氏所藏唐诗之多，而方惟深本人的诗歌创作也受到唐人的影响，龚明之《中吴纪闻》云：“凡有所作，王荆公读之，必称善，谓深得唐人句法。尝遗以书曰：‘君诗精淳警绝，虽元白皮陆有不可及。’”[89]《野老纪闻》则说：“其诗格高下似

86（宋）江少虞《宋朝事实类苑》，上海古籍出版社 1981 年版，第 435 页。

87（宋）沈括《梦溪笔谈》，《丛书集成初编》本，商务印书馆，第 110 页。

88（宋）严羽著，郭绍虞校释《沧浪诗话校释》，人民文学出版社 1961 年版，第 248 页。

89（宋）龚明之《中吴纪闻》卷三，《粤雅堂丛书》本。

集》四十三卷,《外集》二卷,《附录》二卷,《龙城录》二卷,《集传》一卷。

清莫友芝《郘亭知见传本书目》卷十二著录《济美堂柳河东先生文集》云:“明嘉靖中,东吴郭云鹏重刻宋本。世以配东雅《韩集》,盖亦本世綵堂刻也。”[42] 认为明代郭云鹏用济美堂取代世綵堂,如同徐时泰用东雅堂取代世綵堂,应该是可信的。

关于郭云鹏本,孙星衍《平津馆鉴藏记》卷二云:“外集增处士段宏古墓志三篇,附录篇目与宋本不同,《龙城录》宋本所无也。注不提撰人名氏。郭云鹏,明嘉靖时人。每页十八行,行十七字,板心下有济美堂三字。”[43] 与世綵堂韩集体例一致。

傅增湘《藏园群书题记》卷十二亦云:“半页九行,行十七字,注双行同,黑口,四周双阑,板框下有‘济美堂’三字,每卷均有‘东吴郭云鹏校寿梓’八字木记,楷书、篆、隶不一,盖嘉靖中郭氏据宋本重刻,世人以配东雅堂《韩集》,盖皆出廖氏世綵堂本也。”[44] 又云:“此本初印精善,棉纸厚洁,余壬子春获于沪市,为结一庐朱氏藏书,有‘唐栖朱氏结一庐图书记’、‘朱氏文房’诸印记……郭氏此书雕镌极精,近年世綵堂本出世,持以相校,不特字体之规格宛然,即笔致亦复肖似,可谓良工妙技矣。”[45] 则傅增湘似曾持世綵堂本与之对校,郭氏书确出于世綵堂本无疑。

---

42 (清)莫友芝撰,傅增湘订补,傅熹年整理《藏园订补郘亭知见传本书目》,中华书局2009年版,第1026页。

43 (清)孙星衍《平津馆鉴藏记》,《丛书集成初编》本,商务印书馆,第46页。

44 傅增湘《藏园群书题记》,上海古籍出版社1989年版,第616页。

45 傅增湘《藏园群书题记》,上海古籍出版社1989年版,第197页。

《元氏长庆集》

刘麟于北宋宣和六年（1124）刻有《元氏长庆集》一百十卷。按：刘麟，字应礼。建安人。《宋史》未见，生平事迹无考。

《元氏长庆集序》云："《新唐书·艺文志》载其当时君臣所撰著文集，篇目甚多，《太宗集》四十卷至武后《垂拱集》一百卷，今皆弗传。其余名公巨人之文，所传盖十一二尔。如《梁苑文类》、《会昌一品》、《凤池稿草》、《笠泽丛书》、《经纬》、《穴余》、《遗荣》、《雾居》，见于集录所称道者，毋虑数百家，今之所见者仅十数家而已。以是知唐人之文亡逸者多矣。呜呼！樵夫牧叟诡异怪诞之说，鬼神幻惑不根之言，时时萃为一书以诒好事者观览。至于士君子道德仁义之文，经国济时之论，乃或沉没无闻，岂不惜哉！元微之有盛名于元和长庆间，观其所论奏，莫不切当时务。诏诰歌词，自成一家，非大手笔曷臻是哉？其文虽盛传一时，厥后浸亦不显，唯嗜书者时时传录，不亦甚可惜乎？仆之先子尤爱其文，尝手自抄写，晓夕玩味，称叹不已。盖惜其文之工而传之不久且远也。乃者因阅手泽，悲不自胜，谨募工刻行，庶几元氏之文因先子复传于世。斯文旧亡其序，第冠以《新唐书》微之本传，则微之之于文，其所造之浅深可概见矣。宣和甲辰仲夏晦日建安刘麟撰。"由此序可知到宋代，唐集亡佚严重。其中也包括了元稹集。《元氏长庆集》是由刘麟之父手自抄录而成，且由刘麟募工刊行于建安。

另外《善本书室藏书志》、《天禄琳琅书目》亦著录。

四库馆臣对《元氏长庆集》介绍的尤为详细："稹事迹具《唐书》本传。考稹《与白居易书》称：'河东李明府景俭在江陵时，僻好仆诗章。仆因撰成卷轴。其中有旨意可观而词近古往者为“古讽”，意亦可观而流在乐府者为“乐讽”，词虽近古而止于吟写性情者为“古体”，词实乐流而止于模象物色者为“新题乐府”。声势沿顺，属对稳切者为“律诗”，仍以五七言为两体，其中有稍存寄兴与讽为流者为“律讽”。’又称：‘有悼亡诗数十首，艳诗百余首。自十六时至元和七年，有诗八百余首，成二十卷。’又称：‘昨巴南道中有诗五十首。又书中得七年以后所为向二百篇。’然则稹三十七岁之时已有诗千余首。《唐书》本传称稹卒时年五十三。其后十六年中，又不知所作凡几矣。白居易作稹墓志，称‘著文一百卷，题曰《元氏长庆集》’。《唐书·艺文志》又载有《小集》十卷。然原本已阙佚不传。”[46] 按照四库馆臣的说法，元稹三十七岁时即有诗千余首，其后十六年中所作更多，则元稹平生所作不止百卷之数。然而《旧唐书》本传称“稹长庆末因编删其文稿”[47]，元稹于长庆末年（824 年）曾亲自编删其文稿，距其卒年（大和五年 831 年）约有七年的时间。那么后世传本当是经过元稹编删后的本子。据白居易所作元稹墓志，元稹集当有百卷之数。另，《旧唐书》本传称元稹“所著诗赋、诏册、铭诔、论议等杂文一百卷，号曰《元氏长庆集》。又著古今刑政书三百卷，号《类集》，并行于代”[48]。《新唐书·艺文志》著录为一百卷。但到了宋代由于元稹集亡佚严重，因此建安刘麟之父所抄录者疑非完帙。关于刘麟《元氏长庆集》后世只有六十卷，与序中所称百卷不符。六十卷本自一

46（清）永瑢等《四库全书总目》卷一百五十一，中华书局 1965 年版，第 1295 页。

47（后晋）刘昫等《旧唐书》卷一百六十六《元稹传》，中华书局 1975 年版，第 4336 页。

48 同上。

卷至八卷前半为古诗；八卷后半至九卷为伤悼诗；十卷至二十二卷为律诗；二十三卷为古乐府；二十四卷至二十六卷为新乐府；二十七卷为赋；二十八卷为策；二十九卷至三十一卷为书；三十二卷至三十九卷为表状；四十卷至五十卷为制诰；五十一卷为序记；五十二卷至五十八卷为碑志；五十九卷至六十卷为告祭文。

四库馆臣云："此本为宋宣和甲辰建安刘麟所传，明松江马元调重刊……其卷帙与旧说不符，即标目亦与自叙迥异，不知为何人所重编。前有麟序，称'稹文虽盛传一时，厥后浸以不显。惟嗜书者时时传录。某先人尝手自钞写，谨募工刻行'云云。则麟及其父均未尝有所增损。盖在北宋即仅有此残本尔。"[49] 则刘麟所刻元稹集已为残本。

又，洪适《盘洲文集》卷六十三《跋元微之集》云："唐志著录有《长庆集》一百卷、《小集》十卷，传于今者惟闽局刻本为六十卷，三馆所藏独有小集，其文盖已杂之六十卷矣。"[50]

《梨岳诗集》一卷

唐李频撰。频字德新，寿昌人。大中八年擢进士第。调秘书郎，累迁建州刺史。卒于官。建州东南有山，名梨山，李频为建州刺史有美政，州民思其德，建祠山中，且尊山为岳，因以梨岳名其集。《梨岳诗集》有宋嘉熙三年（1239）建安刻本。

王埜为《梨岳诗集》所作的序详细记述了李频集的锓版过程，

49（清）永瑢等《四库全书总目》卷一百五十一，中华书局 1965 年版，第 1295 页。

50（宋）洪适《盘洲文集》卷六十三，《景印文渊阁四库全书》本，台湾商务印书馆 1986 年版。

其序曰："梨山诗百九十五篇，唐都官员外郎建州刺史李王之所作也。昔王刺此州，有异政遗爱，庙食梨山，垂五百载……绍定间，埜客过于建，西山先生真公语之曰：'梨山，诗人也，予欲刻其集，未果。子盍往谒之？'埜谢未暇。后七年，埜来守兹土，记真公语，求其诗祠下，不可得，乃得之京城书肆中……其遗吟旧编，骚人文士之所讽咏而流传者，不藏之兹山，非缺典欤？于是命工锓梓以报王之德，以成真公之志。夫风雅莫盛于唐，王以秀悟该恰之姿，发为清逸精深之语，友方幹，婿姚合，故能名于当时，传之后世，岂偶然哉？穹山深麓之中，虹光夜起则知兹诗之所在矣。嘉熙三年仲春望日金华王埜谨序。"[51] 可见，在王埜之前，真德秀欲刻而未果。其后王埜从京师书肆中购得李频诗集，才得以锓版于建州。

《四库全书总目》云："频为姚合之婿，然其诗别自为格，不类武功之派。是编本名《建州刺史集》。后人敬频之神，尊梨山曰梨岳，集亦因之改名。初罕传本。真德秀得本于三馆，欲刻未果。嘉熙三年，金华王埜始求得旧本锓版。元元贞及后至元间，频裔孙邦材、会同，明永乐中河南师祐，正统中广州彭森，先后重刊者四。此本即正统刻也。凡诗一百九十五首，较《全唐诗》所载少八首。而《送刘山人归洞庭》一首，卷中两见，惟起二句小异。又《秋宿慈恩寺遂上人院》诗，误作《送宋震先辈赴青州》，题与诗两不相应，殊不及席氏《唐百家诗》本之完善。末为《附录》，则历朝庙祀敕书碑记及刻诗序跋。张复、彭森二序皆称初刻出真德秀，与王埜序称德秀欲刻不果者自相矛盾，未喻其故。殆传闻讹异欤？王士

51（唐）李频《梨岳诗集》，《四部丛刊》本，商务印书馆 1935 年版。

禛《居易录》称：‘诗人为神，未有频之显著者。’然频诗自佳耳，其为神则政事之故，非文章之故也。”[52]叙及元明间刻本，又云明正统本中张复及彭森序皆称初刻出于真德秀，则与王埜序相矛盾。傅增湘《藏园群书题记》卷六补遗，丁丙《善本书室藏书志》卷二十五也都对王埜刻本做了详细交代。

宋代闽地所编唐人别集叙录

《少陵集》

郑文宝编。郑文宝（953—1013），字仲贤，一字伯玉。汀州宁化人。编有《少陵集》二十卷，已亡佚。王洙《杜工部集记》云：“甫集初六十卷，今秘府旧藏、通人家所有称大小集者，皆亡逸之余，人自编摭，非当时第叙矣。搜裒中外书，凡九十九卷。”[53]有：“古本二卷，蜀本二十卷，集略十五卷，樊晃序小集六卷，孙光宪序二十卷，郑文宝序少陵集二十卷，别题小集二卷，孙仅一卷，杂编三卷。”[54]可证郑文宝确实编过《少陵集》。

《校定杜工部集》二十二卷

黄伯思著。黄伯思（1079—1118）字长睿，自号云林子，别字霄宾。邵武人。陈振孙《直斋书录解题》云：“秘书郎黄伯思长睿（邵武人）所校，既正其差误，参岁考月出处异同，古律相间，

52（清）永瑢等《四库全书总目》卷一百五十一，中华书局 1965 年版，第 1299 页。
53（唐）杜甫著，（清）仇兆鳌注《杜诗详注・附编》，中华书局 1979 年版，第 2240 页。
54 同上书，第 2240 页。

凡一千四百十七首（案《文献通考》作一千四百四十七首），杂著二十九首，别为二卷。李丞相伯纪为序之。”[55]

绍兴六年（1136）李纲为校定杜工部集作序曰：“杜诗旧集，古律异卷，编次失序。余尝有意参订之，特病多事，未能也。故校书郎武阳黄长睿父，博雅好古，工文词，尤笃好公之诗，乃用东坡之说，随年编纂，以古律相参，先后始末，皆有次第。然后子美之出处，及少壮老成之作，粲然可观。盖自开元、天宝太平全盛之时，迄至德、大历干戈离乱之际，子美之诗，凡千四百四十余篇。其忠义气节，羁旅艰难，悲愤无聊，一寓于诗。句法理致，老而益精。时平读之，未见其工；迨亲更兵火丧乱，诵其词如出乎其时，犁然有当于人心，然后知为古今绝唱也。公之述作，行于世者既不多，遭乱亡逸，加以传写谬误，浸失旧文，乌三转而成鸟者不可胜数。长睿父官洛下，与名士大夫游，裒集诸家所藏，是正讹舛，又得逸诗数十篇，参于卷中，及在秘阁，得御府定本，校雠益号精密，非行世者之比。长睿父没十七年，予始见其亲校集二十二卷于其家。朱黄涂改，手迹如新，为之怆然，窃叹其博学渊识，有功于子美之多也。方肃宗之怒房琯，人无敢言，独子美抗疏救之，由是废斥，终身不悔。与阳城之救陆贽何异，然世所罕称者，殆为诗所掩故耳。因序其集而及之，使观者之公遇事不苟，非特言语文章妙天下而已。”[56]是书按照编年顺序编集杜诗，以古律相参，并补辑逸

55（宋）陈振孙著，徐小蛮、顾美华点校《直斋书录解题》，上海古籍出版社 1987 年版，第 470 页。

56（宋）李纲《梁溪集》卷一三八，《景印文渊阁四库全书》本，台湾商务印书馆 1986 年版。

诗数十篇。

《杜诗六帖》十八卷

陈应行编，陈应行，字季陵（一作季陆）。建安人。淳熙二年（1175）特奏名。陈振孙《直斋书录解题》卷十四：“《杜诗六帖》十八卷，建安陈应行季陵撰。用白氏门类，编类杜诗语。”[57]则其体例仿照白居易《白氏六帖》。已佚。

《集杜诗句》[58]一卷

潘辟集。潘辟，字廓如，闽县人。崇宁五年（1106）进士，历知汀州、韶州、广东运判，终朝散大夫。宋梁克家《淳熙三山志·人物类二》卷二十七有传。《宋史·艺文志》卷二百八十著录：“潘辟《集杜诗句》一卷。”[59]已佚。

《杜诗集句》一编

李元白编。李元白，名齐，以字行。宁化人。清同治《福建通志》卷八十九记载：“博览强记，不能俯就科举业，乃大肆力于诗，出入少陵集中，记纂杜诗为《押韵》，后集其句为一编，皆行于世。尝集《大观升平词》若干首以进，得初品官，归故庐，笑傲泉石以

57（宋）陈振孙著，徐小蛮、顾美华点校《直斋书录解题》，上海古籍出版社1987年版，第431页。

58 按，《集杜诗句》及《杜诗集句》虽为诗歌作品，但由于集句诗所集均为杜诗原句，且数量众多，对于杜诗的传播与接受仍然起着不小的作用，故而附录于此。

59（元）脱脱等《宋史·艺文志》卷二百八《艺文志七》，中华书局1977年版，第5382页。

终。”[60]又《乾隆·汀州府志》著录：“李元白《杜诗集句》二卷。”[61]《续文献通考》亦著录之。已佚。

李元白又有《杜诗押韵》，已佚。

《杜少陵诗集》

林丰编。林丰，字稚春，据林亦之《代友人祭稚春》可知与林亦之同里。按，林亦之（1136—1185），字学可，号月渔，福清人。林丰与林亦之均曾从学理学家林光朝。林亦之有《奉题林稚春（丰）菊花枕子歌》《答稚春所寄诗卷》等。

林亦之有《戏题稚春杜少陵诗集》云：“十年萧萧去武林，橐中唯有谪仙吟。君今失意还山窟，少陵诗集如明月。自怪平生每相似，穷愁嗜好亦如许。饭颗山头旧相逢，安得娟娟同处所。故人语我明年冬，或骑大马长安中。或倚书楼头如蓬，即见双剑终然同。我闻此语欢且剧，视君状貌如其笔。两目津津可终遁，此物应藏月鱼室。月鱼文字非时好，已问菟裘吾将老。绿烟亭下黄花时，两手抱取归柴扉。”知林丰编有《杜少陵诗集》，已佚。

《杜集援证》

庄绰撰。庄季裕，名绰，以字行，其始末未详。余嘉锡先生以为其为福建惠安人，姑从之。据《四库全书总目》题其《鸡肋编》云：“惟吕居仁《轩渠录》记其状貌清癯，人目为细腰宫院子。又薛季宣《浪语集》有季裕《筮法新仪》序，亦皆不著其生平。据书

60（清）陈寿祺《同治福建通志》，台北华文书局1968年版，第3432页。

61（清）乾隆《汀州府志》，台北成文出版社1967年版，第376页。

中年月，始于绍圣，终于绍兴，盖在南北宋之间。又尹孝子一条，自称尝摄襄阳尉，又原州棠树一条，称作倅临泾，李倢食糟蟹一条，称官于顺昌，瑞香亭一条，称官于澧州，其为何官，则莫可考矣。此书前有自序，题绍兴三年二月五日，而所记有绍兴九年事，疑书成之后，又续有所增……绰博物洽闻，有《杜集援证》《灸膏肓法》《筮法新仪》行于世。闻其他著述尚多，惜未之见。”[62]《杜集援证》已佚。

《柳文切正》

严有翼撰。严有翼，建安人。绍兴年任间南剑州教授。精邃理学。《五百家注柳先生集附录》卷二有严有翼序称：“余尝嗜子厚之文，苦其难读，既稽之史传以校其讹谬，又考之字书以证其音释，编成一帙，名曰《柳文切正》。虽悬金于市，曾无吕氏之精。然置笔于藩，姑效左思之笃，后之君子无或诮焉。绍兴三十二年岁次壬午春三月十一日建安严有翼序。”

《杜少陵诗音义》

郑卬，长乐人。绍兴时人。清仇兆鳌在《杜诗详注》附编的郑卬《杜少陵诗音义序》后附朱熹跋语，认为此郑卬即字尚明之郑昂。而洪业《杜诗引得序》中则指出：“或竟误郑昂为郑卬。然卬自有《杜诗音义》传世矣，何必更为此赝货也。”[63]

郑卬《杜少陵诗音义序》云：“读少陵诗，如驰骛晋楚之郊。

62（清）永瑢等《四库全书总目》卷一百四十一，中华书局 1965 年版，第 1199 页。

63 洪业《洪业论学集》，中华书局 1981 年版，第 305 页。

以言其高，则邓林千岩，楩楠杞梓，扶疏摩云；以言其深，则溟波万顷，蛟龙鼋鼍，徜徉排空。拭眦极目，方且心骇神悸，莫知所以。若其甄别名状，实难为功。韩退之推其‘光焰万丈长’，殆谓是矣。国家追复祖宗成宪，学者以声律相饬，少陵矩范，尤为时尚。于其淹贯群书，比类赋象，浑涵天成，奇文险句，厌人目力，读者未始不以搜寻训切为病。印近因与二三友质问，爰就隐奥处着为《音义》。至夫人物地理、古今传志，咸极讨论，施之新学，不亦可乎！绍兴改元，岁次辛亥，长至后五日，长乐郑印序。”[64] 据张忠纲《杜集叙录》：“《分门集注杜工部诗》、《黄氏补千家集注杜工部诗史》多征引此书。《黄氏补注》引‘郑曰’凡439条；《分门集注》引‘郑印曰’48条，引‘郑曰’则多达928条，多为字义音训之类。”[65]

《杜诗事类注》[66]

罗烈撰。罗烈，字子刚。长汀人。建炎二年（1128）进士，调同安尉，再调兴宁令，终宣教郎，知庐陵县。罗烈喜著述，《闽书》卷一百四云：“著有《博文新说》十卷，《古文类证》数万言，注《杜甫诗事类》千余条行世。”[67] 又《福建通志》卷四十八：“著有《博文新说》十卷，《古文类证》数万言，注《杜诗事类》千余条行

64（清）仇兆鳌《杜诗详注 · 附编》，中华书局1979年版，第2245页。

65 张忠纲《杜集叙录》，齐鲁书社2008年版，第51页。

66 按：张忠刚《杜集叙录》作《杜诗事类注明》，误。《杜集叙录》所据当为乾隆《汀州府志》，原书录为《杜诗事类注》，“明”字另起一行，其下著录明代作家。又根据《闽书》、《福建通志》等著录，是书名称应为《杜诗事类注》。

67（明）何乔远《闽书》，福建人民出版社1994年版，第3119页。

世。”乾隆《汀州府志》亦著录：“罗烈，《杜诗事类注》。”[68]

《杜诗注》一卷

黄钟撰。黄钟，字器之，号定斋。仙游人。乾道五年（1169）进士。乾隆《仙游县志·艺文志》及民国《福建通志·艺文志》均著录此书。已佚。

《杜诗解》

陈藻撰。陈藻，字符洁，福清人。林亦之弟子。《福建通志》卷六十八著录陈藻有《杜诗解》。又，《续文献通考·经籍考·诗集部》在《乐轩集》下注云：“福清人，得林光朝经学之传，遂成通儒，学者称为乐轩先生。所著又有《杜诗解》。”均未标明卷数。已佚。

《杜工部草堂诗笺》五十卷

鲁訔编次，蔡梦弼会笺。蔡梦弼，（生卒年不详），字傅卿，建安人。俞成《校正〈草堂诗笺〉跋》称其“生平高尚，不求闻达，潜心大学，识见超拔，尝注韩退之、柳子厚之文，了无留隐，至于少陵之诗，尤极精妙。”可见其平生治杜诗功力甚深。是书成于嘉泰年间。蔡氏会笺《杜工部草堂诗笺序》详细说明了其书体例，云：“因博求唐宋诸本杜诗十门，聚而阅之，三复参校，仍用嘉兴鲁氏编次先生用舍之行藏、岁月之先后，逐句本文之下，先正其字

68（清）乾隆《汀州府志》，台北成文出版社 1967 年版，第 376 页。

之异同，次审其音之反切，方作诗之义以解释之，复引经子史传记以证其用事之所从出。”[69] 又云：“又如宋次道、崔德符、鲍钦止暨太原王禹玉、王深父、薛梦符、薛苍舒、蔡天启、蔡致远、蔡伯世，皆为义说。其次如徐居仁、谢任伯、吕祖谦、高元之暨天水赵子栎、赵次翁、杜修可、杜立之、师古、师民瞻亦为训解。”[70] 则此书笺释为蔡氏广采诸家义说训解而成。

《杜诗补注》

刘弥邵撰，刘弥邵（1165—1246），字寿翁，号习静。不为举子业，惟以学古为心。自六经以下莫不抄纂……性狷介，尝质经于陈宓，评史于郑寅，问易于蔡渊，自是之外，罕与人接。清《兴化府莆田县志》有传。有《杜诗补注》，《福建通志》卷六十八著录。已佚。

《杜诗解》

陈正己撰。陈正己，字思力。仙游人。著有《杜诗解》，道光《福建通志·经籍志》、乾隆《仙游县志·艺文志》均有著录。已佚。

《韩柳年谱》八卷

魏仲举撰。《四库全书总目》称：“《韩文类谱》七卷，宋魏仲举撰。仲举，建安人，庆元中书贾也。尝刊《韩集五百家注》，辑吕大防、程俱、洪兴祖三家所撰《谱记》，编为此书，冠于集

69（宋）蔡梦弼《杜工部草堂诗笺》，《丛书集成初编》本，商务印书馆，第 21—22 页。

70 同上书，第 22—23 页。

首。《柳子厚年谱》一卷，宋绍兴中知柳州事文安礼撰，亦附刊集中。”[71]

又《续文献通考》卷一百六十四著录魏仲举《韩文类谱》七卷：“仲举乃庆元中书贾也，尝刊韩集《五百家注》，辑吕大防、程俱、洪兴祖三家所撰谱记编为此书。”[72]按，类谱即年谱。

《韩柳辨疑》

林维屏撰。林维屏，字邦援，福宁人，少力学，通性命之旨。淳熙间梁克家知福州延讲，郡庠学者云集。著《韩柳辨疑》、《庄子内篇》及《语录》诸书，学者称为榕台先生。《福建通志》卷四十八有传。《福建通志》卷六十八著录此书。按《八闽通志》卷七十二著录为《韩柳辨疑语录》，均未标明卷数。已佚。

《白乐天年谱》一卷

蔡戡著。蔡戡，字定斋，莆田人。蔡襄四世孙，乾道二年（1166）进士，官至宝谟阁学士，“善属文，有《定斋类稿》四十卷……《白乐天年谱》一卷。”[73]

《白乐天诗年谱》一卷

黄补著。黄补，字季全，莆田人。乾道八年（1172）登特科，

71（清）永瑢等《四库全书总目》卷五十九，中华书局1965年版，第537页。

72（明）王圻《续文献通考》，《景印文渊阁四库全书》本，台湾商务印书馆1986年版。

73（宋）黄岩孙《宝祐仙溪志》卷四，《宋元方志丛刊》第8册，中华书局1990年版，第8315页。

授文学，调高要尉。传见郝玉麟《福建通志》卷五十一。

宋李俊甫《莆阳比事》著录《白乐天诗年谱》一卷，下注云："（黄补）字彦博，号吾轩，滔之后，乾道奏名。"[74]《兴化府莆田县志》、郝玉麟《福建通志》亦著录。是书已佚。

《杜诗补注》（一作《史注诗史》）

陈禹锡注。陈禹锡，莆田人。与刘克庄同时而年辈稍晚。胡仲弓《问陈禹锡太博病》："脉虚非别症，身坐蠹鱼痴。造物不青眼，江湖此白眉。近年书不至，远宦梦相随。遣病无他嘱，加餐诵杜诗。"应即此人。刘克庄《后村先生大全集》卷一百有《陈教授〈杜诗补注〉》云："杜氏《左传》、李氏《文选》、颜氏《班史》、赵氏《杜诗》，几于无可恨矣。然一说孤行，百家尽扫，则世俗随声接响之过，善观书者不然。郡博士陈君禹锡示余《杜诗补注》，单字半句，必穿穴其所本，又善原杜诗之意。赵注未善，不苟同矣；旧注已善，不轻废也。第诗人之意，或一时感触，或信笔漫兴，世代既远，云过电灭，不容追诘。若字字引出处，句句笺意义，殆类图象罔而雕虚空矣。予谓果欲律以经典，裁以义理，虽杜语意未安，亦盍商确，况赵乎？禹锡勉之，毋为万丈光焰所眩也。"[75]刘克庄《再跋陈禹锡杜诗补注》云："顷年读禹锡《杜诗补注》，凡余意有所未喻而未及与君商确者，后十余年禹锡示余近本，

74（宋）李俊甫《莆阳比事》，宛委别藏本，江苏古籍出版社 1988 年版，第 161 页。按：《万姓统谱》《福建通志》等云黄补字季全，唯《莆阳比事》云其字彦博。未知孰是。诸书均称其为黄滔之后，为同一人无误。

75（宋）刘克庄《后村先生大全集》卷一百，《四部丛刊》本，商务印书馆。

视前编划削窜走十之七八，或尽改之。偶有一新意，得一新义，则又改之而未已。人皆疑君之说新而多变，余独贺君之学进而未止也。盖杜公歌不过唐事，他人引群书笺释，多不咏著题。禹锡专以新旧唐史为案，诗史为断，故自题其书曰《史注诗史》。此其所以尤异于诸家欤？然新旧史皆舛杂，或采摭小说杂记，不必皆实，前辈辩之甚详。而禹锡于三家书研寻补缀，必欲史与诗无一事不合，至于年月日时，亦下算子，使之归吾说而后已。昔胡氏《春秋传》初成，朱氏云：'直须夫子亲出来说，方敢信。'岂非生千百载之下而悬断千百载而上之事，虽极研寻补缀之功，要未免于迁就牵合之疑乎？然杜工所以光焰万丈，照耀古今，在于流离颠沛，不忘君父。禹锡于此等处，尤形容发越得出。使子美亲出来说，不过如是。"[76]可见，此书陈禹锡先名以《杜诗补注》，参酌旧注而成，后又几经改易，花费十余年之功，而重新命名为《史注诗史》，这种以史证诗的方法虽然较为新颖，但不免如刘克庄所说，有牵强附合之嫌。此书已佚。

《颜鲁公集》补遗一卷，年谱一卷，附录一卷

留元刚编撰，元刚字茂潜，丞相留正之子，泉州永春人。开禧三年（1207），试博学宏词科，与真德秀同选，有司书德秀卷曰"宏而不博"，书元刚卷曰"博而不宏"。宁宗喜其文，命俱并置异等。嘉定初，迁秘阁校理，累迁直学士院，官终起居舍人。

颜真卿集在宋代由吴兴沈氏采掇遗佚，编为十五卷。刘敞为

76（宋）刘克庄《后村先生大全集》卷一百六，《四部丛刊》本，商务印书馆。

之序。嘉祐中，又有宋敏求编本，亦十五卷。陈振孙《直斋书录解题》卷十六云："留元刚刻于永嘉，为后序。"[77] 则留元刚亦曾刊刻颜真卿集，并为序。其后，又作年谱、补遗、附录各一卷。陈振孙云："元刚复为之年谱，益以拾遗一卷，多世所传帖语，且以行状碑传为附录。"[78]

四库馆臣在叙述《颜鲁公集》纂集源流时亦云："至南宋时，又多漫漶不完。嘉定间，留元刚守永嘉，得敏求残本十二卷，失其三卷。乃以所见真卿文别为补遗，并撰次年谱附之，自为后序。"[79]

《施肩吾集》

黄伯思校正。按，施肩吾，字希圣，睦州人（一说洪州人）。元和十五年（820）卢储榜进士第，谢礼部陈侍郎云："九重城里无亲识，八百人中独姓施。"不待除授，即东归。张为《诗人主客图》将施肩吾列入"广大教化主"之"入室"。《新唐书·艺文志》及《宋史·艺文志》均著录《施肩吾诗集》十卷。施肩吾诗在宋代不甚为人注意，北宋黄伯思于政和丁酉岁（1117）尝校正其集。黄伯思，字长睿，别字霄宾，号云林子，黄履孙，邵武人。

黄伯思《东观余论》卷下《跋施真人集后》："右唐施肩吾集，其诗无虑五百篇。有肩吾自叙冠焉，而陈倩所序才六十二篇，盖

77（宋）陈振孙著，徐小蛮、顾美华点校《直斋书录解题》，上海古籍出版社 1987 年版，第 471 页。

78 同上。

79（清）永瑢等《四库全书总目》卷一百四十九，中华书局 1965 年版，第 1284 页。

未尝见完书也。今合为一集，以杂笔三篇附于后。肩吾隐豫章西山，莫知其终。江右人至今传以为仙，观其《三住铭》论气神形之指甚微，真得道者之言与？其诗格韵虽若浅切，然时有过绝人语，颇可观览。政和丁酉岁十一月十二日武阳黄某长孺父于京路舟中校之。”[80]

《麟角集》一卷

唐王棨著，棨字辅之，福清人。咸通三年（862）进士。官至水部郎中。黄巢乱后，不知所终。“题曰《麟角》者，盖取《颜氏家训》‘学如牛毛，成如麟角’之义，以及第比登仙也。”[81]宋时王棨八代孙王蘋辑补《麟角集》。王蘋，字信伯，福清人。绍兴初平江守孙佑以德行荐于朝，召对赐，赐进士出身，除秘书省正字，累官左朝奉郎。程门弟子，杨时尝称同门后来成就莫逾信伯者。

《麟角集》本来收录的是律赋，至宋代，王蘋于馆阁校雠时辑录其省题诗二十一首于是编之后。《麟角集·附录》记云：“宋绍兴乙卯（1135）八代孙蘋任著作佐郎，于馆阁校雠，见先郎中省题诗，录附之。”[82]四库馆臣亦云：“唐代取士，科目至多。而所最重者惟进士。其程试诗赋，《文苑英华》所收至夥。然诸家或不载于本集中。如李商隐以《霓裳羽衣曲》诗及第，而《玉溪生集》无此诗。韩愈以《明水赋》及第，而其赋乃在外集是也。其自为一集行

80（宋）黄伯思《宋本东观余论》，中华书局 1988 年版，第 318—319 页。

81（清）永瑢等《四库全书总目》卷一百五十一，中华书局 1965 年版，第 1300 页。

82（唐）王棨《麟角集》，《丛书集成初编》本，商务印书馆，第 37 页。

世，得传于今者，惟棨此编。凡律赋四十五篇。又棨八代孙宋著作郎蘋于馆阁得棨省试诗，录附于集，凡二十一篇。”[83]

《黄滔集》十卷

关于黄滔集，《新唐书·艺文志》著录为十五卷，注曰：“字文江，光化四门博士。”[84] 又著录《泉山秀句集》三十卷，注云：“编闽人诗，自武德尽天祐末。”[85] 自宋代起，黄滔集如《泉山秀句集》等已有亡佚。

黄滔集的裒集始于其宋代八世孙黄公度，按，黄公度（1109 — 1156），字师宪，莆田人。绍兴八年（1138）进士第一。因讥切时政，被秦桧排斥。秦桧死后复出，官至尚书考功员外郎。著有《知稼集》。黄公度以家藏黄滔集辑为十卷，即《东家编略》。黄公度《黄御史文集序》云：“按艺文志载《泉山秀句集》三十卷，悉公纂缔，未知存亡。又《黄某集》十五卷，岁久讹缺，今以旧藏稿本厘为十卷，名曰《东家编略》。宋绍兴丙子（1156）中夏初吉左朝散郎试尚书考功员外郎八世孙公度谨志。”[86]

其后，黄公度之子黄沃进一步对黄滔集进行裒集，淳熙三年（1176）庐陵杨万里序杨万里《黄御史集序》云：“余在中都于官书及士大夫家见唐人诗集，略及二百余家，自谓不贫矣。逮归耕南溪之上，永丰明府莆阳黄君沃又遗余以其祖御史公文集，其诗尤奇，

83（清）永瑢等《四库全书总目》卷一百五十一，中华书局 1965 年版，第 1300 页。

84（宋）欧阳修、宋祁《新唐书》卷六十《艺文四》，中华书局 1975 年版，第 1615 页。

85 同上书，第 1625 页。

86（唐）黄滔《黄御史集》卷八，《景印文渊阁四库全书》本，台湾商务印书馆 1986 年版。

盖余在中都时所未见也……永丰君自言此集久逸，其父考功公始得之，仅数卷而已。其后永丰君又得诗文五卷于吕夏卿之家，又得逸诗于翁承赞之家，又得铭碣于浮屠老子之宫。当御史公之时，岂自知其诗文之传不传哉。然二百年间几乎泯矣，而复传于二百年之后，然则士之所立，顾其可传与否耳。其不传也奚以戚，其复传也奚以欣，余于是独有得焉。余见士大夫子孙承家百年而不毁者或寡矣，而永丰君能力求其祖之诗文于二百年之前，其可尚也夫。"[87] 则黄沃所集黄滔集较黄公度所编《东家编略》十卷更为丰富，仅就诗而言，又附吕夏卿家所藏五卷及翁承赞家所藏逸诗。翁承赞家藏盖因黄滔与翁氏多有酬唱之什。

《正字先辈徐公钓矶文集》八卷，附遗事及年谱

徐寅著。南宋徐师仁、徐端衡辑录。徐师仁，字从圣，莆田人。大观三年（1109）登第，历秘书省校书郎，后迁著作佐郎，尤长于诗。徐端衡，字平父，莆田人，据刘克庄《徐先辈集序》，端衡为徐寅十一世孙。又据福建通志，为咸淳四年（1268）特奏名。

徐寅所著有《探龙》《钓矶》二集，共五卷。自《新唐书·艺文志》已不著录，诸家书目亦不载其名，可见当时即散佚不传。直至建炎三年（1129），徐师仁《唐秘书省正字先辈徐公钓矶文集序》云："故有《赋》五卷，《探龙集》五卷，正字自序其后，又于蔡君谟家得《雅道机要》一卷。又访于族人及好事者，得五言诗并绝句

87（唐）黄滔《黄御史集》原序，《景印文渊阁四库全书》本，台湾商务印书馆 1986 年版。

合二百五十余首，以类相从，为八卷并藏焉。”[88]徐寅族孙南宋徐师仁家本藏《赋》及《探龙集》各五卷，又经过各方搜求，厘为八卷本。这个八卷本的《钓矶文集》应当是徐寅集的第一次整理。而到了南宋末年，又有徐寅后裔徐端衡进行纂集，多出徐寅遗事及年谱。对此，刘克庄《后村先生大全集》卷九十六《徐先辈集序》记载比较详细，云：“友人徐君端衡出其十一世祖唐正字先辈夤文集，又纂集公遗事及年谱以示余。按刘山甫志墓诗赋外有著书二十卷、《温陵集》十卷，南渡初公族孙著作佐郎师仁作集序，有《雅道机要》一卷，得于蔡君谟家者，今皆不传。所传者律赋及《探龙集》各五卷，诗八卷而已。夫士不幸而不遇于当时，所赖以自见于后世者，书尔。而公所著他书皆羽化，惟诗赋与俪语仅存，岂不重可叹欤？”[89]则到南宋后期，《雅道机要》等已亡佚，仅存诗赋，徐端衡所藏亦不过徐师仁所编的八卷本而已。

对于徐寅集的辑录，林希逸《竹溪鬳斋十一稿续集》卷十三《题徐先辈家传》亦云：“正字徐公以文名于唐末，诵其赋者与樊川、香山共夸诩也，遇非其时，名高位下。《钓矶》固在而文绪浸微，直至建炎始有族孙著作一序，又寂寂焉。虽诗赋俪语数卷，《探龙》《雅道》诸集而世莫之见，至有遗佚不存者，宝祐以来十一世孙平父始收拾其书，采摭遗事，求其年月而谱之。”[90]则徐端衡裒集其集当在南宋理宗宝祐年间（1253—1258）。

88（唐）徐寅《正字先辈徐公钓矶文集》，宛委别藏本，江苏古籍出版社 1988 年版，卷首页。

89（宋）刘克庄《后村先生大全集》卷九十六，《四部丛刊》本，商务印书馆 1919 年版。

90（宋）林希逸《竹溪鬳斋十一稿续集》，《景印文渊阁四库全书》本，台湾商务印书馆 1986 年版。

宋代闽地所编唐诗选本叙录

《唐文献信考》

吕夏卿撰。吕夏卿（1015—1068），字缙叔，庆历二年（1042）进士。英宗时，历史馆同修起居注、知制诰。熙宁初，迁兵部员外郎、知制诰、同修实录。苏颂《苏魏公文集》云其“集天下碑刻，类为《唐文献传信考》”[91]。按，《闽书》等方志著录为《唐文献信考》，《闽书》卷八十二云吕夏卿：“集天下碑刻为《唐文献信考》。”[92]又《万历重修泉州府志》亦云：“集天下碑刻为《唐文献信考》。”[93]《唐文献信考》为收录有关唐代文献的碑刻，大致相当于欧阳修的《集古录》，应当包含了不少唐诗材料。是书已亡佚。

《风骚大全集》一百卷

方于宝编。方于宝，莆田人，伯通孙，免解进士。《莆阳比事》云：“家有三余斋，聚书数万卷。绍兴十六年，应诏进《风骚大全集》一百卷，补迪功郎。所至以书自随，积至数千卷，手自窜定，增四壁为阁藏之，榜曰‘富文’。”[94]《风骚大全集》当为诗文总集。又《福建通志》卷三十六亦称其因进《风骚大全集》一百卷，补漳浦县尉。

91（宋）苏颂《苏魏公文集》卷六十六《吕舍人文集序》，中华书局 1988 版，第 1012 页。按，本书原文云：“又集天下碑刻，类为《唐文传信》，考历代氏谱志为《古今系表》。”据其他文献，本书断句有误，应为《唐文献传信考》。

92（明）何乔远《闽书》，福建人民出版社 1994 年版，第 2468 页。

93（明）《万历重修泉州府志》卷十六，台湾学生书局 1987 年版，第 1306 页。

94（宋）李俊甫《莆阳比事》卷六，宛委别藏本，江苏古籍出版社 1988 年版，第 253 页。

《东莱集注类编观澜文集》七十卷

林之奇、吕祖谦编。林之奇（1112—1176），字少颖，号拙斋，世称三山先生，侯官人。曾从学吕本中。绍兴二十一年（1151）进士第，调莆田簿，改尉长汀，召为秘书省正字，转校书郎。后以祠禄家居，自称拙斋。东莱吕祖谦尝受学焉。《宋史》卷四百三十四有传。《四库全书总目》评价林之奇云："其诗尤具有高韵，如《江月图》、《早春偶题》诸篇，置之苏、黄集中，不甚可辨也。"[95]说明其诗歌为典型的宋诗风格。

《宋史》卷二百九著录为："林少颖《观澜文集》六十三卷。"与后世所传本卷数不同。是书《四库全书》未收。关于《观澜文集》的版本，有宛委别藏本，分甲集二十五卷，乙集七卷。又有七十卷本《东莱集注类编观澜文集》分为甲集二十五卷，乙集二十五卷，丙集二十卷，为清方功惠碧琳琅馆重刊，其序云："三山林少颖先生，精选古今杂文数百篇，凡赋、诗、歌、行、序、引、论、记、书、启、表、疏、传、赞、箴、颂、碑、铭，逐篇分类，以惠后学。吕东莱先生为之集注，作前、后集刊行，盛传于时，已三镂板矣。"《重刻古文观澜集跋》又云："今此刻所选诗文，如唐沈云卿、罗子制、韦谏议、程晏然、聂夷中、释子兰诸集，及宋吕与叔《玉溪集》、《谢上蔡集》、《马子才集》（见于马氏《通考》者），今皆不传，赖此稍存一二……传本久稀，各家书目皆未见。《揅经室》所得仅三十卷。此本板虽不精，尚是南宋末年刊本，且完善无阙，尤可宝贵。爰募手工重刊之。至各文字句互异者，间以

95（清）永瑢等《四库全书总目》卷一百五十八，中华书局 1965 年版，第 1366 页。

各集、各选本参校之，别为《附考》著于后。”

诸葛季文《诸家诗集》二十卷

黄裳《演山集》卷二十一《诸家诗集序》云：“季文集诸家诗，摘其佳什可以留人齿牙间者，合为一集，累二十卷焉。予喜季文之所好，又喜诸家诗格不同，其要皆能造理而后发，使各离为一家无所摘去未必能为全诗。盖虽国史所作，亦经圣人删削，始无害礼义者然，则予何惜一序为季文道哉。”[96]

按季文当为诸葛季文。《闽中理学渊源考》卷三十三云：“诸葛季文，南安人。以行谊文学闻于时，家贫授徒以养，尝著六经诸子解，有益后学，乐道人善如已有之，子廷瑞。”[97]即诸葛廷瑞之父，诸葛廷瑞为绍兴二十七年（1157）进士，与黄裳（1043—1129）同时而稍晚，由此可以推断，季文即诸葛季文。由黄裳序言可知，诸葛季文曾裒集诸家诗为二十卷，不过后世无传亦无著录。其内容不得而知，姑录于此。

《唐绝句选》四卷

林清之编。林清之，字直甫，福清人。庆元二年（1196）进士，终中奉大夫，直华文阁、湖南漕。梁克家《淳熙三山志》卷三十一有传。

96（宋）黄裳《演山集》卷二十一，《景印文渊阁四库全书》本，台湾商务印书馆1986年版。

97（清）李清馥《闽中理学渊源考》卷三十三，《景印文渊阁四库全书》本，台湾商务印书馆1986年版。

陈振孙《直斋书录解题》卷十五云："仓部郎中福清林清之直父以洪氏绝句，钞取其佳者，七言一千二百八十，五言百五十六，六言十五首。"[98]《四库全书总目》亦云："洪迈《唐人万首绝句》，务求盈数，踳驳至多。宋仓部郎中福清林清之真父钞取其佳者，得七言一千二百八十首，五言一百五十六首，六言十五首，勒为四卷，名曰《唐绝句选》，见于陈振孙《书录解题》。盖十分之中，汰其八分有奇。然其书不传，无由知其善否。"[99]则是书为抄录洪迈《唐人万首绝句》而成，已佚。

《唐绝句选》五卷

柯梦得编选。柯梦得，字东海，莆田人。宁宗嘉定七年（1214）特奏名入官。"一生苦吟，古诗学孟东野，有《抱瓮集》及选唐绝句行世"[100]。《闽诗录》卷十二存其诗三首。

按《福建通志》著录为《唐绝句选》五卷，陈振孙《直斋书录解题》亦著录为《唐绝句选》五卷，云："莆田柯梦得东海编。所选仅一百六十六首。去取甚严，然人之好恶，亦各随所见耳。"[101]而晁公武《郡斋读书志》著录为《唐贤绝句》一卷。未知孰是。

柯梦得《唐绝句选》曾刊刻于莆田县学。陈宓《复斋先生龙

98（宋）陈振孙著，徐小蛮、顾美华点校《直斋书录解题》，上海古籍出版社 1987 年版，第 450 页。

99（清）永瑢等《四库全书总目》卷一百九十，中华书局 1965 年版，第 1730 页。

100（清）《兴化府莆田县志 · 人物》卷二十二，清汪大经、王恒修，吴辅再补刻本，1926 年版。

101（宋）陈振孙著，徐小蛮、顾美华点校《直斋书录解题》卷十五，上海古籍出版社 1987 年版，第 450 页。

图陈公文集》卷十《跋柯东海集唐人绝句》："某之友柯东海嗜诗，至老不衰，所集唐人绝句百余首，每得一首，行吟卧讽至于旬月，乃粘之屋壁，其用志之深故其所得之艰也。如此读者当熟复研味，庶几有得，暇日欲假唐诗往往无有，因刻之县学，与有志者共之。柯君有《抱瓮集》行于世，其格律贯穿诸家，而其得意处唯诗人为能知之。"[102]

《文章正宗》二十四卷

真德秀编。真德秀（1178—1235），字景元，后更为希元，浦城人。号西山，学者称西山先生，因称所创学派为西山学派。为朱熹再传弟子。四库馆臣评是书云："至宋真德秀《文章正宗》，始别出谈理一派，而总集遂判两途。然文质相扶，理无偏废，各明一义，未害同归。"[103]

是书有莆田刻本。刘克庄《郡学刊〈文章正宗〉》："顷余刻此书于番禺，委同官卢方春辈置局刊误。属以召去，去时书犹未成，后得其本，殆不可读，有漏数行者，有阙一、二句者，有颠倒文义者，如鲁鱼亥豕之类，则不可胜数。意诸人为官事分夺，未之过目耶，抑南中无善本参校耶？每一开卷，常败人意。其后乃有越本，亦多误。莆泮他书差备，今郡文学王君谓朱先生《易本义》精于理者也，谓真先生此书邃于文者也，既刻《本义》，遂及《正宗》，或虑费无所出，君命学职丁南一、郑岩会学廪量出入，得赢

102（宋）陈宓《复斋先生龙图陈公文集》，《续修四库全书》本，上海古籍出版社 2002 年版，第 369 页。

103（清）永瑢等《四库全书总目》卷一百六十八，中华书局 1965 年版，第 1685 页。

钱六十七万，而二十四卷者亦毕工。吾里藏书多善本，游泮多英才，傍考互校，他日莆本当优于广、越矣。世固有亲登二先生之门，执经北面，师在，则崇饰虚敬，托此身于青云。师死，则捐弃素学，束其书于高阁者。君妙年，前不及朱，后不及真，而尊敬二先生之心，拳拳如此，岂不甚贤矣哉。君名庚，字景长，温陵人。"[104]《文章正宗》由南宋刘克庄主持刊刻，有番禺本、越本和莆田郡学刊本，而以莆田郡学刊本为最精。是书分辞令、议论、叙事、诗歌四类，录《左传》、《国语》以下至于唐末之作。

《唐五七言绝句》二百首、《唐绝句续选》二百首

刘克庄编集。刘克庄（1187—1269），字潜夫，号后村。莆田人，嘉定二年（1209）补将仕郎，调靖安簿，后以《咏落梅诗》得罪，郑清之力辨之，得释。淳祐初特赐同进士出身，除秘书少监兼中书舍人，后为侍御史章琰劾罢，寻复旧职。景定三年（1262）授权工部尚书，升兼侍读。度宗咸淳四年（1268）特授龙图阁学士致仕，卒谥文定。刘克庄曾师事真德秀，是江湖诗派的代表诗人。著作收入《后村先生大全集》。《唐五七言绝句》南宋刊行于莆田、建阳。又，刘克庄继《唐五七言绝句》编选十余年之后于宝祐丙辰年间（1256）续选唐诗，作《唐绝句续选》，二者均不传。

从刘克庄的序里可以看出其编选概况，其《唐人五七言绝句序》云："野处洪公编《唐人绝句》仅万首，有一家数百首并取而不遗者，亦有复出者，疑其但取唐人文集杂说，令人抄类而成书，

104（宋）刘克庄《后村先生大全集》卷一百六，《四部丛刊》本，商务印书馆。

非必有所去取也。余家童子初入塾，始选五七言绝句各百首口授之，切情诣理之作，匹士寒女不弃也。否则，巨人作家不录也。惟李、杜当别论。童子请曰：'昔杜牧讥元白诲淫，今所取多边情春思宫怨之什，然乎？'余曰：'《诗》大序曰：'发乎情，止乎礼义，古今论诗至是而止。夫发乎情者，天理不容泯，止乎礼义者，圣笔不能删也，小子识之。'" [105]

《唐绝句续选》云："余尝选唐绝句诗，既板行于莆、于建、于杭。后十余年，觉前选太严而名作多所遗落。或儆余曰：'子徒知病野处之详，而不知议者病后村之略也。'余曰：'谨受教。'乃汇诸家五七六言各再取百首，名《续选》。四五言仅得七十首，以六言三十首足言，盖六言尤难工，柳子厚高才，集中仅得一篇。惟王右丞、皇甫补阙所作绝妙，今学古者所未讲也。使后世崇尚六言自余始，不亦可乎？前选未收李杜，今并屈二公印证。" [106]

《分门纂类唐宋时贤千家诗选》十五卷、《后集》五卷

是书旧题"后村先生编集"，无序跋。关于此书的作者问题，清阮元《四库未收提要》及今人陈增杰《对〈后村千家诗校注〉的意见》认为是刘克庄编集无误。而清缪荃孙及今人李更、陈新《分门纂类唐宋时贤千家诗选校正》认定为伪托刘克庄；祝尚书《宋人总集叙录》亦持此说。钱志熙《论〈千家诗选〉与刘克庄及江湖诗派的关系》则指出："就《千家诗选》的最后成书面貌来看，刘克庄并非真正的编者。这一点，原书的刊印牌记中其实已经交代得很

105（宋）刘克庄《后村先生大全集》卷九十四，《四部丛刊》本，商务印书馆。

106（宋）刘克庄《后村先生大全集》卷九十七，《四部丛刊》本，商务印书馆。

清楚：编者是从刘克庄的家中得到刘氏五七言诸选本，加以并编集，并冠以《千家诗选》的书名。所以这本书，事实是刘克庄与这位编者的合作成果，但出于对刘克庄的尊重，或者发行量方面的考虑，直接冠以‘后村先生编集’，这其实不算是毫无关系的假托。”[107] 但是在提到本书的刊刻时，李更、陈新说：“(这部书)是由民间的普通文人依据市面上常见的各种资料分类汇编而成，被建阳、麻沙一带的书商刊行的。”则《分门纂类唐宋时贤千家诗选》在编选之初就已经在建阳、麻沙一带进行刊刻。傅增湘《藏园群书经眼录》卷一七云：“宋刊本，十一行二十一字，黑口，左右双阑。次行题‘后村先生编集’，各类标目大字占两行，上加黑盖子。宋讳不避，殆宋末坊刻。”[108]

阮元《揅经室外集》卷一云：“克庄有《后村集》五十卷及《诗话》十四卷，四库全书已著录。兹其所选唐宋时贤之诗，题曰‘后村先生编集’者，著其别号也。是书为向来著录家所未见，惟国朝两淮盐课御史曹寅曾刻入《楝亭丛书》中，前后亦无序跋。案《后村大全集》内有《唐五七言绝句选》及《本朝五七言绝句选》、《中兴五七言绝句选》三序，或锓版于泉、于建阳、于临安，则克庄在宋时固有选诗之目。此则疑当时辗转传刻，致失其缘起耳。书分时令、节候、气候、昼夜、百花、竹林、天文、地理、宫室、器用、音乐、禽兽、昆虫、人品十四门，每门附以子目，大致如赵孟奎《分类唐诗歌》所选，亦极雅正，多世所脍炙之什。唯中多错

---

107 钱志熙《论〈千家诗选〉与刘克庄及江湖诗派的关系》,《北京大学学报》2013 年第 2 期，第 72—83 页。

108 傅增湘《藏园群书经眼录》，中华书局 1983 年版，第 1487 页。

谬，如杜甫、王维、赵嘏诸人传诵七律，往往截去半首，改作绝句，甚至名姓不符。然考郭茂倩选古乐府，如‘风劲角弓鸣’一律，截其上四句，题为《戎浑》；‘莫以今时宠’一绝，加作八句，题为《簇拍相府莲》。则古人多有此例，不足以掩其瑜也。”[109] 除将律诗截为绝句之外，同时也有径直将五言古诗裁为四句者，如杜甫《夏日叹》。千家诗也有将宋人误作唐人者，如方惟深、张彦发、何应龙等，本为宋人，却被列入唐贤。有误将唐人作宋人的，如齐己本唐人，却列入宋贤。也有将宋人诗误作唐人诗的或将宋人诗误作唐人诗的，如《晚晴》（“偷得浮生半日闲”）本为唐姚揆诗，而误作宋赵令畤诗；《宫词》本为唐岑参诗，误作宋张俞等等。

《精选唐宋千家联珠诗格》二十卷

于济、蔡正孙编。蔡正孙（1239—？）字粹然，号蒙斋野逸，又号方寸翁，建安人。宋亡前曾参加科举考试，未第。宋亡，坚持遗民立场，不书元朝年号，只书甲子。是书开始由蔡正孙的诗友于济编纂，原来为三卷，蔡正孙在此基础上增补成二十卷，每首诗都有蔡正孙的评释。傅增湘《藏园群书经眼录》卷一七将是书著录于总集类，并云：“选唐宋人七绝，摘其体格不同者，分类次列，且加以评语及增注，皆为初学肄习之用也。”[110] 其所选的诗歌均为唐宋诗人所作的七言绝句，约有一千余首，分三百四十格，为童习之用。是书为蔡正孙家刻。据蔡正孙序：“正孙自《诗林广记》、《陶

---

109 （宋）刘克庄《分门纂类唐宋时贤千家诗选》，宛委别藏本，江苏古籍出版社 1988 年版，卷首页。

110 傅增湘《藏园群书经眼录》，中华书局 1983 年版，第 1488 页。

苏诗话》二编杀青之后，湖海吟社诸公辱不鄙而下问者益众。不虞之誉，吾方惧焉。一日，番阳于默斋递所选《联珠诗格》之卷来，书抵余曰：'此为童习者设也，使其机栝既通，无往不可，亦学诗之活法欤？盍为我传之？'噫，吾老矣，且愿学焉，岂特童子云乎哉！阅之终编，讽咏数四，得以见其用功之劳，而用心之仁也，然犹惜其杂而未伦，略而未详也，于是逆其志而博采焉。故凡诗家之一字一意可以如格者，靡不备载，择其尤者，凡三百类，千有余篇，附以评释，增为二十卷，寿诸梓，与鲤庭学诗者共之。"另又据王渊济的序可知，是书成书之际，蔡正孙"命其子弥高鸠工而寿诸梓，欲以公天下之斯文也"，是为家刻。

《丹阳类稿》(一作《润州类稿》) 十卷

曾旼编。曾旼，字彦和，龙溪人，熙宁六年（1073）进士，监润州仓曹。按，道光《福建通志》及《宋诗纪事》作《润州类稿》。《宋史·艺文志》及《文献通考》著录为《润州类集》。《丹阳类稿》是关于丹阳一地的诗文总集，诗文编选从东汉至于南唐。晁公武《郡斋读书志》卷二十云："《丹阳类稿》十卷，右皇朝曾旼编，丹阳今润州……元丰中，旼守官于其地，因采诸家之集，始自东汉，终于南唐，凡得歌诗赋赞五百余篇。"[111]

《京口诗集》十卷、《续》二卷

熊克编。熊克，字子复，建阳人，绍兴二十一年（1151）进

111（宋）晁公武撰，孙猛校证《郡斋读书志校证》，上海古籍出版社2011年版，第1068页。

士，知诸暨县，累迁学士院，除起居郎兼直学士院，以谗出知台州，奉祠卒，年七十三。陈振孙《直斋书录解题》卷十五："镇江教授熊克集开宝以来诗文。本二十卷，止刻其诗。续又得二卷，自南唐而上曾所遗者，补八十余篇。"[112]

112（宋）陈振孙著，徐小蛮、顾美华点校《直斋书录解题》，上海古籍出版社1987年版，第454页。

参考文献

一、古籍（按经、史、子、集四部排列）

史　部

[1][后晋]刘昫等:《旧唐书》，北京：中华书局，1975年。

[2][宋]欧阳修、宋祁:《新唐书》，北京：中华书局，1975年。

[3][宋]李焘:《续资治通鉴长编》，北京：中华书局，1992年。

[4][宋]王偁:《东都事略》，济南：齐鲁书社，2000年。

[5][宋]李心传:《建炎以来系年要录》，北京：中华书局，1985年。

[6][宋]杜大珪:《名臣碑传琬琰集》，北京：北京图书馆出版社，2003年。

[7][宋]陈骙:《南宋馆阁录》，北京：中华书局，1998年。

[8][宋]龚明之:《中吴纪闻》，广州：粤雅堂丛书本。

[9][宋]江少虞:《宋朝事实类苑》，上海：上海古籍出版社，1981年。

[10][元]脱脱等:《宋史》，北京：中华书局，1977年。

[11][明]柯维骐:《宋史新编》，台北：新文丰出版社，

1974年。

[12][清]陆心源:《宋史翼》,北京:中华书局,1991年。

[13][清]徐松:《宋会要辑稿》,北京:中华书局,1957年。

[14][清]吴任臣:《十国春秋》,北京:中华书局,1983年。

[15][宋]梁克家:《淳熙三山志》,《宋元方志丛刊》本,北京:中华书局,1990年。

[16][宋]李俊甫:《莆阳比事》,宛委别藏本,南京:江苏古籍出版社,1988年。

[17][宋]祝穆:《方舆胜览》,北京:中华书局,2003年。

[18][宋]胡太初:《临汀志》,福州:福建人民出版社,1990年。

[19][明]何乔远:《闽书》,福州:福建人民出版社,1995年。

[20][明]黄仲昭:《八闽通志》,近卫本,清顺治年间刻。

[21][明]郑岳:《莆阳文献》,万历四十四年黄起龙刊本。

[22][明]陈懋仁:《泉南杂志》,《丛书集成初编》本,上海:商务印书馆,1936年。

[23][明]刘天授:《龙溪县志》,上海:上海古籍书店,1982年。

[24][明]张岳文:《惠安县志》,北京:方志出版社,1998年。

[25][明]王应山:《闽都记》,福州:海风出版社,2001年。

[26][明]黄璇:《建阳县志》,上海:上海古籍出版社,1982年。

[27][明]陈让:《邵武府志》,上海:上海古籍书店,1964年。

[28][明]喻政:《福州府志》,福州:海风出版社,2001 年。

[29][明]《(嘉靖)建宁府志》,《天一阁藏明代方志选刊》,上海:上海古籍书店,1981 年。

[30][明]邢址:《(嘉靖)邵武府志》,《天一阁藏明代方志选刊》,上海:上海古籍书店,1946 年。

[31][明]《(嘉靖)建阳县志》,《天一阁藏明代方志选刊》,上海:上海古籍书店,1946 年。

[32][明]《(嘉靖)建宁府志》,《天一阁藏明代方志选刊》,上海:上海古籍书店,1946 年。

[33][明]《(万历)福州府志》,北京:书目文献出版社,1990 年。

[34][明]《(万历)福宁州志》,北京:书目文献出版社,1990 年。

[35][明]《(万历)漳州府志》,北京:书目文献出版社,1990 年。

[36][明]《(万历)重修泉州府志》,台北:台湾学生书局,1987 年。

[37][明]苏民望:《永安县志》,北京:方志出版社,2004年。

[38][明]刘曰旸:《古田县志》,北京:中华书局,1997 年。

[39][清]《(康熙)连城县志》,北京:方志出版社,1997 年。

[40][清]《(乾隆)汀州府志》,台北:台北成文出版社,1967 年。

[41][清]方鼎等:《(乾隆)晋江县志》,《中国方志丛书》本,台北:台北成文出版社,1967 年。

[42][清]曾曰瑛、李绂等:《(乾隆)汀州府志》,《中国方志丛书》本,台北:台北成文出版社,1967年。

[43][清]《(乾隆)永福县志》,《中国方志丛书》本,台北:台北成文出版社,1967年。

[44][清]董天工:《(道光)武夷山志》,道光九年(1829)绩溪罗氏尺木轩重刊本。

[45][清]周凯修,[清]凌翰等纂:《(道光)厦门志》,《中国方志丛书》本,台北:台北成文出版社,1967年。

[46][清]陈寿祺:《(同治)福建通志》,台北:台北华文书局,1968年。

[47][清]孔自洙:《延平府志》,厦门:厦门大学出版社,2010年。

[48][民国]《南安县志》,上海:上海书店出版社,2000年。

[49][民国]《长汀县志》,《中国地方志集成》本,上海:上海书店,2002年。

[50][民国]《连城县志》,《中国地方志集成》本,上海:上海书店,2002年。

[51][民国]《厦门市志》,北京:方志出版社,1999年。

[52][民国]陈衍:《福建通志·金石志》,《石刻史料新编》第3辑,台北:台湾新丰出版公司,1982年。

[53][宋]陈振孙著,徐小蛮、顾美华点校:《直斋书录解题》,上海:上海古籍出版社,1987年。

[54][宋]晁公武著,孙猛校证:《郡斋读书志校证》,上海:上海古籍出版社,2011年。

［55］［宋］王象之：《舆地碑记目》，《丛书集成初编》本，北京：商务印书馆，1939 年

［56］［宋］欧阳修：《集古录跋尾》，《历代碑志丛书》第一册，南京：江苏古籍出版社，1998 年。

［57］［清］李光暎：《观妙斋金石文考略》，《景印文渊阁四库全书》本，台北：台湾商务印书馆，1986 年。

［58］［明］祁承㸁：《澹生堂藏书约》，北京：古典文学出版社，1957 年。

［59］［明］高儒：《古今刻书》，北京：古典文学出版社，1957年。

［60］［清］叶德辉《书林清话》，上海：上海古籍出版社，2008 年。

［61］［清］瞿镛：《铁琴铜剑楼藏书目录》，《续修四库全书》本，2002 年。

［62］［清］傅增湘：《藏园群书题记》，上海：上海古籍出版社，1989 年。

［63］［清］孙星衍：《平津馆鉴藏记》，《丛书集成初编》本，北京：商务印书馆。

［64］［清］孙殿起：《贩书偶记》，北京：中华书局，1959 年。

［65］［清］钱曾撰，瞿凤起编：《虞山钱遵王藏书目录汇编》，北京：古典文学出版社，1958 年。

［66］［清］周亮工：《书影》，上海：上海古籍出版社，1981年。

［67］［清］季振宜：《季沧苇藏书目》，《丛书集成初编》本，北京：商务印书馆。

［68］［清］陆心源：《仪顾堂题跋》，《续修四库全书》本，2002年。

［69］［清］钱曾撰，丁瑜点校：《读书敏求记》，北京：书目文献出版社，1984年。

［70］［清］顾广圻撰，黄丕烈注：《百宋一廛赋》，《丛书集成初编》本，北京：商务印书馆。

［71］［清］莫友芝：《宋元旧本书经眼录》，上海：上海古籍出版社，2009年。

［72］［清］邵懿辰：《增订四库简明目录标注》，上海：上海古籍出版社，1959年。

［73］［清］李清馥：《闽中理学渊源考》，《景印文渊阁四库全书》本，台北：台湾商务印书馆，1986年。

［74］［清］叶昌炽：《藏书纪事诗》，上海：上海古籍出版社，1989年。

［75］［清］莫友芝撰，傅增湘订补，傅熹年整理：《藏园订补郘亭知见传本书目》，北京：中华书局，2009年。

［76］［清］潘祖荫著，潘宗周编：《宝礼堂宋本书录》，上海：上海古籍出版社，2007年。

子　部

［77］［唐］张彦远撰，冈村繁译注：《历代名画记》，上海：上海古籍出版社，2002年。

［78］［宋］李昉等编：《太平广记》，北京：中华书局，1961年。

［79］［宋］李昉等编：《太平御览》，北京：中华书局影印，

1960 年。

［80］［宋］杨亿口述，黄鉴笔录，宋庠整理：《杨文公谈苑》，上海：上海古籍出版社，1993 年。

［81］［宋］曾敏行：《独醒杂志》，上海：上海古籍出版社，1986 年。

［82］［宋］庄绰撰，萧鲁阳点校：《鸡肋编》，北京：中华书局，1983 年。

［83］［宋］蔡絛：《铁围山丛谈》，北京：中华书局，1983 年。

［84］［宋］司马光：《涑水记闻》，《唐宋笔记史料丛刊》本，北京：中华书局，1989 年。

［85］［宋］邵博：《河南邵氏闻见后录》，《丛书集成初编》本，北京：商务印书馆，1936 年。

［86］［宋］陈鹄：《耆旧续闻》，《唐宋笔记史料丛刊》本，北京：中华书局，2002 年。

［87］［宋］王应麟：《玉海》，南京：江苏古籍出版社、上海：上海书店，1987 年。

［88］［宋］叶廷珪撰，李之亮校点：《海录碎事》，北京：中华书局，2002 年。

［89］［宋］王应麟：《困学纪闻》，上海：上海古籍出版社，2008 年。

［90］［宋］晁说之：《晁氏客语》，《宋左圭百川学海》本第十一册丙集四，1921 年。

［91］［宋］黄伯思：《东观余论》，北京：中华书局，1988 年。

［92］［宋］黄朝英著，吴企明点校：《靖康缃素杂记》，上海：

上海古籍出版社，1986 年。

[93] [宋] 张世南：《游宦纪闻》，北京：中华书局，1981 年。

[94] [宋] 周密：《齐东野语》，北京：中华书局，1983 年。

[95] [宋] 周密：《癸辛杂识》，北京：中华书局，1988 年。

[96] [宋] 徐度：《却扫编》，《丛书集成初编》本，北京：商务印书馆，1939 年。

[97] [宋] 沈括：《梦溪笔谈》，《丛书集成初编》本，北京：商务印书馆，1939 年。

[98] [宋] 叶梦得：《石林燕语》，北京：中华书局，1984 年。

[99] [宋] 洪迈：《容斋随笔》，上海：上海古籍出版社，1978年。

[100] [宋] 赵与旹：《宾退录》，上海：上海古籍出版社，1983 年。

[101] [宋] 王楙：《野客丛书》，上海：上海古籍出版社，1991 年。

[102] [宋] 吴处厚撰，李裕民点校：《青箱杂记》，北京：中华书局，1985 年。

[103] [宋] 陈善：《扪虱新话》，《丛书集成初编》本，北京：商务印书馆，1939 年。

[104] [宋] 叶寘撰，孔凡礼点校：《爱日斋丛钞》，北京：中华书局，2010 年。

[105] [宋] 岳珂：《宝真斋法书赞》，《丛书集成初编》本，北京：商务印书馆。

[106] [宋] 董更：《书录》，《景印文渊阁四库全书》本，台

北：台湾商务印书馆，1986 年。

[107][明] 陶宗仪：《书史会要》，上海：上海书店，1984 年。

[108][明] 陶宗仪：《说郛》，涵芬楼本，北京：中国书店，1986 年。

[109][清] 康熙：《御定佩文斋书画谱》，《景印文渊阁四库全书》本，台北：台湾商务印书馆，1986 年。

[110][清] 倪涛：《六艺之一录》，《景印文渊阁四库全书》本，台北：台湾商务印书馆，1986 年。

[111][清] 顾炎武著，陈垣校注：《日知录》，合肥：安徽大学出版社，2007 年。

[112][清] 黄宗羲：《宋元学案》，北京：中华书局，1986年。

[113][清] 王士禛：《香祖笔记》，上海：上海古籍出版社，1982 年。

集　部

[114][唐] 杜甫著，清钱谦益注：《钱注杜诗》，上海：上海古籍出版社，1958 年。

[115][唐] 杜甫著，清仇兆鳌注：《杜诗详注》，北京：中华书局，1979 年。

[116][唐] 李白著，安旗主编：《李白全集编年注释》，成都：巴蜀书社，1990 年。

[117][唐] 李白著，詹锳主编：《李白全集校注汇释集评》，天津：百花文艺出版社，2010 年。

［118］［唐］杜甫著，萧涤非主编：《杜甫全集校注》，北京：人民文学出版社，2014年。

［119］［唐］杜牧：《樊川文集》，上海：上海古籍出版社，1978年。

［120］［唐］黄滔：《黄御史集》，《景印文渊阁四库全书》本，台北：台湾商务印书馆，1986年。

［121］［唐］王棨：《麟角集》，《丛书集成初编》本，北京：商务印书馆，1939年。

［122］［宋］彭叔夏：《文苑英华辨证》，《丛书集成初编》本，北京：商务印书馆，1939年。

［123］［宋］欧阳修著，洪本健校笺：《欧阳修诗文集校笺》，上海：上海古籍出版社，2009年。

［124］［宋］苏颂撰，王同策、管成学等点校：《苏魏公文集》，北京：中华书局，1988年。

［125］［宋］李清照著，徐培均笺注：《李清照集笺注》，上海：上海古籍出版社，2002年。

［126］［宋］胡寅撰，容肇祖点校：《斐然集》，北京：中华书局，1998年。

［127］［宋］李纲：《梁溪集》，《景印文渊阁四库全书》本，台北：台湾商务印书馆，1986年。

［128］［宋］杨万里：《诚斋集》，《四部丛刊》本，北京：商务印书馆，1919年。

［129］［宋］朱熹：《朱文公文集》，《四部丛刊》本，北京：商务印书馆，1919年。

［130］［宋］黎靖德编，王星贤点校:《朱子语类》，北京：中华书局，1986年。

［131］［宋］黄仲元:《四如先生文稿》,《四部丛刊》三编本，北京：商务印书馆。

［132］［宋］周必大:《文忠集》,《景印文渊阁四库全书》本，台北：台湾商务印书馆，1986年。

［133］［宋］汪藻:《浮溪集》,《丛书集成初编》本，北京：商务印书馆。

［134］［宋］汪应辰:《文定集》，上海：学林出版社，2009年。

［135］［宋］林希逸:《竹溪鬳斋十一稿续集》,《景印文渊阁四库全书》本，台北：台湾商务印书馆，1986年。

［136］［宋］陈普:《石堂遗集》,《景印文渊阁四库全书》本，台北：台湾商务印书馆，1986年。

［137］［宋］陈普:《沧洲尘缶编》,《景印文渊阁四库全书》本，台北：台湾商务印书馆，1986年。

［138］［宋］袁说友:《东塘集》,《景印文渊阁四库全书》本，台北：台湾商务印书馆，1986年。

［139］［宋］洪适:《盘洲文集》,《景印文渊阁四库全书》本，台北：台湾商务印书馆，1986年。

［140］［宋］陈长方:《唯室集》,《景印文渊阁四库全书》本，台北：台湾商务印书馆，1986年。

［141］［宋］孙觌:《鸿庆居士集》,《景印文渊阁四库全书》本，台北：台湾商务印书馆，1986年。

［142］［宋］方大琮:《铁庵集》,《景印文渊阁四库全书》本，

台北：台湾商务印书馆，1986 年。

[143] [宋] 刘宰：《漫塘集》，《景印文渊阁四库全书》本，台北：台湾商务印书馆，1986 年。

[144] [宋] 真德秀：《西山文集》，《景印文渊阁四库全书》本，台北：台湾商务印书馆，1986 年。

[145] [宋] 魏了翁：《鹤山集》，《景印文渊阁四库全书》本，台北：台湾商务印书馆，1986 年。

[146] [宋] 刘克庄：《后村先生大全集》，《四部丛刊》本，北京：商务印书馆。

[147] [宋] 严羽著，陈定玉辑校：《严羽集》，郑州：中州古籍出版社，1997 年。

[148] [明] 王鏊：《震泽集》，《景印文渊阁四库全书》本，台北：台湾商务印书馆，1986 年。

[149] [清] 董诰等：《全唐文》，北京：中华书局，1983 年。

[150] [清] 钱谦益：《列朝诗集小传》，上海：上海古籍出版社，2008 年。

[151] [清] 钱大昕：《嘉定钱大昕全集》，南京：江苏古籍出版社，1997 年。

[152] [清] 章学诚：《章学诚遗书》，北京：文物出版社，1985 年。

[153] [宋] 欧阳修：《六一诗话》，北京：人民文学出版社，1962 年。

[154] [宋] 黄彻：《䂬溪诗话》，北京：人民文学出版社，1986 年。

［155］［宋］阮阅编，周本淳校点：《诗话总龟》，北京：人民文学出版社，1987 年。

［156］［宋］叶梦得撰，逯铭昕校注：《石林诗话校注》，北京：人民文学出版社，2012 年。

［157］［宋］胡仔著，廖德明校点：《苕溪渔隐丛话》，北京：人民文学出版社，1962 年。

［158］［宋］尤袤：《全唐诗话》，《丛书集成初编》本，北京：商务印书馆，1939 年。

［159］［宋］严羽著，郭绍虞校释：《沧浪诗话校释》，北京：人民文学出版社，1961 年。

［160］［宋］许顗：《许彦周诗话》，《丛书集成初编》本，北京：商务印书馆，1939 年。

［161］［宋］何谿汶：《竹庄诗话》，北京：中华书局，1984 年。

［162］［宋］刘克庄：《后村诗话》，北京：中华书局，1983 年。

［163］［宋］姜夔：《白石诗说》，北京：人民文学出版社，1962 年。

［164］［宋］蔡正孙撰，常振国、降云点校：《诗林广记》，北京：中华书局，1982 年。

［165］［宋］魏庆之著，王仲闻点校：《诗人玉屑》，北京：中华书局，2007 年。

［166］［宋］陈应行：《吟窗杂录》，北京：中华书局，1997 年。

［167］［宋］蔡梦弼会笺，鲁訔编次：《杜工部草堂诗笺》，《丛书集成初编》本，北京：商务印书馆，1939 年。

［168］［宋］于济、蔡正孙编，卞东波校证：《唐宋千家联珠诗

格校证》，南京：凤凰出版社，2007年。

［169］［明］高棅：《唐诗品汇》，上海：上海古籍出版社，1988年。

［170］［明］李东阳著，李庆立校释：《怀麓堂诗话校释》，北京：人民文学出版社，2009年。

［171］［明］胡应麟：《诗薮》，北京：中华书局，1958年。

［172］［明］胡震亨：《唐音癸签》，上海：上海古籍出版社，1981年。

［173］［明］谢榛：《四溟诗话》，北京：人民文学出版社，1961年。

［174］［明］许学夷著，杜维沫校点：《诗源辩体》，北京：人民文学出版社，1987年。

［175］［清］沈德潜著，霍松林校注：《说诗晬语》，北京：人民文学出版社，1979年。

［176］［清］郑方坤：《全闽诗话》，福州：福建人民出版社，2006年。

［177］［清］何文焕：《历代诗话》，北京：中华书局，2004年。

［178］［清］郑杰：《闽诗录》，福州：福州古旧书店，1983年。

二、今人著作（以出版时间为序）

［1］郭绍虞：《宋诗话考》，北京：中华书局，1979年。

［2］方品光：《福建版本资料汇编》，福州：福建师范大学图书馆印，1979年。

[3] 潘美月:《宋代藏书家考》,台北:学海出版社,1980 年。

[4] 郭绍虞:《宋诗话辑佚》,北京:中华书局,1980 年。

[5] 万曼:《唐集叙录》,北京:中华书局,1980 年。

[6] 丁传靖:《宋人轶事汇编》,北京:中华书局,1981 年。

[7] 郭绍虞、富寿荪:《清诗话续编》,上海:上海古籍出版社,1983 年。

[8] 丁福保:《历代诗话续编》,北京:中华书局,1983 年。

[9] 陈正祥:《中国文化地理》,北京:生活·读书·新知三联书店,1983 年。

[10] 齐治平:《唐宋诗之争概述》,长沙:岳麓书社,1984 年。

[11] 周采泉:《杜集书录》,上海:上海古籍出版社,1986 年。

[12] 陈伯海、朱易安:《唐诗书录》,济南:齐鲁书社,1988年。

[13]《中国古籍善本书目》,上海:上海古籍出版社,1990年。

[14] 陈国球:《唐诗的传承》,台北:学生书局,1990 年。

[15] 北京大学古文献研究所:《全宋诗》,北京:北京大学出版社,1991 年。

[16] 周裕锴:《宋代诗学通论》,成都:巴蜀书社,1995 年。

[17] 白新良:《中国古代书院发展史》,天津:天津大学出版社,1995 年。

[18] 傅璇琮:《唐才子传校笺》,北京:中华书局,1995 年。

[19] 陈伯海主编:《唐诗汇评》,杭州:浙江教育出版社,1995 年。

[20] 程毅中:《宋人诗话外编》,北京:国际文化出版公司,

1996 年。

[21] 陈庆元:《福建文学发展史》，福州：福建教育出版社，1996 年。

[22] 谢水顺:《福建古代刻书》，福州：福建人民出版社，1997 年。

[23] 葛剑雄主编:《中国移民史》，福州：福建人民出版社，1997 年。

[24] 焦树安:《中国藏书史话》，北京：商务印书馆，1997年。

[25] 程民生:《宋代地域文化》，开封：河南大学出版社，1997 年。

[26] 钱穆:《中国近三百年学术史》，北京：商务印书馆，1997 年。

[27] 邓洪波:《中国书院制度研究》，杭州：浙江教育出版社，1997 年。

[28] 吴文治:《宋诗话全编》，南京：凤凰出版社，1998 年。

[29] 祝尚书:《宋人别集叙录》，北京：中华书局，1999 年。

[30] 葛剑雄主编:《中国人口史》，上海：复旦大学出版社，2000 年。

[31] 乔维德、尚永亮:《唐代诗学》，长沙：湖南人民出版社，2000 年。

[32] 莫砺锋:《朱熹文学研究》，南京：南京大学出版社，2000 年。

[33] 郝润华:《〈钱注杜诗〉与诗史互证方法》，合肥：黄山书社，2000 年。

［34］朱易安：《唐诗学史论稿》，桂林：广西师范大学出版社，2000 年。

［35］傅璇琮、谢灼华主编：《中国藏书通史》，宁波：宁波出版社，2001 年。

［36］傅明善：《宋代唐诗学》，北京：研究出版社，2001 年。

［37］莫砺锋：《唐宋诗论稿》，沈阳：辽海出版社，2001 年。

［38］陈寅恪：《唐代政治史述论稿》，北京：生活 · 读书 · 新知三联书店，2001 年。

［39］张忠纲：《杜甫诗话六种校注》，济南：齐鲁书社，2002年。

［40］张伯伟：《稀见本宋人诗话四种》，南京：江苏古籍出版社，2002 年。

［41］刘学锴：《李商隐诗歌接受史》，合肥：安徽大学出版社，2004 年。

［42］陈伯海：《唐诗学史稿》，石家庄：河北人民出版社，2004 年。

［43］祝尚书：《宋人总集叙录》，北京：中华书局，2004 年。

［44］钱锺书：《宋诗纪事补正》，手稿影印本，北京：三联书店，2005 年。

［45］张健：《珍本明诗话五种》，北京：北京大学出版社，2008 年。

［46］朱维幹：《福建史稿》，福州：福建教育出版社，2008年。

［47］祝尚书：《宋代科举与文学》，北京：中华书局，2008年。

［48］张忠纲：《杜集叙录》，济南：齐鲁书社，2008 年。

[49] 黄永年:《古籍版本学》，南京：江苏教育出版社，2009年。

[50] 谷曙光:《韩愈诗歌宋元接受研究》，合肥：安徽大学出版社，2009 年。

[51] 郝润华等:《杜诗学与杜诗文献学》，成都：巴蜀书社，2010 年。

[52] 袁同礼:《袁同礼文集》，北京：北京图书馆出版社，2010 年。

[53] 王红霞:《宋代李白接受研究》，上海：上海古籍出版社，2010 年。

[54] 查金萍:《宋代韩愈文学接受研究》，合肥：安徽大学出版社，2010 年。

[55] 郝润华、武秀成:《晁公武陈振孙评传》，南京：南京大学出版社，2011 年。

[56] 谢海林:《清代宋诗选本研究》，上海：上海古籍出版社，2011 年。

[57] 朱迎平:《宋代刻书产业与文学》，上海：上海古籍出版社，2011 年。

[58] 郑礼炬:《明代福建文学结聚与文化研究》，北京：人民文学出版社，2015 年。

[59] 陈广宏:《闽诗传统的生成：明代福建地域文学的一种历史省察》，上海：上海古籍出版社，2018 年。

三、海外著作

[1][德]傅海波、[英]崔瑞德编，史卫民等译：《剑桥中国五代十国及宋代史》，北京：中国社会科学出版社，1998年。

[2][德]H. R. 姚斯、[美]R. C. 霍拉勃著，周宁，金元浦译：《接受美学与接受理论》，沈阳：辽宁人民出版社，1987年。

四、学位论文

[1]刘磊：《韩孟诗派传播接受史研究》，武汉大学，博士毕业论文2005年。

[2]洪迎华：《刘柳诗歌明前传播接受史研究》，武汉大学，博士毕业论文2005年。

[3]白爱萍：《姚贾接受史》，陕西师范大学，博士毕业论文2006年。

[4]赵艳喜：《北宋白居易诗歌接受研究》，南京大学，博士毕业论文2007年。

[5]杨再喜：《唐宋柳宗元文学接受史》，苏州大学，博士学位论文2007年。

[6]王红丽：《宋人唐诗观研究》，华南师范大学，博士毕业论文2007年。

[7]彭伟：《明前韦应物接受研究》，吉林大学，博士毕业论文2011年。

五、期刊论文

［1］方建新:《宋代私家藏书再补录》，载《文献》，1988 年第 2 期。

［2］林平:《宋代私人藏书家补遗》，载《四川图书馆学报》，1990 年第 1 期。

［3］陈庆元:《福建古代地方文学鸟瞰》，载《福建学刊》，1991 年第 2 期。

［4］蔡厚示:《论宋代闽北文学在中国文学史上的地位》，载《福建论坛》，1993 年第 3 期。

［5］陈庆元:《蔡襄诗与闽中宋调的确立》，载《福建论坛》，1994 年第 5 期。

［6］陈庆元:《刘克庄和闽籍江湖派诗人》，载《福州师专学报》，1995 年第 2 期。

［7］陈庆元:《宋代闽中理学家诗文——从杨时到林希逸》，载《福建师范大学学报》，1995 年第 2 期。

［8］陈庆元:《两宋之际闽籍爱国诗人群体》，载《理论学习月刊》，1996 年第 4 期。

［9］方宝璋、孙晓琛:《福建地方历代文学述略》，载《福建师范大学学报》，1997 年第 4 期。

［10］陈文忠:《〈长恨歌〉接受史研究》，载《文学遗产》，1998 年第 4 期。

［11］莫砺锋:《杜诗“伪苏注”研究》，载《文学遗产》，1999 年第 1 期。

[12] 祝尚书:《论南宋文学的东西部差异》，载《四川大学学报》(哲学社会科学版)，2000年第5期。

[13] 祝尚书:《论"击壤派"》，载《文学遗产》，2001年第2期。

[14] 仓修良:《年谱散论》，载《史学史研究》，2001年第2期。

[15] 蒋寅:《清代诗学与地域文学传统的建构》，载《中国社会科学》，2003年第5期。

[16] 邓洪波:《宋代书院藏书研究》，载《高校图书馆工作》，2003年第5期。

[17] 邓红梅:《论"邵康节体"诗歌特征及其对于宋代诗坛的意义》，载《山东师范大学学报》，2005年第2期。

[18] 钟俊昆:《闽粤赣客家文学史的理论构架与发展路径》，载《江西社会科学》，2005年第7期。

[19] 莫砺锋:《论宋代杜诗注释的特点与成就》，载《中华文史论丛》，2006年第1期。

[20] 骆锦恋:《宋代闽地理学诗人诗歌理论与创作》，载《集美大学学报》，2010年第1期。

[21] 王水照:《南宋文学的时代特点与历史定位》，载《文学遗产》2010年第1期。

[22] 晁成林、王树基:《闽文学的艺术特质及形成原因述论》，载《西北工业大学学报》，2010年第1期。

[23] 陈广宏:《元明之际唐诗系谱建构的观念及背景》，载《中华文史论丛》，2010年第4期。

[24] 孙向召:《〈诗人玉屑〉的唐诗观》，载《河南师范大学学

报》(哲学社会科学版),2011 年第 2 期。

[25] 王华权:《宋代笔记中宋人对唐诗的接受观考探》,载《兰州学刊》,2011 年第 3 期。

[26] 钱志熙:《论〈千家诗选〉与刘克庄及江湖诗派的关系》,载《北京大学学报》,2013 年第 2 期。

后　记

行文至此，总有些话要说，关于论文之外的种种。

读博的时候，女儿刚上幼儿园。抽空带她去公园，地上有许多飘落的木棉花，女儿说："不要踩到这些花，它们好可怜的。"问她为什么觉得花可怜，她回答说："因为它们的爸爸妈妈不要它们了。"又问："为什么爸爸妈妈不要它们呢？"女儿说："因为他们的爸爸妈妈在树上读博士。"

总想，等毕业的时候就可以陪她了吧，但是，真的在论文收束的时候，她却长大了。读博的种种艰难自不必去说，忘了是谁说过的"允许自己做次等人"，大概是这几年时间里最常想到的能够宽慰自己的话。

不过，极为幸运的是遇到恩师郝润华先生。先生德业冲粹，温和雅畅，使我常产生"虽不能至，心向往之"的仰慕之意。在读博以及论文写作的过程中，先生却不许自己的学生做次等学问，要求颇为严格。而今年年初，在我受到严重挫折的时候，先生陪我走了很长一段路，安慰我，并且为我详细规划写作方向，那时，樱花正盛。先生亦以女性特有的温柔细腻体谅我生活中的种种，想来，首要感谢的人便是先生。

也仍能想起与张淑华师姐相互鼓励的日子。还有，我的爱人为了支持我完成论文，放弃了自己海外留学的计划。我的乖巧懂事的女儿，已经学会了为我分担家务，帮我拖地刷碗。

在论文的写作过程中，又得张新科先生、赵望秦先生、李浩先生、贾三强先生、李芳民先生、张文利先生、孙尚勇先生、赵小刚先生、袁峰先生等诸位师长指点帮助，不胜感激。另外，在论文资料的收集等方面，得到了曹维金、施萍两位同学的帮助，也在此表示感谢。

我知道，做学问有开始没有结束，唯以“若潜神留思，纤粗研核，情何嫌而不宣，事何昧而不昭”自勖。

补记

日月不居，从博士毕业到现在，已有七年之久。还是要感谢我的导师郝润华先生，是她一直以来的鼓励与支持才使我鼓足勇气将这本论文修改后付印。

尽管有“老去觉弇陋”的慨叹，我依然愿意将这本书的出版当作是学习生涯的一个起点，此后惟有更加努力，方不辜负尹占华、郝润华两位先生的教导。

书稿付印之际，承蒙郝润华先生作序，在此表示由衷的谢意。同时，特别感谢上海古籍出版社张旭东老师在出版过程中所做的大量工作。此外，研究生林莹也为本书做了文字校对工作，也在此表示感谢。本书存在的粗陋、拙鄙之处，恳请方家批评指正。

张艳辉

二〇二一年十月二日

于闽南师范大学文学院

图书在版编目(CIP)数据

宋代闽地唐诗学研究/张艳辉著. --上海:上海古籍出版社,2022.8

ISBN 978-7-5732-0347-2

Ⅰ. ①宋… Ⅱ. ①张… Ⅲ. ①唐诗-诗歌研究-福建-宋代 Ⅳ. ①I207.22

中国版本图书馆CIP数据核字(2022)第107844号

宋代闽地唐诗学研究

张艳辉 著

上海古籍出版社 出版发行

(上海市闵行区号景路159弄1-5号A座5F 邮政编码201101)

(1) 网址:www.guji.com.cn

(2) E-mail:guji1@guji.com.cn

(3) 易文网网址:www.ewen.co

上海天地海设计印刷有限公司印刷

开本890×1240 1/32 印张11.875 插页5 字数264,000

2022年8月第1版 2022年8月第1次印刷

ISBN 978-7-5732-0347-2

I·3633 定价:68.00元

如有质量问题,请与承印公司联系